T
S

»Ein packender Thriller, meisterhaft erzählt!«
Algemeen Dagblad

»Ein spannender Fall und eine sympathische und glaubwürdige Kommissarin.« *Trouw*

»Lois Elzinga ist eine großartige Ermittlerin!«
crimezone.nl

Über Simone van der Vlugt
Simone van der Vlugt, geboren 1966, eroberte mit ihrem ersten Psychothriller *Klassentreffen* die internationalen Bestsellerlisten und ist seitdem aus dem Spannungsgenre nicht mehr wegzudenken. Ihre Kommissarin Lois Elzinga ermittelt auch in den Romanen *Was sie nicht weiß* und *Dir wird nichts geschehen*. Die Autorin lebt mit ihrer Familie in Alkmaar in den Niederlanden.

SIMONE
VAN DER VLUGT

TIEFE STICHE

THRILLER

Aus dem Niederländischen
von Janine Malz

DIANA

Der Verlag weist ausdrücklich darauf hin, dass im Text enthaltene externe Links vom Verlag nur bis zum Zeitpunkt der Buchveröffentlichung eingesehen werden konnten. Auf spätere Veränderungen hat der Verlag keinerlei Einfluss. Eine Haftung des Verlags ist daher ausgeschlossen.

FSC www.fsc.org MIX Papier aus verantwortungsvollen Quellen FSC® C014496

Verlagsgruppe Random House FSC® N001967

Deutsche Erstausgabe 06/2016

Die Originalausgabe erschien 2014 unter dem Titel
Vraag niet waroom bei Ambo/Anthos Uitgevers, Amsterdam

Redaktion: Sibylle Klöcker
Umschlaggestaltung: t. mutzenbach design, München
Umschlagmotive: © plainpicture: p5910062,
shutterstock: Dudarev Mikhail/ilolab
Satz: Leingärtner, Nabburg
Druck und Bindung: GGP Media GmbH, Pößneck

Printed in Germany
ISBN 978-3-453-35873-7

www.diana-verlag.de

Besuchen Sie uns auch auf www.herzenszeilen.de
Dieses Buch ist auch als E-Book lieferbar.

1

APRIL

Lilian van Dijk steht vor dem Kofferraum ihres Autos und drückt die Heckklappe am Griff kräftig nach oben. Mit der anderen Hand zieht sie den Einkaufswagen näher an sich heran, dann sieht sie sich um.

Es regnet, diese eklige Art von feinem Sprühregen, bei dem man trotzdem erstaunlich nass wird. Auf dem Parkplatz des Einkaufszentrums ist niemand zu sehen. Es ist Dienstagmorgen, kurz vor halb zehn. Offenbar keine Zeit zum Einkaufen, aber vielleicht warten die Leute auch einfach nur, bis der Regen vorbei ist.

Lilian erledigt ihre Einkäufe immer am liebsten so früh wie möglich. Dann ist es schön ruhig im Supermarkt, und sie hat den Rest des Tages zur freien Verfügung.

Der Nachteil ist, dass sie nun ihre schweren Taschen selbst in den Kofferraum räumen muss. Sonst findet sich manchmal ein netter Herr, der ihr hilft. Wenn Lilian ihr schönstes Lächeln aufsetzt, kommen sie sofort angelaufen, selbst wenn sie dafür den ganzen Parkplatz überqueren müssen. Nicht dass sie die Beutel nicht allein stemmen könnte, aber so läuft sie nicht Gefahr, sich die Nägel abzubrechen.

Lilian seufzt enttäuscht und streicht sich eine Locke ihres blondierten Haars aus dem Gesicht. Mit ihren achtundvierzig Jahren sieht sie immer noch ziemlich gut aus, und das weiß sie auch. Wenn es darauf ankommt, scheut sie sich deshalb nicht, die Waffen einer Frau gezielt einzusetzen. Es geht ihr eigentlich auch gar nicht so sehr um ihre Nägel, sie testet einfach nur gerne ihren Marktwert.

Mit beiden Händen umfasst sie die Henkel der Einkaufstüte und hievt sie vorsichtig in den Kofferraum. Die zweite Tasche mit all den Colaflaschen darin ist noch ein Stück schwerer. Man fragt sich ja wirklich, ob Kinder heutzutage eigentlich auch noch irgendetwas anderes trinken. Ihre Jungs jedenfalls nicht, die machen sich sogar zum Frühstück eine Cola auf. Natürlich findet sie das nicht gut, aber wenn sie zur Schule gehen, stehen ihre Kinder viel früher auf als sie. Um die Zeit, wenn Lilian aufwacht, sind sie längst aus dem Haus.

Allerdings ist Rick heute gar nicht in der Schule. Er ist zu Hause und hätte ebenso gut mitkommen können. Doch dann hieß es plötzlich, er müsse noch für eine Klassenarbeit lernen, von der gestern Abend noch keine Rede war.

Wenn sie sich auf eines verlassen kann, dann darauf, dass er nachher sofort in der Tür steht, wenn sie vom Einkaufen nach Hause kommt, und ihr dabei helfen will, die Taschen hereinzutragen und in der Küche auszupacken. Bei dieser Aufgabe bieten ihr alle drei Söhne ganz ungefragt ihre Hilfe an. Bis vor nicht allzu langer Zeit hatte diese Hilfsbereitschaft sie regelrecht gerührt, aber dann kam sie dahinter, dass die Jungen lediglich neugierig waren, was sie an Chips und Schokolade eingekauft hatte.

Die letzte Tüte im Kofferraum fällt halb um. Als eine Packung Eier gerade aus der Tüte zu rutschen droht, schießt Lilian geistesgegenwärtig nach vorn, um zu retten, was zu retten ist.

Der Mann steht in dem überdachten Eingangsbereich des Einkaufszentrums und beobachtet die Frau auf dem Parkplatz. Etwas umständlich lädt sie ihre Einkäufe ins Auto und sieht sich gelegentlich um. Doch sie blickt nicht hinter sich.

Mit einer geschmeidigen Bewegung löst er sich von der Wand, an die er bis eben gelehnt stand, und läuft, die Kapuze seines Pullovers tief ins Gesicht gezogen, auf den Parkplatz zu. Seine Schritte sind schnell und zielgerichtet, die Hände hat er tief in den Hosentaschen vergraben. In einer davon kann er das Messer ertasten, das sich in seiner Hand kühl und glatt anfühlt.

Jetzt bloß hoffen, dass sie sich nicht umdreht, denn sonst wird es nichts. Wenn sie ihn so auf sich zulaufen sieht, ist sie gewarnt.

Sie dreht sich nicht um. Stattdessen steht sie in den Kofferraum gebeugt und kramt in ihren Einkaufsbeuteln. Auf seinen Sneakers nähert er sich lautlos und zügig. Dann zieht er das Messer aus der Tasche.

In diesem Moment richtet Lilian sich plötzlich auf, doch sie bleibt mit dem Rücken zu ihm stehen. Er hebt den Arm und sticht zu. Als die Klinge immer tiefer in ihre Schulter eindringt, empfindet er so etwas wie Befriedigung.

2

JUNI

Die Party ist in vollem Gange. Obwohl von der Band noch jede Spur fehlt, ist der Platz bereits voller Menschen in bunter Sommerkleidung. Viele haben Plastikbecher in der Hand, es wird gelacht, geredet, alte Bekannte werden mit großem Hallo begrüßt. Als die Band, die das Vorprogramm bestreitet, die Bühne betritt, ertönt lauter Jubel. Kurze Zeit später hallen die ersten Klänge der E-Gitarre über den Platz.

»Echt gut, die Band«, sagt Lois, nachdem sie eine Weile zugehört haben. »Wie heißen die eigentlich?«

»Keine Ahnung. Aber ist ja auch egal, solange sie gut spielen.«

Onno, der mit einem Bier in der Hand neben ihr steht, trägt ein elegantes Outfit, das sie für diesen Anlass nicht unbedingt ausgewählt hätte. Sie selbst trägt eine alte Jeans und ein schwarzes T-Shirt darüber.

Als sie einen Bekannten entdeckt, winkt sie ihm kurz zu, dann wendet sie sich an Onno.

»Das war eine gute Idee von dir, hierherzukommen. Ich war noch nie bei *Zomer op het Plein.*«

»Das kommt daher, dass du immer nur arbeitest«, sagt Onno. »Du läufst mit Scheuklappen durch die Gegend.« Er nimmt einen Schluck von seinem Bier und fügt hinzu: »Du flüchtest dich in deine Arbeit. Du versuchst krampfhaft, alles unter Kontrolle zu behalten. Das ist dir schon bewusst, oder?«

»Bitte, Onno, nicht jetzt.«

»Ich sage nur, wie es ist. Das ist doch nicht normal, dass du nie zu einer Party gehst.«

»Jetzt bin ich doch hier.«

»Weil ich dich hergeschleppt habe. Ansonsten würdest du wahrscheinlich gerade Überstunden machen. Oder laufen gehen.«

»Ich werde dir für immer dankbar sein.«

»Sehr schön, genau das wollte ich hören.« Onno grinst ihr liebenswürdig zu. »Willst du noch was trinken?«

»Ja, warum eigentlich nicht. Heute mach ich mal was ganz Verrücktes und trinke noch eine Cola light.«

»Ich bin sofort zurück. Nicht heimlich abhauen!«

Mit einem Lächeln schaut Lois ihm nach. Trotz des Gedränges kann sie seine lange Gestalt noch bis zur Bar verfolgen. Onno hat natürlich recht, es ist wirklich absurd, sich nicht mehr Freizeit zu gönnen. Es scheint fast so, als hätte sie verlernt, das Leben zu genießen. Wenn man sich lang genug in der Arbeit vergräbt, passiert das, ohne dass man es selbst bemerkt.

Sie richtet ihren Blick wieder zur Bühne, wo die Band voller Hingabe spielt. Dahinter ragt in der warmen Nachmittagssonne der Kirchturm der majestätischen *Grote Kerk* hervor, deren bemalte Glasfenster das Licht einfangen und es in tausend Farben brechen. Sie kann sich noch gut erinnern, wie sie einmal mit ihrem Vater die Kirche besucht hatte, als gerade die Steinfliesen herausgenommen worden waren, weil Heizungsrohre darunter verlegt werden mussten. Während der Bauarbeiten konnte man über Holzdielen in der Kirche herumgehen und die Skelette und Kleidungsreste besichtigen, die von Einwohnern der Stadt Alkmaar aus vorigen Jahrhunderten stammten. Ihr Vater, ein Geschichtsliebhaber mit Leib und Seele, war so fasziniert, dass er jeden Tag kam. Sie selbst fand den Anblick ziemlich makaber. Und in gewisser Weise auch respektlos. Sie fühlte sich wie ein Voyeur, und noch heute beschleicht sie dasselbe Gefühl, wenn sie bei der Arbeit mit Leichen konfrontiert wird.

Ein Klopfen auf die Schulter reißt Lois aus ihren Gedanken. Neben ihr steht Mirjam in Gesellschaft eines Mannes, den sie nicht kennt.

»Na, bist du gerade in Gedanken dein Sündenregister durchgegangen?«, neckt sie Mirjam.

»Hey, schön dich zu sehen!«, sagt Lois freudig überrascht. »Wie geht es dir? Und wie geht es Britt?«

»Prima, danke. Wir arbeiten nach und nach auf, was geschehen ist, und Britt bekommt psychologische Unterstützung. Es ist ja alles noch ziemlich frisch«, antwortet Mirjam. »Die Entführung an sich hat Britt gut verkraftet, aber die ganze Gewalt, die sie mit ansehen musste, die hat ihr zugesetzt. Das muss sie erst noch für sich verarbeiten.«

»Ja, klar«, sagt Lois verständnisvoll. »Gut, dass du dich an einen Psychologen gewandt hast. Wer weiß, welche Traumata sie sonst entwickeln würde.« Sie lächelt dem Mann zu, der Mirjam begleitet, und streckt ihm die Hand entgegen. »Hallo, ich bin Lois Elzinga.«

»Ah, die Kripobeamtin, die an Britts Fall gearbeitet hat.« Der Mann zieht ein Gesicht, als ob ihm gerade ein Licht aufgegangen sei, und schüttelt ihr die Hand.

»Ich bin Tobias Dijssel, ein alter Klassenkamerad von Mirjam. Wir sind uns hier über den Weg gelaufen. Ganz zufälligerweise.«

»Und ganz erfreulicherweise«, fügt Mirjam hinzu, die an ihrem Becher nippt und Lois zuzwinkert. »Bist du allein hier?«

»Nein, mit einem Freund. Er holt gerade was zu trinken.

Ah, da kommt er auch schon.« Lois wartet, bis Onno bei ihnen ist, und stellt ihn Mirjam und Tobias vor.

»Ach, Sie sind die Mutter von Britt«, sagt Onno. »Angenehm. Es freut mich, dass alles so gut ausgegangen ist.«

Während sie dastehen und sich unterhalten, wandert Lois' Blick immer wieder zu Onno. Ihr fällt jedes Mal wieder auf, wie leicht es ihm fällt, Kontakte zu knüpfen und ein Gespräch in Gang zu halten. Binnen kürzester Zeit lacht er herzlich und scheint sich prächtig mit Mirjam und Tobias zu verstehen. Sie selbst ist darin nicht so gut und oft um ein Wort verlegen.

Als sich die zwei Männer zur Bühne umdrehen, um die Band zu begutachten, nickt Mirjam Lois anerkennend zu.

»Netter Typ«, sagt sie hinter vorgehaltener Hand. »Ist das dein Freund?«

Lois schüttelt den Kopf. »Nein, nur ein Freund«, sagt sie mit Nachdruck auf dem Wort »ein«.

Mit einem etwas kritischeren Blick mustert Mirjam Onno. »Kann ich mir gut vorstellen, dass er nicht so ganz dein Typ ist. Ein bisschen schnöselig, was? Aber er ist wirklich sympathisch. Echt nett und unterhaltsam.«

Lois lächelt nichtssagend und wechselt schnell das Thema, aus Sorge, dass Onno etwas von ihrem Gespräch mitbekommen könnte. Als sie gerade über ihre Urlaubspläne für den Sommer reden wollen, tippt jemand Lois auf die Schulter. Mit einem fragenden Gesichtsausdruck dreht sie sich um. Hinter ihr steht ein Mädchen von ungefähr sechzehn, siebzehn Jahren. Sie hat schulterlanges dunkles Haar, und aus ihrem bildschönen Gesicht stechen große haselnussbraune Augen hervor. Der Typ Mädchen, der sich seiner Schönheit durchaus bewusst ist, wie Lois vermutet. In diesem Moment wirkt sie jedoch alles andere als selbstsicher, denn das Mädchen lacht verlegen und blickt ein wenig nervös umher.

»Sind Sie Lois Elzinga?«, fragt sie.

»Ja.« Lois fragt sich, ob sie das Mädchen kennt und warum das Mädchen sie kennt.

»Ich hab Sie neulich in einer Zeitschrift gesehen, in der es um Frauen in Männerberufen ging. Daher hab ich Sie wiedererkannt.«

Lois erinnert sich an den Artikel. Sie hatte eigentlich keine große Lust auf das Interview gehabt, weil sie das Thema ziemlich altbacken fand, aber auch, weil sie viel um die Ohren hatte. Ramon, ihr Chef, war aber der Meinung gewesen, dass es eine gute Gelegenheit wäre, die Arbeit der Kripo etwas transparenter zu machen. Allein deshalb hatte sie eingewilligt, jedoch ohne zu wissen, dass sie dafür auch mit Foto abgebildet werden musste, komplett mit Visagistin und einer Stylistin, die ganze Kleiderständer voller sexy Outfits und hochhackiger Schuhe mitgebracht hatte. Die Tonne Make-up und das ganze Rumgefummel an ihren Haaren hatte sie noch über sich ergehen lassen, aber darauf bestanden, ihre eigene hautenge Jeans, ein Shirt und ihre braune Lieblingslederjacke tragen zu dürfen.

Und da Zeitschriften ja oft noch monatelang in Friseursalons und dergleichen herumlagen, bekam sie immer noch regelmäßig Reaktionen auf den Artikel.

»Ah, ja. Dass du mich überhaupt erkannt hast«, sagt Lois erstaunt.

»Eine Freundin von mir hat Sie entdeckt und mich quasi dazu gezwungen, Sie anzusprechen.« Das Mädchen wirft einen flüchtigen Blick auf eine Gruppe von Jugendlichen, in deren Mitte ein Mädchen mit langen blonden Haaren aufmerksam in ihre Richtung schaut.

Lois lächelt abwartend. Sie kann sich schon denken, was gleich kommt. Gleich würde das Mädchen sie um ein Interview für die Schülerzeitung oder ein anderes Schulprojekt bitten.

»Immer raus damit«, ermutigt sie das Mädchen, das nach Worten ringt.

»Ich bräuchte Ihren Rat.«

»Worum geht es denn?«

»Ich werde gestalkt. Erst war es noch ganz harmlos, aber jetzt wird es langsam unheimlich, und ich weiß nicht, was ich tun soll.« Nervös streicht sie sich Haare aus dem Gesicht.

»Das ist wirklich unangenehm«, sagt Lois mitfühlend. »Hast du eine Ahnung, wer der Stalker sein könnte?«

»Nein. Zumindest weiß ich es nicht sicher. Ich bekomme immer so merkwürdige Briefe.«

»Und was steht darin?«

»Na ja, eine ganze Menge Drohungen und Beleidigungen. Dass ich eine Hure sei und grausam verrecken soll, dass ich es nicht wert sei, auf der Welt zu sein, und so was. Ein Mal hat jemand mit roter Farbe HURE auf mein Fahrrad geschmiert.«

»Auf dein Fahrrad?«

»Ja, es ist weiß, da sieht man das besonders gut. Ich hab den ganzen Nachmittag gebraucht, um das wieder abzukriegen.«

»Bist du damit schon bei der Polizei gewesen?«

Das Mädchen schüttelt den Kopf.

»Das musst du gleich morgen machen.«

»Und was tut die Polizei dann? Kann die überhaupt irgendwas machen?«

Lois seufzt und beschließt, ehrlich zu sein. »Stalking ist ein echtes Problem. Am besten sammelst du so viele konkrete Beweise wie möglich.«

»Konkrete Beweise?«

»Die Briefe, die Schmierereien auf deinem Fahrrad, alles, was derjenige an Spuren hinterlässt. Ich verstehe natürlich, dass du das Fahrrad so schnell wie möglich wieder sauber machen wolltest, aber mach das nächste Mal erst ein Foto davon. So kann die Polizei eine Akte anlegen.«

»Und dann?«, fragt das Mädchen wenig begeistert. »Wie können Sie denn den Täter finden, wenn ich mit einem Foto von meinem Fahrrad ankomme?«

»Das mit dem Fahrrad ist etwas schwieriger, aber die Briefe sind ein guter Anhaltspunkt. Eine Handschrift verrät viel über die Identität von jemandem.«

»Es waren aber mit dem Computer geschriebene Briefe. Getippt und ausgedruckt.«

»Hast du irgendeine Idee, wer dahinterstecken könnte?«

Zu Lois' Überraschung nickt das Mädchen zögerlich. »Ich hab da so eine Vermutung, ja. Aber ich weiß es nicht sicher. Das macht es so schwierig, mittlerweile weiß ich gar nicht mehr, wem ich noch vertrauen kann.«

»Erstatte auf jeden Fall Anzeige«, sagt Lois. »Komm morgen zum Revier hier in der Stadt und frag nach mir, dann setzen wir alles zusammen auf.«

»Und Sie werden mir wirklich helfen?«

»Ich werde dir helfen«, verspricht Lois und legt dem Mädchen eine Hand auf die Schulter. »Und du kommst morgen zu mir aufs Revier, abgemacht?«

Sie nickt langsam, setzt ihre Sonnenbrille auf und deutet mit den Mundwinkeln ein Lächeln an.

»Danke«, sagt sie, klingt aber nicht so, als ob sie sonderlich großes Vertrauen in Lois' Worte setzen würde.

3

»Wer war das?«, fragt Onno, als das Mädchen weggegangen ist und Lois sich zu ihm umdreht.

Lois wirft einen Blick über die Schulter und sieht ihr bedauernd nach. »Ein Mädchen, das Rat brauchte«, sagt sie, während sie Onno den Colabecher abnimmt. »Sie bekommt Briefe, in denen sie beschimpft und bedroht wird.«

»Na, toll«, sagt Mirjam entrüstet. »Und was hast du ihr geraten?«

»Anzeige zu erstatten natürlich. Wir haben vereinbart, dass sie morgen vorbeikommt. Ich hoffe nur, dass sie das auch wirklich macht.«

»Warum nicht? Sie hat dich doch eben auch angesprochen, dann kommt sie morgen bestimmt«, sagt Tobias. »Sagt mal, was haltet ihr davon, wenn wir vier Hübschen gleich mal einen Happen essen gehen?«

Es herrscht einen Augenblick Stille, in der sie einander fragend anschauen. Das Zögern in Onnos Augen ist Lois nicht entgangen, natürlich wäre er lieber mit ihr allein. Sie selbst stört das weniger. Sie ist zwar gerne in Onnos Gesellschaft, aber er hat auch die Tendenz, den Psychiater raushängen zu lassen. Das ständige Wühlen in ihrer Vergangenheit und seine unausgesprochene, aber immer präsente Kritik an ihrem Lebensstil sind ihr unangenehm. Außerdem ist sie ja nicht blind, sie weiß genau, dass er sie gut findet. Aber solange sie nicht sicher ist, was ihre eigenen Gefühle anbelangt, hält sie ihn lieber etwas auf Abstand.

Begeistert geht sie auf Tobias' Vorschlag ein und ignoriert Onnos enttäuschte Miene.

Als sich die letzten Töne der Musik in dem ohrenbetäubenden Applaus und Jubel des Publikums verlieren, bahnen sie sich einen Weg durch die Menge und gehen zum Waagplein. Der Platz ist bereits voller Menschen, und die Terrassen der zahlreichen Lokale füllen sich in Windeseile.

Es wird ein richtig schöner Abend. Obwohl sie sich vorgenommen hatten, es nicht so spät werden zu lassen, bleiben sie nach dem Essen noch lange sitzen und trinken etwas zusammen. Die Sonne ist längst untergegangen, und es wird langsam kühl, aber die Heizstrahler sorgen dafür, dass es noch angenehm ist. Ein wenig im Stuhl zurückgesunken, beobachtet Lois die Menschen und genießt die sommerliche Atmosphäre. Im Grunde ist es ja auch nicht so schlimm, dass sie morgen früh raus muss, das ist sie schließlich gewohnt. Dann geht sie eben einmal morgens nicht vor der Arbeit laufen.

Als ihr bewusst wird, welch revolutionärer Gedanke das ist, nimmt sie ein wenig überrascht noch einen Schluck von ihrem Mineralwasser. Vor vielen Jahren hat sie sich selbst einen strengen, genügsamen Lebensstil auferlegt, der einen Verzicht auf Alkohol, viel Sport, frühes Aufstehen und eine gesunde Ernährung vorsieht. Ein Lebenskonzept, das wenig Raum ließ für spontane Vergnügungen, das aber gut für sie funktionierte. In der letzten Zeit hat sie ihre eiserne Disziplin einige Male vernachlässigt, und obwohl sie dadurch das Leben wieder etwas mehr genießen konnte, jagt es ihr gleichzeitig auch Angst ein.

Als sie am folgenden Tag das Polizeirevier am Mallegatsplein betritt, bereut sie, dass sie am Abend zuvor so lange aus gewesen ist. Entgegen ihrer Absicht sind sie auf dem Waagplein regelrecht versackt. Sie ist erst um halb zwei ins Bett gegangen und steht nun etwas benommen vor dem Kaffeeautomaten.

Zum Glück verspricht der Tag, relativ ruhig zu werden, ohne große, zeitraubende Fälle und Überstunden. Die optimale Gelegenheit also, ihren Papierkram zu erledigen, denn auch diese ewigen unliebsamen bürokratischen Verpflichtungen gehören schließlich zu ihrem Job. Egal, was sie macht, ob es sich um die Festnahme eines Taschendiebs handelt oder ob sie einen Mordfall untersucht, sie muss über jede Handlung Bericht erstatten. Oftmals, wenn gerade ziemlich viel los ist, kommt das zu kurz, und dann wartet der ganze Verwaltungskram hinterher auf sie.

Mit einer Tasse Kaffee in der Hand läuft Lois ins Großraumbüro, wo sie ihre Kollegen begrüßt und einen freien Computerplatz sucht.

»Willst du auch auf der Karte unterschreiben?« Noch ehe Lois sich setzen kann, taucht Claudien neben ihr auf und legt eine große Grußkarte mit der Aufschrift »Gute Besserung!« vor ihr auf den Schreibtisch.

»Wer ist denn krank?«, fragt Lois, während sie die Karte aufklappt, um die Genesungswünsche zu lesen.

»Nick, er hat sich den Fuß gebrochen.«

»Wie hat er denn das angestellt?«

»Beim Squash-Spielen. Er hat sich so geärgert, dass er verloren hat, dass er seiner Sporttasche einen Fußtritt verpassen wollte. Nur leider war die Wand näher als gedacht.«

Lois beißt sich auf die Lippe, um nicht loszuprusten. »Ach, echt? Ich wusste gar nicht, dass er Sport macht.«

»Doch, man kann sogar sagen, er ist regelrecht sportfanatisch«, sagt Claudien und ergänzt: »Würde er sich nur mal bei der Arbeit so ins Zeug legen. Jedenfalls läuft er jetzt mit einem Gipsfuß herum. Wenn er zurückkommt, dürfen alle Kollegen unterschreiben, hat er verkündet, und wir dürfen uns damit abwechseln, ihn mit Kaffee und Tee zu versorgen.«

Lois grinst und verdreht die Augen. Typisch. Obwohl Nick ein guter Kripobeamter ist, ist er auch dafür bekannt, leidige Aufgaben lieber seinen Kollegen zu überlassen, um sich anschließend mit den Ergebnissen zu brüsten. Im gesamten Team ist er der Kollege, den sie am wenigsten mag. Bislang hatte sie immer gedacht, dass Claudien, die viel mit ihm zusammenarbeitet, gut mit ihm auskommt, aber offenbar hat auch sie so ihre Schwierigkeiten mit ihm.

Lois setzt sich an den Schreibtisch, kritzelt »Alles Gute!« auf die Karte und fährt ihren Computer hoch. Tief im Innersten hofft sie, dass es noch eine ganze Weile dauern wird, bis Nick wieder im Revier auftaucht, obwohl das wenig wahrscheinlich ist. Ein gebrochener Fuß ist zwar bei einer Festnahme eher hinderlich, aber es gibt genügend andere Aufgaben, bei denen er sich nützlich machen kann.

Während der Vormittag verstreicht und es immer wärmer wird, arbeitet Lois an ihren Berichten. Gegen elf ist es in der Abteilung nicht mehr auszuhalten, und Fred, mit dem sie viel im Team arbeitet, schleppt ein paar Ventilatoren an.

»Wer will, wer will, wer hat noch nicht?«, fragt er und hält zwei Ventilatoren hoch.

»Ich!«, reagiert Lois sofort.

Natürlich will jeder einen Ventilator, aber Fred stellt als Erstes einen bei Lois ab. »Weil du so fleißig tippst«, sagt er. »Und, kommst du gut voran?«

»Wenn ich in dem Tempo den ganzen Tag durcharbeite, bin ich heute Abend fertig. Das heißt, ich bin äußerst motiviert.«

»Also hast du keine Zeit, um ein bisschen früher Schluss zu machen, oder?«

Lois blickt zu ihrem Kollegen hoch. »Wieso? Hast du was vor?«

»Nanda hat mich gefragt, ob du heute Abend zum Essen vorbeikommst. Sie kocht italienisch und wollte draußen essen.«

»Oh, das klingt fabelhaft«, sagt Lois voller Vorfreude. Sie selbst hat keinen Garten, nicht mal einen Balkon, und aus Erfahrung weiß sie, dass ihre Wohnung sich bis heute Abend in eine Sauna verwandelt haben dürfte.

Den Rest des Tages arbeitet sie in Ruhe weiter, den Ventilator direkt neben sich. Erst gegen vier Uhr fällt ihr das Mädchen wieder ein, das Anzeige erstatten wollte. Offenbar war ihr etwas dazwischengekommen. Oder sie hatte sich aus irgendeinem Grund umentschieden. Seltsam, denkt Lois, denn sie hatte gemeint, in den Augen des Mädchens echte Angst wahrgenommen zu haben. Aber wenn sie nicht aufs Revier kommt, kann ihr Lois auch nicht helfen.

Um halb fünf fährt Lois ihren Computer herunter und wirft Fred, der am Schreibtisch gegenüber sitzt, einen fragenden Blick zu: »Fertig?«

»Nein, aber es gibt nichts, was nicht bis morgen warten könnte. Wir beide gehen jetzt ein Bier trinken. Das heißt, ein Bier und eine Cola light. Mmh, also irgendwie ist das nicht dasselbe«, überlegt Fred, während er seinen Stuhl nach hinten schiebt und aufsteht.

Lois lacht. »Schmeckt aber genauso gut. Vor allem an so einem warmen Tag, mit ein paar Eiswürfeln drin.«

»Das lässt sich regeln.« Fred winkt den anderen Kollegen zu, und gemeinsam verlassen sie das Büro.

Draußen prallen sie förmlich gegen eine Wand aus Hitze.

»Pff«, bläst Fred Luft durch die Zähne. »Ich dachte, dass es drinnen nicht mehr auszuhalten sei, aber draußen ist es auch nicht viel besser. Fährst du mit mir mit, oder bist du mit dem Rad da?«

»Natürlich bin ich mit dem Rad da – die paar Meter. Du bist doch nicht etwa mit dem Auto gekommen?«

»Doch, klar. Man weiß nie, wozu es gut ist.«

Lois stößt ein verächtliches Lachen aus. »Du bist einfach zu faul, um mit dem Fahrrad zu fahren, Klinkenberg. Ich kann dir schon jetzt vorhersagen, dass du so bestimmt nicht durch den Test kommst.«

»Ich habe mich übrigens gerade im Fitnessstudio angemeldet«, verteidigt sich Fred. »Und ja, ich bin sogar schon dort gewesen. Zwei Mal schon.«

»Ja, super! Und was machst du da?«

»Spinning«, antwortet Fred selbstzufrieden.

»Und, klappt es?«

»Warum sollte es denn nicht klappen? Kondition habe ich genügend«, sagt Fred ein wenig beleidigt.

»Momentan radle ich dir aber noch davon.«

»Also hör mal, Elzinga, es besteht immerhin noch ein kleiner Altersunterschied zwischen uns, ja? Könntest du das bitte auch mal berücksichtigen?«

»Nö«, sagt Lois. »Das Alter ist keine Ausrede. Man kann auch mit sechzig noch topfit sein. Und man hat auch nicht zwangsläufig eine Wampe.«

»Habe ich etwa eine Wampe?«

»Lass es mich mal so sagen: Du bist auf dem besten Weg dahin.«

»Von Takt und Mitgefühl verstehst du aber auch nicht viel, was?«, brummt Fred. »Na dann, bis gleich, du Sportskanone.« Er steigt in sein Auto und hebt kurz die Hand zum Gruß, bevor er die Tür zumacht.

Mit einem Anflug von Schuldgefühlen zieht Lois ihr Fahrrad aus dem Ständer. Hatte sie Fred verletzt? Hoffentlich nicht. Aber etwas verärgert war er wohl schon. Na ja, sie hatte es gut gemeint. Von einer Arbeitspartnerin, die ihm immer nur nach dem Mund redet, hat er ja auch nicht viel. Fred ist ein hervorragender Kripobeamter, aber in der letzten Zeit ist er etwas nachlässig geworden. Das konnte natürlich daran liegen, dass er gerne in Frühpension gehen wollte, was aber durch die Haushaltskürzungen der Regierung nicht genehmigt wurde. Tief in ihrem Herzen ist Lois heilfroh darüber. Seit ihrem ersten Tag bei der Kripo ist Fred ihr Partner und Mentor, und mittlerweile auch ihr bester Freund. Sie wüsste nicht, was sie ohne ihn machen sollte.

Die wärmenden Sonnenstrahlen im Gesicht genießend, fährt sie mit dem Rad die Kanaalkade entlang zur Friesebrug und nach der Brücke auf den Frieseweg. Dort wohnen Fred und Nanda in einer Altbauwohnung mit Erker und großem Garten. Lois sieht in Nanda so etwas wie eine zweite Mutter. Sie ist lieb und herzlich, und sie wirkt innerlich wie äußerlich jung geblieben. Lois kommt nicht umhin, Nanda immer auch mit ihrer eigenen Mutter, die bereits seit vielen Jahren tot ist, zu vergleichen. Wie hätte wohl ihre Mutter im Leben gestanden, wenn ihr dieser eine Schicksalsschlag erspart geblieben und sie nicht in eine Depression verfallen wäre? Schwierig zu sagen. Ihre Mutter hatte immer schon eine etwas grüblerische Ader gehabt, ganz anders als die lebensfrohe, optimistische Nanda.

Sie weiß, dass es keinen Sinn hat, die beiden zu vergleichen oder in Kategorien von »was wäre wenn« und »hätte ich doch« zu denken. Sie hat gelernt zu akzeptieren, dass die Dinge nun einmal so sind, wie sie sind. Das ist ihr Leben, und es ist gut so, wie es ist.

4

»Schön, dass du da bist!« Nanda trägt einen lila Rock mit einem passenden T-Shirt und hat ihre Sonnenbrille in die Haare gesteckt. Sie drückt Lois kurz an sich und gibt ihr danach auf jede Wange einen Kuss. »Lange nicht gesehen. Wie geht's dir?«

»Gut.« Lois umarmt Nanda. »Es war ziemlich viel los. Vor allem der letzte Fall hatte es ganz schön in sich.«

»Ach ja, das vermisste Mädchen. Ich bin so froh, dass alles gut ausgegangen ist. Komm, wir gehen raus, es steht alles schon bereit.« Nanda geht voran und führt Lois zum Garten hinter dem Haus, wo Fred bereits mit einem Bier und einer Schale Cashewnüsse sitzt. Mit einem vielsagenden Grinsen blickt er hoch, und sie kann nicht anders als zurücklachen.

»Wie geht es denn dem Mädchen jetzt? Hast du sie noch mal gesehen?«, erkundigt sich Nanda.

Lois lässt sich auf einem Gartenstuhl im Schatten nieder. »Ja, kurz nachdem sie wieder zu Hause war. Und zufällig habe ich gestern ihre Mutter bei *Zomer op het Plein* getroffen.«

»Ach, warst du dort?« Fred wirft sich eine Handvoll Cashewnüsse in den Mund.

»Ja, zum ersten Mal, schlimm, was? Aber es war sehr nett. Ich war mit Onno dort.«

»Ah, der Herr Psychiater. Hat er noch nicht aufgegeben?«

Lois lächelt nur. Wenn es um ihr Gefühlsleben geht, gehen bei ihr automatisch die Rollläden runter. Nanda, aufmerksam wie immer, bemerkt es und lenkt sofort vom Thema ab: »Möchtest du was trinken, Lois?«

»Lois möchte Cola light mit Eiswürfeln«, antwortet Fred an ihrer Stelle.

»Ich habe auch einen leckeren Weißwein im Kühlschrank«, schlägt Nanda vor, ohne sich viel Hoffnung zu machen, und als Lois lächelnd den Kopf schüttelt, seufzt sie tief. »Schade, dass du dafür nicht zu haben bist. Das heißt, eigentlich machst du es genau richtig. Keinen Alkohol zu trinken, meine ich.«

»Also lieber sterbe ich ein paar Jahre früher, als dass ich auf mein Bier verzichten muss«, meint Fred und nimmt, wie um das zu unterstreichen, einen kräftigen Schluck. »Und außerdem schaden ein, zwei Gläschen auch nicht. Wozu hat man denn sonst eine Leber?«

»Alles in Maßen, dann ist das gar kein Problem«, sagt Nanda. »Aber gut, dann eine Cola light. Ich hol sie dir eben.«

Als seine Frau nach drinnen verschwindet, stellt Fred sein Glas auf dem Tisch ab und sieht Lois nachdenklich an. »Alles in Ordnung?«

Lois, die gerade den blühenden Garten bewundert hat, wirft ihm einen verblüfften Blick zu. »Ja, wieso?«

»Nur so. Ich hatte den Eindruck, dass du heute über irgendetwas gegrübelt hast. Du warst so still.«

»Ach so, nein, ich habe einfach nur gearbeitet. Es gab da zwar etwas, aber darüber habe ich nicht nachgegrübelt. Nicht wirklich jedenfalls.«

»Was denn?«

»Gestern, bei *Zomer op het Plein,* hat mich ein Mädchen angesprochen. Ich schätze, sie war so sechzehn. Sie hat mich gefragt, was man tun soll, wenn man Drohbriefe bekommt. Ich habe ihr natürlich geraten, Anzeige zu erstatten, und wir hatten mehr oder weniger ausgemacht, dass sie heute vorbeikommt«, erzählt Lois. »Und unterbewusst habe ich wohl den ganzen Tag auf sie gewartet.«

»Aber sie ist nicht gekommen«, schlussfolgert Fred.

»Nein, und das finde ich schade. Ich wollte ihr gerne helfen.«

»Vielleicht war es gar nicht so schlimm, und sie hat ein bisschen übertrieben.«

»Das glaube ich nicht. Sie war ziemlich nervös und hat sich ständig umgesehen, als ob sie das Gefühl hätte, dass sie jemand beobachtet. Ich konnte sehen, dass sie Angst hat.«

»Du denkst also, sie hat sich nicht getraut zu kommen?«

»Ja, das denke ich. Oder sie glaubt, dass wir nichts für sie tun können.«

»Streng genommen stimmt das ja in gewisser Weise auch«, wendet Fred ein.

»Das finde ich nicht. Mit den Drohbriefen können wir auf jeden Fall etwas anfangen.«

»Klar, du kannst einen Handschriftenexperten darauf schauen lassen, und mit viel Glück findest du vielleicht Fingerabdrücke. Aber dann muss der Täter auch im System zu finden sein.«

»Auf jeden Fall können wir etwas unternehmen«, beharrt Lois. »Allein schon, indem wir Fragen stellen und ihr Umfeld unter die Lupe nehmen. Oft steckt ja einfach ein Streit mit einem Altersgenossen dahinter oder ein Exfreund, der Stress macht. Aber das gilt es herauszufinden.«

Fred nickt. »Und bekommt sie auch auf digitalem Weg Drohbriefe? Oder nur auf Papier?«

»Das weiß ich nicht. Das wollte ich sie heute fragen. Das wäre natürlich ideal, denn dann könnten wir den Absender direkt ausfindig machen.«

Nanda kommt mit den Getränken nach draußen.

»Und, wie sieht es bei dir aus, Lois?«, fragt sie interessiert, während sie sich hinsetzt. »Fährst du dieses Jahr noch weg?«

»Mal schauen.« Lois nimmt einen Schluck Cola, wobei die Eiswürfel im Glas klirren.

»Wieso, mal schauen? Du bleibst doch hoffentlich nicht den ganzen Urlaub über zu Hause?«

»Ich weiß es noch nicht. Vor ein paar Wochen hat Tessa vorgeschlagen, dass wir zusammen eine Woche nach Benidorm fahren könnten. Sie sagt, das ist nicht so sehr nach Guidos Geschmack.«

»Dann mach das doch. Das ist doch nett, zusammen mit deiner Schwester.«

»Benidorm klingt aber auch nicht unbedingt nach Lois' erster Wahl«, wirft Fred trocken ein. »Oder doch?«

»Nicht wirklich«, gibt Lois zu. »Den ganzen Tag am Strand in der Sonne brutzeln und dann der Massentourismus – ich darf gar nicht daran denken.«

»Das spanische Hinterland ist sehr schön«, merkt Nanda an. »Und du musst doch nicht den ganzen Tag am Strand liegen.«

»Wenn ich mit meiner Schwester fahre, schon. Tes hat keinerlei Interesse an Kultur. Wenn sie sich doch einmal vom Strand wegbewegt, dann nur, um mit einer Flasche Rosé auf der Terrasse zu sitzen oder um shoppen zu gehen.«

»Klingt doch gar nicht so verkehrt.«

»Ach, komm. Du würdest dich doch zu Tode langweilen, wenn du eine ganze Woche auf dem Handtuch verbringen müsstest«, hält Fred ihr entgegen.

»Ich nicht, aber du! Wenn ich ein paar Bücher dabeihabe, ist alles prima. Aber spätestens nach einer halben Stunde kannst du nicht mehr still sitzen, während ich es mir gerade gemütlich gemacht habe.« Nanda verzieht das Gesicht in Lois' Richtung.

Lois lacht und stellt das Glas auf dem Tisch ab. »Ich glaube nicht, dass das mit dem Urlaub klappt«, sagt sie. »Ich werde wohl einfach zu Hause ein bisschen vor mich hinwurschteln, ich hab sowieso noch eine ganze Menge Dinge zu erledigen. Und außerdem beginnt bald wieder die Marathonsaison, da kann ich schon mal fleißig trainieren.«

Kopfschüttelnd sieht Nanda sie an. »Marathon!«, wiederholt sie verständnislos. »Ich glaube, ich muss noch mal ein ernstes Wörtchen mit Tessa reden.«

Später am Abend, nachdem sie ausgiebig gespeist und Kaffee getrunken haben, radelt Lois zu ihrem Haus an der Baangracht. Es ist nicht weit bis zu ihr, keine zehn Minuten, und während der gesamten Fahrt muss sie an Tessa denken. Sie wollte es Nanda und Fred gegenüber nicht sagen, aber eigentlich ist sie ziemlich sicher, dass Tessas Pläne, nach Benidorm zu fahren, ins Wasser fallen werden. Wahrscheinlich fährt sie überhaupt nirgends hin. Lois kann sich nicht vorstellen, dass Tessa momentan der Sinn nach Reisen steht.

Ich muss sie unbedingt bald mal wieder besuchen, denkt sie. Das letzte Mal sah sie echt nicht gut aus.

Sie fährt die Baangracht entlang, wo das Wasser spiegelglatt zwischen den beiden Ufern daliegt und im letzten Tageslicht die Häuser aus dem siebzehnten Jahrhundert spiegelt.

Da sie weder vor noch hinter dem Haus einen Garten hat, stellt sie ihr Fahrrad gewohnheitsgemäß einfach im Hausflur ab, obwohl sie es genauso gut draußen stehen lassen könnte. Dieser Grachtenabschnitt in der Altstadt von Alkmaar ist so ruhig, dass das Risiko gering ist, dass es gestohlen wird.

Wie sie geahnt hatte, ist es in ihrer Wohnung kaum auszuhalten. Lois öffnet ein paar Fenster und lässt frische Luft hinein, zusammen mit einem Dutzend Fliegen. Laut brummend schwirren sie ihr um den Kopf, und mit einem Seufzer macht sie die Fenster wieder zu.

Sie braucht unbedingt eine Klimaanlage. Wenn sie morgen Zeit hat, kann sie schnell so ein Gerät besorgen, allerdings müsste sie dann morgen mit dem Auto zur Arbeit.

Lois streicht sich eine feuchte Haarsträhne aus ihrem verschwitzten Gesicht und öffnet den Kühlschrank. Sie holt eine Silikoneiswürfelform aus dem Tiefkühlfach und drückt zwei Eiswürfel in ein Longdrinkglas. Das füllt sie mit Wasser und trinkt es in einem Zug leer. Ein Blick auf die Uhr verrät ihr, dass es kurz nach zehn ist: zu früh, um ins Bett zu gehen, aber zu spät, um Tessa anzurufen. Wobei, ihre Schwester geht sowieso nie früh ins Bett und ganz sicher nicht, wenn es so warm ist. Wahrscheinlich sitzt sie gerade auf einem Liegestuhl draußen auf der Terrasse ihres weitläufigen Gartens. Eigentlich kann sie genauso gut anrufen.

Ohne lange nachzudenken, greift sie nach ihrem Handy und wählt die Nummer ihrer Schwester. Tessa nimmt sofort ab.

»Lois! Schön, dass du anrufst. Oder ist irgendwas passiert?«, schiebt sie besorgt nach.

»Nein, es ist nichts«, beruhigt sie Lois schnell. »Ich war heute Abend bei Fred und Nanda zum Essen eingeladen und bin gerade nach Hause gekommen.«

»Warum rufst du dann an?«

»Ich habe mich gefragt, ob du morgen vielleicht Zeit hast. Es ist gerade ruhig auf der Arbeit, ich könnte den Nachmittag freinehmen. Mein Chef hat mich neulich erst ermahnt, dass ich endlich mal meine Überstunden abbummeln soll.«

»Prima, gern! Sollen wir auf dem Waagplein zu Mittag essen? Ich wollte sowieso in die Stadt.«

»Machen wir. Um eins?«

»Ja, bei dem Lokal an der Ecke. Ich freu mich schon, bis morgen dann!«

Nach diesem kurzen Gespräch schaltet Lois den Fernseher ein und schaut eine Krimiserie, wobei sie versucht, sich nicht allzu sehr darüber aufzuregen, welcher Unsinn den Leuten als Polizeiarbeit verkauft wird. So vermutet die Ermittlerin etwa, dass das Opfer mit einem Baseballschläger ermordet wurde, und geht einfach ohne Durchsuchungsbeschluss in das Haus des Verdächtigen, um danach zu suchen. Als sie die Waffe dort nicht findet, fällt ihr Blick auf den Vorgarten, und sie beginnt auf gut Glück den Garten mit einer Schaufel umzugraben, die ganz zufällig herumliegt. Und, oh Wunder, nachdem sie ein paar Mal mit dem Spaten in der Erde herumgestochert hat, stößt sie auf die Tatwaffe, die sie nagelneu und blitzblank aus dem Boden zieht. Offenbar hält sie es auch nicht für nötig, Handschuhe anzuziehen oder die Spurensicherung zu rufen.

Mit einem Grinsen im Gesicht schaltet Lois auf einen anderen Sender um. Wenn es bloß so einfach wäre.

Sie gähnt und beschließt, doch früher ins Bett zu gehen. Vorher noch kurz duschen, dann stehen die Chancen höher, dass sie trotz der Hitze unter dem dünnen Laken Schlaf findet. Es wird sicher eine schweißtreibende Nacht werden.

5

Nicolette Dekker fährt vergnügt mit dem Rad nach Hause. Es ist Dienstag, sie hat früh Schulschluss, die Sonne scheint, und sie hat nicht viele Hausaufgaben. Und was noch wichtiger ist, ihr Stalker hat bereits seit mehreren Tagen nichts von sich hören lassen. Sie hatte schon befürchtet, er würde ihr am Sonntag bei *Zomer op het Plein* den Nachmittag verderben, aber nein. Vielleicht hat er ja aufgegeben, denkt sie und lächelt dankbar.

Zum ersten Mal seit langer Zeit gelingt es ihr, sich ein wenig zu entspannen.

Normalerweise verbringt sie den Dienstagnachmittag zusammen mit Fay, ihrer besten Freundin, aber die hat starke Halsschmerzen und wollte direkt nach Hause fahren.

Vielleicht auch besser so, denn sie schreibt morgen eine Klausur in Englisch und muss ohnehin noch lernen.

Nicolette holt ihr Handy hervor, macht die Musik an und stöpselt die Kopfhörer in die Ohren. Leise vor sich hin singend, fährt sie weiter. Die Sonne scheint warm auf ihre unbedeckten Schultern; als sie an einer Bekannten vorüberfährt, winkt sie ihr lächelnd zu. Kurze Zeit später biegt sie in die Straße ein, in der sie wohnt. Sie fährt hinter das Haus, damit sie ihr Fahrrad im Garten abstellen kann.

Der Weg ist eigentlich zu schmal, um mit dem Rad an den grünen und schwarzen Mülltonnen vorbeizufahren, aber sie hat keine Lust, extra abzusteigen. Geschickt lenkt sie das Fahrrad an den Hindernissen vorbei. Erst im letzten Moment sieht sie den Mann, der plötzlich wie aus dem Nichts auftaucht.

6

Mit kritischem Blick inspiziert Tessa ihre Schwester. »Du hast Ringe unter den Augen, weißt du das?«

»Ja? Mir geht's aber super.« Lois setzt ihre Sonnenbrille auf und sinkt auf ihrem Stuhl ein wenig in sich zusammen.

»Dagegen kannst du was tun. Einfach einen Löffel kurz ins Gefrierfach legen und dann die gewölbte Seite dagegenhalten. Funktioniert hervorragend.«

»Danke für den Tipp. Werde ich zu Hause gleich mal ausprobieren«, sagt Lois, um das Thema schnellstmöglich abzuhaken.

Man sollte nicht meinen, dass dies ein ganz normaler Werktag ist, so viele Leute sitzen draußen auf dem Waagplein. Obwohl die Terrassen der Restaurants fast die Hälfte des Platzes einnehmen, findet man kaum noch einen freien Tisch. Tessa und sie hatten Glück, es stand gerade jemand auf, als sie angelaufen kamen. Ihre Schwester hat ihren Welpen Scottie dabei, einen West Highland White Terrier, der mit einer Schüssel Wasser im Schatten unter dem Tisch sitzt.

Es war gar kein Problem gewesen, den Nachmittag freizunehmen, Ramon hatte schon sein Okay gegeben, noch ehe sie ihre Bitte ganz ausgesprochen hatte. Nachdem sie letzten Papierkram erledigt und einen uniformierten Kollegen dabei unterstützt hatte, einen notorischen Ladendieb zu verhören, war es umso schöner gewesen, das brütend heiße Büro zu verlassen.

Lois stößt einen tiefen Seufzer aus.

»Wo kam der denn jetzt her?«, fragt Tessa lachend.

»Das war ein Seufzer der Erleichterung. Darüber, dass ich hier sitze, und nicht im Büro.«

»Hoffentlich ist es den Kriminellen auch zu heiß, um irgendwas anzustellen«, meint Tessa. »Dann könntest du zumindest mal ein paar Tage freinehmen. Sag mal, ist dir nicht warm in dieser Hose?«

Lois blickt von Tessas Sommerkleid der Luxusmarke Miu Miu auf ihre eigene weiße Jeans, über der sie ein schwarzes T-Shirt mit ziemlich tiefem Ausschnitt trägt. »Eigentlich schon, aber ich kann ja wohl kaum in kurzer Hose oder im Rock auf dem Revier erscheinen.«

»Du hättest dich doch zu Hause umziehen können. Darfst du denn nicht im Rock oder Kleid arbeiten? Ich dachte, bei der Kripo darf man tragen, was man will?«

»Bis zu einem gewissen Grad, ja. Aber es muss natürlich praktische Kleidung sein. Und die Sachen dürfen sozusagen nicht zu aufreizend sein.«

»Warum trägt die Kriminalpolizei eigentlich keine Uniform?«, fragt Tessa. »Immerhin arbeitest doch bei der Polizei.«

»Ja, aber ich habe keine öffentliche Funktion. Wenn man Streife fährt oder im Revier Wache hat, muss man als Polizist erkennbar sein. Als Kripobeamter nicht. Im Gegenteil, während der Ermittlungen ist es sogar besser, wenn man nicht weiter auffällt.«

»Ach so, ja, natürlich. Klingt logisch.« Tessa bückt sich zu Scottie hinunter, der ständig in Bewegung ist und sich in seiner Leine verheddert hat. »Was machst du denn da? Jetzt halt doch mal still«, ermahnt sie ihn, während sie den Welpen aus seiner misslichen Lage befreit.

»Ist es nicht viel zu warm für ihn?«, erkundigt sich Lois.

»Ja, aber ich kann ihn nicht so lange allein zu Hause lassen.

Dafür ist er noch zu klein. Und er hat ja eine Schüssel mit Wasser. Ab und zu benetze ich auch sein Fell damit«, sagt Tessa. Der Hund springt an ihrem Bein hoch, sie streichelt ihn.

»Und, hat er schon ein paar Einbrecher geschnappt?«, feixt Lois.

Tessa muss ebenfalls grinsen. »Fast. Aber jetzt, wo du es sagst, in der letzten Zeit ist es ruhig am Gartenzaun. Ich hab den Typen nicht mehr gesehen.«

»Also hast du wirklich dort jemanden stehen sehen?«

»Ja, davon hab ich dir doch erzählt. Guido ist einmal rausgegangen, aber da ist er schnell abgehauen.«

»Merkwürdig«, sagt Lois. »Einbrecher gehen doch in der Regel weniger auffällig vor.«

»Bei uns in der Nachbarschaft gab es in letzter Zeit tatsächlich ein paar brutale Einbrüche. Unsere Nachbarn saßen nichtsahnend im Garten, während ihr Haus leergeräumt wurde. Die Täter waren unbemerkt an der Seite ins Haus eingestiegen, da stand wohl eine Terrassentür offen. Die Leute haben von dem ganzen Einbruch nichts mitbekommen. Guido hat jetzt an unserem Zaun eine Kamera installieren lassen, und seitdem haben wir den Typen nicht mehr gesehen.«

»Sehr gut. Falls er noch mal auftaucht, würde ich mir gerne die Bilder anschauen.«

»Na endlich, ich dachte schon, du fragst nie danach«, sagt Tessa und rollt theatralisch mit den Augen. »Da hat man schon eine Schwester bei der Kripo, und dann reagiert sie überhaupt nicht, wenn man ihr erzählt, dass man in Gefahr schwebt.«

»Deine Sorgen sind bestimmt unbegründet«, sagt Lois. »Aber es ist gut, dass ihr die Kamera angebracht habt. Vor allem, wenn es in der Nachbarschaft Einbrüche gab.«

Die Kellnerin kommt und bringt das Essen, beide haben einen Nizza-Salat bestellt. Tessa trinkt dazu ein Glas Chardonnay, Lois ein Mineralwasser. Sie prosten sich zu und beginnen zu essen.

»Hast du eigentlich noch mal drüber nachgedacht?«, fragt Lois nach einiger Zeit vorsichtig.

Tessa zuckt mit den Schultern.

»Offenbar ja schon«, stellt Lois mit einem Blick auf das Glas Wein fest.

»Ich lass es wegmachen«, sagt Tessa, und wie um diesen Entschluss zu unterstreichen, nimmt sie einen kräftigen Schluck. »Das hab ich von Anfang an schon gesagt.«

»Das weiß ich, aber du hast auch gesagt, dass du darüber nachdenken willst. Hast du das gemacht? Ich meine, richtig ernsthaft?«

»Nein. Ich folge einfach meinem Gefühl, Lois. Und mein Gefühl sagt mir, dass ich kein Kind will. Jetzt nicht und auch in Zukunft nicht.«

»Ist das wirklich das, was du fühlst, oder glaubst du das bloß?«

Tessa legt ihre Gabel auf den Teller und sieht ihre Schwester leicht verstimmt an. »Wo ist denn da der Unterschied?«

»Vielleicht dringst du ja gar nicht zu deinem wahren Gefühl vor und machst dir selbst etwas vor.«

Tessa verdreht die Augen. »Oh Mann. Man merkt echt, dass du mit einem Psychiater befreundet bist. Redet ihr die ganze Zeit so miteinander?«

Trotz des ernsten Themas muss Lois unweigerlich lachen. »Da müsstest du mich eigentlich besser kennen. Ich halte überhaupt nichts von diesem Psychogeschwafel.«

»Eben. Deshalb frage ich mich auch, wieso du mir jetzt damit ankommst.«

Lois seufzt. »Ich weiß auch nicht, vielleicht weil ich dir das nicht abnehme. Ich kenne dich doch, Tessa. Als damals dein

Meerschweinchen eingeschläfert werden musste, warst du tagelang völlig durch den Wind.«

»Da war ich elf. Und ich finde nicht, dass das vergleichbar ist.«

»Das stimmt. Das Meerschweinchen kanntest du nämlich, du hast ihm Futter gegeben, mit ihm gekuschelt und versucht, ihm Kunststückchen beizubringen. Das Kind in deinem Bauch kennst du noch nicht, es ist noch ganz abstrakt. Ein Zellhaufen, wie du neulich gesagt hast. Aber es hat einen Herzschlag, und inzwischen ist es auch viel mehr als nur ein Zellhaufen. Ich hab letztens im Internet nachgeschaut, wie der Fötus jetzt aussieht. Hier.« Noch ehe Tessa protestieren kann, hält Lois ihr das ausgedruckte Bild unter die Nase.

Tessa schaut sofort weg. »Hör auf, Lois.«

»Nimm es mit, und schau es dir heute Abend ein paar Minuten lang an. Um mehr bitte ich dich gar nicht.«

»Du bist manchmal echt eine Nervensäge, weißt du das? Nein, ich nehme es nicht mit. Warum tust du das? Ich dachte, wir gehen einfach nett zusammen Mittag essen.«

»Das machen wir doch auch. Ich höre sofort damit auf, wenn du das Bild einsteckst.«

»Also gut, Frau Kriminalkommissarin. Ich kann mir richtig vorstellen, wie sich ein Verdächtiger fühlt, wenn er dir gegenübersitzt.«

Lois bricht in schallendes Gelächter aus. Tessa lacht auch, aber sie bückt sich tatsächlich nach unten zu ihrer Handtasche, um das Bild zu verstauen.

»Oh nein«, ruft sie aus. »Sag, dass das nicht wahr ist.«

Lois schaut unter den Tisch und sieht eine braune, kunstvoll geschwungene Wurst dort liegen. Mit einer Serviette vor dem Mund unterdrückt sie einen Lachanfall. »Ich hoffe, du hast einen von diesen Gassibeuteln dabei?«

»Nein, aber Taschentücher. Das geht doch bestimmt auch, oder? Igitt!« Eine Verwünschung nach der anderen flüsternd, wischt Tessa den Haufen so gut wie möglich weg, aber es kostet sie die ganze Packung Taschentücher. »Und jetzt?«, fragt sie angewidert.

»Jetzt musst du das zum Mülleimer bringen. Da drüben in der Ecke steht einer.«

»Hast du nichts, wo ich es reintun kann? Eine Plastiktüte oder so was?«

»Nein, tut mir leid. Pack es doch in deine Handtasche.« Lois kann gar nicht mehr aufhören zu lachen. Die Vorstellung, dass ihre Schwester den Hundehaufen in ihrer teuren Ferragamo-Tasche transportiert, ist einfach zu komisch.

»Glaubst du, ich bin verrückt geworden? Ich lasse das einfach liegen. Wenn wir weggehen, sage ich der Bedienung Bescheid und gebe Trinkgeld.«

»Das sollte dann aber etwas üppiger ausfallen.« Immer noch lachend, greift Lois nach ihrer eigenen Tasche, in der gerade ihr Handy laut klingelt und sie drängt, endlich ranzugehen. Als sie aufs Display schaut, stöhnt sie.

»Was? Doch nicht etwa die Arbeit, oder?«

Mit einem langen Gesicht nickt Lois und nimmt den Anruf an. Es folgt ein kurzes Gespräch, dann lässt sie ihr Handy wieder in die Tasche gleiten.

»Die Arbeit ruft«, bestätigt sie. »Leider ist es offenbar nicht zu heiß, um jemanden zu ermorden. Ich muss los, Tes.«

Resigniert seufzt Tessa und wedelt mit der Hand. »Geh du ruhig, ich zahle. Vielleicht auch besser so. Hier stinkt's nämlich so langsam.«

7

Am Tatort stinkt es auch. Über dem schattigen Weg hängt der Gestank der Müllcontainer, die bereits seit Tagen in der Hitze stehen. Das Blut auf dem Boden macht die Situation nicht besser.

Die Adresse war nicht weit weg, sodass Lois in Rekordzeit am Tatort eintraf. Trotzdem standen bei ihrer Ankunft bereits zwei Streifenwagen da, aber das war nur logisch, denn die Schutzpolizei wird von der Einsatzzentrale als Erstes informiert.

Als Lois vom Fahrrad abstieg, waren ihre Kollegen bereits dabei, den Weg mit rot-weißem Plastikband abzusperren. Dahinter drängten sich die Nachbarn, sodass sie sich erst den Weg durch die Menge bahnen musste, um unter dem Absperrband hindurchzuschlüpfen.

Jetzt steht sie hier, neben Hauptkommissar Ramon Koenen, und sieht zu dem Leichnam hinüber, der ein paar Meter weiter auf dem Boden liegt. Die Spurensicherung ist noch zugange, und so lange dürfen sie sich dem Opfer nicht nähern.

Das Einzige, was Lois sieht, ist, dass es sich um ein Mädchen handelt und dass sie auf der Seite liegt, das Gesicht bedeckt durch die langen braunen Haare. Am Rücken klafft eine große, blutige Wunde, und ihr Fahrrad liegt halb auf ihr drauf.

Ein kalter Schauer läuft Lois über den Rücken. So ein junger Mensch, schießt es ihr durch den Kopf. So verdammt jung.

Irgendwie kommt ihr das Mädchen mit seinen langen braunen Haaren bekannt vor. Die Statur stimmt auch. Lois schüttelt den Gedanken ab, der in ihr aufsteigt. Viele Mädchen in dem Alter haben lange braune Haare.

Sie löst ihren Blick von dem Opfer und wendet sich ihrem Chef zu. »Weiß man schon Genaueres?«

Ramon fährt sich mit der Hand durchs Haar, das mit der Zeit immer mehr zurückweicht und durchzogen ist von grauen Strähnen.

»Das Opfer heißt Nicolette Dekker und ist sechzehn Jahre alt«, berichtet er. »Sie wurde vor einer Dreiviertelstunde von einer Nachbarin erstochen aufgefunden. Alarmiert durch die Schreie der Frau kam die ganze Nachbarschaft angelaufen.«

»Also wurden die Spuren am Tatort ziemlich durcheinandergewirbelt.«

»Ich fürchte, ja. Die Frau, die das Opfer gefunden hat, sitzt mit einem Beamten in ihrem Wohnzimmer und bekommt Beruhigungsmittel. Geh du doch schon mal rein, und rede mit ihr. Wir müssen sowieso erst warten, bis die Jungs von der SpuSi fertig sind, bevor wir zu dem Mädchen können.«

»Wo sind ihre Eltern?«

»Auf der Arbeit. Sie sind bereits informiert und müssten jeden Moment eintreffen. Ebenso wie Claudien, die sie abfangen soll.«

»Wo wohnt die Nachbarin?«, fragt Lois.

»In dem Haus, wo die Tür offensteht. Du musst nur ums Haus herumgehen.« Ramon hält das Absperrband hoch, damit Lois darunter hindurchschlüpfen kann.

Mühsam bahnt sie sich einen Weg durch die Menschenmenge und biegt rechts in die Straße ein. Während sie auf das Haus zuläuft, in dem die Nachbarin wohnt, die Nicolette gefunden hat, sieht sie Fred, der gerade einparkt. Neben ihm sitzt Claudien. Beide winken ihr zu.

Lois winkt zurück. Sie ist froh, dass es nicht ihre Aufgabe

ist, den Eltern des toten Mädchens in diesem Moment beizustehen. Das wird sicher nicht leicht für ihre Kollegen. Und nun, da Nick mit einem gebrochenen Fuß zu Hause sitzt, ist es wohl an Fred, Claudien zu unterstützen.

Vom Gehweg aus späht sie durch das Erkerfenster in das Haus hinein und erkennt die Uniform eines Polizeibeamten. Hier musste es sein. Schnellen Schrittes läuft sie den Weg zum Haus entlang. Noch ehe sie klingeln kann, wird schon die Tür geöffnet. Eine junge Polizistin steht sichtlich erleichtert vor ihr und tritt einen Schritt zur Seite, um sie hereinzulassen.

»Die Dame ist völlig aufgelöst«, sagt sie. »Sie kannte das Mädchen gut.«

Lois nickt und lässt die Polizistin – sie kann sich nicht an ihren Namen erinnern, meint sich aber zu erinnern, dass sie Linda heißt – vorgehen.

»Frau Beekman, das ist Lois Elzinga von der Kripo. Sie wird von nun an übernehmen. Könnten Sie ihr noch einmal genau erzählen, was geschehen ist?«, bittet Linda.

Auf der orangefarbenen Couch im Wohnzimmer sitzt eine Frau und sieht mit verweintem Gesicht hoch. Lois geht auf sie zu und gibt ihr die Hand.

»Lois Elzinga.«

»Annelies Beekman«, stellt sie sich mit erstickter Stimme vor. Sie ist ungefähr fünfunddreißig Jahre alt, trägt ihr dunkles Haar zu einem Pferdeschwanz zusammengebunden und hat deutlich Übergewicht. Lois kann sich vorstellen, dass sie normalerweise eine attraktive Erscheinung ist, wenn sie gut angezogen und sorgfältig zurechtgemacht ist. Aber im Moment ist ihre Mascara verschmiert, und ihre Augen sind vom vielen Weinen geschwollen.

»Das muss ein enormer Schock für Sie gewesen sein«, sagt Lois, während sie neben der Frau Platz nimmt.

»Ja, entsetzlich. Im ersten Augenblick wollte ich es gar nicht wahrhaben. Ich sah sie liegen und lief schnell zu ihr hin«, erzählt Annelies heiser. »Es kam mir zwar merkwürdig vor, dass sie völlig regungslos liegen blieb, als ich sie rief. Aber ich dachte einfach, sie sei hingefallen und hätte das Bewusstsein verloren. Doch als ich näherkam …« Ihre Stimme stockt, und sie umklammert das Taschentuch so fest, dass ihre Fingerknöchel weiß hervortreten. »Die Wunde, all das Blut … Offenbar muss ich geschrien haben, denn plötzlich standen andere Menschen neben mir, und dann brach völliges Chaos und Panik aus.«

»Haben Sie die Polizei gerufen?«

»Nein, das hat jemand anderes getan. Ich weiß nicht, wer. Ich bin ohnmächtig geworden und wurde nach Hause gebracht.« Als Annelies hochsieht, spricht eine unfassbare Traurigkeit aus ihren Augen. »Wie sollen die Eltern das nur je verkraften? Wie kommt man über einen solchen Verlust jemals hinweg?« Sie zerknüllt ihr Taschentuch und gibt sich krampfhaft Mühe, die Haltung zu wahren. »Wissen sie es schon?«

»Sie wurden benachrichtigt, ja. Sie müssten jeden Moment eintreffen.« Lois legt Annelies eine Hand auf die Schulter. »Können Sie mir ein wenig über die Familie erzählen?«

»Die Dekkers sind fleißige Leute. Leonora und Jochem führen ein eigenes Bekleidungsgeschäft und haben alle Hände voll zu tun.«

»War Nicolette ein Einzelkind?«

»Ja.«

»Und wie war das Verhältnis zwischen Nicolette und ihren Eltern?«

»Gut. Die Familie hat immer zusammengehalten.«

»Gab es Ihres Wissens Streitigkeiten oder andere Konflikte?«

Argwöhnisch sieht Annelies sie an. »Worauf wollen Sie hinaus? Dass ihre Eltern sie umgebracht haben?«

»Ganz und gar nicht. Ich versuche mir einfach nur ein Bild von der Familie zu machen. Nicolette steckte natürlich auch mitten in der Pubertät. War sie nicht oft allein, wenn ihre Eltern so viel arbeiteten?«

Es widerstrebt ihr sichtlich, aber Annelies muss zugeben, dass das stimmt. »Aber dadurch ist sie nur noch selbstständiger geworden«, verteidigt sie ihre Nachbarn sofort. »Und Nicolette schien es nicht zu stören. Sie hat viel unternommen und hatte viele Freundinnen, die sie mit nach Hause brachte. Und manchmal, wenn sie nicht allein essen wollte, aß sie bei uns mit. Mein Mann und ich haben selbst keine Kinder, wir hatten sie gerne um uns.«

Lois nickt verständnisvoll. »Haben Sie irgendeine Idee, wer Nicolette umgebracht haben könnte? Hatte sie mit irgendjemandem Streit?«

Annelies denkt kurz nach und schüttelt dann langsam den Kopf. »Nicht dass ich wüsste. Obwohl, es gab da diesen Exfreund.«

»Einen Exfreund? Wie heißt er?«

»Ricardo. Den Nachnamen weiß ich nicht. Nicolette hat ihn manchmal erwähnt, aber nicht oft. Wenn sie bei uns war, haben wir uns gut verstanden, aber wir haben nie viel über ihr Privatleben erfahren. Nicht dass wir sie aushorchen wollten, aber man fragt ja irgendwann doch mal das eine oder andere nach.«

»Wonach haben Sie denn gefragt?«

»Na ja, die üblichen Dinge. Wie es in der Schule lief, zum Beispiel. Dieser Freund war bei ihr zu Hause nicht gerne gesehen, also haben wir das Thema lieber gemieden. Wir wollten sie nicht in Verlegenheit bringen, verstehen Sie?«

Lois nickt. »Warum waren denn Nicolettes Eltern nicht mit ihrem Freund einverstanden?«

Annelies stößt einen tiefen Seufzer aus. »Müssen wir uns darüber jetzt wirklich unterhalten? Ist es nicht besser, wenn Sie ihren Mörder aufspüren?«

Lois antwortet nicht. Freundlich, aber abwartend, hält sie ihren Blick weiter auf Annelies gerichtet.

»Der Junge hat Nicolette ganz sicher nicht ermordet. Warum sollte er? Es war schon ein halbes Jahr aus zwischen ihnen, und laut Nicolette hatte er längst eine andere«, sagt Annelies ungeduldig.

Lois lässt das Thema auf sich beruhen und erkundigt sich stattdessen nach Nicolettes Freundeskreis, doch darüber weiß Annelies nicht viel zu berichten.

»Sie hatte eine beste Freundin, Fay Molenaar«, sagt sie.

Lois notiert den Namen in ihrem Smartphone. »Um wie viel Uhr haben Sie Nicolette gefunden?«

»Um Viertel nach eins. Ich wollte gerade den Müll in den Container werfen, als ich sie da liegen sah.«

»Haben Sie irgendetwas gehört? Einen Streit? Oder Schreie? Haben Sie gehört, wie ihr Fahrrad auf die Straße gefallen ist?«

Missmutig schüttelt Annelies den Kopf. »Ich saß im Haus, und die Klimaanlage war an. Ich kann die Hitze nicht so gut ab.«

»Haben Sie denn jemanden auf der Straße vorbeikommen sehen?«

»Klar, hier kommen ständig Leute vorbei. Aber da achtet man doch nicht weiter drauf.«

»Das nicht, aber es könnte doch sein, dass Ihnen jemand aufgefallen ist.«

»Nein.« Annelies schüttelt den Kopf. »Mir ist nichts aufgefallen. Es tut mir leid, ich wünschte, es wäre anders.«

»Denken Sie bitte noch mal in Ruhe darüber nach.« Lois gibt der Frau ihre Visitenkarte. »Sie können mich jederzeit anrufen, wenn Ihnen noch etwas einfällt. Außerdem erhalten Sie ohnehin eine Vorladung aufs Revier, um Ihre Aussage noch einmal zu wiederholen.«

»Noch mal? Und wozu soll das gut sein? Ich habe Ihnen doch bereits alles erzählt, was ich weiß.«

»Ja, aber wichtige Zeugenaussagen haben wir gerne auf Band«, erklärt Lois.

»Oh«, sagt Annelies wenig begeistert. »Na ja, wenn es sein muss …«

»Ich verstehe, dass das nicht leicht für Sie ist. Aber vielleicht erinnern Sie sich an weitere Details, wenn Sie den Schock ein wenig überwunden haben. Und falls Sie Opferbetreuung benötigen, regeln wir das gerne für Sie«, bietet Lois freundlich Hilfe an. »Dann bedanke ich mich schon einmal bei Ihnen. Ich finde schon selbst hinaus. Auf Wiedersehen, Frau Beekman.«

8

In der Zwischenzeit sind Nicolettes Eltern nach Hause gekommen. Lois sieht sie, wie sie in ihrem Wohnzimmer Fred und Claudien gegenübersitzen, die Arme umeinander geschlungen, die Köpfe gesenkt. Ihre tiefe Trauer steht in scharfem Kontrast zu der ausgelassenen, sommerlichen Atmosphäre draußen auf der Straße, wo kleine Kinder spielen und Jugendliche laut lachend vorbeiradeln.

Lois denkt an den düsteren Weg hinter dem Häuserblock, wo eine ganz andere Stimmung herrscht, und seufzt. Es fällt ihr nicht leicht, wieder zurück zum Tatort zu gehen, aber sie muss neue Anweisungen einholen.

Ramon ist noch in ein Gespräch mit Benno Andriesse, dem Rechtsmediziner, vertieft. Hinter ihnen sind die Kollegen von der Spurensicherung in ihren weißen Schutzanzügen zugange.

»Bei dieser Hitze ist das schwer zu sagen«, hört Lois Benno sagen. »Unter diesen Bedingungen zersetzt sich der Körper schneller. Eine Leiche kühlt pro Stunde um ein bis anderthalb Grad ab, aber bei Temperaturen wie heute dauert das länger. Sie kann also schon länger tot sein, als die Körpertemperatur vermuten lässt.«

Lois stellt sich zu den beiden Männern. »Sie kann unmöglich schon länger auf dem Weg gelegen haben«, sagt sie. »Jeder, der hier wohnt, benutzt den Weg, um hinter das Haus zu gelangen. Frau Beekman, die Nicolette gefunden hat, sagt, dass sie sie um Viertel nach eins hier liegen sah.«

Beide Männer blicken sie an.

»Dann müssen wir herausfinden, ob jemand gesehen hat, wie sie mit dem Fahrrad angefahren kam«, sagt Ramon. »Wenn Fred und Claudien demnächst fertig sind bei den Eltern des Mädchens, lauft ihr zusammen die ganze Straße ab. Jemand muss etwas gesehen haben, ob nun das Opfer oder den Täter.«

»Letzterer müsste auch Blutspritzer auf seine Kleidung abbekommen haben«, bemerkt Lois. »Und er dürfte schnell weggerannt sein. Vielleicht ist das jemandem aufgefallen.«

Es entsteht eine kurze Pause, in der Lois sich umsieht. »Also kam sie von dieser Seite angeradelt«, überlegt sie, während sie nach rechts deutet, »und der Mörder hat hier gestanden und gewartet. Sie ist weitergefahren, was heißt, dass sie sich keiner Gefahr bewusst war. Oder aber er hat sich hinter den Mülltonnen versteckt und fiel über sie her, als sie dicht genug dran war.«

»Ich glaube nicht, dass sie an der Stichwunde gestorben ist«, gibt Benno zu bedenken. »Dafür ist die Wunde nicht tief genug. Die Messerspitze kann zwar ein Organ getroffen haben, aber ich denke eher, dass sie gestorben ist, weil sie sich bei ihrem Sturz das Genick gebrochen hat. Ich konnte das an der Lage ihres Kopfes erfühlen, als ich sie untersucht habe.«

Über seine Schulter hinweg blickt Lois auf den Weg. Der Kopf des Opfers liegt in der Tat in einem merkwürdigen Winkel verdreht. Sie denkt an das Mädchen, das Sonntagnachmittag vor ihr gestanden hat, gesund und munter, und seufzt.

»Dürfen wir zu ihr?«, erkundigt sie sich.

»Nein, die Jungs haben noch zu tun. Ich habe Jessica und die anderen gerufen, damit sie hierherkommen«, sagt Ramon und blickt über die Straße. »Ihr fangt jetzt direkt mit der Befragung der Nachbarn an. Ich will alles wissen: wer zwischen halb eins und halb zwei auf der Straße unterwegs war, wer den Weg entlanggegangen ist und um wie viel Uhr, ob jemand etwas gehört hat, und falls ja, was. Ihr Fahrrad ist umgefallen, bestimmt hat sie geschrien, das muss doch jemand gehört haben?«

»Es ist ein gewöhnlicher Werktag, die meisten Menschen sind auf der Arbeit«, sagt Lois. »Andererseits kommen mittags viele Kinder zwischendurch von der Schule zum Mittagessen nach Hause. Die Straße und der Weg müssten also eigentlich um die Zeit ziemlich belebt gewesen sein.« Sie wirft noch einmal einen Blick auf die Leiche von Nicolette, die in einer merkwürdig verrenkten Haltung unter ihrem Rad liegt. Am liebsten würde sie sofort hinrennen, um nachzusehen, ob es sich tatsächlich um das Mädchen handelt, das sie am Sonntag angesprochen hat, aber gleichzeitig zögert sie diesen Moment lieber noch etwas hinaus.

Sie dreht sich um zu ihrer Kollegin Jessica, die herbeigeeilt kommt. Die Sonne scheint auf ihre schwarzen Haare und wird von den eisernen Schnallen reflektiert, mit denen ihre Stiefel verziert sind. Normalerweise trägt sie dazu ihre schwarze Lederjacke, aber dafür ist es selbst Jessica zu warm. Heute hat sie sich stattdessen für eine schwarze Lederhose und eine weiße Bluse entschieden. Ihr Make-up im Gothic Style sitzt wie immer perfekt.

»Hey«, grüßt sie in die Runde. »Was ist passiert? Oje, ich seh schon. Meine Güte, wie alt ist das Mädchen denn?«

»Sechzehn.« Lois nimmt Jessica am Arm und führt sie zu einer ruhigen Stelle in der sonnendurchfluteten Straße, um sie über den Stand der Dinge in Kenntnis zu setzen.

»Also beginnen wir direkt mit der Befragung der Nachbarn?«, fragt Jessica. »In Ordnung. Wie viele Häuser hast du schon abgeklappert?«

»Erst eins. Fred und Claudien sitzen gerade drinnen bei den Eltern des Opfers. Wir beginnen hier an der Ecke.«

»Wer hasst seine Nachbarin so sehr, dass er sie ersticht?«, überlegt Jessica laut, während sie den Weg durch den Vorgarten entlanggehen.

»Das Motiv muss nicht zwangsläufig Hass sein.« Lois drückt auf die Klingel. »Vielleicht hat Nicolette etwas gesehen oder gewusst. Etwas, was der Mörder lieber für sich behalten wollte.«

Die Tür geht auf, und ein blonder Junge um die siebzehn Jahre mit Basecap und Jeans blickt sie mürrisch an. »Meine Eltern sind nicht da«, vermeldet er, ohne eine Frage abzuwarten.

»Das macht nichts. Wir würden uns auch gerne kurz mit dir unterhalten«, sagt Lois freundlich. »Ich bin Lois Elzinga von der Kriminalpolizei, und das ist meine Kollegin Jessica Blanken.«

In den Augen des Jungen blitzt Vorsicht auf. »Ja?«

»Wir ermitteln in Zusammenhang mit dem Tod deiner Nachbarin, Nicolette Dekker«, erklärt Jessica.

Die Schnelligkeit, mit der sein misstrauischer Blick in einen geschockten Gesichtsausdruck umschlägt, kann unmöglich gespielt sein. »Ist … ist Nicolette tot?«

»Hast du davon gar nichts mitbekommen?«

»Nein, ich hab den ganzen Nachmittag vor der Konsole gesessen und hatte die Boxen an. Die sind ziemlich laut. Ich habe überhaupt nichts mitgekriegt«, sagt der Junge sichtlich erschüttert. Er öffnet die Tür noch ein Stück weiter und lässt Lois und Jessica herein.

»Was ist denn passiert? Und wann?«, fragt er, während er vor ihnen her in das minimalistische, in Weiß gehaltene Wohnzimmer mit Designereinrichtung läuft.

Lois geht nicht auf seine Fragen ein. »Wie heißt du?«, fragt sie ihn, während sie ihr Smartphone aus der Tasche zieht.

»Tygo Blom.«

Lois notiert den Namen. »Kanntest du Nicolette gut?«

»Nicht wirklich. Sie war meine Nachbarin, aber wir waren nicht auf der gleichen Schule oder so. Wir haben auch nicht zusammen rumgehangen. Eigentlich haben wir uns nur Hallo gesagt und so.« Tygo lässt sich auf ein schneeweißes Sofa mit runden Kissen fallen, das aussieht wie ein Ausstellungsstück in einem Möbelhaus. Kein Sofa, das normal benutzt wird, kann so strahlend weiß aussehen, denkt Lois bei sich.

Zur Sicherheit bleibt sie lieber stehen, und Jessica macht ebenso wenig Anstalten, sich hinzusetzen.

»Warum sind Sie eigentlich hier?«, fragt Tygo auf einmal wachsam nach. »Wurde sie etwa ermordet oder so?«

»Warum denkst du das?«, fragt Jessica.

»Na ja, bei einem normalen Unfall würde die Polizei nicht die Nachbarn befragen. Was genau ist eigentlich passiert?« Seine Stimme hat einen etwas schrillen Klang.

»Das untersuchen wir gerade«, antwortet Lois. »Kennst du jemanden, der Grund gehabt hätte, Nicolette etwas anzutun?«

Tygo schüttelt den Kopf. »Nicht wirklich.«

»Nicht wirklich oder wirklich nicht?«, hakt Jessica nach.

Ein wenig irritiert, sieht Tygo sie an. »Macht das einen Unterschied?«

»Aus meiner Sicht schon.«

»Wie waren denn die anderen Leute in der Nachbarschaft auf Nicolette zu sprechen?«, nimmt Lois den Gesprächsfaden wieder auf. »Mochten sie sie?«

Tygo sieht sie an, als ob sie nicht ganz bei Trost wäre. »Woher soll ich das wissen? Als ob sie mir das erzählt hätten.«

»Aber das merkt man doch? Ich nehme doch mal an, dass deine Eltern mit ihren Nachbarn Kontakt pflegen, und bestimmt unterhält man sich dann auch mal über seine Kinder. Scheint mir völlig normal zu sein.«

»Als ob ich darauf hören würde. Was geht mich das denn an?«

Jessica trommelt ungeduldig mit dem Fuß auf den Boden. »Nichts natürlich«, sagt sie. »Du bist schließlich einfach ein abgestumpfter Teenager, der in seiner eigenen Welt lebt, den ganzen Tag zockt und sich nur um sich selbst kümmert. Stimmt's? Hättest du das doch bloß gleich gesagt, dann hätten wir unsere Zeit nicht mit dir vergeudet.«

Mit großen Augen sieht Tygo von Jessica zu Lois. »Was geht denn mit der ab?«

»Ermittlerin Blanken will damit sagen, dass du nicht besonders kooperativ bist«, sagt Lois. »Das Einzige, was wir …«

»Genau das will Ermittlerin Blanken damit sagen, ja«, fällt ihr Jessica ins Wort. »Es ist verdammt noch mal ein Mädchen gestorben. Ihre Leiche liegt hier hinten auf dem Weg, und ihre Eltern sitzen nur ein paar Meter weiter und heulen sich die Augen aus dem Kopf, aber dich geht das ja nichts an, richtig?«

»Ich habe doch nicht gesagt, dass es mir egal ist, ich meinte nur … Ach, egal.« Demonstrativ wendet sich Tygo ab und schaut bockig aus dem Fenster.

»Fangen wir doch noch mal von vorne an«, schlägt Lois vor. »Das ist die Situation: Du kennst diese Straße und ihre Bewohner, und du hast Nicolette gekannt. Nicht gut, das wissen wir, aber damit weißt du immerhin mehr als wir. Darum brauchen wir deine Hilfe. Wir sprechen natürlich mit jedem, der hier wohnt, aber junge Leute haben oft einen anderen, einen schärferen Blick auf die Dinge als die Erwachsenen.«

Jessica zieht ihre schwarzen, zu dünnen Bögen gezupften Augenbrauen hoch, sagt aber nichts.

Ein wenig besänftigt dreht sich Tygo zu Lois um, und als er zu sprechen beginnt, hält er seinen Blick nur auf sie gerichtet. »Also gut. Sie sollten diesen Penner Westra mal genauer unter die Lupe nehmen. Was für ein Kotzbrocken.«

»Wieso ist er ein Kotzbrocken?«

»Weil das ein schmieriger, geiler alter Sack ist, der Nicolette die ganze Zeit nachstierte. Und nicht nur Nicolette, so starrt er jeder Frau nach. Selbst meiner Mutter«, fügt Tygo mit der Verwunderung eines Teenagers hinzu, der seine Eltern nur als geschlechtslose Wesen betrachtet.

»Und wo wohnt er?«

»Drei Häuser weiter, in der Nummer 14.«

»Dann werden wir ihm wohl in Kürze mal einen Besuch abstatten. Kannst du uns sonst noch etwas erzählen? Zum Beispiel, ob Nicolette einen Freund hatte?«

Lois sieht, dass Tygo kurz davor ist zu fragen, woher in Gottes Namen er das wissen soll, aber im letzten Moment fällt ihm offenbar doch noch etwas ein.

»Ja, sie hatte einen Freund. So einen Angeber, der sie immer mit so 'ner protzigen Karre abgeholt hat. An die ist er ganz bestimmt nicht legal rangekommen.«

»Wie kommst du darauf?«

»Weil er genau so aussah. Wie jemand, der nicht für sein Geld arbeitet, sondern irgendwelche krummen Dinger dreht. In der Schule haben wir auch solche Typen, die erkennt man auf den ersten Blick. Dealen mit Drogen, baggern die Mädels an, und wenn du sie aus Versehen einmal anschaust, hauen sie dir gleich eins aufs Maul.«

»Okay, ja«, sagt Lois. »Weißt du auch, wie der Junge heißt?«

»Nein«, antwortet Tygo desinteressiert. »Zum Glück nicht.

Mit solchen Typen will ich nichts zu tun haben.« Und mit einem Blick in Jessicas Richtung fügt er hinzu: »Ich bin vielleicht ein abgestumpfter Teenager, aber mit meinen Computerspielen schade ich zumindest niemandem.«

9

»Vielleicht solltest du in Zukunft etwas subtiler vorgehen«, rät Lois. »So gewinnt man Menschen jedenfalls nicht unbedingt für sich.« Sie stehen wieder auf der Straße, nachdem sie Tygo mitgeteilt haben, dass er demnächst eine Vorladung erhalten wird, um seine Aussage auf dem Revier zu wiederholen.

»Ich sage nur, was ich denke«, entgegnet Jessica. »Manchmal werden die Leute dann wütend und sagen interessante Sachen.«

»Meistens sagen sie gar nichts mehr. Deshalb würde ich mich an deiner Stelle doch lieber ein bisschen zurückhalten.« Lois klingelt bei den Nachbarn, aber es ist niemand da. Bei dem Haus nebenan, das von Annelies Beekman, sind sie bereits gewesen, also gehen sie zu dem Haus, in dem die Familie Westra lebt.

»Oscar und Marjet Westra«, liest Jessica vom Namensschild ab. »Na, dann bin ich mal gespannt auf den geilen Fiesling.«

»Ich würde Tygos Beschreibung nicht allzu ernst nehmen. Du weißt doch, wie Teenager sind, die übertreiben gerne«, sagt Lois.

Sie müssen nicht lange warten, bis eine Frauengestalt zur Tür eilt und ihnen öffnet. Mit strähnigem, blondem Haar und einem erhitzten, müden Gesicht blickt sie um die Ecke. Hinter ihr ertönt Kindergeschrei. »Ja?«, fragt sie.

Lois stellt sich und Jessica vor. »Wir würden Ihnen gerne ein paar Fragen stellen, Frau Westra.«

»Kommen Sie doch herein. Ich heiße Marjet. Hört sofort auf!« Die letzten Worte gelten ein paar Kindern, die irgendwo hinter ihr zu streiten beginnen.

Hastig läuft Marjet zurück ins Wohnzimmer und zieht zwei raufende Mädchen auseinander. »Immer dieses Gezänk!«, murrt sie. »Die beiden können keine Minute miteinander spielen, ohne sich in die Haare zu kriegen. Was ist los, Vlinder? Ich kümmere mich gleich um deine Barbie, ich muss erst mit den beiden Damen sprechen, ja?«

Vlinder, die ungefähr drei Jahre alt ist, verzieht das Gesicht und beginnt zu weinen. »Bloem hat die kaputtgemacht. Schau mal, Mama!«

»Soll ich mal nachschauen?« Jessica sinkt auf die Knie und streckt die Hand aus. »Ich hatte früher auch Barbies. Wie heißt die denn?«

Ohne jegliche Scheu übergibt Vlinder ihre Barbie an Jessica. »Die hat keinen Namen, aber … aber das ist eine Elfenbarbie, und die ist noch ganz neu«, erzählt sie mit bebender Lippe.

»So, dann setzen wir der Barbie mal wieder ihren Kopf auf. Allez hopp!« Jessica drückt den blonden Barbiekopf zurück auf den Hals der Puppe und gibt sie Vlinder zurück. Die belohnt sie mit einem strahlenden Lächeln und rennt in ihre Spielecke.

Mit einem müden Lächeln wischt Marjet sich eine Strähne aus den Augen. »Danke«, sagt sie. »Die zwei machen mich manchmal wahnsinnig. Vor allem bei der Hitze.«

Das kann Lois sich nur zu gut vorstellen, denn im Wohnzimmer herrscht tatsächlich eine Affenhitze. Warum sitzen die Kinder eigentlich nicht draußen im Planschbecken? Sie sieht sich um und lässt den Blick über den mit Spielsachen übersäten Fußboden, die mit allerlei Plunder zugestellten Fensterbänke und die weißlackierte Anrichte schweifen, auf der so viele Fotos stehen, dass die Bilderrahmen sich gegenseitig überdecken.

»Ich nehme an, Sie wissen, was mit Ihrem Nachbarsmädchen passiert ist?«

Zerstreut sieht Marjet sie an. »Mein Nachbarsmädchen? Wer?«

»Nicolette Dekker. Sie kennen sie doch sicher?«

»Ja, ja, natürlich. Was ist mit ihr?«, fragt Marjet alarmiert.

Angesichts der Tatsache, dass hinter diesem Haus ein komplettes Spurensicherungsteam zugange ist und es überall nur so von Polizisten in blauen Uniformen wimmelt, ist es immer noch unvorstellbar, dass einige Nachbarn davon nichts mitbekommen haben.

»Nicolette ist tot, Frau Westra. Ihre Leiche wurde vor einer halben Stunde gefunden, hier hinten auf dem Weg.« Es gibt keine schonende Art, wie man solche Nachrichten überbringt, keine Worte, die den Schock mindern können. Darum sagt Lois es einfach immer frei heraus. Die Reaktion der Leute ist jedes Mal anders. Meistens dringt die Nachricht nicht sofort zu dem Menschen durch. Bei Marjet Westra ist das nicht der Fall. Sobald Lois zu Ende gesprochen hat, weicht sie kreidebleich einen Schritt zurück und sucht Halt am Esstisch. Jessica schießt auf sie zu, um sie zu stützen, aber Marjet wehrt ab.

»Es geht schon …«

»Sie sollten sich auf jeden Fall hinsetzen.« Jessica zieht einen Stuhl nach hinten und Marjet lässt sich plump darauffallen.

»Wie … was … was genau ist geschehen?«, stammelt sie und blickt hoch zu Lois und Jessica.

Die beiden Kripobeamtinnen nehmen ihr gegenüber Platz.

»Wir würden Ihnen zunächst gerne ein paar Fragen stellen«, sagt Lois freundlich, und dann beginnt das gleiche Spiel wie zuvor.

Nein, Marjet hat nichts von dem ganzen Tumult bemerkt, dafür war sie viel zu sehr mit ihren beiden Kindern beschäftigt. Sie hat Nicolette zwar vorbeiradeln sehen, aber sie weiß nicht, um wie viel Uhr das war. Nach einigem Nachhaken stellt sich heraus, dass es wohl kurz nach eins gewesen sein muss, weil um eins eine Kindersendung begonnen hatte, die Vlinder und Bloem schauen wollten. Nicolette war kurze Zeit danach an ihrem Fenster vorübergefahren.

»Welchen Eindruck hat sie auf Sie gemacht?«, fragt Jessica. »Ich meine, war sie in Eile? Sah sie besorgt aus?«

»Darauf habe ich nicht so geachtet«, gibt Marjet entschuldigend zur Antwort. »Sie sah aus wie immer. Und sie fuhr auch nicht übermäßig schnell, sondern ganz normal.«

»Kannten Sie sie gut?«

Marjet nickt und schließt kurz die Augen. Als sie sie wieder öffnet, liegt ein feuchter Glanz darauf.

»Ich kann überhaupt nicht glauben, dass sie tot ist«, sagt sie leise. »Nicolette war so ein lebensfrohes Mädchen. Sie war immer unterwegs, war mit diesem und jenem verabredet und hatte viele Freunde. Warum sollte jemand sie erstechen?«

»Kam sie manchmal zu Ihnen zu Besuch?«

»Ja, regelmäßig, als Babysitter für Bloem und Vlinder. Wenn wir irgendwohin mussten, haben wir sie angerufen. Sie konnte gut mit Kindern umgehen. Die Zwillinge waren ganz vernarrt in sie.«

»Sie sind verheiratet?«

Marjet nickt. »Mein Mann ist auf der Arbeit. Wenn Sie mit ihm sprechen möchten: Er ist oft erst nach sieben zu Hause.«

»Wir werden uns mit ihm in Verbindung setzen.«

Lois stellt weitere Fragen, zu Nicolettes Freunden und Feinden, aber darüber kann Marjet wenig berichten.

»Sie kam nur zum Babysitten rüber«, sagt sie. »Sie hat nicht viel von sich erzählt. Ich wusste aber, dass sie einen Freund hatte, so einen schleimigen Typen in einem viel zu großen Auto. Rick hieß der, glaube ich. Aber mit dem war es schon eine Weile aus.«

Sie reden noch ein wenig weiter, aber als klar ist, dass nichts weiter dabei herauskommt, stehen Lois und Jessica auf. Sie danken Marjet für ihre Zeit und stehen Sekunden später wieder draußen in der wärmenden Sonne.

»Blume und Schmetterling«, sagt Lois. »Kinder haben heute wirklich eigentümliche Namen.«

»Als ich vierzehn war, wollte ich meinen Namen ändern lassen«, erinnert sich Jessica. »Ich fand Jessica irgendwie öde und gewöhnlich und wollte lieber Zilver heißen.«

»Also quasi Silber?«

»Ja. Meine Eltern fanden den Namen furchtbar, aber ich hatte mir in den Kopf gesetzt, ab sofort nur noch Zilver zu heißen. Ich hörte einfach nicht mehr darauf, wenn sie mich mit Jessica ansprachen. Gerade als sie sich ein bisschen daran gewöhnt hatten, hatte ich wieder genug davon.«

Lois lächelt, schaut aber abwesend.

»Was ist los?«, erkundigt sich Jessica.

»Marjet Westra verheimlicht uns etwas«, antwortet Lois. »Sie hat ausgesagt, dass sie nichts von dem ganzen Tumult auf dem Weg mitbekommen haben will.«

»Das kann doch sein?«

»Das schon«, bemerkt Lois. »Aber woher wusste sie dann, dass Nicolette erstochen wurde? Das haben wir ihr gar nicht erzählt.«

Jessica bleibt abrupt stehen. »Das stimmt, das hat sie gesagt. Sollen wir zurückgehen und sie damit konfrontieren?«

»Nein, lass uns damit lieber noch warten. Ich will erst mit ihrem Mann sprechen, und danach mit ihr. Dann hat sie nicht das Gefühl, auf der Hut sein zu müssen. Wer weiß, vielleicht verplappert sie sich ja noch einmal.«

»Das muss natürlich nichts zu bedeuten haben«, sagt Jessica. »Vielleicht hat sie auch etwas von dem Mord mitbekommen und hält sich lieber im Hintergrund?«

Lois widerspricht. »Warum sollte sie? Unschuldige Menschen halten sich nicht im Hintergrund, im Gegenteil. Die sind völlig erschüttert, dass jemand, den sie kannten, ermordet wurde, und helfen gerne bei den Ermittlungen.«

»Nicht immer. Es gibt auch Menschen, die unsicher sind und Angst haben, in Verdacht zu geraten. Selbst wenn sie unschuldig sind.«

Lois denkt über Jessicas Worte nach. War ihr Marjet unsicher und ängstlich vorgekommen? Eigentlich nicht. Eher müde und gestresst, aber das führt Lois auf die Temperaturen und die zankenden Kinder zurück. Was sie sich vielmehr fragt, ist, ob Marjet vielleicht vom Obergeschoss aus etwas von dem Messerangriff gesehen hat. Aber warum sollte sie das verschweigen?«

Lois seufzt. »Komm, lass uns zum nächsten Haus gehen.«

10

Am späten Nachmittag ist die Befragung der Nachbarn abgeschlossen, und auch die Spurensicherung ist fertig. Nicolettes Leiche wurde zwar noch nicht von ihren Eltern identifiziert, weil sie dafür in die Leichenhalle gebracht werden muss, aber da zahlreiche Nachbarn sie gesehen haben, besteht über ihre Identität kein Zweifel. Als sie nach Hause kamen, wurden Herr und Frau Dekker sofort von Claudien abgefangen und betreut.

Lois ist froh, dass es für diese Aufgabe eigene Beamte für Familienangelegenheiten gibt. Nicht dass das Studieren der Leiche eine Aufgabe wäre, auf die sie sich sonderlich freuen würde. Während sie neben dem Mädchen niederkniet und das Tuch ein Stück lüftet, muss sie einige Überwindung aufbringen, ihr ins Gesicht zu sehen.

Sie wusste es, natürlich hatte sie es gewusst. Und doch trifft es sie mit aller Härte, sie nun so daliegen zu sehen. Am Sonntag beim Sommerfestival war sie noch gesund und munter gewesen, beunruhigt zwar wegen ihres Stalkers, aber auch vergnügt inmitten ihrer Freunde, und nun lag sie hier, kalt und regungslos. Die ersten Totenflecke beginnen sich auf ihrer Haut abzuzeichnen, und die Leiche verströmt einen Geruch, der gerade noch erträglich ist, aber deutlich macht, dass der Verwesungsprozess eingesetzt hat.

Lois sieht noch einmal in Nicolettes Gesicht, das für immer jung bleiben wird, und lässt voller Schwermut das Tuch wieder sinken. Anstatt sofort aufzustehen, verharrt sie noch ein paar Sekunden lang in der Hocke.

»Alles klar?« Fred kommt angelaufen.

Lois nickt und greift nach der Hand, die er ihr ausstreckt.

»Das ist das Mädchen, über das wir gestern Abend gesprochen haben«, sagt sie.

»Das Mädchen, das dich bei *Zomer op het Plein* angesprochen hat und Anzeige erstatten wollte?«

»Hätte sie das mal bloß getan, dann würde sie jetzt vielleicht nicht hier liegen.« Erschöpft dreht sich Lois in Ramons Richtung, der gerade auf sie zukommt. Offenbar kann er bereits an ihrem Gesicht ablesen, dass irgendetwas ist, denn er sieht sie fragend an.

»Ich kenne das Mädchen«, sagt sie. »Sie hat mich am Sonntag bei *Zomer op het Plein* angesprochen und mich gefragt, was sie tun soll, wenn jemand sie stalkt. Ich habe ihr daraufhin geraten, am Montag Anzeige zu erstatten.«

»Und? War sie da?«, fragt Ramon interessiert.

»Nein, leider nicht.«

»Und du weißt ganz sicher, dass es dasselbe Mädchen ist?«

»Ganz sicher.«

Ramon reibt sich das Kinn, wie immer, wenn er nachdenkt. »Ist während der Befragung der Nachbarn irgendetwas herausgekommen, das den Stalkingverdacht bestätigt?«

»Es gibt da offenbar einen Exfreund, einen etwas protzigen Typ.«

»Hast du seine persönlichen Daten?«

»Nur seinen Vornamen.«

Fred schaltet sich in das Gespräch ein: »Claudien und ich haben von Nicolettes Eltern mehr über ihn erfahren. Er konnte sich wohl nicht damit abfinden, dass Nicolette die Beziehung beendet hat. Ein idealer Stalking-Kandidat also.«

»Findet das bitte heraus«, sagt Ramon. »Ich will alles über

den Jungen wissen. Heute Abend ist unsere erste Besprechung, dann möchte ich so viele Informationen wie möglich haben.«

Zurück auf dem Revier, setzt sich Lois sofort an den Computer. Fred setzt sich an den PC-Platz direkt gegenüber und berichtet ihr nebenbei, was Nicolettes Eltern erzählt haben. Viel ist es nicht. Nicolette war ein aufgeschlossenes Mädchen, das voll im Leben stand, in der Schule sehr eingespannt war und viele Freundinnen und Freunde hatte.

»Soweit die Eltern das beurteilen konnten, hatte sie keine Probleme«, sagt Fred. »Von einem Stalker wussten sie offenbar nichts. Ich habe sie natürlich auch nicht danach gefragt, aber sie haben von selbst nichts dergleichen geäußert. Sie haben aber erzählt, dass dieser Exfreund weiterhin den Kontakt zu Nicolette suchte, was sie unangenehm fand, aber mehr auch nicht.«

»Also hat Nicolette ihren Eltern nichts von den Drohbriefen und den Schmierereien auf ihrem Fahrrad erzählt.«

»Nein«, bestätigt Fred. »Ich frage mich allerdings, weshalb nicht. In so einem Fall sucht man doch bei seinen Eltern Rat.«

»Sie hat sich ihren Freunden anvertraut. Ihre beste Freundin war Fay Molenaar. Wir sollten so bald wie möglich mit ihr sprechen. Haben Nicolettes Eltern etwas darüber geäußert, mit wem sie oft Umgang hatte?«

»Ja, Silvan hat eine Liste ihrer Facebook-Freunde erstellt, ein paar Kollegen kümmern sich bereits darum. Dieser Exfreund ist übrigens auch bei Facebook.«

»Wie heißt er?«

»Ricardo Gonzáles, Sohn einer niederländischen Mutter und eines spanischen Vaters, zweiundzwanzig Jahre alt. Laut Leona, Nicolettes Mutter, antwortete er auf die Frage, was er beruflich mache, eher ausweichend. Er erzählte ihnen, dass er mit Auto-Ersatzteilen handelt, aber es kam ihnen ziemlich unglaubwürdig vor, dass er damit seinen luxuriösen Lebensstil finanzieren konnte. Mir übrigens auch.«

»Dann werden wir mal ein paar Recherchen über ihn anstellen.« Lois nimmt einen Schluck Wasser aus der Flasche, die auf ihrem Schreibtisch steht, und zieht die Tastatur zu sich heran.

Erst sucht sie im Polizeiauskunftssystem, aber dort gibt es keinen Eintrag für Ricardo Gonzáles. Auch das HerKennings-System (HKS), das Erkennungsdienstsystem der niederländischen Polizei, liefert keine Ergebnisse, aber schließlich findet sie ihn über die Daten der Handelskammer und der niederländischen Schufa, die in Tiel ansässig ist.

Ricardo Gonzáles handelt tatsächlich mit Ersatzteilen und ist Inhaber einer kleinen Firma.

»Und was treibst du sonst noch, Ricardo?«, murmelt Lois. »Denn davon kannst du dir wohl kaum ein so großes Auto leisten.«

»Hier habe ich was«, sagt Fred. »Ricardo hat einen älteren Bruder, Ernesto. Fünfundzwanzig Jahre alt, hat mehrere Male eingesessen wegen Drogenhandels. Was meinst du, ob ihm sein Bruder vielleicht einen kleinen Nebenjob angeboten hat?«

»Das kann gut sein. Der Handel mit Ersatzteilen ist ja gut und schön, aber auf die Schnelle ordentlich Kohle machen ist noch viel schöner. Ich kann allerdings nichts über eine Verhaftung oder eine Vernehmung finden. Bis jetzt ist er offenbar nicht ins Visier der Polizei geraten.«

»Wir wissen auch noch nicht, ob er seinem Bruder wirklich nachgeeifert hat.«

»Nein, das nicht, aber wenn man in einer dicken Karre

herumfährt und es auf Mädchen abgesehen hat, die viel zu jung für einen sind, dann ist irgendwas faul«, sagt Lois. »Ich will den Jungen jedenfalls unbedingt sprechen. Und zwar sofort.«

11

Über das Register des Einwohnermeldeamts finden sie im Handumdrehen die Telefonnummer und Adresse von Ricardo heraus, doch er geht nicht ans Telefon. Lois bespricht sich daraufhin mit Ramon, der ein paar Polizisten losschickt, um Ricardo zur Vernehmung abzuholen.

Auf dem Revier geht es wieder zu wie in einem Taubenschlag. Überall auf den Fluren und im Kripo-Büro herrscht ein reges Kommen und Gehen. Es wird eine Sonderkommission zusammengestellt, für die Beamte aus dem gesamten Land zusammengetrommelt werden.

Während sie heute noch mit ihrem eigenen festen Kripoteam ermitteln, können sie morgen schon Unterstützung von Kollegen aus anderen Revieren anfordern.

Die Besprechung an diesem Abend ist kurz, da ihnen noch nicht viele Informationen vorliegen. Zunächst werden die Erkenntnisse aus der Nachbarschaftsbefragung besprochen, anschließend wird der Ermittlungsplan zum weiteren Vorgehen durchgenommen. Jessica will am selben Abend noch mit Nicolettes Freundinnen sprechen, und Silvan soll Nicolettes Computer nach ihren Aktivitäten in den sozialen Medien durchsuchen. Lois und Fred vernehmen unterdessen Ricardo González, der inzwischen auf das Revier gebracht wurde.

Dieser wartet im Vernehmungszimmer auf sie, er hat sich auf den Stuhl gefläzt und macht einen gereizten und gelangweilten Eindruck. Ein hübscher Junge, wie selbst Lois zugeben muss. Mit seiner leicht gebräunten Haut, dem dichten dunklen Haar und seiner großen, muskulösen Gestalt ist er sicher der Schwarm aller Mädchen. Und trotzdem hatte ihm Nicolette den Laufpass gegeben.

Lois setzt sich ihm gegenüber hin und wartet, bis Fred ebenfalls Platz genommen hat.

»Zunächst«, sagt sie, »möchte ich Sie darauf hinweisen, dass Sie nicht verpflichtet sind zu antworten, wenn Sie sich damit selbst belasten. Und Sie haben das Recht auf einen Anwalt.«

Ricardo setzt sich auf, faltet seine Hände auf dem Tisch zusammen und blickt sie beide abwechselnd an. »Mich selbst belasten? Was soll der Shit? Worum geht's überhaupt?«

»Es geht um Nicolette Dekker«, erklärt Fred. »Sie ist tot.«

Nach dieser Aussage ist es still im Raum. Ricardo öffnet seinen Mund, schließt ihn wieder und lehnt sich sprachlos nach hinten. »Ihr macht Witze, oder?«

»Nein«, antwortet Lois bestimmt.

Ricardo beugt sich ein Stück nach vorn und blickt sie mit einer Mischung aus Wut und Spott an. »Ja, klar. Ihr habt mich wegen irgendwas anderem hergeholt und versucht mich jetzt zu verarschen. Glaubt ihr echt, dass ich darauf hereinfalle?«

»Sie ist tot«, wiederholt Fred. »Und wir möchten gern von Ihnen wissen, wo Sie heute zwischen halb eins und halb zwei waren.«

Verärgert blickt Ricardo ihn an, doch aus seinen Augen sprechen wachsende Zweifel.

»Wieso? Wurde sie etwa ermordet, oder was?«

»Wo waren Sie in der besagten Zeit?«, wiederholt Fred seine Frage.

Es herrscht Schweigen. Die Nachricht, dass seine Exfreundin tot ist, scheint etwas verzögert zu Ricardo durchzudringen, als ob sein Gehirn ihn so lange wie möglich vor der Wahrheit schützen wollte. Doch dann ist die Wandlung in seiner Haltung deutlich sichtbar. Dass man ihm eine Frage gestellt hat, scheint jedoch immer noch nicht in sein Bewusstsein vorgedrungen zu sein. Er sitzt einfach da und starrt zwischen Lois und Fred hindurch die dahinterliegende Wand an.

»Ist Nicky wirklich tot?«, fragt er leise. Sein großspuriger Ton ist mit einem Mal verschwunden, er klingt wie ein kleiner Junge.

Lois beobachtet ihn aufmerksam. Sie hat dieses Verhalten bereits öfter gesehen, die Wut, die Ungläubigkeit, die Trauer. In einigen Fällen waren diese Gefühle echt, aber wenn es bei Verbrechern einen Oscar für den besten Schauspieler gäbe, hätte sie ihn bereits viele Male verleihen können. Ricardo gelingt es jedoch, bei ihr wirklich Zweifel an seiner Schuld zu wecken. Nicht dass sie sich das anmerken ließe.

»Wo waren Sie?«, fragt sie, äußerlich ungerührt.

»In Amsterdam. Ich war bei einem Kunden, um ein paar gut erhaltene Spoiler und Felgen abzuholen. Eine ziemlich große Lieferung, deswegen bin ich runtergefahren.«

»Und um wie viel Uhr waren Sie in Amsterdam?«

»Gegen halb eins. Ich bin direkt zu dem Kunden nach Geuzenveld, hab die ganze Ware eingeladen und bin zurückgefahren.«

»Wann war das?«

»Gegen eins.«

»Haben Sie irgendwo gegessen oder Geld abgehoben?«

Ricardo schüttelt den Kopf.

»Wie heißt der Kunde?«, fragt Fred.

»Willem Buisman. Seine Nummer ist in meinem Handy gespeichert. Wollen Sie die haben?«

»Ja, bitte.«

Ricardo zieht sein Handy aus der Hosentasche, wobei ein Kassenzettel herausfällt.

»Ach so, stimmt, ich habe getankt auf dem Hinweg. Hier.« Triumphierend legt er den Kassenbon auf den Tisch.

Fred sieht sich den Bon an und notiert die Telefonnummer von Willem Buisman.

»Kann ich jetzt gehen?«, fragt Ricardo und will gerade aufstehen.

»Einen Moment noch.« Mit einer Handbewegung bedeutet Lois ihm sich wieder hinzusetzen. »Wir würden gerne noch etwas über Ihre Beziehung zu Nicolette wissen.«

»Was wollen Sie denn wissen? Es ist aus zwischen uns. Schon seit einem Jahr.«

»Hat sie die Beziehung beendet?«

»Was tut das jetzt zur Sache? Aus ist aus«, erwidert Ricardo unwirsch.

»Laut unseren Informationen hat Nicolette die Beziehung beendet, und das haben Sie nur schwer verwinden können«, sagt Fred.

»Verwinden? Was soll das überhaupt für ein Wort sein, ey? Was meinen Sie damit?«

»Dass Sie sich gefickt gefühlt haben«, sagt Lois mit verschränkten Armen, den Blick starr auf Ricardo gerichtet. »So gefickt, dass Sie ihr nachgestellt, ihr Drohbriefe in den Briefkasten gesteckt und ›Hure‹ auf ihr Fahrrad geschmiert haben. Es hat Sie ganz schön mitgenommen, dass sie Sie abserviert hat, was?«

Mit herausforderndem, beinahe arrogantem Blick hebt Ricardo sein Kinn. »Ey, was labert ihr denn da? Ihr glaubt doch nicht etwa, dass mich die Bitch noch gekümmert hätte? Jetzt mal im Ernst, sehe ich so aus, als ob ich das nötig hätte?«

»Sie können natürlich jedes Chick kriegen, das Sie wollen«, sagt Lois, ohne den Blick von ihm abzuwenden. »Aber es muss trotzdem ein ganz schöner Knacks für Ihr Ego gewesen sein, als sie nichts mehr von Ihnen wissen wollte.«

Ricardos Trauer scheint mit einem Mal verschwunden, und sein verletzter Stolz kommt zum Vorschein.

»Sie wollte nichts mehr von mir wissen, das stimmt«, gibt er mit heiserer Stimme zu. »Von einem Tag auf den anderen sagt sie plötzlich, dass sie mich nicht mehr sehen will; dass ich ein Loser bin, der nichts aus seinem Leben macht. Sie meinte, dass sie das jetzt erst erkannt hat. Und das, obwohl ich alles für sie getan habe, alles! All die Nebenjobs, die ich angenommen habe, das war alles nur für sie. Damit sie von zu Hause weggehen kann und wir uns zusammen eine Wohnung suchen. Wissen Sie, was sie gesagt hat? Dass sie mich zwar liebt, aber keine Zukunft mit mir sieht. Was für ein Bullshit, Mann! Wenn man jemanden liebt, macht man doch nicht Schluss, oder? Und dann kam ich dahinter, dass sie einen anderen hatte, dass sie mich ausgetauscht hat gegen irgend so einen Nerd, der aufs Gymnasium geht. Diese Schlampe.«

Schweigend sehen Lois und Fred ihn an.

»Sie können gehen«, sagt Fred schließlich. »Aber halten Sie sich bereit, falls wir weitere Fragen an Sie haben.«

Nachdem Ricardo von einem Beamten weggeführt wurde, blicken sie einander an.

»Er liebte sie, und er hasste sie«, resümiert Lois. »Beide Gefühle waren echt.«

»Ja, aber er hat sie nicht ermordet. Ich rufe noch mal bei diesem Willem Buisman an, aber eigentlich ist der Kassenbon als Entlastung schon ausreichend. Er hätte dafür gar nicht die Zeit gehabt.«

»Und das kannst du nur schwerlich verwinden, was?« Lois

grinst, versetzt ihrem Kollegen einen Knuff in die Seite und verlässt das Vernehmungszimmer.

Im Flur trifft sie Jessica.

»Hast du schon mit Nicolettes Freundinnen gesprochen?«, erkundigt sie sich.

»Ja, aber es ist nicht viel dabei herausgekommen. Vielleicht kann uns ihre beste Freundin Fay mehr erzählen. Sie hat gerade hohes Fieber und schläft, deshalb wollten ihre Eltern sie nicht wecken«, berichtet Jessica. »Hoffentlich ist sie morgen ansprechbar.«

Viertel vor elf am Abend ist es drinnen immer noch brütend heiß. Als Lois die Tür zu ihrer Wohnung öffnet und den Flur betritt, schlägt ihr die Hitze entgegen. Es ist so stickig, dass man meinen könnte, die Wärme hätte der Luft beinahe sämtlichen Sauerstoff entzogen.

Lois lässt den Blick durch das Wohnzimmer schweifen. Er bleibt an der weißen Anrichte direkt gegenüber von ihr hängen, auf der ein gerahmtes Foto steht. Es gibt eigentlich keinen speziellen Grund, weshalb sie heute geradewegs darauf zuläuft, während sie an anderen Tagen daran vorbeigeht. Sie geht langsam, beinahe widerwillig.

Ebenso zögerlich nimmt sie es in die Hand und betrachtet es dann lange Zeit. Es ist ein Farbfoto, das in Südfrankreich aufgenommen wurde, wo sie mit der ganzen Familie im Urlaub waren. Allerdings sind sie nicht alle auf dem Foto abgebildet, nur ihre Mutter und ihre jüngste Schwester. Ihre Mutter sitzt auf einer niedrigen Mauer in der Sonne und hat Maren auf dem Schoß.

Maren, liebe, kleine Maren, die Nachzüglerin, das von allen umhegte Nesthäkchen. Mit ihren blonden Locken und ihren strahlend blauen Augen sah sie Tessa und ihr ähnlich, war aber noch sehr viel hübscher. Ein schönes, ein lebenslustiges Kind, das viel Fröhlichkeit in ihr Haus brachte.

Mit schwerem Herzen betrachtet Lois das lachende Gesicht ihrer kleinen Schwester, die in ihrem Sommerkleidchen sicher und geborgen auf dem Schoß ihrer Mutter sitzt. Drei Wochen nach dieser Aufnahme war von diesem Glück nichts mehr übrig.

Jahrelang war jede Konfrontation mit ihrer Vergangenheit für sie so schmerzlich, dass Lois alle Familienfotos auf den Dachboden verbannt hatte. Dort liegen sie noch immer, bis auf dieses eine. Sie hatte es zufällig gefunden, als sie ein anderes Foto aus dem Rahmen zog und dieses dahinter entdeckte. Daraufhin hatte sie sich das Foto hingestellt und es nach und nach etwas länger angesehen. Entgegen ihrer Erwartung löste es bei ihr keinen emotionalen Zusammenbruch aus, aber seither läuft sie den Großteil des Tages mit einem unbestimmten Gefühl herum. Einer Traurigkeit, die zwar nicht überhandnimmt, sich aber auch nicht verjagen lässt.

Oftmals fragt sie sich, wie Maren sich wohl entwickelt hätte, wenn sie nicht so früh gestorben wäre. Ob sie sich trotz ihres Altersunterschieds von sieben Jahren gut verstanden hätten? Hätten sie viele Dinge gemeinsam gehabt und sich geähnelt?

Ihre Erinnerungen an Maren sind verblasst, wie Fotos, die zu lange in der Sonne gelegen haben. Und doch reichen diese Erinnerungen aus, um bei ihr nach wie vor ein Gefühl von Verlust hervorzurufen.

Doch noch schlimmer wiegt der Verlust der Mutter. Es ist jetzt dreizehn Jahre her, dass sie Selbstmord beging, aber eigentlich hatte Lois sie bereits viele Jahre zuvor verloren, an jenem Tag, an dem Maren starb.

12

Veerle Lemstra hat es eilig. Gestern Abend hatte sie vergessen, den Wecker zu stellen, und war heute Morgen eine halbe Stunde zu spät aufgewacht. So zerstreut, wie sie war, passierte das öfters, aber meistens wurde sie von allein rechtzeitig wach. Heute hatte sie gerade einmal eine Viertelstunde Zeit, um sich anzuziehen und ihre Tasche zu packen, und musste auf eine Dusche und das Frühstück verzichten.

Furchtbar, so ein überhasteter Start in den Tag, der einem das Gefühl gibt, dass alles aus dem Gleichgewicht ist.

Um zu der Kindertagesstätte auf der anderen Seite der Stadt zu gelangen, wo sie arbeitet, muss sie ein ganz schönes Stück mit dem Rad zurücklegen. Zum Glück regnet es nicht und es weht kaum Wind, sodass sie sich nicht erst in ihre Regenkleidung einpacken muss. Die Kita macht um sieben Uhr auf. Wenn sie in ihrem gewohnten Tempo fährt, kommt sie immer noch rechtzeitig an. Wenn sie etwas schneller fährt, kann sie vielleicht sogar noch ein Brötchen essen und einen Kaffee trinken, bevor die ersten Eltern ihre Kinder vorbeibringen.

Unterwegs hört sie, dass sie eine SMS erhalten hat. Obwohl sie in Eile ist, fischt sie das Handy aus ihrer Jackentasche und wirft einen kurzen Blick auf das Display. Die SMS ist wie erwartet von Pieter. Sie strahlt übers ganze Gesicht. Sie kennen sich zwar noch nicht lange, aber bereits bei ihrer ersten Begegnung hatte es gefunkt. Es war Liebe auf den ersten Blick. Leider hat sie gerade keine Zeit, um darauf zu antworten. Das würde sie aber schnellstmöglich nachholen und sich dafür auf die Toilette zurückziehen, den einzigen Ort, an dem sie bei der Arbeit ihre Ruhe hatte.

Sie schaltet einen Gang höher, fährt an einer ruhigen Kreuzung über die rote Ampel und radelt, so schnell sie kann, zu der Schwimmbrücke über den Noord-Hollands Kanaal. Sie überquert die Brücke und fährt geradeaus auf dem Radweg weiter. Kurze Zeit später biegt sie links ab und fährt auf den Fahrradtunnel zu, der vor ihr auftaucht. Jetzt ist es nicht mehr weit bis zur Kita. Vielleicht wird es ja doch noch ein richtig guter Tag.

Der Mann steht im Gebüsch, am Anfang des Fahrradtunnels. Das Messer liegt schwer und vertraut in seiner Hand.

Es ist völlig ruhig um diese Zeit, selbst hier vor dem Fahrradtunnel. Dieser liegt etwas abgelegen, in einer eher ländlichen Gegend. Der ideale Ort also.

Es fällt ihm dieses Mal gar nicht so leicht. Was fehlt, ist die Wut, die ihn normalerweise antreibt, und die Energie, die er daraus bezieht. Aber es muss dennoch geschehen, es geht nicht anders.

In der Ferne kommt jemand angeradelt. Gespannt hält er den Atem an. Da kommt sein Zielobjekt, jetzt einfach nicht mehr nachdenken. Er muss sich konzentrieren.

Er wartet, bis die Radfahrerin sich so dicht genähert hat, dass er sie sehen kann, dann läuft er in Windeseile in den Tunnel hinein. Das Mädchen fährt an ihm vorbei, und er beginnt zu rennen. Sie kann ihn nicht hören, oder aber sie beachtet ihn einfach nicht.

Ohne nennenswerte Anstrengung rennt er aus dem Tunnel heraus, den Hügel hinauf und springt vom Gehweg auf den Radweg. Dort holt er das Messer zum Vorschein und rennt von schräg hinten an das Mädchen heran.

Gerade als sie sich umdrehen will, rammt er ihr das Messer in den Rücken und zieht es sofort wieder heraus. Das Mädchen fährt einfach weiter, beginnt aber zu schlingern. Er sieht ihr noch einen Moment nach, sieht, wie sie sich an den Rücken greift und dann mitsamt dem Fahrrad umfällt. Er lächelt, dreht sich um und rennt denselben Weg zurück.

13

Lois schläft schlecht in dieser Nacht. Nachdem sie eine lauwarme Dusche genommen hat, ist sie ins Bett gekrochen, nur mit einem Slip und einem Hemd bekleidet, aber es ist viel zu stickig zum Schlafen. Immer wieder kommen Erinnerungen hoch und scheinen in der warmen Luft hängen zu bleiben. Sie kämpft nicht dagegen an.

Alle zwei Wochen liegt sie ohne erkennbaren Grund die ganze Nacht wach. Das ist bereits seit Jahren so, früher kam es sogar noch sehr viel häufiger vor. Bis sie entdeckte, dass sie schneller einschlief, wenn sie einfach akzeptierte, dass sie wach lag. Seither ringt sie solchen Nächten immerhin ein paar Stunden Schlaf ab.

Doch diese Nacht ist das anders. Grund dafür ist die Hitze, ist der Monat Juni, der sie an einen anderen Juni vor vielen Jahren erinnert, in dem ebenfalls eine sengende Hitze herrschte und Maren krank wurde. Eine Sommergrippe, wie sie glaubten.

Unbemerkt ist Zeit verstrichen. Das bedeutet, sie muss doch eingeschlafen sein. Im einen Moment war es noch halb vier, und im nächsten Moment ist es Viertel vor sechs. Seltsamerweise ist Lois hellwach, als ob ihr Mindestbedarf an Schlaf vollauf gedeckt wäre.

Lois schwingt die Beine über den Bettrand und geht ins Bad. Wenn sie ohnehin nicht mehr schlafen kann, kann sie genauso gut zur Arbeit gehen.

Nachdem sie sich geduscht hat, trocknet sie sich ab und sammelt, immer noch in ihrer Unterwäsche, ihre Schmutzwäsche zusammen. Sie stopft alles in die Waschmaschine, die in einer Ecke im Flur steht, und zieht danach eine weiße Hose, weiße Turnschuhe und ein schwarzes Top an. Als sie in der Küche Müsli in eine Schüssel Joghurt streut, klingelt ihr Telefon. »Hier Lois.«

»Hallo Lois, ich bin's, Fred. Gerade wurde ein Messerangriff gemeldet.«

»Ein Messerangriff, schon wieder?«

»Ja. Wie schnell kannst du dich fertig machen?«

»Ich bin schon fertig.«

»Prima, dann komm ich dich abholen. In zehn Minuten bin ich bei dir.«

»Okay, bis gleich.«

Hastig löffelt Lois ihren Joghurt. Danach hat sie gerade noch Zeit, die Gardinen aufzuziehen und ein paar Fliegen nach draußen zu lassen, als Fred an der Tür klingelt.

»Was ist passiert?«, erkundigt sich Lois, während sie neben ihm zum Auto läuft, das er um die Ecke in der Oudegracht geparkt hat.

»Heute Morgen um halb sieben wurde eine junge Frau in einem Fahrradtunnel an der Havinghastraat niedergestochen. Ziemlich ruhige Gegend, und es war noch früh am Morgen. Außer ihr war niemand dort.«

»Lebt sie noch?«

»Als die Meldung hereinkam, schon, aber ich weiß nicht, wie die Situation jetzt aussieht. Offenbar hat der Täter ihr in den Rücken gestochen. Eine schwere Verletzung, aber weniger schlimm als in den Hals oder in die Brust«, sagt Fred, während er die Tür seines Autos öffnet.

Lois nickt. Sie betrachtet die Morgenröte, die den Himmel

über den Dächern der historischen Bauten in ein helles Rosa taucht. Es hätte so ein schöner Tag werden können.

Der besagte Fahrradtunnel ist mittlerweile abgesperrt. Mark und Renate haben Absperrband um den Tatort gezogen und alle Hände voll damit zu tun, neugierige und verärgerte Passanten auf Abstand zu halten. Im Tunnel führt die Spurensicherung gerade ihre Ermittlungen durch.

»Ich will doch nur kurz da durch!« Ein junger Mann auf einem Moped macht Anstalten, unter dem Absperrband hindurchschlüpfen zu wollen.

»Das geht jetzt leider nicht. Könnten Sie bitte umkehren und einen anderen Weg nehmen?« Renate hält ihn mit Mühe, aber fest entschlossen zurück.

Ein Stück weiter hat ihr Kollege das gleiche Problem mit zwei Fußgängern, die unter dem Band hindurchgehen wollen.

»Ah, zum Glück, endlich Verstärkung!«, ruft Mark erleichtert aus, als er Fred und Lois herbeikommen sieht.

»Seid ihr nur zu zweit?«, will Lois wissen.

»Nein, es ist noch ein Streifenwagen gekommen, aber der steht auf der anderen Seite des Tunnels. Unglaublich, wie wenig Verständnis die Leute aufbringen.« Mark zeigt auf den Krankenwagen, der etwas weiter vorn steht. »Das Opfer wird noch behandelt. Sie hat eine große Stichwunde am Rücken, aber sie hat überlebt.«

»Dann gehen wir zu ihr und reden mit ihr«, sagt Lois und geht sofort auf den Krankenwagen zu.

Auf der Bahre sitzt eine junge Frau. Ihr halblanges braunes Haar trägt sie zu einem Pferdeschwanz gebunden, ihr Pony fällt schräg über die Stirn. Als Fred und Lois vor ihr stehen bleiben, blickt sie hoch.

»Hallo«, sagt Lois freundlich und streckt ihr eine Hand

entgegen. »Ich bin Lois Elzinga von der Kripo, und das ist mein Kollege Fred Klinkenberg. Können wir Ihnen ein paar Fragen stellen?« Dann wendet sie sich an die Rettungskräfte und fragt: »Oder waren Sie noch nicht fertig?«

Eine Sanitäterin gibt ihr mit einer Handbewegung zu verstehen, dass sie fortfahren kann. »Wir haben sie verbunden. Es ist zwar keine tiefe Wunde, aber wir nehmen sie zur Sicherheit mit ins Krankenhaus. Es besteht immer das Risiko, dass lebenswichtige Organe verletzt wurden.«

»Wir werden uns kurzfassen.« Fred richtet sich an die junge Frau. »Wie heißen Sie?«

»Veerle Lemstra«, sagt sie leise, unhörbar.

»Sie haben sich bestimmt unheimlich erschrocken«, sagt Fred. »Was ist denn genau passiert?«

»Ich fuhr mit dem Rad in den Tunnel hinein und wurde plötzlich gestochen. Zuerst wusste ich gar nicht, was los war. Ich … ich fühlte nur diesen fürchterlichen Schmerz im Rücken. Ich versuchte weiterzufahren, aber es ging nicht mehr. Und dann wurde mir plötzlich schwindelig«, antwortet Veerle.

»Haben Sie den Täter gesehen?«, fragt Lois.

Veerle nickt. »Als ich in den Tunnel hineinfuhr, sah ich dort einen Mann stehen. Ich fuhr an ihm vorbei und wollte zum Ende des Tunnels fahren. An der Stelle geht es ziemlich steil nach oben, deshalb verlor ich an Fahrt und schaltete einen Gang runter. Und dann spürte ich plötzlich diesen Schmerz.«

»Haben Sie gehört, wie er näher gekommen ist?«

»Nein … Das heißt, doch. Ich hörte jemanden rennen, aber ich habe nicht so richtig darauf geachtet. Ich hatte nicht das Gefühl, dass ich verfolgt werde, damit hatte ich einfach nicht gerechnet.« Als Veerle ihre Sitzposition ändert, verzieht sie vor Schmerz das Gesicht.

»Hat er noch etwas gesagt?«, fragt Fred.

»Nein, nichts. Mir war auch gar nicht klar, dass er so dicht bei mir war.« Veerle streicht sich ihren Pony aus der Stirn und gibt ein zittriges Lachen von sich.

»Und was tat er, nachdem er Sie gestochen hatte?«

»Er rannte schnell in die andere Richtung davon. Also in die Richtung, aus der er gekommen war. Das fand ich auch so unheimlich, dass er die ganze Zeit hinter mir war. Als mir klar wurde, dass irgendetwas nicht stimmte, wagte ich es kaum abzusteigen. Ich hatte solche Angst, dass er zurückkommen würde. Aber dann fiel ich hin. Ich glaube, dass ich kurz bewusstlos war. Als ich wieder zu mir kam, standen Menschen über mich gebeugt, die haben die Polizei und den Rettungsdienst angerufen.«

»Wir müssen sie nun wirklich mitnehmen«, fährt der Rettungssanitäter entschuldigend, aber bestimmt dazwischen.

»Die Patientin muss untersucht werden.«

»Noch eine einzige Frage«, sagt Lois schnell. »Können Sie eine Beschreibung vom Täter geben?«

»Ja, er war ziemlich groß. Er trug eine Jeanshose und einen schwarzen Kapuzenpullover, aber die Kapuze hatte er nicht auf. Hilft Ihnen das weiter?«, fragt Veerle hoffnungsvoll.

»Ja, das ist prima«, versichert ihr Lois. »Haben Sie sein Gesicht gesehen?«

Leider ist das nicht der Fall. Das Einzige, was Veerle der Beschreibung noch hinzufügen kann, ist, dass ihr Angreifer halblanges braunes Haar hatte und weiß war.

»Alles in allem keine besonders markante Beschreibung«, sagt Fred, als die Türen des Krankenwagens geschlossen sind und sie zurück zum Auto laufen.

»Nein, das wird nicht für eine Phantomzeichnung reichen, und hier hängen bestimmt auch keine Kameras, oder?« Lois bleibt stehen und sieht sich um.

»Nein, die gibt es in keinem einzigen Fahrradtunnel. Einsparungsmaßnahmen der Provinz. Die Überwachungskameras konzentrieren sich vorrangig auf die Innenstadt.«

»Dann wird es schwierig. Hoffentlich stößt die SpuSi auf etwas«, sagt Lois.

Fred öffnet die Fahrertür und setzt sich hinter das Steuer. »Zwei Messerstechereien an zwei Tagen. Beide Opfer sind junge Frauen«, überlegt er.

»Glaubst du, dass es eine Verbindung gibt?«

»Du denn nicht?«

»Nein, glaube ich nicht«, erwidert Lois. »Der Mord an Nicolette Dekker scheint eher eine persönliche Abrechnung gewesen zu sein. Sie wurde auf dem Weg hinter ihrem Haus erstochen, während Veerle in einem Fahrradtunnel angefallen wurde. Warum sollte der Täter bei Nicolette ein solches Risiko eingehen? Was, wenn gerade jemand aus dem Fenster geschaut hätte oder den Weg entlanggekommen wäre …?«

»Der Tatort ist ein anderer, aber die Opfer haben dasselbe Alter. Beiden wurde mit einem Messer eine Verletzung zugefügt, die aber nicht tödlich war. Wenn Nicolette nicht hingefallen wäre, hätte sie den Angriff wahrscheinlich überlebt.«

»Das ist wahr.« Lois winkt Renate und Mark zu, während Fred mit dem Auto wendet. »Gab es in der letzten Zeit noch mehr solcher Messerangriffe?«

»Keine Ahnung«, antwortet Fred. »Das werden wir umgehend herausfinden.«

14

»Nee, oder?«, ruft Lois aus, als sie in das Büro hereinkommt. »Schon wieder am Arbeiten?« Erstaunt blickt sie ihren Kollegen Nick an, der hinter seinem Schreibtisch sitzt und den eingegipsten Fuß auf einem Stuhl abgelegt hat. Fred ist unterdessen zu Ramons Büro weitergegangen.

Nick blickt von seiner Tastatur hoch und dreht sich auf seinem Bürostuhl in Lois' Richtung.

»Er ist halt gebrochen, und ich muss ihn ein wenig schonen.«

»Claudien hat mir schon erzählt, dass du nicht besonders gut verlieren kannst.«

Nick grinst sie breit an. »Das Gefühl müsstest du doch kennen.«

»Ich gehe laufen. Das hat nichts mit gewinnen oder verlieren zu tun.«

»Außer natürlich man nimmt an einem Wettkampf teil. Aber so etwas machst du nie, oder?«

»Nein, dafür habe ich gar keine Zeit. Jedes Mal, wenn ich mich für einen Lauf anmelde, ruft mich Ramon an, weil irgendetwas passiert ist. Aber warum bist du nicht zu Hause?«

Nick zuckt mit den Schultern und dreht seinen Stuhl in die ursprüngliche Position zurück. »Zu Hause fällt mir bloß die Decke auf den Kopf, dann erledige ich lieber ein paar Büroarbeiten.«

»Na, das überrascht mich jetzt aber«, sagt Lois. »Ich dachte, wir sehen dich vorläufig gar nicht mehr.«

»Tja, da kannst du mal sehen, Elzinga, nur keine voreiligen

Schlüsse ziehen. Sonst bekommt man am Ende einen Tunnelblick, aber mit so was hast du natürlich schon Erfahrung.«

»So ist es. Um genau zu sein, war ich gerade erst dort.«

»Was meinst du mit ›dort‹?«

»In einem Fahrradtunnel. Dort wurde heute Morgen einer jungen Frau ein Messer in den Rücken gerammt.« Lois geht zu ihrem Arbeitsplatz und öffnet die Wasserflasche, die auf dem Schreibtisch steht. Sie nimmt ein paar Schlucke und verzieht das Gesicht. Das Wasser ist lauwarm.

»Ja, ich habe davon gehört. Und gestern ist doch auch schon so etwas vorgefallen. Tja, kaum ist man mal einen Tag nicht da …« Nick lehnt sich nach hinten und deutet auf seinen Bildschirm. »In den letzten Wochen haben sich noch mehr solcher Gewalttaten ereignet, aber da ging es eher um Zoff in irgendwelchen Kneipen. Ich habe allerdings einen vergleichbaren Fall gefunden.«

Lois geht zu ihm hinüber und blickt ihm über die Schulter.

»Eine achtundvierzigjährige Frau. Lilian van Dijk. Wurde vor zwei Monaten mit einem Messer attackiert, als sie gerade ihre Einkäufe ins Auto laden wollte«, berichtet Nick.

»Und wo war das?«

»Auf dem Parkplatz vom Einkaufszentrum *De Mare*. Der Vorfall ereignete sich an einem Dienstagvormittag, es gab keinerlei Zeugen. Ich bin bereits an der Sache dran und versuche herauszukriegen, ob es einen Zusammenhang zwischen den drei Messerstechereien gibt, aber bislang habe ich nichts gefunden.« Nick hält einen leeren Plastikbecher hoch und dreht sich zu Lois um. »Ich nehme einen Tee.«

»Wie bitte?«

»Könntest du mir bitte eine Tasse Tee holen, Lois?«

»Das klingt schon besser. Ich werde dir eine holen, aber nur, weil du so fleißig warst. Das erspart mir einiges an Arbeit.«

Lois geht zur Tür, bleibt auf halbem Wege stehen und dreht sich um. »Wie machst du das eigentlich, wenn du nicht gehen darfst? Ich meine, wie kommst du überhaupt hierher?«

»Meine Freundin hat mich hergebracht. Lieb, was?«

»Sehr lieb«, pflichtet Lois bei. »Aber warte erst mal ab, ob sie dich auch wieder abholt.«

Als sie den Flur entlanggeht, hört sie Nick lachen, und schon wieder hat er sie überrascht.

Während der Besprechung am Vormittag werden zunächst alle Fakten zum Mord an Nicolette Dekker gesammelt und danach alle zum Angriff auf Veerle Lemstra. Die zwei Fälle werden mit den früheren Messerattacken verglichen, die Nick genannt hatte, aber sie sind zu unterschiedlich, um irgendwelche Schlüsse ziehen zu können.

»Wenn all diese Opfer das Werk eines einzigen Täters sind, heißt das, dass er sich nicht auf ein bestimmtes Viertel beschränkt«, erklärt Ramon, der vor einer Gruppe von dreißig Kripobeamten steht. »Die Messerattacke auf die Frau vor dem Einkaufszentrum ereignete sich an einem Dienstagvormittag um halb zehn. Nicolette Dekker wurde zur Mittagszeit niedergestochen. Der Täter hatte vermutlich entweder an diesem Tag frei, oder aber er arbeitet nicht. In diesem Moment werden die Fotos der Stichwunden der drei Frauen miteinander verglichen. Das sollte uns mehr Klarheit darüber verschaffen, ob wir es hier mit einem einzigen Täter zu tun haben.«

Im Anschluss daran spricht Ramon über die Ergebnisse der bisherigen Untersuchungen. Die Spurensicherung hat zwischen den Gebüschen vor dem Fahrradtunnel, in dem Veerle Lemstra angegriffen wurde, Schuhabdrücke gefunden. Auf einem sandigen Abschnitt waren ziemlich viele Spuren zu sehen, was darauf hindeutet, dass er hin und her gelaufen sein muss. Als ob er jemandem aufgelauert hätte. Einer der Schuhabdrücke wurde abfotografiert und mit Gips abgeformt.

»Der mögliche Täter hat also Größe fünfundvierzig und trägt Schuhe der Marke Dsquared2«, sagt Lois zu Fred, als sie nach der Besprechung den Flur entlanglaufen. »Das nützt uns allerdings nur etwas, wenn wir den Täter zu fassen kriegen und einen Blick auf seine Schuhe werfen können.«

»Wir wissen viel zu wenig«, bestätigt Fred. »Der Kerl stellt sicher, dass es keine Zeugen gibt und dass keine Kameras in der Gegend hängen. Es würde mich nicht wundern, wenn er das im Vorfeld extra kontrolliert.«

»Und was ist mit dem Parkplatz vor dem Einkaufszentrum? Dort hängen ja wohl Kameras, oder?«

»Nein«, korrigiert sie Fred. »Zu teuer. Nicht nur, dass die Kameras Geld kosten, irgendjemand muss sich die Überwachungsbilder auch anschauen. Und wenn irgendetwas passiert, muss es jemanden geben, der zur Stelle ist. Man kann nicht überall Kameras aufhängen, Lois.«

»Das heißt also, wir müssen warten, bis dieser Mistkerl in der Innenstadt von Alkmaar auftaucht und sich direkt vor einer Kamera positioniert?«

»Ich fürchte, ja. Keine Zeugen, keine Überwachungskameras … Die Täterbeschreibungen der Opfer stimmen zwar überein, aber sie sind zu vage, um damit etwas anfangen zu können. Vielleicht ergibt die Nachbarschaftsbefragung im Fall Nicolette Dekker ja etwas. Es wurden noch nicht alle Protokolle abgetippt und eingereicht, soweit ich weiß.«

»Nein, das von mir ist auch noch nicht fertig. Ich wollte noch einer Sache nachgehen, aber dafür hatte ich bislang keine Zeit.«

»Was denn?«, will Fred wissen.

»Während der Befragung habe ich mit Nicolettes Nachbarin Marjet Westra gesprochen. Sie hat an einer Stelle etwas gesagt, was mich aufhorchen ließ. Sie sagte, sie hätte gar nichts davon mitbekommen, dass Nicolette niedergestochen wurde. Dabei hatte ich gar nicht erwähnt, was genau mit Nicolette passiert war.«

Fred bleibt stehen und wendet sich Lois zu. »Das ist ja höchst interessant.«

»Ja, nicht? Es muss nichts zu bedeuten haben. Vielleicht hat sie vom Fenster aus etwas gesehen, aber warum hat sie es dann nicht einfach gesagt?«

»Ich glaube, wir sollten uns mit der Dame mal ein wenig unterhalten«, schlägt Fred vor.

Als Jessica an ihnen vorübergeht, läuft Lois schnell hinter ihr her, bis sie gleichauf sind. »Und, hast du schon mit dieser Fay gesprochen?«

»Sie hat immer noch eine Halsentzündung und bringt kein Wort heraus«, erklärt Jessica verdrossen.

»Dann lass sie doch aufschreiben, was sie weiß.«

»Das habe ich auch schon vorgeschlagen, aber ihre Eltern bestehen darauf, dass sie jetzt vor allem Ruhe braucht.«

Lois zieht die Augenbrauen hoch. »Das verstehe ich, aber es ist wirklich wichtig.«

»Ich gehe morgen früh noch mal vorbei«, verspricht Jessica. »Sie nimmt Medikamente, vielleicht geht es ihr ja morgen schon besser.«

15

Marjet Westra ist nicht zu Hause, aber ihr Ehemann. Oscar Westra hat seine Zwillingstöchter zum Spielen in den Sandkasten im Garten gebracht, während er selbst drinnen am Küchentisch sitzt. Lois sieht ihn durch das Erkerfenster und sieht auch, dass er genervt seinen Laptop zuklappt, als Fred klingelt. Als er die Tür öffnet, zeigt er ihnen jedoch sein strahlendstes Lächeln.

»Ja?«, fragt er.

»Herr Westra? Mein Name ist Fred Klinkenberg von der Kripo. Das ist meine Kollegin Lois Elzinga. Wir würden Ihnen gerne ein paar Fragen zu dem Mädchen von nebenan stellen.«

»Ja, natürlich, kommen Sie doch herein«, sagt Oscar Westra sofort.

»Haben Sie heute frei?«, erkundigt sich Lois, während sie hinter ihm her in die Wohnküche läuft.

»Heute ist mein Homeoffice-Tag«, erklärt Oscar. »Allerdings verstehe ich nicht, warum Sie überhaupt mit mir sprechen wollen. Ich war gestern den ganzen Tag über im Büro und habe nichts mitgekriegt von dem Mord. Meine Frau hat mir dann abends davon erzählt. Und die Polizei hat doch bereits mit ihr gesprochen, oder nicht?«

»Ja«, bestätigt Lois. »Aber wir würden uns trotzdem gerne kurz mit Ihnen unterhalten.« Sie wirft einen Blick nach draußen, wo die Kinder einträchtig mit einer Gießkanne und einem Eimerchen zusammen im Sand spielen. So hatte sie Maren auch oft gesehen, gänzlich in ihr Spiel vertieft. Sie kann sich noch gut erinnern, wie sie immer dahockte, sieht vor ihrem geistigen Auge noch ihren schmalen kleinen Rücken vor sich. Langsam wendet sie ihren Blick von den Zwillingen ab und fragt: »Herr Westra, wie gut kannten Sie Nicolette?«

Oscar setzt sich wieder an seinen Laptop und bedeutet Fred und Lois, ihm gegenüber Platz zu nehmen. Als sie der Aufforderung nachgekommen sind, trommelt Oscar mit seinen Fingern auf den zugeklappten Laptop und sagt: »Nicht besonders gut. Sie hat ab und zu auf Vlinder und Bloem aufgepasst.«

»Haben Sie eine Vermutung, wer sie ermordet haben könnte?«, fragt Fred.

Westra schüttelt den Kopf. »Nein, keine Ahnung. Vielleicht dieser zwielichtige Freund von ihr.«

»Warum glauben Sie das?«

»Er ist der Erste, der mir einfällt. Ein schräger Vogel war das, dem habe ich keine fünf Meter über den Weg getraut. Sie war ungefähr ein halbes Jahr mit ihm zusammen, dann hat sie Schluss gemacht. Kluge Entscheidung. Aber wer weiß, vielleicht hat er das nicht verkraftet. Hier in der Nachbarschaft denken alle, dass er es war.«

»Nicolette war ein attraktives Mädchen, finden Sie nicht?« Lois übernimmt jetzt die Vernehmung.

Oscar Westra sieht sie verstört an. »Das stimmt«, antwortet er höflich. »Ja, ich denke, sie war durchaus ein attraktives Mädchen. Warum fragen Sie?«

»Es gibt Gerüchte, dass Sie sich von ihr angezogen gefühlt haben sollen.« Lois blickt ihm in die Augen. »Stimmt das?«

Westra läuft rot an. »Was ist denn das für ein Unsinn?«, empört er sich. »Ich habe eine Frau und zwei Kinder. Was sind das für schmierige Unterstellungen?«

»Sie bestreiten also, dass Sie Interesse an Nicolette hatten?«

»Ja, natürlich bestreite ich das! Gott behüte, sie war doch noch ein halbes Kind! Ich bin fünfunddreißig! Was denken Sie denn von mir?«

»Ich denke gar nichts, ich frage nur«, sagt Lois unbeeindruckt.

Bevor Westra sich erneut in einem Sturm der Empörung ergehen kann, beruhigt ihn Fred: »Wenn jemand etwas in diese Richtung geäußert hat, müssen wir dem nachgehen. Das werden Sie doch verstehen?«

»Waren Sie gelegentlich allein mit Nicolette?«, fährt Lois die Befragung fort.

Diese Frage ist zu viel für Oscar Westra. Er holt tief Luft, um die Selbstbeherrschung nicht zu verlieren, aber es platzt aus ihm heraus. »Nein!«, schreit er Lois an. »Ich war nie mit dem Mädchen allein! Warum sollte ich? Wer hat Ihnen denn diesen Unsinn eingeredet? Das würde ich wirklich gerne mal wissen!«

»Wo waren Sie gestern zwischen halb eins und halb zwei?«, hakt Lois nach, ohne sich um sein Geschrei zu kümmern.

»Auf der Arbeit«, antwortet Oscar mit einem vernichtenden Blick in ihre Richtung. »Um genau zu sein, in der Betriebskantine, denn um diese Zeit gibt es Mittagessen. Mehrere Dutzend Leute können bezeugen, dass ich dort war, das können Sie nachprüfen.«

»Das werden wir ganz sicher tun. Wie heißt die Firma, wo Sie arbeiten?«

Statt zu antworten, zieht er eine Visitenkarte aus seiner Brieftasche und übergibt sie ihr.

»Rufen Sie ruhig an«, fordert er sie auf.

»Wir würden auch gerne noch einen Moment mit Ihrer Frau sprechen«, sagt Lois. »Ist sie zu Hause?«

Oscar sieht sie wütend an. »Sehen Sie sie irgendwo?«

»Bitte beantworten Sie einfach unsere Fragen, Herr Westra«, entgegnet Fred in ruhigem Ton.

»Nein, sie ist nicht zu Hause. Sie ist gerade einkaufen.«

»Haben Sie etwas dagegen, wenn wir hier auf sie warten?«

Westra blickt sie abwechselnd an und antwortet dann grimmig: »Wenn es denn sein muss. Ich gehe eben nach den Kindern schauen.«

Von draußen ist lautes Geheul zu hören. Der Eimer Wasser ist umgekippt, und eins der beiden Mädchen ist pitschnass. Oscar Westra eilt nach draußen und tröstet das Kind.

»Was war das denn?«, stellt Fred Lois zur Rede.

»Ein Junge aus der Nachbarschaft hat uns gegenüber ausgesagt, dass Westra geil war auf Nicolette, wie er es nannte. Und nicht nur auf sie, angeblich ist keine Frau vor Westra sicher.«

»Echt? Ich finde, dafür ist er gar nicht der Typ.« Fred schaut nach draußen, wo sich unter der unscheinbaren Kleidung von Oscar Westra sein dicker Bauch abzeichnet.

»Der Junge hat auch nicht gesagt, dass seine Gefühle erwidert worden wären.«

»Ein frustrierter Büroangestellter mit zwei Kindern, die ihm einiges abverlangen, und einer Frau, die er nicht mehr anziehend findet. Tja, das kommt öfters vor.«

»Aber warum sollte er das Mädchen erstechen?«, fragt sich Lois. »Vielleicht gab es etwas, das sie seiner Frau hätte anvertrauen können? Zum Beispiel, wie er versucht hatte, sich ihr zu nähern. Oder was er bereits mit ihr angestellt hat. Vielleicht war er es, der Nicolettes Fahrrad beschmiert und die Drohbriefe in den Briefkasten geworfen hatte.«

»Beweise, Elzinga, Beweise. Du entwickelst Theorien, die wir nicht belegen können.«

»Aber das ist doch der erste Schritt einer Ermittlung? Ein Szenario entwickeln.«

»Ja«, bestätigt Fred. »Aber es ist auch gut, wenn es etwas gibt, das die These stützt. Sieh mal, da kommt ja schon Frau Westra.«

Die Tür hinten im Garten öffnet sich, und Marjet schiebt ihr Fahrrad in den Hof, den Fahrradkorb voller Einkäufe.

»Sehr schön«, sagt Lois. »Jetzt wird es spannend.«

16

»Ah, Sie schon wieder?« Mit schweren Einkaufstaschen in jeder Hand kommt Marjet in die Wohnküche hinein. Der Schreck ist ihr in den Augen abzulesen. Vorsichtig setzt sie die Taschen auf dem Boden ab.

»Wir haben noch ein paar Fragen an Sie«, sagt Lois. »Und da wir Ihren Mann auch gerne sprechen wollten, trifft es sich gut, dass Sie beide gerade zu Hause sind.«

»Ja?«, fragt Marjet und wirft ihrem Mann einen unsicheren Blick zu. »Was möchten Sie wissen?«

»Gestern, als ich mit meiner anderen Kollegin hier war, war Nicolette gerade ermordet worden. Auf dem Weg, direkt hinter dem Haus.«

Marjet setzt sich an den Tisch und nickt. Mit dem Handrücken wischt sie sich den Schweiß von der Stirn. »Ich kann es immer noch nicht fassen, dass sie tot ist«, sagt sie leise. »Das arme Kind.«

»Ja, es ist wirklich schrecklich«, bekräftigt Lois. »Wir tun alles, um den Mörder so schnell wie möglich zu finden. Darum ist es wichtig, dass mir alle Nachbarn genau erzählen, was ihnen aufgefallen ist, auch wenn es noch so unwichtig erscheint. Vielleicht trieb sich jemand hier in der Nachbarschaft herum, und Sie haben denjenigen gesehen. Vielleicht nicht bewusst, vielleicht dachten Sie nicht sofort daran, als ich Sie darauf ansprach. Manchmal fällt einem etwas erst später wieder ein, wenn man in Ruhe darüber nachdenkt.«

Fragend sieht sie Marjet an, aber die schüttelt den Kopf.

»Ich wünschte, ich hätte etwas gesehen, damit ich Ihnen helfen kann. Wirklich. Aber ich war so beschäftigt mit den Kindern …« Sie macht eine hilflose Geste mit ihren Händen.

»Das verstehe ich«, sagt Lois. »Aber wir mussten trotzdem nachfragen. Ich meine, immerhin liegt die Stelle, wo Nicolette angegriffen wurde, ganz in der Nähe Ihrer Tür.«

»Ich war drinnen«, fügt Marjet an. »Bei den Kindern.«

»Und Sie waren unten und die Tür geschlossen, richtig?«

»Ja, genau«, entgegnet Marjet.

»Darum haben Sie auch nichts gehört von all dem Tumult draußen. Sie sind auch nicht kurz nach oben gegangen und haben vom Fenster einen Blick auf den Weg geworfen?«

»Nein.«

Es herrscht eine Zeit lang Stille im Raum, während der Lois und Fred Marjet fest im Blick behalten, die sich nervös nach ihrem Mann umschaut.

»Ich verstehe nicht, weshalb Sie so beharrlich nachhaken.« Oscar legt beschützend eine Hand auf die Schulter seiner Frau. »Marjet hat doch bereits gesagt, dass sie nichts gesehen und gehört hat. Warum reicht Ihnen das nicht?«

Lois sieht ihn an. »Weil Ihre Frau gestern während unseres Gesprächs eine interessante Bemerkung gemacht hat. Ohne dass wir ihr erzählt hätten, wie Nicolette ermordet wurde, wusste sie, dass sie niedergestochen wurde. Das ist ziemlich erstaunlich angesichts der Tatsache, dass sie die ganze Zeit unten gewesen ist. Deshalb meine Frage: Woher wussten Sie das, Frau Westra?« Ihr Blick kehrt zu Marjet zurück, die ganz bleich geworden ist.

»Sie täuschen sich, das habe ich nicht gesagt.«

»Doch, das haben Sie«, hält Lois entgegen. »Meine Kollegin kann das bezeugen.«

Sie behält sowohl Marjet als auch Oscar im Blick, der seine Frau überrascht ansieht.

»Ich glaube ... ich glaube, ich bin einfach davon ausgegangen. Ich schaue oft Krimis im Fernsehen, und an dem Abend vorher wurde bei CSI auch jemand erstochen. Wahrscheinlich hatte ich das Bild noch im Kopf«, erklärt Marjet mit unsteter Stimme.

»Das heißt, Sie sind nicht vielleicht doch nach oben gegangen und haben aus dem Fenster geschaut, um zu sehen, was los ist?«, hakt Fred noch einmal nach.

»Nein ... nein, wirklich nicht. Sonst wäre ich doch nach unten gerannt, um ihr zu helfen.« Mit niedergeschlagenen Augen sitzt sie am Tisch.

»Das denke ich mir.« Lois beobachtet Marjet noch eine Weile, aber diese bleibt mit gesenktem Kopf sitzen.

»Gut«, sagt Fred. »Dann vielen Dank für Ihre Zeit.« Er schiebt seinen Stuhl nach hinten, und Lois tut es ihm gleich.

Oscar begleitet sie noch zur Tür und lässt nach ein paar höflichen Abschiedsfloskeln die Tür ins Schloss fallen. Fred will schon zum Auto gehen, da packt ihn Lois am Arm.

»Warte kurz«, flüstert sie und hält ihr Ohr neben den Briefschlitz an der Haustür.

Im Wohnzimmer sind laute Stimmen zu hören, die eine tief und wütend, die andere hoch und hysterisch. Leider kann sie nicht genau hören, was gesprochen wird.

»Die wissen mehr, als sie sagen«, meint Lois, als sie neben Fred zum Auto läuft. »Ich wüsste nur zu gerne, was.«

Auf der Straße herrscht reger Verkehr, und überall parken Autos. Vor dem Haus der Eltern von Nicolette stehen auch ein paar Fahrräder.

Im Vorbeigehen wirft Lois einen Blick durch das Fenster und sieht, dass die Familie zahlreiche Gäste hat.

Als sie gerade am Auto ankommen, geht die Haustür auf, und eine Frau um die vierzig kommt herausgelaufen. Mit ihren braunen Haaren und Augen sieht sie Nicolette zum Verwechseln ähnlich.

»Hallo«, begrüßt sie sie atemlos, als ob sie gerade gerannt wäre. »Ich habe Sie gerade gesehen und dachte … vielleicht gibt es Neuigkeiten?«

Sie hat die Frage an Fred gerichtet und wirft Lois nun einen verunsicherten, entschuldigenden Blick zu.

»Lois, das ist Nicolettes Mutter, Leona Dekker. Frau Dekker, das ist meine Kollegin Lois Elzinga«, stellt Fred sie einander vor. Die zwei Frauen schütteln einander die Hände.

»Was machen Sie denn hier?«, erkundigt sich Leona mit angespannter Miene.

»Wir befragen noch einige Nachbarn«, antwortet Fred. »Wir haben noch nicht alle vernommen.«

»Das heißt … es gibt keine Neuigkeiten?«

»Nein, es tut mir leid.« Fred legt ihr eine Hand auf die Schulter. »Wie geht es Ihnen?«

Darauf wüsste Leona Dekker wahrscheinlich jede Menge zu sagen, aber sie belässt es bei einem Schulterzucken.

»Ich habe gesehen, dass Sie bei Marjet und Oscar waren.« Leona wirft einen flüchtigen Blick auf das Haus ihrer Nachbarn. »Warum?«

»Wie ich bereits sagte, haben wir noch nicht alle Anwohner gesprochen und …«, beginnt Fred, doch Lois fällt ihm ins Wort.

»Frau Dekker, haben Sie ein paar Minuten für uns? Ich sehe, dass Sie Besuch haben, aber es gibt ein paar Dinge, die ich Sie gerne fragen würde.«

»Ja, natürlich. Möchten Sie, dass mein Mann auch dabei ist?«

»Ja, gern.«

»Kommen Sie doch mit, dann können wir eben in die Küche gehen.«

Leona geht vor ihnen den Weg durch den Vorgarten entlang in das Haus hinein. Als sie die Tür vom Wohnzimmer öffnet, kommt ihr Mann sofort auf sie zu. Im Flüsterton weiht sie ihn ein, dann geht ihr Ehemann zu Fred und Lois.

»Job Dekker, angenehm«, stellt er sich Lois vor und sagt an Fred gewandt: »Wir kennen uns ja bereits.«

Die Besucher sehen ihnen neugierig nach, als sie gemeinsam zur Küche gehen. Nachdem Job hinter ihnen die Tür zugemacht hat, kommentiert er nur kurz: »Familie. Gerade ist ziemlich viel los.«

»Schön, dass Ihre Familie gekommen ist, um Sie zu unterstützen«, sagt Lois.

»Sie waren überrascht, dass sie Nicolette nicht sehen dürfen. Am liebsten hätten wir sie zu Hause aufgebahrt, in ihrem Zimmer.«

»Das kann ich mir vorstellen«, entgegnet Lois verständnisvoll. »Aber leider geht das in diesem Fall nicht.« Da Nicolette ermordet wurde, muss der Rechtsmediziner noch eine Obduktion durchführen. Lois kann sich gut vorstellen, wie schwer es für die Eltern sein muss, ihre Tochter nicht bei sich haben zu können.

»Herr und Frau Dekker«, sagt sie, als sie alle am Küchentisch Platz genommen haben, »ist Ihnen in den letzten Wochen irgendetwas an Nicolette aufgefallen?«

»Das hat uns Ihr Kollege gestern auch schon gefragt«, sagt Job in leicht vorwurfsvollem Ton. »Nicolette war ganz normal wie immer.«

»Aber nicht in den letzten Wochen«, fügt Leona schnell hinzu. »Sie zog sich schon eine Weile immer mehr zurück.

Die Pubertät eben.« Sie schluckt mühsam und holt ein paar Mal tief Luft.

»Geht's?« Besorgt sieht Job seine Frau an. Als sie nickt, konzentriert er sich wieder auf Lois und Fred.

»Und Sie hatten nicht den Eindruck, dass Nicolette irgendetwas bedrückte? Dass sie Probleme hatte?«, erkundigt sich Lois.

»Warum beharren Sie so sehr darauf? Wissen Sie irgendetwas, das wir nicht wissen?« Misstrauisch blickt Job sie an.

»Nein, aber wenn es etwas gab, hätte Ihre Tochter Sie dann ins Vertrauen gezogen?«

»Ja, natürlich. Wir sind doch ihre Eltern. Sie wusste, dass sie immer zu uns kommen konnte, egal mit was«, sagt Job.

Leona nickt, die Finger so fest ineinander verschränkt, dass die Knöchel weiß hervortreten.

»Und was ist mit Ihren Nachbarn, was können Sie uns über sie erzählen?«

Verdutzt blickt das Ehepaar sie an.

»Über Marjet und Oscar? Na ja, Nicolette passte gelegentlich auf ihre Kinder auf«, sagt Leona. »Das sind sehr nette Leute.«

»Haben Sie miteinander Kontakt?«, will Fred wissen.

»Nicht wirklich«, antwortet Job. »Manchmal trinken wir einen Wein zusammen. Und ab und an organisieren wir einen Grillnachmittag mit den Nachbarn. Wir haben ein gutes nachbarschaftliches Verhältnis, aber mehr nicht.«

»Und Nicolette?«

»Die ging immer mit zum Grillen. Das heißt, das letzte Mal war sie nicht dabei, aber das ist nur logisch. Sie ist jetzt sechzehn und hat andere Dinge im Kopf.«

Lois fällt auf, dass sowohl Job als auch Leona abwechselnd in der Gegenwartsform und in der Vergangenheitsform über ihre Tochter sprechen, ein typisches Phänomen, das ihr öfter bei Menschen begegnet, die gerade einen geliebten Menschen verloren haben. Nur allzu begreiflich, schließlich war es ihr genauso ergangen, als ihre Mutter starb. Es ist, als ob man geistig noch nicht akzeptiert hat, dass der Mensch, der einem so nahestand, nicht mehr Teil der Gegenwart ist.

»Sprach Nicolette manchmal über Ihre Nachbarn?«, fragt Fred.

»Was haben Sie denn immer mit unseren Nachbarn? Was haben sie damit zu tun?«, entrüstet sich Job.

»Von allen Anwohnern hier in der Straße haben sie Nicolette am besten gekannt, deshalb«, erklärt Lois. »Und wir wollen so viele Informationen wie möglich sammeln.«

»Ich würde vorschlagen, Sie nehmen sich lieber mal ihren Exfreund vor, anstatt unsere Nachbarn zu belästigen«, sagt Job ungeduldig. »Ich habe diesem Jungen nie über den Weg getraut.«

17

»Das hat uns nicht sehr viel weitergebracht«, bemerkt Lois, als sie in das brütend heiße Auto steigen. »Kannst du den Motor einschalten? Dann geht die Klimaanlage an.«

»Ganz ruhig, darf ich mich erst einmal hinsetzen?« Fred legt den Sicherheitsgurt um und schaltet den Motor an. Sofort bläst ihnen frische Luft entgegen, und Lois seufzt erleichtert über die angenehme Abkühlung.

»Wie fandest du das Gespräch?«, fragt sie ihn.

»Es kam zwar nicht viel Neues dabei heraus, aber ich bin nicht deiner Meinung, dass es uns nicht weitergebracht hat. Immerhin wissen wir jetzt, dass Nicolettes Eltern keine Ahnung hatten, dass ihre Tochter Drohbriefe erhielt. Dass sie keinerlei Argwohn gegenüber ihrem Nachbarn Oscar hegen und dass sie Nicolettes Freund nicht mochten. Aber Letzteres habe ich auch schon gestern bei unserem Gespräch herausgefunden.« Fred wirft einen Blick in den Rückspiegel, biegt ab und fährt davon.

»Hast du dir mit Claudien auch ihr Zimmer angesehen?«

»Ja, wir haben es komplett durchsucht. Leider führte Nicolette kein Tagebuch, und wir haben auch keine Drohbriefe gefunden. Das Einzige, was wir mitgenommen haben, waren ihr Computer und ihr Terminplaner.«

»Ob sie die erfunden hat?«

»Du meinst, die Drohbriefe?«

»Ja, damit sie einen Grund hatte, mich anzusprechen. Vielleicht wusste sie, dass sie damit meine Aufmerksamkeit wecken würde.«

»Du meinst, dass sie eigentlich ein anderes Problem hatte, aber sich nicht traute, es irgendjemandem zu erzählen?«

»Ja, so was in der Art.«

Fred seufzt. »Vielleicht, aber ich sehe nicht, wie wir das herausfinden können. Außer sie hat sich einer Freundin anvertraut. Mädchen in dem Alter erzählen sich doch alles, oder nicht?«

»Jessica ist bereits an Nicolettes bester Freundin dran, aber sie ist krank. Halsentzündung.«

»Dann soll sie ihre Aussage eben aufschreiben.«

»Das habe ich auch gesagt. Jessica wollte sich darum kümmern.«

Zurück auf dem Revier, macht sich Lois auf die Suche nach Jessica, doch die ist nicht da. Hoffentlich war sie gerade bei Fay.

Sie läuft zu Claudiens Arbeitsplatz. Claudien hat gemeinsam mit Fred das erste Gespräch mit Nicolettes Eltern geführt und somit Nicolettes Zimmer gesehen. Lois bedauert, dass sie sich nicht selbst vor Ort ein Bild davon machen konnte. Informationen aus erster Hand sind letztlich doch wertvoller als der Bericht eines Kollegen.

»Ist beim Durchsuchen von Nicolettes Computer und Tagesplaner noch etwas herausgekommen?« Lois stützt sich mit einer Hand auf dem Schreibtisch ihrer Kollegin ab.

Mit einem leicht verschwitzten Gesicht sieht Claudien zu ihr hoch. Sie hat ihre dunkelroten Locken zu einem Pferdeschwanz gebunden, aber da ihr Haar etwas zu kurz ist, ist die Hälfte herausgerutscht und hängt ihr bis über die Augen. Ungeduldig streicht sie sich die Haare aus dem Gesicht und lehnt sich nach hinten.

»Nichts, was auf Bedrohungen oder Streitereien hindeutet«, berichtet sie. »Falls es dergleichen gab, dann hat sie sich jedenfalls nicht dazu bei Facebook oder anderen sozialen Netzwerken geäußert. Was ihren Tagesplaner betrifft, da hat sie lediglich Hausaufgaben notiert. Und die Adressen ihrer Freundinnen. Das ist ziemlich praktisch, dann könnt ihr sie direkt aufsuchen.«

Als Ermittlerin in Familienangelegenheiten unterstützt Claudien vor allen Dingen die Angehörigen und ist nicht so aktiv in die Ermittlungen involviert wie Lois. Dadurch wird auch vermieden, dass sie aus Versehen vertrauliche Erkenntnisse der Kripo an Nicolettes Eltern weitergibt.

»Das werden wir ganz sicher machen«, verspricht Lois.

In der Kantine essen Lois und Fred ein Brötchen. Dank der Klimaanlage ist es angenehm kühl, was Lois daran erinnert, dass sie immer noch kein Gerät für ihre Wohnung gekauft hat. Aber letztlich ist es auch gleich, schließlich ist sie sowieso nie zu Hause.

»Weißt du, ich kann mir gut vorstellen, dass Oscar Westra Gefühle für Nicolette hatte, auch wenn sie viel zu jung für ihn war, und auch dass er ihr nachgestellt hat. Aber warum sollte er sie ausgerechnet auf dem Weg direkt hinter seinem Haus mit einem Messer erstechen? Das erscheint mir doch ziemlich unklug.«

»Darüber habe ich auch gerade nachgedacht«, sagt Fred mit vollem Mund. »Und was ich auch merkwürdig finde, ist, dass die Stichwunde nur oberflächlich ist. Wenn ich jemanden ermorden will, steche ich das Messer doch tiefer rein oder an besonders tödlichen Stellen.«

»Es hat fast den Anschein, als ob der Täter völlig beliebig zugestochen hat, gar nicht mit dem Vorsatz, sie zu töten, sondern einfach aus …« Lois sucht nach dem passenden Wort.

»Frustration«, schlägt Fred kauend vor.

»Ja, zum Beispiel. Frustration, Wut, irgend so was in die Richtung.«

»Das würde bedeuten, dass er die Opfer willkürlich auswählt. Und dass es keinen Sinn hat, unsere Recherchen auf die Opfer zu konzentrieren.«

»Das denke ich auch«, stimmt Lois ihm zu. »Wir müssen uns stattdessen auf den Täter konzentrieren. Welche Typen kommen infrage?«

»Typen, bei denen eine Schraube locker sitzt. Die Wahrscheinlichkeit ist groß, dass so jemand bereits in der Vergangenheit mit dem Gesetz in Konflikt geraten ist.«

»Und dass seine Fingerabdrücke im System gespeichert sind. Aber davon haben wir im Moment nichts. Was wir aber tun können, ist, dass wir nachsehen, ob es in der Datenbank Männer gibt, die gerne mal das Messer zücken, wenn sie aus irgendeinem Grund frustriert sind.«

Da er gerade den Mund voll hat und nicht sprechen kann, schluckt Fred seinen Bissen Käsebrötchen herunter und nimmt einen Schluck Wasser. »Dann sag mal, was du jetzt vorhast. Willst du wegen des Messers recherchieren oder in der Datenbank nachsehen?«

»Ich würde jetzt erst einmal im HKS nachforschen. Ich bin schon sehr gespannt.«

»Ich auch«, sagt Fred und steht auf. »Irgendetwas sagt mir, dass unser Freund weiter sein Unwesen treibt, wenn wir ihn nicht schnell zu fassen bekommen.«

Den Rest des Nachmittags sitzt Lois hinter ihrem Computer, eine Flasche Wasser griffbereit und mit einem Ventilator auf dem Schreibtisch. Dieser sorgt zwar für ein wenig Abkühlung, bläst allerdings auch ständig ihre Papiere weg. Erst nachdem sie ihre Unterlagen mit einer Stiftebox, einem Bürotacker, ihrem Handy und einer Banane, die sie in der Tasche dabeihatte, beschwert hat, kann sie sich voll und ganz in die Recherche vertiefen.

Das HKS, das HerKenningsSystem, ist eine landesweite Datenbank, in der unterschiedlichste Straftaten samt den Daten der verdächtigen Personen registriert sind. Die Datenbank liefert kein vollständiges Bild; Täter, die nicht gefasst wurden, sowie kriminelle Aktivitäten, die nicht protokolliert wurden, fallen raus. Die meisten Menschen, die irgendwann einmal mit dem Gesetz in Konflikt geraten sind, sind darin jedoch fein säuberlich vermerkt. Die Datenbank erfasst nicht nur die Art der Straftat, sondern auch die persönlichen Daten der Verdächtigen.

Zuerst sucht Lois nach den Begriffen »Gewaltdelikt« und »Messer«, aber dabei kommen so viele Ergebnisse heraus, dass sie ihre Suchanfrage auf Alkmaar und Umgebung beschränkt. Der Täter kann natürlich auch woanders herkommen, aber irgendwo muss sie ja schließlich anfangen.

Die Anzahl der infrage kommenden Kandidaten verringert sich mit einem Schlag merklich, aber trotzdem wäre es eine Heidenarbeit, allen Treffern nachzugehen. Aufmerksam scrollt Lois die Liste durch. Dann eben nach Alter. Laut Veerle war der Täter jung, also sucht Lois nach Männern im Alter von zwanzig bis fünfunddreißig Jahren. Die Anzahl der Namen verringert sich erneut, ist aber noch immer stattlich. Sie gibt »helle Hautfarbe« ein. Es bleiben noch rund dreißig Kandidaten übrig. Immer noch ziemlich viele.

Lois greift zu ihrem Handy und schickt Onno eine SMS.

Muss dich dringend sprechen, es geht um die Arbeit. Hast du Zeit?

Während sie die Liste mit den Messerstechern ausdruckt und durchgeht, bekommt sie eine SMS.

Wollen wir heute Abend zusammen essen? Ich komme auch nach Alkmaar, 19:00 Uhr kann ich da sein.

Froh über die schnelle Antwort, schreibt sie zurück.

Prima! 19:00 Uhr im Restaurant Het Gulden Vlies. Bis dann!

»Na, bist du etwa privat verabredet, Lois?«, fragt Nick, der ein Stückchen entfernt sitzt.

Lois steckt ihr Telefon in die Hosentasche. »Da kommst du sowieso nie drauf.«

»Was hast du denn vor? Vielleicht einen Ausflug zum Strand? Würde ich nicht machen, an deiner Stelle. Ich hab im Radio gehört, dass dort gerade vermehrt Blutegel auftreten«, sagt Nick mit einem Grinsen.

»Ach was, mit Ekeln habe ich beruflich tagtäglich zu tun, da bin ich ganz gelassen«, entgegnet Lois trocken, während sie aufsteht. Sie verlässt das Büro, um ihre Flasche mit Wasser aufzufüllen, und grinst, als es hinter ihr still bleibt.

18

Der Abend ist ihm die liebste Zeit des Tages. Wenn die Dunkelheit sich über das Land legt und die Menschen die Straßen meiden, ist er in seinem Element. Nichts bereitet ihm mehr Freude, als zu sehen, wie sie sich erschrocken umblicken, wenn er in eine ruhige Straße einbiegt, seine Hände tief in den Taschen vergraben, und seine Schritte von den Wänden widerhallen. Besser, die Menschen haben Angst vor dir, als dass sie verächtlich auf dich herabblicken. Wenn er eines im Leben gelernt hat, dann das.

In dieser Welt kämpft jeder für sich allein, niemand kümmert sich darum, ob man glücklich ist. Gleichzeitig scheint eine Art Diktat des Glücks zu herrschen. Wer nicht glücklich ist, ist selbst schuld, wozu gibt es schließlich all die Psychotherapien und Selbstbehauptungstrainings? Wer allein ist, muss sich auf einer Dating-Website einen Partner suchen, Depressionen werden in Gruppentherapien aus der Welt geschafft und Hinterbliebene, die um einen geliebten Menschen trauern, müssen sich spätestens nach einem Jahr wieder gefangen haben, denn das Leben muss ja weitergehen. Es ist in Ordnung, wenn man seinen Schmerz herauslässt, aber nicht zu lange, denn das Leben ist zu kurz, um sich lange mit dem Elend eines anderen zu befassen. Man kann schließlich nicht das Leid der ganzen Welt auf seinen Schultern tragen. Nicht einmal das von einem einzelnen Menschen.

So wie er das sieht, gibt es zwei Parallelwelten: die des unbeschwerten Lebens und die des verborgenen Leids. Wer auf der Sonnenseite läuft, hat keine Lust, auf die Schattenseite hinüber zu wechseln, oder wenn, dann nur ganz kurz, damit man beim ersten Frösteln schnell wieder zurückkehren kann. Umgekehrt blicken die Menschen auf der Schattenseite sehnsüchtig hinüber zur hellen, warmen Seite, auf der sie einst selbst wandelten, ohne zu ahnen, wie schnell sich die Dinge ändern können.

Er kennt das alles nur zu gut. Er hat selbst lang genug in der Dunkelheit gelebt. Momentan bewegt er sich am Rand davon entlang, wo noch genügend Licht einfällt, aber wo er immer auf der Hut sein muss, um nicht jeden Moment von den Schatten hinter ihm eingeholt zu werden.

19

Das *Grand Café Het Gulden Vlies* ist Lois' Stammlokal. Auch den Inhaber, Bastiaan, kennt sie gut. Als sie kurz nach sieben eintrifft, kommt er direkt auf sie zu und gibt ihr ein Küsschen auf jede Wange.

»Hey, Lois, wie geht's? Gut schaust du aus!«

»Danke schön, Bas, du auch. Hast du einen ruhigen Tisch für zwei Personen für mich? Es wird ein dienstliches Gespräch.«

Bastiaan deutet auf einen großen runden Tisch in einer Ecke des Restaurants. »Dort vielleicht? Ich kann die Tische rings umher auch freihalten. Die meisten Gäste sitzen bei dem Wetter ohnehin draußen.«

»Gerne, danke dir!«, nimmt Lois das Angebot an. Sie dreht sich um und entdeckt erst jetzt Onno, der am äußeren Ende der Bar sitzt.

»Hey!«, ruft sie überrascht aus. »Ich habe dich gar nicht gesehen.«

»Aber ich dich. Wie geht's dir?« Onno steigt vom Barhocker herunter und drückt Lois drei Küsschen auf die Wangen. »Habe ich das richtig verstanden, dass wir uns da rüber in die Ecke setzen?«

»Ja, dann hört uns niemand, das ist prima«, sagt Lois, während sie zwischen den Tischen und Stühlen hindurch zu dem ihnen zugewiesenen Platz läuft. »Schön, dass du dir so schnell Zeit nehmen konntest.«

»Immer doch«, antwortet Onno schlicht, als ob er nicht

selbst einen ziemlich fordernden Beruf als Psychiater hätte. »Was willst du trinken?«

»Ich nehme ein Mineralwasser.« Lois setzt sich mit dem Rücken zur Wand an den Tisch.

Onno bestellt ein Mineralwasser und ein Bier. Nachdem Bastiaan die Getränke mit einem freundschaftlichen Zwinkern in Lois' Richtung abgestellt hat, bemerkt er: »Es scheint, du bist hier öfters.«

»Schon seit Jahren«, bestätigt Lois. »Meine Eltern kamen immer mit uns hierher, wenn wir essen gingen. Mein Vater war hier Stammgast.«

Es passiert nicht oft, dass sie über ihre Eltern spricht, und sie bemerkt, dass Onno sie überrascht ansieht. Sie bereut ihre Gesprächigkeit bereits fast ein wenig, aus Angst, Onno könnte darauf eingehen, aber er sagt nur: »Es ist auch ein wirklich gemütliches Lokal. Sehr urig.«

Lois nickt und lässt den Blick über die rotbraune hölzerne Täfelung, die rosa und blau gepolsterten Stühle, die Bleiglasfenster und den riesigen Spiegel über dem offenen Kamin schweifen.

»Es ist für mich ein bisschen wie ein zweites Wohnzimmer«, sagt sie. »Ich komme gern hierher.«

Ihre Augen wandern zu einem Tisch in der Raummitte, dem Stammtisch ihrer Familie. Jedes Mal, wenn sie herkamen, erzählte ihr Vater, dass dies die älteste Gaststätte in ganz Alkmaar sei, eine Geschichte, die sie damals im Schlaf herunterbeten konnte. Als Historiker war ihr Vater völlig fasziniert von allen Orten, die aus ferner Vergangenheit stammten. Ihm hatte sie auch zum Großteil ihre Kenntnisse über die Stadt und deren Geschichte zu verdanken. Es wäre ihr lieber gewesen, sie hätte stattdessen etwas anderes von ihm mitbekommen, väterliche Fürsorge zum Beispiel.

Lois bemerkt, dass Onno sie beobachtet, und schnell löst sie den Blick vom Tisch. »Sorry, ich war gerade kurz in Gedanken woanders«, sagt sie entschuldigend.

»Das macht nichts. Der neue Fall beschäftigt dich bestimmt ziemlich.«

»Ja …« Lois versucht seinem Blick auszuweichen, aber es gibt kein Entrinnen. »Aber das war es nicht«, gibt sie mit einem Seufzer zu. »Ich weiß nicht, was in der letzten Zeit mit mir los ist, aber ich habe ständig Bilder aus meiner Vergangenheit im Kopf.«

»Eine schmerzliche Vergangenheit, wie ich bei Tessa herausgehört habe.«

»Ja, das stimmt, wir hatten keine einfache Kindheit.«

»Gibt es einen speziellen Grund, weshalb die Erinnerungen so plötzlich hochkommen?«

Lois zögert einen Augenblick und entgegnet dann: »Ja, aber darüber möchte ich jetzt nicht sprechen. Ich wollte mit dir über etwas anderes reden.«

»Sollen wir vielleicht erst die Karte anschauen?«, schlägt Onno vor. »Sonst werden wir gleich wieder gestört.«

»Ja, gute Idee.« Lois beugt sich über die Speisekarte und deutet auf das erste Gericht, das sie anspricht. Onno nimmt dasselbe. Sobald sie die Karten zugeklappt haben, kommt eine Kellnerin herbei, um die Bestellung aufzunehmen, und kurz danach sind sie wieder allein.

»Erzähl«, fordert Onno sie auf.

»Ich würde gerne mehr darüber wissen, was Täter dazu bringt, ein Verbrechen zu begehen.«

»Tja«, sagt Onno und nimmt einen Schluck von seinem Bier. »Um die Frage zu beantworten, bräuchte ich mehr Informationen. Um welche Art Täter handelt es sich? Einen Mörder?«

»Nicht direkt«, sagt Lois zögerlich. »Auch wenn einer seiner Angriffe tödlich geendet hat.«

»Lass mich raten, es geht um das Mädchen, das gestern ermordet wurde.«

»Richtig. Und wir versuchen jetzt herauszufinden, ob eine Reihe ähnlicher Vorfälle damit in Zusammenhang steht.«

»Du meinst, sie ist nicht die Einzige?«

Lois nickt. »Heute Morgen erst wieder.« Diese Information darf sie preisgeben, denn immerhin steht es morgen früh ohnehin in der Zeitung. »Das Mädchen hat überlebt, aber das nächste Opfer könnte weniger Glück haben. Wir müssen herausfinden, wer diese Mädchen mit einem Messer angefallen hat. Und warum.«

»Also sind die Stichwunden nicht tödlich.«

»Nein, das scheint er damit nicht zu bezwecken. Soweit ich das derzeit beurteilen kann, ist der Täter ein junger Mann, der an willkürlichen Orten willkürlich Menschen niedersticht.«

»Willkürlich?«

»Na ja, die Tatorte sind immer ruhige, abgeschiedene Orte, und die Opfer waren bislang alle Frauen, aber es scheint keine Verbindung zwischen ihnen zu geben.«

»Das klingt nach jemandem, der ziemlich verwirrt ist«, bemerkt Onno. »Grundsätzlich gibt es zwei Arten von Tätern. Den berechnenden Verbrecher, der seine Tat sorgfältig plant, und den geistig verwirrten Verbrecher. Letzterer handelt meistens aus einem Impuls heraus und tut nichts, um seine Tat zu verbergen. Er trägt zum Beispiel keine Handschuhe und lässt sein Opfer einfach liegen. Diese Sorte Täter hat sich selbst nicht unter Kontrolle.«

»Sie haben also eine psychische Störung.«

»Genau. In der Psychiatrie geht man davon aus, dass kriminelles Verhalten immer mit einer Verhaltensstörung einhergeht.«

»Zum Beispiel?«

»Die kann ganz unterschiedlich ausgeprägt sein. Es ist sogar so, dass oftmals eine Kombination aus mehreren Störungen die Gewaltbereitschaft hervorruft. Komorbidität nennen wir das. Menschen, die an verschiedenen Störungen leiden, geraten schnell in soziale Isolation und können dadurch frustriert sein. Viele haben auch ein geringes Selbstwertgefühl oder im Gegenteil ein übersteigertes Ego, aber was sie gemeinsam haben, ist das Gefühl, nicht Teil der Gesellschaft zu sein. Diese Kombination ist ein äußerst gefährlicher Cocktail.«

»Und um welche Störungen handelt es sich dabei?«

»Sucht, Neigung zur Depression, Bindungsstörungen, Borderline, um nur ein paar zu nennen«, zählt Onno auf. »Viele Störungen sind angeboren. Die müssen nicht unbedingt zu einem auffälligen Verhalten führen, aber sie steigern das Risiko. Nehmen wir zum Beispiel ADHS. Nicht jeder, der daran leidet, wird kriminell, aber die meisten Kriminellen haben ADHS. Und in Kombination mit einer Verhaltensstörung, einem geringen oder übersteigerten Selbstwertgefühl, einer Bindungsstörung oder oppositionellem Trotzverhalten gerät man schnell auf die schiefe Bahn.«

»Was ist denn oppositionelles Trotzverhalten?«

»Das ist eine Entwicklungsstörung. Menschen mit dieser Krankheit hatten im Kindesalter Probleme mit Autorität, und ihre soziale Kompetenz war nicht besonders ausgeprägt. In ihrem Erscheinungsbild ähnelt sie einer antisozialen Persönlichkeitsstörung, allerdings ist letztere schwerwiegender. Und du kannst dir ja vorstellen, dass jemand, der Schwierigkeiten hat, Beziehungen einzugehen oder depressiv ist, schneller verhaltensauffällig wird.«

»Klar …« Nachdenklich starrt Lois vor sich hin.

Als die Kellnerin das Essen bringt, unterbrechen sie das Gespräch. Dann redet Onno weiter: »Ich glaube nicht, dass jemand von einem auf den anderen Tag aggressiv oder kriminell wird. Wenn man genau hinschaut, findet man bereits in der Kindheit Anzeichen dafür, dass die betreffende Person eine antisoziale Persönlichkeitsstörung entwickelt.«

»An welche Anzeichen denkst du dabei?«

»Stehlen, lügen, schlagen, andere Kinder und Tiere quälen, Dinge zerstören, so was in der Art. In der Pubertät wird das Verhalten noch aggressiver, und das Kind gilt als schwierig. Ich will damit nicht sagen, dass das ein Naturgesetz ist, bei den meisten Kindern legt sich dieses Verhalten wieder, und sie entwickeln sich zu ganz normalen Jugendlichen und Erwachsenen. Aber alle Straftäter haben diese Art von Vergangenheit.«

»Also suchen wir nach jemandem mit einer Verhaltensstörung.«

»Damit würde ich beginnen, ja. Niemand sticht einfach so willkürlich andere Menschen nieder.«

Lois denkt nach. Laut dem letzten Opfer war der Täter noch recht jung. Vielleicht hatte er ja mit dem Jugendamt zu tun gehabt oder war in psychologischer Behandlung. »Und das Jugendamt ist natürlich an die Schweigepflicht gebunden.«

»Ja, aber in bestimmten Fällen ist das Jugendamt verpflichtet, den Justizbehörden Akteneinsicht zu gewähren, zum Beispiel, wenn ein Klient vor Gericht steht.«

»So weit sind wir aber leider noch nicht.«

»Dann musst du dir eine andere Möglichkeit ausdenken, wie du an Informationen kommst.«

»Danke für deine Erläuterungen, Onno. Ich werde morgen mit den Kontaktbereichsbeamten sprechen. Die sind über die Problemfälle aus dem Viertel bestens informiert.« Lois lehnt sich zurück und entspannt sich, jetzt hat sie Feierabend. Sie merkt, dass auch Onno froh ist, dass sie das Thema wechseln können, und er fängt an, munter mit ihr zu plaudern. Bis er plötzlich in einem kurzen Moment der Stille während des Desserts zu ihr sagt: »Also gut, den Smalltalk hätten wir hinter uns. Jetzt möchte ich gerne wissen, wie es dir geht, Lois. Wie es dir wirklich geht.«

20

Einen Moment lang erstarrt Lois, aber dann gibt sie den Widerstand auf. Vielleicht tut es ihr ja mal ganz gut, mit jemandem darüber zu sprechen. Die Mauer, die sie um sich herum aufgebaut hat, beginnt langsam zu bröckeln. Das zeigt sich allein schon daran, dass sie nach all den Jahren ein Foto von ihrer Mutter und Maren in ihrer Wohnung aufgestellt hat. Jetzt wird es Zeit für den nächsten Schritt, bevor sie selbst noch ein Sammelsurium von Störungen entwickelt.

»Möchtest du darüber sprechen?« Onno nimmt einen Schluck von dem Port, den er sich zu seiner Käseplatte bestellt hat. »Du musst aber nicht«, fügt er hinzu. »Ich denke nur, dass es dir vielleicht guttut, darüber zu reden.«

»Ja, das stimmt«, gibt Lois zu. »Die Tatsache, dass ich immer in dieses Restaurant komme, sagt schon genug. Es ist echt gemütlich hier, und das Essen ist gut, aber das ist nicht der eigentliche Grund.«

»Es ist wegen deines Vaters«, sagt Onno verständnisvoll.

»Und wegen meiner Mutter. In meinem Elternhaus wohnen jetzt andere Leute, deshalb ist dieses Restaurant der einzige Ort, an dem ich mich an Situationen mit meiner Familie zurückerinnern kann. Das brauche ich ab und zu, auch wenn es schmerzlich ist.«

»Dein Vater ist immer noch Teil deines Lebens«, sagt Onno. »Auch wenn du ihn nicht mehr siehst.«

Lois nickt schweigend. Onno hat recht. Ihr Vater folgt ihr wie ein Schatten auf Schritt und Tritt, und sein mysteriöses

Verschwinden beschäftigt sie nach wie vor. Wieso hatte er alles, wofür er lebte, einfach so von einem Tag auf den anderen zurückgelassen? Sie kann es immer noch nicht begreifen.

Möglicherweise würde es ihr leichterfallen, mit dem plötzlichen Verschwinden ihres Vaters zurechtzukommen, wenn sie wüsste, was sein Motiv dafür war.

Jahrelang hatte sie sich nicht dafür interessiert, hatte sie sich zu sehr im Stich gelassen gefühlt, um Verständnis für ihn aufzubringen, aber irgendetwas hat sich verändert. Vielleicht lag es an ihren Gesprächen mit Onno, vielleicht war aber auch einfach genug Zeit ins Land gegangen.

»Es ist ganz normal, dass du ihn nicht sehen wolltest«, sagt Onno. »Du warst böse auf ihn, fühltest dich im Stich gelassen. Verständlich, denn was er getan hat, ist nicht zu entschuldigen. Aber du warst noch sehr jung, als es passierte. Zu jung, um es aus einer anderen Perspektive zu sehen und zu begreifen, warum er euch verlassen hat.«

»Das werde ich nie begreifen, egal, wie alt ich werde. Man lässt seine Kinder nicht einfach im Stich. Die Frau vielleicht, auch wenn ich das nicht gutheißen kann, aber die eigenen Kinder … Als ich in der Polizeiakademie war, war ich die Beste bei allen Kampfsportarten, die wir so hatten. Ich hatte eine solche Wut in mir. Nicht nur auf meinen Vater, sondern auch auf meine Mutter. Weil sie uns alleinließ. Erst hat uns mein Vater verlassen und dann meine Mutter, während wir immer noch um Maren trauerten.«

Onno schiebt seine Käseplatte beiseite und richtet seine ganze Aufmerksamkeit auf Lois. Als die Kellnerin vorbeikommt, um zu fragen, ob sie noch einen Wunsch haben, schickt er sie mit einer Handbewegung weg.

»Maren hatte eine Hirnhautentzündung, nicht wahr?«, fragt er.

Lois nickt. »Anfangs dachten wir, es sei eine harmlose Grippe. Sie hatte Fieber und klagte über Schmerzen in den Beinen. Dann begann ihr Nacken steif zu werden. Ein klassisches Symptom einer Hirnhautentzündung, aber das wussten meine Eltern nicht. Meine Mutter machte sich große Sorgen und wollte mit ihr ins Krankenhaus, aber mein Vater wollte noch etwas abwarten, wie es sich entwickelt. Er hatte kein gutes Verhältnis zu Ärzten und Krankenhäusern, pflegte immer zu sagen: ›Da kriegen mich keine zehn Pferde hin!‹. Als Maren schließlich Krämpfe bekam und kurz darauf das Bewusstsein verlor, wurde ihm klar, dass es doch ernst sein musste. Eine Stunde nachdem sie ins Krankenhaus kam, ist sie verstorben.« Lois schiebt die Käsestückchen auf ihrem Teller herum.

»Schrecklich … so sein eigenes Kind zu verlieren«, sagt Onno leise.

»Das Schlimme ist, man hätte sie retten können. Meine Mutter hat sich furchtbare Vorwürfe gemacht, aber sie war auch wahnsinnig wütend auf meinen Vater. Eigentlich hätten sie sich direkt trennen sollen, denn danach gab es keinen Tag mehr, an dem sie nicht stritten. Später herrschte dann eisige Kälte, woraufhin meine Mutter zu trinken begann. Es fing mit ein paar Gläschen Wein am Nachmittag an, aber dann machte sie immer früher eine Flasche auf. Und irgendwann trank sie den ganzen Tag lang.«

Onno schüttelt mitfühlend den Kopf. »Hat sie versucht aufzuhören?«

»Ich habe keinen ernsthaften Versuch ihrerseits gesehen, nein. Tessa und ich haben versucht, sie vom Trinken abzuhalten, indem wir ihren Alkoholvorrat in das Waschbecken geschüttet haben, aber wenn wir in der Schule waren, holte sie einfach neue Flaschen.«

»Und dein Vater?«

»Keine Ahnung. In meiner Erinnerung hat er zu dieser Zeit immer nur gearbeitet. Er ging immer früher aus dem Haus und kam immer später nach Hause. Er war Geschichtslehrer, aber auch Beratungslehrer, und er gab zusätzlich Nachhilfe. Das heißt, er war ziemlich beschäftigt. Das kam ihm wohl gerade recht.« Lois stopft sich ein Stück Käse in den Mund. »Weißt du, was ich so schlimm finde? Dass das alles so unnötig war. Meine Mutter hätte meinem Vater vergeben können, und er hätte ihr helfen können, mit dem Trinken aufzuhören. Maren hätten sie dadurch nicht zurückbekommen, aber sie hätten die Familie retten können. Es machte fast den Eindruck, als ob sie das nicht wollten, als ob sie beide einfach aufgaben. Meine Mutter hatte noch zwei andere Töchter, die sie dringend brauchten. Warum hat sie sich keine Hilfe geholt und sich wieder aufgerappelt, uns zuliebe? Weißt du, wie es sich anfühlt, wenn du versuchst, deiner Mutter zu helfen, wenn du alles für sie tust, den Haushalt übernimmst, für sie sorgst und sie beschützt, und sie einfach ohne ein Wort des Abschieds gegen einen Brückenpfeiler rast und sich totfährt?«

»Wieso bist du so sicher, dass sie das absichtlich getan hat?«

»Weil sie überhaupt nicht gerne Auto fuhr. Sie hasste es und ließ immer meinen Vater fahren. Aber an dem Tag hat sie morgens eine Flasche Wodka geleert, ist ins Auto gestiegen und bei der nächstgelegenen Brücke gegen einen Pfeiler gefahren. Sie hätte dabei andere Menschen umbringen können.« Lois klingt aufgewühlt.

»Weißt du, ob sie irgendwohin wollte?«

»Nein. Wo hätte sie denn auch hinfahren sollen? Sie ging ja kaum noch vor die Tür. Und wenn, dann nur, um Marens Grab zu besuchen, aber dann fuhr sie mit dem Rad.«

Onno schweigt kurz und fragt dann: »Bist du wütend auf sie?«

»Ich weiß es nicht. Ich war früher wütend auf sie, aber weißt du, sie konnte ich immerhin begreifen. Sie hätte eine Therapie machen können, um mit dem Verlust umgehen zu lernen, sie hätte mit dem Trinken aufhören können, um für uns zu sorgen. Das hat sie nicht getan, aber ich weiß zumindest, warum sie sich so verhalten hat. Ich habe zwar keine Kinder, aber ich kann mir vorstellen, was es mit einem macht, wenn man sein eigenes Kind verliert. Ich verstehe auch, oder versuche zumindest zu verstehen, dass die Kinder, die man noch hat, diesen Verlust nicht kompensieren können. Meine Mutter war keine starke Persönlichkeit, auch nicht, als Maren noch am Leben war. Sie ließ sich schnell aus der Bahn werfen, wenn etwas schiefging, auch bei kleinen Dingen. Egal, ob es darum ging, dass es regnete, wenn wir einen Ausflug geplant hatten, oder wenn der Campingplatz nicht ihren Erwartungen entsprach. Damit konnte sie nicht umgehen. Hinterher wurde mir bewusst, dass sie einer echten Tragödie einfach nicht gewachsen war. Deshalb würde ich sagen: Nein, ich bin nicht wütend auf sie. Nicht mehr.«

»Was fühlst du dann, wenn du an sie denkst? Verständnis?«

»Ja, Verständnis«, sagt Lois nachdenklich und fügt dann leise hinzu: »Und Angst.«

»Angst?«

»Dass ich so werde wie sie.«

»Also in meinen Augen bist du ganz anders. Ich habe deine Mutter natürlich nicht gekannt, aber du machst mir nicht den Eindruck, als ob du jemand bist, der den Kopf in den Sand steckt, wenn es schwierig wird.«

»Das kann man nie wissen. Vielleicht reagiere ich genauso, wenn ich etwas Schlimmes durchmache.«

»Lois, du hast bereits etwas Schlimmes durchgemacht. Du hast erst deine Schwester verloren und dann deine Mutter. Als Maren starb, warst du für deine Mutter da. Als dein Vater wegging, hast du Aufgaben übernommen, für die du eigentlich zu jung warst. Trotz all dieser Schicksalsschläge hast du deine Schule zu Ende gebracht und dich für einen Beruf entschieden, der dir einiges abverlangt, aber den du mit Bravour meisterst. Kurzum, du bist sehr stark und hast mehr als ein Mal bewiesen, dass du auch schwierigen Situationen gewachsen bist. Du bist ganz und gar nicht wie deine Mutter.«

Lois senkt den Blick und betrachtet ihre Hände, um gegen die Tränen anzukämpfen. »Bestimmte Teile meiner Vergangenheit sind in meiner Erinnerung völlig verblasst. Ich weiß kaum noch etwas aus dieser Zeit. Ich muss zur Schule gegangen sein, Hausaufgaben gemacht haben und ab und zu bei meinen Freundinnen gewesen sein, aber ich kann mich kaum daran erinnern. Ist das nicht merkwürdig?«

»Nicht wirklich. Du hast in dieser Zeit nicht bewusst gelebt. Du hast überlebt, quasi auf Autopilot geschaltet. Diese Art von Erinnerungen bleiben nicht haften.«

»Ab und zu habe ich das Gefühl, dass das immer noch so ist. Dass ich nicht wirklich lebe, sondern wie auf Autopilot funktioniere.«

»Das kommt daher, dass du alles selbst machen willst. Du bist daran gewöhnt und kennst es nicht anders. Aber es ist kein Zeichen von Schwäche, wenn man ab und an jemanden um Hilfe bittet. Dadurch bist du nicht weniger stark. Im Gegenteil, es ist ein Zeichen von Stärke, wenn man zugeben kann, dass man etwas nicht allein schafft.«

»Ich weiß nicht, ob ich das kann«, flüstert Lois.

Onno nimmt ihre Hand und umschließt sie mit beiden

Händen, ein warmes, tröstliches Gefühl. »Darf ich dir helfen, bitte?«

Lois fühlt die Wärme und die Kraft seiner Hände und die positive Wirkung, die er damit auf sie ausübt. »Das tust du bereits«, sagt sie lächelnd.

21

Als sie abends spät nach Hause kommt, ist Lois völlig erledigt. Müde vom vielen Reden und ausgelaugt von all den Emotionen, die urplötzlich hochkamen und von denen sie geglaubt hatte, sie hätte sie längst verarbeitet. Und doch hat ihr das Gespräch mit Onno gutgetan. In gewisser Weise hat sie das Gefühl, als ob etwas von dem Ballast ihrer Vergangenheit von ihr abgefallen sei und sie wieder etwas freier atmen könne.

Sie hatte geglaubt, dass die Dämonen aus ihrer Vergangenheit sie bestimmt um den Schlaf bringen würden, aber sobald sie ins Bett fällt, ist sie auch schon weg. Am nächsten Tag wacht sie frisch und munter auf, bereit für einen neuen Arbeitstag.

»Die Medien haben auch von der Sache Wind bekommen. Schau mal hier, die Zeitungen sind voll davon.« Als Lois morgens das Büro betritt, wirft Claudien ihr das *Noordhollands Dagblad* rüber auf den Tisch.

Im Stehen blättert Lois die Zeitung durch. Die Nachricht über den Mord an Nicolette prangt auf dem Titelblatt, die Seite mit den Traueranzeigen ist voll von Beileidsbekundungen von Verwandten und Freunden, und im Regionalteil wird ausführlich über ihren Tod berichtet. Auch der Überfall auf Veerle Lemstra wird thematisiert. Ein aufmerksamer Journalist sieht eine mögliche Verbindung und führt weitere Messerattacken der letzten Zeit auf. Es sind nicht so viele, wie Nick gefunden hat, aber genug, um die Menschen zu beunruhigen.

»Bald traut sich niemand mehr, durch einen Fahrradtunnel zu fahren«, spricht Lois ihre Befürchtungen laut aus.

»Umso besser, oder nicht? Dann sind die Leute zumindest vorsichtig.«

»Aber es geht nicht nur um Fahrradtunnel. Dieser Irre kann überall zuschlagen.«

Claudien kommt zu ihr herüber. Gemeinsam betrachten sie das Foto von Nicolette, die sie strahlend anlächelt.

»Dieser Schuft«, sagt Lois mit verkniffenem Mund. »Wir müssen ihn finden, Claudien. So schnell wie möglich.«

Der Arbeitstag beginnt mit einer Besprechung, und danach muss Lois einen Bericht abtippen. Eine Aufgabe, die ihr äußerst lästig ist, aber sie muss erledigt werden. Zum Glück hat sie neulich schon gut vorgearbeitet, sodass sie am späten Vormittag bereits fertig ist. Als sie gerade Kaffee holen will, kommt Ramon ins Büro herein.

»Lois? Da steht jemand unten an der Rezeption und will mit einem Beamten über Nicolette Dekker sprechen. Kannst du dich bitte darum kümmern?«

»Klar.« Lois wechselt einen schnellen Blick mit Fred, der seine Augenbrauen hochzieht. Während sie nach unten läuft, fragt sie sich, bei wem es sich um den Besucher handelt und was er wohl zu erzählen hat. Hoffentlich etwas, das ihr in diesem Fall weiterhilft. Aus irgendeinem Grund erwartet sie, gleich Tygo dasitzen zu sehen, oder Oscar Westra; umso größer ist ihre Überraschung, als sie ein zierliches blondes Mädchen an der Rezeption stehen sieht.

»Hallo!« Lois streckt dem Mädchen eine Hand entgegen. »Ich bin Lois Elzinga. Du wolltest mit jemandem über Nicolette Dekker sprechen?«

Das Mädchen nickt und schüttelt ihr die Hand. »Ich bin Fay Molenaar, Nicolettes beste Freundin«, stellt sie sich mit heiserer Stimme vor.

Überrascht blickt Lois sie an. »Ich dachte, du bist krank?«

»Das bin ich auch, aber ich habe starke Antibiotika vom Arzt bekommen. Ich würde gerne helfen. Meine Eltern haben mir erzählt, dass Sie mich sprechen wollten. Deshalb bin ich hier.«

»Das ist toll, Fay. Ich wollte wirklich gerne mit dir sprechen. Komm mit, dann suchen wir uns ein ruhiges Fleckchen.«

Lois nimmt Fay mit in eins der Vernehmungszimmer und ist froh darüber, dass dieses mit seinem Teppichboden und den frischgestrichenen weißen Wänden einigermaßen einladend aussieht. Fay macht einen nervösen Eindruck, da ist es wichtig, dass sie sich wohlfühlt, um offen über alles zu sprechen.

Während Lois ihr gegenüber Platz nimmt, mustert sie das Mädchen aufmerksam.

»Kann es sein, dass wir uns schon einmal gesehen haben?«, fragt sie. »Warst du auch bei *Zomer op het Plein?*«

Fay nickt. »Wir waren da mit ein paar Freunden unterwegs. Ich habe Sie erkannt und Nicolette ermutigt, Sie anzusprechen.«

»Also wusstest du von den Drohbriefen, die sie bekam?«

»Ja, deswegen bin ich auch hier. Nicolette hat die Briefe immer weggeschmissen. Ich habe ihr gesagt, dass sie sie aufheben und zur Polizei bringen soll, aber das wollte sie nicht. Daraufhin habe ich einen aus ihrem Papierkorb gefischt und in meinem Hausaufgabenheft versteckt.« Fay bückt sich zu ihrer Tasche hinunter und wühlt darin herum. Sie holt ihr Hausaufgabenheft heraus und zieht ein zerknittertes Stück Papier hervor, das sie mit einer Büroklammer an der ersten Seite befestigt hat.

»Das ist er«, sagt sie und schiebt den Brief über den Tisch zu Lois rüber.

Lois achtet darauf, nicht das Papier zu berühren. Es steht nur ein Satz darauf.

DRECKIGE HURE, ICH KRIEG DICH SCHON NOCH.

»Gut, dass du ihn aufbewahrt hast, Fay.«

»Ich dachte, vielleicht sind da Fingerabdrücke drauf, oder so.« Fragend sieht Fay sie an.

»Das wäre natürlich schön. Hast du denn eine Idee, von wem der Brief sein könnte?«

»Nicolette und ich haben vermutet, dass es Ricardo gewesen sein könnte, aber wir wussten es nicht sicher. Eigentlich konnte ich mir das nicht so richtig bei ihm vorstellen, schließlich war er total verrückt nach ihr. Allerdings hatte Nicolette Schluss gemacht. Und sonst ist uns niemand eingefallen, dem wir das zugetraut hätten.«

»Gab es Jungs, die in sie verliebt waren? Jungs, die sie abgewiesen hatte?«

»Das schon, aber die würden so etwas nie tun. Sie wurden nicht sauer oder so, sie probierten es einfach weiter. Nicolette war auch nicht gemein, sondern hat ihnen immer freundlich klargemacht, dass sie nichts von ihnen wollte.«

»Klingt nach einem netten Mädchen.«

»Das war sie auch. Ich vermisse sie schrecklich.« Fays Unterlippe beginnt zu zittern. »Sie war meine beste Freundin, wir waren immer zusammen. Darum habe ich den Arzt gefragt, ob er mir etwas geben kann, damit meine Halsentzündung schneller weggeht. Ich habe jetzt starke Schmerzmittel bekommen, sodass ich wieder sprechen kann. Ich will mithelfen, damit derjenige, der Nicolette ermordet hat, so schnell wie möglich gefasst wird.«

Fay beginnt zu weinen, und Lois versucht sie zu trösten. Sie selbst hat nie eine allerbeste Freundin gehabt, aber sie weiß, wie eng solche Mädchenfreundschaften sein können.

Sie holt ein Glas Wasser für Fay, wartet, bis sie sich beruhigt hat und redet danach noch eine Weile mit ihr über Nicolette. Besonders viel kommt dabei jedoch nicht heraus. Erst als sie zusammen zur Eingangshalle gehen, fällt Fay doch noch etwas ein.

»Irgendjemand hat vor einiger Zeit mal Nicolettes Fahrrad beschmiert«, erzählt sie. »Sie sollten mal in meiner Schule nachfragen, ob es davon Überwachungsbilder gibt.«

Erstaunt sieht Lois sie an. »Ihr habt in der Schule eine Videoüberwachung?«

»Ja, weil es so oft Fälle von Vandalismus gab. Es wissen nicht viele Schüler, die Kameras sind gut versteckt, aber ich habe zwei Lehrer gehört, die sich darüber unterhalten haben. Und die Kameras hingen damals schon dort, als Nicolettes Fahrrad beschmiert wurde.«

»Weißt du noch, wann das war?«

Fay holt ihr Hausaufgabenheft wieder hervor und legt es auf den Empfangstresen. Sie blättert darin und sagt: »Es war an einem Dienstag, den 23. April. Wir wollten eigentlich zusammen für eine Klassenarbeit in Mathe lernen, die am nächsten Tag stattfand, deshalb erinnere ich mich noch. Wir hatten Sport, und dafür müssen wir immer zu einer Turnhalle, die ein Stück von der Schule entfernt liegt. Zu diesem Zeitpunkt war Nicolettes Fahrrad noch in Ordnung. Nach dem Sport sind wir dann mit dem Rad wieder zur Schule zurück, zum Englischunterricht. Und nach der Stunde haben wir es dann entdeckt.«

»Und im April hingen die Videokameras schon da?«

Mit einem bestimmten Nicken steckt Fay ihr Hausaufgabenheft wieder in die Tasche.

»Weißt du noch, wo Nicolettes Fahrrad stand?«

»Ja, in der Mitte der ersten Reihe. Es ist weiß und hat vorne so eine Gepäckablage, wo man einen Korb oder eine Tasche abstellen kann.«

Lois drückt ihr fest die Hände. »Danke schön, Fay«, sagt sie mit einem herzlichen Lächeln. »Du hast mir enorm geholfen. Und gute Besserung!«

Sie geht zurück zur Kripoabteilung und sagt zu Claudien: »Ich gehe eben was nachprüfen und bin bald zurück. Würdest du den hier bitte Ramon geben? Das ist einer der anonymen Briefe, die Nicolette bekommen hat. Ihre Freundin hat ihn mir gerade gegeben.« Ohne eine Antwort abzuwarten, geht sie los.

Die Schule von Nicolette und Fay liegt am Rande des Stadtzentrums, deshalb kann sie mit dem Rad hinfahren.

Trotz der Wärme genießt Lois die Fahrt. Es ist herrlich, einmal nicht im Büro, sondern draußen zu sein. Der warme Wind fährt ihr wie Föhnluft durchs Haar. Ein wenig verschwitzt kommt sie bei der Schule an.

Es ist gerade Pause, der Schulhof wimmelt von Schülern, die auf Bänken sitzen oder es sich einfach in Grüppchen in der Sonne auf dem Boden bequem gemacht haben. Ein Stück weiter steht ein Eiswagen, dessen Inhaber offensichtlich heute ein gutes Geschäft macht.

Eigentlich hätte sie zwar Lust auf ein Eis, aber der Ansturm ist so groß, dass Lois beschließt, keine Zeit zu verschwenden. Sie geht quer über den Schulhof zum Haupteingang und seufzt erleichtert auf, als sie in die kühle Vorhalle tritt.

In dem Pförtnerhäuschen wird ihre Ankunft sofort bemerkt. Ein etwas älterer Herr kommt heraus und sieht sie fragend an. »Kann ich Ihnen helfen?«

»Ja, mein Name ist Lois Elzinga, ich komme von der Kripo.« Lois hält ihren Dienstausweis hoch. »Ich würde gerne den Direktor sprechen.«

»Darf ich fragen, worum es geht?«

»Es geht um den Tod einer Ihrer Schülerinnen, Nicolette Dekker.«

Der Pförtner nickt sofort mit einem Gesichtsausdruck, als ob er das schon geahnt hätte. »Ich rufe Herrn Reimers gleich an. Einen Moment, bitte.«

Er geht wieder in sein Pförtnerhäuschen und greift zum Telefon. In der Zwischenzeit läuft Lois in der Vorhalle auf und ab. Ihre eigene Zeit in der Mittelschule liegt bereits ein paar Jahre zurück, aber durch den Geruch im Schulgebäude fühlt sie sich sofort wie mit einer Zeitmaschine in diese Zeit zurückversetzt. Sie ist zwar in eine andere Schule gegangen, aber die Atmosphäre in diesen Gebäuden ist immer dieselbe. Seltsamerweise hat sie kaum noch Erinnerungen an diese Jahre. Sie war eine gute Schülerin gewesen, sehr gut sogar, aber die Schule lief immer eher nebenher. Ihr eigentliches Leben spielte sich vorwiegend zu Hause ab. Freundinnen hatte sie nicht, nicht viele zumindest. Die paar Mädchen, mit denen sie befreundet war, sah sie fast nur in der Schule. So eine enge Freundschaft wie die von Fay und Nicolette, die alles miteinander teilen, hat sie nie gekannt.

Schwere Schritte ertönen auf den Steinplatten, und Lois dreht sich um. Sie hatte sich den Direktor als großen, stattlichen Mann vorgestellt, aber Herr Reimers ist mittelgroß und ziemlich dick. Er streckt ihr die Hand entgegen. »Hans Reimers.«

»Lois Elzinga von der Kripo.« Sie zeigt nochmals ihren Dienstausweis vor.

Hans Reimers wirft einen Blick darauf und schlägt vor, in sein Büro zu gehen. »Dort können wir uns in Ruhe unterhalten.«

Lois folgt ihm durch ein Labyrinth von Gängen, bis er eine

Tür öffnet und sie hineinbittet. »Sie kommen wegen Nicolette Dekker«, sagt er, während er ihr einen Stuhl an einem runden Tisch zuweist. »Eigentlich hatte ich die Polizei schon viel früher erwartet.«

»Warum?«, fragt Lois beim Hinsetzen.

»Na ja, immerhin ging sie hier zur Schule.« Reimers nimmt gegenüber von ihr Platz. »Wir kennen unsere Schüler gut, Frau Elzinga. Wir könnten Ihnen viele Informationen geben.«

»Das ist wunderbar«, sagt Lois. »Was können Sie mir denn über Nicolette erzählen?«

Was folgt, ist eine lange Abhandlung über ihre guten Eigenschaften, ihr gutes Verhältnis zu den Lehrern und ihre Beliebtheit. Als Reimers seinen Vortrag endlich beendet hat, sagt Lois: »Sie haben sie ja wirklich gut gekannt. Dann wussten Sie sicher auch, dass sie bedroht wurde und dass ihr Fahrrad hier vor der Schule mit Farbe beschmiert wurde.«

Reimers zieht die Augenbrauen hoch. »Ist dem so?«

»Dem ist so. Natürlich muss das nicht in Zusammenhang mit ihrem Tod stehen, aber wir müssen es dennoch untersuchen. Ich habe gehört, dass Sie vor einiger Zeit Videokameras auf dem Schulhof installiert haben, stimmt das?«

»Das stimmt. Wir hatten einige Probleme mit Vandalismus, und es ging das Gerücht um, dass nach Schulschluss hier mit Drogen gehandelt wird.« Reimers hat sich von dem Schock erholt, dass er scheinbar doch nicht so viel über seine Schülerin wusste, wie er glaubte, und sieht Lois interessiert an. »Glauben Sie, dass der Mörder auf dem Überwachungsband zu sehen ist?«

»Wie ich bereits sagte: Das wissen wir nicht, es muss nicht unbedingt einen Zusammenhang geben. Aber wir würden gerne wissen, wer Nicolette das Leben schwer machte.«

»Sie haben gesagt, ihr Fahrrad wurde ein Mal beschmiert. Das war mir nicht bekannt, aber bestimmt hat ihr nur ein anderer Schüler einen Streich gespielt. Ich würde dem nicht zu viel Bedeutung beimessen, oder was denken Sie?«

Der Direktor versucht ganz offensichtlich, ihr Informationen zu entlocken. Lois sieht ihn freundlich an, hat aber nicht die Absicht, ihm irgendetwas zu verraten.

»Ich würde mir gerne die Überwachungsvideos vom Dienstag, den 23. April ansehen. Nicolette hatte an diesem Tag Englischunterricht, und in dieser Zeit wurde ihr Fahrrad beschmiert.«

»Ja«, sagt Reimers mit einem unbehaglichen Gesichtsausdruck. »Ja, natürlich. Jetzt sofort?«

»Nein, ich muss das erst mit dem Staatsanwalt klären. Wir werden Sie dann kontaktieren.«

Reimers nickt und seufzt ein wenig. Lois kann ihn verstehen. Wenn sich herausstellt, dass einer seiner Schüler Nicolette umgebracht hat, schadet das dem Ruf seiner Schule enorm.

»Falls Sie irgendetwas finden«, sagt der Direktor zum Abschied, »könnten Sie mich dann bitte darüber in Kenntnis setzen?«

»Das darf ich leider nicht. Vertrauliche Informationen, verstehen Sie.«

»Natürlich, das verstehe ich. Aber … falls irgendetwas herauskommt … und die Presse davon erfährt …«

»Das ist nicht unsere Absicht. Aber vielleicht komme ich noch mal auf Sie zurück, falls etwas Wichtiges auf den Kamerabildern zu sehen ist. Schließlich kenne ich Ihre Schüler nicht.«

»Ich helfe Ihnen gern«, versichert Reimers ihr. »Ich erwarte natürlich, dass Sie Diskretion wahren, falls einer unserer Schüler ins Visier geraten sollte.«

»Wir sind immer diskret. Das ist schließlich unsere Arbeit. Aber falls der Mörder von Nicolette auf dem Video zu sehen ist, können wir das nicht geheim halten.«

»Ja, natürlich«, antwortet Reimers, »das verstehe ich. Ich hoffe, dass Ihnen die Aufnahmen weiterhelfen werden.« Mit einem laschen Händedruck nimmt er Abschied. Seine gesamte Haltung macht deutlich, dass er von ganzem Herzen hofft, dass Lois auf den Kamerabildern nichts findet.

22

»Wo bist du gewesen?«, fragt Ramon, als Lois im Büro ankommt.

»In Nicolettes Schule. Ich habe mit ihrer Freundin Fay Molenaar gesprochen«, antwortet Lois. »Leider hat sie auch keine Idee, wer Nicolette umgebracht haben könnte. Dafür hat sie einen der Drohbriefe aufbewahrt, die Nicolette bekommen hat. Claudien müsste ihn dir gegeben haben. Und Fay hatte interessante Neuigkeiten: Ihre Schule hat vor einiger Zeit Videokameras aufgehängt, um den Schulhof zu überwachen. Und sie konnte mir genau sagen, dass es der 23. April war, als jemand das Wort ›Hure‹ auf Nicolettes Fahrrad geschmiert hat. Deshalb bin ich direkt zur Schule gefahren.«

»Und?«

»Es gibt wahrscheinlich Aufnahmen davon.«

»Hervorragend. Ich stelle sofort einen Antrag beim Staatsanwalt.« Nachdem er Lois anerkennend zugenickt hat, verlässt Ramon mit großen Schritten das Büro.

Lois geht an ihren Arbeitsplatz, holt einen Apfel aus ihrer Tasche und arbeitet, während sie daran kaut, ihren Verwaltungskram ab. Da kommt ein Anruf rein, dass die Überwachungsbilder von der Schule da sind. Sofort steht sie auf und geht zu dem Raum, in dem die IT-Forensik sitzt. Heute wird diese durch Susan und Silvan vertreten.

»Hey«, begrüßt sie sie. »Und, geben die Bilder was her?«

Susan und Silvan drehen sich gleichzeitig um.

»Die Auflösung ist ziemlich gut«, antwortet Silvan. »Möchtest du mitschauen?«

»Gern.«

»Ich kann mir nur schwer vorstellen, dass ihr Tod etwas mit den Schmierereien an ihrem Rad zu tun hat.« Susan schiebt ihre Brille auf der Nase höher. »Das mit dem Rad ist ein Dummejungenstreich, aber das mit dem Messer ist eine völlig andere Nummer.«

»Mag sein«, gibt Lois zu. »Aber wir müssen das untersuchen, für den Fall, dass es doch einen Zusammenhang gibt.«

»Schauen wir mal. Wo steht das Fahrrad? Und wann wurde es beschmiert?«, fragt Susan.

»Laut Nicolettes Freundin stand das Fahrrad in der Mitte der ersten Reihe. Es ist weiß, mit so einer Gepäckablage vorne dran. Sie hatte um zwanzig nach zwei Unterrichtsschluss und hat dann die Schmiererei an ihrem Fahrrad entdeckt.«

»Also müssen wir uns nur diese Zeitspanne anschauen. Das ist super.« Susan startet das Band. Sie erwischen den Zeitpunkt, als in der Pause zwischen zwei Stunden dichtes Gedränge herrscht, aber kurz darauf entdecken sie Nicolette und Fay.

»Da! Da kommt sie angefahren«, sagt Lois. »Und sie stellt ihr Fahrrad tatsächlich in der Mitte ab. Das blonde Mädchen neben ihr ist Fay, ihre Freundin.«

Schweigend schauen sie zu, wie die beiden Mädchen ihr Fahrrad anschließen, ihre Taschen schnappen und angeregt plaudernd zum Eingang der Schule gehen. Mit den Augen verfolgt Lois, wie Nicolette im Gebäude verschwindet.

Sie seufzt und lehnt sich zurück.

»Gar nicht so einfach, sich das anzuschauen, was?«, sagt Susan. »So jung und voller Leben, und anderthalb Monate später …«

Lois nickt nur. Aufmerksam beobachtet sie, wie Susan das Band vorspult. Sie kann es nun kaum abwarten zu erfahren, wer hinter den Drohbriefen steckt. Eine andere Spur hat sie momentan nicht.

Silvan holt zwei Gläser Saft für sie und ein paar Brötchen aus der Kantine, damit sie durcharbeiten können. Endlich, um zehn vor zwei, als der Schulhof verlassen daliegt, kommt ein großer blonder Junge angelaufen. Nicht aus der Schule, sondern aus der näheren Umgebung. Mit suchendem Blick läuft er die Fahrradständer ab und bleibt nach einer Weile stehen. Aus seinem Rucksack holt er einen Edding hervor. Er zieht Nicolettes Fahrrad aus der Reihe, damit er besser herankommt, und schmiert in großen Buchstaben irgendetwas auf den weißen Rahmen. Danach stellt er das Fahrrad zurück.

»Dann mal los«, sagt Lois gespannt. »Kannst du das Bild vergrößern, sodass wir sein Gesicht sehen?«

»Ja, wenn der gnädige Herr sich mal umdrehen würde.« Susan zoomt den Rucksack des Jungen näher heran.

Und tatsächlich, als er jetzt zwischen den Fahrrädern hervorkommt, dreht er sich um, nicht ahnend, dass er direkt in die Kamera blickt. Und in Lois' Augen. Sie stößt einen überraschten Schrei aus.

»Kennst du ihn?«, fragt Susan.

»Ja«, sagt Lois. »Aber das hatte ich nicht erwartet.« Ungläubig beobachtet sie, wie Tygo Blom das Schulgelände wieder verlässt.

Tygo ist gerade in der Schule, und Ramon findet es unnötig, ihn unter viel Aufhebens aus der Klasse zu holen. Als Lois bei ihm zu Hause klingelt, erfährt sie von seiner Mutter, dass er bald aus hat. In der Zwischenzeit macht das Kripoteam seine Hausaufgaben.

»Die Spurensicherung hat gerade angerufen. Offenbar haben sie einen halben Fingerabdruck auf einem der Briefe gefunden«, sagt Fred. »Der Täter war vorsichtig, aber eben nicht vorsichtig genug.«

»Ein halber Fingerabdruck nützt uns vor Gericht nichts«, bemerkt Lois.

»Nein, aber als unterstützender Beweis ist er durchaus hilfreich.«

»Sofern der Fingerabdruck von Tygo stammt«, sagt Jessica. »Das wissen wir noch nicht sicher.«

Aufmerksam blickt Lois auf den Bildschirm ihres Computers. »In der Datenbank kann ich ihn nicht finden, das heißt, bislang hat er keine Straftaten begangen. Zumindest keine, die registriert wurden. Wie sieht es eigentlich mit dem Alibi von Oscar Westra aus?«

»Das habe ich nachgeprüft.« Jessica setzt sich auf die Kante von Lois' Schreibtisch und verschränkt ihre Arme, an denen lauter silberne Armbänder hängen. Sie wirft ihren dunklen Pferdeschwanz nach hinten und verzieht das Gesicht. »Er hat ein Alibi, aber kein sonderlich stichfestes. Um halb eins wurde Westra in der Kantine seiner Firma gesehen, aber wie lange er dort zu Mittag gegessen hat, ist unklar. Er kann dort eine Stunde gesessen haben, aber genauso gut auch nur zehn Minuten.«

»Aber das heißt, um halb eins war er sicher dort.«

»Ja, und wenn man davon ausgeht, dass man ungefähr zehn Minuten braucht, um ein Brötchen in Ruhe aufzuessen, hätte er immer noch genug Zeit gehabt, nach Hause zu fahren, Nicolette auf dem Weg aufzulauern und sie niederzustechen.«

»Dann hätte er wissen müssen, wann sie nach Hause kommt.«

»Das ist doch denkbar, oder nicht? Immerhin kam sie öfter zu ihnen zu Besuch. Vielleicht hat er ihren Stundenplan in ihrem Hausaufgabenheft gesehen.«

»Aber er konnte nicht mit Sicherheit wissen, dass sie allein war. Sie hätte genauso gut in Begleitung einer Freundin nach Hause kommen können. Und ich finde es immer noch unlogisch, jemanden hinter dem eigenen Haus niederzustechen. Nicht nur lenkt man damit automatisch den Verdacht auf sich, sondern man läuft auch Gefahr, von irgendjemandem erkannt zu werden.«

»Tja, aber da wurde sie nun mal niedergestochen. Das heißt, irgendjemand ist dieses Risiko eingegangen«, sagt Jessica nüchtern.

Lois nickt und steht auf. »Ich gehe mal kurz zu Silvan und Susan. Mal schauen, ob Tygo irgendetwas bei Facebook gepostet hat, was für uns von Interesse sein könnte.«

Das scheint jedoch nicht der Fall zu sein. Tygo ist nicht einmal bei Facebook angemeldet, was man auch ungewöhnlich finden kann.

»Ich dachte immer, dass heute die gesamte Jugend bei Facebook ist«, sagt Fred. »Es gibt also doch noch Ausnahmen. Breitet eben nicht jeder sein ganzes Leben im Internet aus.«

»Und du tust gut daran, das nicht zu machen«, sagt Lois, die weiß, wie groß die Abneigung ihres Kollegen gegenüber den sozialen Medien ist. »Aber in diesem Fall ist es wirklich ein Jammer.«

Sie sitzen mit einer Tasse Kaffee an ihrem Arbeitsplatz, während sich ein paar Kripo-Kollegen auf den Weg zu Tygos Haus gemacht haben, um ihn abzuholen. Der Staatsanwalt ist bereits informiert und hat seine Genehmigung erteilt, ihn wegen Sachbeschädigung und Stalkings festzunehmen.

»Was glaubst du, hat der Junge Nicolette niedergestochen?«, fragt Fred.

Lois zuckt mit den Schultern. »Wenn er sie bedroht hat, kann er sie ebenso gut auch ermordet haben. Hat der Staatsanwalt auch seine Zustimmung erteilt, dass wir eine DNA-Probe von ihm nehmen dürfen?«

»Nein, noch nicht. Aber selbst dann dauert es Wochen, bis wir das Ergebnis vorliegen haben. So lange können wir den Jungen nicht festhalten. Wir müssen uns wohl auf die Vernehmung beschränken.«

Sie reden noch eine Weile über den Fall, bis eine SMS mit der Nachricht hereinkommt, dass Tygo Blom im Vernehmungszimmer auf sie wartet. Lois und Fred lassen ihren Kaffee stehen und gehen nach unten.

Durch das verspiegelte Fenster hindurch beobachten sie Tygo, der auf der Stuhlkante sitzt und nervös aussieht. Unaufhörlich zupft er an seinem T-Shirt herum, auf dem in großen Lettern das Wort *Vans* prangt, und fährt sich mit den Fingern durchs Haar.

»Ob er wohl Schuhe von Dsquared2 hat?« Lois' Blick wandert zu seinen Sneakers, die unter dem Tisch herausragen. »Adidas«, sagt sie. »Nun denn, sollen wir anfangen?«

Fred nickt, und beide betreten den Verhörraum. Tygo sieht hoch und rückt auf seinem Stuhl etwas nach hinten. Er setzt eine toughe Miene auf, aber in seinen Augen erkennt Lois Angst.

»Warum bin ich hier?«, fragt er verärgert. »Ihr könnt mich doch nicht einfach so zu Hause abholen und hierherbringen.«

Ohne auf seine Frage einzugehen, weist Fred ihn auf seine Rechte hin und fragt ihn, ob er einen Anwalt braucht.

»Einen Anwalt? Warum das denn in Teufels Namen? Ich hab nichts getan!«, wird er jetzt lauter.

»Naja«, sagt Fred, »also nichts würde ich das jetzt nicht unbedingt nennen. Aber weißt du was, bevor wir hier ein Versteckspiel veranstalten, für das wir keine Zeit haben, zeige ich dir einfach etwas.«

Er dreht den Laptop auf dem Tisch so, dass Tygo den Bildschirm gut sehen kann, und spielt ihm das Überwachungsvideo vor.

23

Im ersten Augenblick weiß Tygo nicht, wohin mit sich. Er rutscht auf seinem Stuhl hin und her, fährt sich immer wieder mit der Hand durchs Haar und blickt ab und an vom Bildschirm verstohlen zu Fred und Lois hinüber.

»Ja, und?«, fragt er, als das Video zu Ende ist.

»Das bist du.« Fred nickt zum Bildschirm hinüber, wo Tygo noch zu sehen ist. »Und wir fragen uns, was in Teufels Namen du da gemacht hast.«

Tygo sucht nach einer Antwort, doch er bringt nicht viel mehr hervor als Gemurmel und Gestammel.

»Lass mal«, sagt Lois mit erhobener Hand. »Wir wissen genau, was du da gemacht hast. Die Frage ist vielmehr, warum. Kannst du bitte mal still sitzen?«

Das hibbelige Hin- und Hergerutsche des Jungen geht ihr auf die Nerven. Zum Glück gehört er nicht zu jener halsstarrigen Sorte, die sich von niemandem etwas sagen lässt. Tygo stößt einen tiefen Seufzer aus, und es scheint, als ob damit alle Luft aus ihm gewichen sei. Seine Schultern hängen, sein hochgewachsener Körper sackt in sich zusammen, und ein niedergeschlagener Blick erscheint auf seinem Gesicht.

»Es war nicht meine Absicht, ihr Angst einzujagen«, sagt er mit niedergeschlagenen Augen. »Das heißt, ein bisschen schon. Zumindest so viel Angst, dass sie sich von diesem Wichser fernhält.«

»Welcher Wichser?«, fragt Fred.

»Dieser Exfreund von ihr, Ricardo. Es war zwar längst aus

zwischen den beiden, aber er konnte sie einfach nicht in Ruhe lassen. Ich hatte Angst, dass sie ihn zurückwollte.«

Aufmerksam betrachtet Lois den Jungen. »Warum hat dir das Angst bereitet?«

»Weil das ein totaler Loser ist, natürlich! Ich hab nie verstanden, was Nicolette an dem fand und warum sie überlegte, es noch mal mit ihm zu probieren. Ich hab mich mal ein bisschen umgehört über diesen Ricardo und hab schnell rausgekriegt, dass das ein Idiot ist. Das wusste sie auch. Deshalb hat sie ja auch Schluss gemacht.«

»Aber trotzdem war sie immer noch verrückt nach ihm?«

»Ja, können Sie sich das vorstellen? Ich hatte Beweise, dass er mit Drogen dealt und so ein bisschen als Loverboy arbeitet, und trotzdem hat sie immer von ihm gesprochen.«

»Ihr standet also in Kontakt miteinander? Du hast uns doch erzählt, du hättest kaum ein Wort mit ihr gewechselt.« Lois lehnt sich nach hinten und klopft mit dem Stift auf den Tisch.

»Am Anfang nicht, aber als sie mit diesem Penner Schluss gemacht hat, hat sie mir davon erzählt. Ich habe ihr gesagt, dass sie die richtige Entscheidung getroffen hat, und habe ihr erzählt, was ich über Ricardo wusste. Und dann …«

»Woher wusstest du das? Und wieso hast du überhaupt Nachforschungen über ihn angestellt?«, unterbricht ihn Fred.

Tygo sieht ihn ein wenig verlegen an.

»Weil du in Nicolette verliebt warst«, hilft ihm Lois. »Die ganze Zeit schon. Auch als sie mit Ricardo zusammen war.«

Tygo nickt. »Ja, aber sie war nicht in mich verliebt. Zumindest dachte ich das. Als sie mit ihm Schluss machte und mich ins Vertrauen zog, dachte ich, dass ich eine Chance bei ihr hätte. Wir haben uns immer öfter getroffen, als Freunde. Ich dachte, wenn sie erst über dieses kriminelle Arschloch hinweg ist, verliebt sie sich bestimmt in mich.«

»Und dann wollte sie wieder zu ihm zurück. Das muss ziemlich frustrierend für dich gewesen sein.«

»Ich habe versucht, es ihr auszureden. Das hat aber nicht geklappt, und dann …« Tygo stockt, und sein Gesicht färbt sich rot.

Auf jeden Fall schämt er sich dafür, denkt Lois. »Und dann hast du beschlossen, ihr anonyme Briefe zu schreiben. Und ihr Fahrrad zu beschmieren. Und so zu tun, als ob Ricardo dahintersteckte.«

Plötzlich sieht Tygo sie direkt an, und in seinen Augen liegt eine solche Verzweiflung, dass es Lois trotz allem nahegeht. »Ich wusste nicht, was ich sonst tun sollte, um sie von ihm abzubringen. Und es funktionierte. Sie war tatsächlich wütend auf ihn und hat ihn beschuldigt. Ricardo hat natürlich abgestritten, aber Nicolette glaubte ihm nicht.«

»Also ging sie nicht zu ihm zurück«, sagt Fred. »Und weil sie Angst hatte, hat sie immer öfter bei dir ihr Herz ausgeschüttet.«

Tygo nickt. Es tritt ein Moment der Stille ein, in dem Fred und Lois ihren Blick weiter auf ihn richten.

»Was?«, fragt Tygo verteidigend. »Ich hätte es ihr bald gestanden, wirklich. Ich wollte gerade damit aufhören, als … als sie …« Seine Stimme versagt, und ihm treten Tränen in die Augen.

»Ich habe sie nicht umgebracht«, flüstert er. »Das glaubt ihr doch nicht wirklich, oder? Ich hab sie geliebt!«

Lois geht nicht darauf ein. »Sag mal, Tygo, hast du Schuhe der Marke Dsquared2?«

Mit abschätzig hochgezogenen Augenbrauen sieht der Junge sie an. »Nein, wieso?«

»Welche Schuhgröße hast du?«

Irritiert legt Tygo seinen Kopf schräg. »Was hat das denn damit zu tun?«

»Beantworte mir einfach meine Frage.«

Tygo streckt ein Bein in die Luft. »Dreiundvierzig. Und ich trage nur Adidas, okay?«

Lois und Fred blicken einander an. Fred stellt noch ein paar Fragen, aber im Grunde wissen sie alle beide bereits, dass sie damit nicht weiterkommen. Nach ein paar Minuten beenden sie die Vernehmung.

»Gut, Tygo, mag sein, dass du Nicolette nicht ermordet hast, aber du wirst verstehen, dass wir dich nicht einfach so laufen lassen können«, sagt Fred.

Mit ängstlichen Augen sieht Tygo vom einen zum anderen. »Was passiert jetzt mit mir?«

»Wir verhaften dich wegen Verleumdung, Sachbeschädigung und Stalking. Du wirst in Gewahrsam genommen und in drei Tagen an den Untersuchungsrichter überstellt. Du kommst aber sicher mit einer gemeinnützigen Arbeitsstrafe davon.«

»Muss ich in den Knast?«, fragt Tygo mit schriller Stimme. »Ich will meine Eltern anrufen.«

Während Fred den Jungen nochmals über seine Rechte aufklärt, steht Lois auf und verlässt das Vernehmungszimmer. Sie holt aus dem Büro ein Formular, das sie bei ihrer Rückkehr Tygo über den Tisch zuschiebt.

»Wir werden eine Hausdurchsuchung bei dir durchführen. Wir können eine Genehmigung dafür einholen, aber du kannst sie uns auch sofort geben. Dann musst du hier unterzeichnen«, sagt sie.

»Und was, wenn ich nicht unterzeichne?«, sagt Tygo ohne viel Hoffnung.

»Dann bekommen wir trotzdem die Genehmigung, es dauert nur etwas länger. Es würde sich aber sicher gut auf dein Strafmaß auswirken, wenn du mit uns zusammenarbeitest.«

»Na dann, okay. Ich habe nichts zu verbergen.« Tygo zieht das Formular zu sich und setzt seine Unterschrift darunter.

Auf ein Nicken von Fred hin kommt ein uniformierter Beamter herein, der den Jungen hinausgeleitet. Sie selbst bleiben noch kurz im Vernehmungszimmer.

»Glaubst du ihm?«, fragt Lois.

»Ja, eigentlich schon. Er hätte zwar Gelegenheit gehabt, aber er passt nicht zu der Täterbeschreibung, mit seinem blonden Haar. Die Schuhgröße stimmt nicht, und ich kann mir auch kein Motiv denken. Wenn er Ricardo niedergestochen hätte, hätte ich das noch verstanden, aber das Mädchen …«

»Eifersucht macht manchmal seltsame Dinge mit einem.«

»Das stimmt sicher, aber ich glaube es nicht. Er hat auch relativ freigiebig seine Zustimmung zur Hausdurchsuchung erteilt … aber wir behalten ihn natürlich trotzdem noch im Blick.«

Ein wenig finster schaut Lois vor sich hin. Einen Moment lang hatte sie die Hoffnung, dass sie den Fall aufgeklärt hätten, aber so einfach ist es eben nicht. Außerdem teilt sie Freds Meinung. Tygo war es nicht. Sie sind auf der falschen Fährte.

Mit einem Seufzer steht sie auf und geht zum Büro ihres Kollegen, Jugendermittler Huib Verdonk. Huib ist einundvierzig, hochgewachsen, kahl und immer zu Scherzen aufgelegt, kann aber auch gut damit umgehen, wenn man sich mit ihm einen Scherz erlaubt. Alles Eigenschaften, die er bei seiner Tätigkeit gut gebrauchen kann. Seine Aufgabe ist es, ein Auge darauf zu haben, welche Jugendlichen Probleme haben. Dazu sucht er sie auf der Straße sowie in Jugendclubs auf. Außerdem unterhält er engen Kontakt mit dem Jugendamt und der Jugendhilfe. Wenn jemand weiß, welche Jugendlichen in Alkmaar sich in den vergangenen Jahren etwas haben zuschulden kommen lassen, dann er.

»Hey, Lois! Wie schön, dass du mich mit deiner Anwesenheit beehrst!«, begrüßt Huib Lois gut gelaunt, als sie hereinkommt.

»Ja, ich dachte mir, dass dir etwas weibliche Gesellschaft in diesem Männerhort sicher guttun würde«, sagt Lois mit einem Lächeln.

»Das stimmt allerdings! Das ist die einzige Abteilung, in der keine einzige Frau arbeitet. Ich glaube, ich werde eine Klage wegen Diskriminierung einreichen. Wir haben genauso ein Recht auf weibliche Kollegen wie alle anderen auch«, sagt Huib mit gespielt empörter Miene.

»Das solltest du auf jeden Fall tun.« Da sich auf allen Stühlen Aktenberge stapeln, nimmt Lois auf der Fensterbank Platz.

»Sorry wegen dem Chaos hier«, entschuldigt sich Huib und streckt seine langen Arme über dem Kopf aus. »Aber sag, was führt dich zu mir?«

»Ich bin auf der Suche nach einem Messerstecher. Ich habe ein paar Zeugenaussagen miteinander verglichen. Sie sind zwar vage, aber was daraus eindeutig hervorgeht, ist, dass der Täter jung ist. Zwischen zwanzig und fünfundzwanzig Jahre alt, würde ich sagen.«

»Ja?«, sagt Huib und ermutigt sie, weiterzureden.

»Man zieht nicht einfach so ein Messer. Manche tun das vielleicht, bei einer Kneipenschlägerei oder bei häuslicher Gewalt, aber dann ist dem ein Streit vorausgegangen. Unser Freund jedoch scheint Gefallen daran zu finden, willkürlich Menschen niederzustechen. Nicht, um sie zu töten, dafür sind die Wunden nicht tief genug, sondern einfach um des Stechens willen.«

»Jemand mit einer gestörten Persönlichkeit also«, sagt Huib.

»Ja, oder jemand, der traumatisiert oder ernstlich verwirrt ist. Oder einfach durch und durch schlecht.«

»Ja, auch das scheint es zu geben. Menschen, die mit einem boshaften Charakter geboren werden.«

»Genau. Aber laut einem Freund von mir, der Psychiater ist, äußert sich ein solcher Charakterzug bereits in frühen Jahren. Und die Chance ist groß, dass so jemand bereits als Heranwachsender mit dem Gesetz in Konflikt gerät.«

»Du willst also, dass ich die Akten durchforste, um herauszufinden, auf wen diese Kriterien zutreffen.« Huib zieht ein finsteres Gesicht.

»Ist das ein Problem?«

»Schau dich mal um. Ich habe stapelweise Akten von Jugendlichen, die straffällig geworden sind. Ich kann ein Suchprogramm darüberlaufen lassen, aber ich kann dir schon jetzt sagen, dass am Ende eine ellenlange Liste herauskommen wird.«

Lois seufzt tief. »Das verstehe ich, aber ich muss irgendwo beginnen. In Alkmaar läuft ein gestörter Junge herum, der Menschen niedersticht, und ich will ihn finden. Alles, was ich habe, sind vage Hinweise zu seinem Aussehen und vielleicht ein Schuhabdruck. Das ist zu wenig, Huib. Ich muss es auf einem anderen Weg probieren.«

»Aber ob das der richtige Weg ist … Allein in Alkmaar haben wir neunundreißig Psychiater, siebenundzwanzig Psychologen und noch mal weitere fünfzig andere Anlaufstellen. Und alle haben eine ellenlange Patientenliste.«

»Aber ich nehme mal an, nicht alle Patienten sind weiß, Anfang zwanzig und stechen in ihrer Freizeit Menschen nieder.«

»Da kommen mehr infrage, als man denkt.«

Huib schiebt einen Aktenstapel beiseite, damit er sich mit einem Arm auf den Schreibtisch lehnen kann. »Schau nicht so enttäuscht, ich werde natürlich mein Bestes tun.«

»Prima.« Lois bleibt sitzen, denn sie ist noch nicht fertig. »Wenn du ein paar Jahre zurückdenkst, fallen dir dann irgendwelche Jungs ein, die auf die Beschreibung passen? Jemand, der als Täter infrage käme?«

»Ja, klar, ein paar Dutzend. An ein Messer kommt man leicht heran, das ist von vielen Kriminellen die bevorzugte Waffe. Und die meisten waren auch ziemlich gestört.«

»Hast du ein paar Namen für mich? Dann habe ich etwas, wo ich ansetzen kann.«

»Ich suche sie heraus und schicke dir die Liste per Mail. Heute Nachmittag noch«, verspricht Huib.

»Abgemacht«, sagt Lois und steht vom Fensterbrett auf. »Danke, Huib. Hoffentlich bringt uns das weiter.«

24

Johan Bos pfeift seinen Dackel zurück und bleibt stehen, um sich eine Zigarette anzustecken. Es ist zu einem festen Ritual geworden, nach dem Essen mit Boris eine Runde zu drehen und dabei genüsslich eine zu rauchen. Seine Frau sieht es nicht gern, dass er raucht. »Das kannst du draußen machen. Ich will den Gestank nicht im Haus«, sagt sie immer.

Also geht er zum Rauchen raus, das macht schließlich keine Mühe.

Vor ihm dreht sich Boris um, um zu sehen, ob ihm sein Herrchen folgt. »Ja, geh nur«, sagt Johan, und der Dackel rennt vergnügt in den Park hinein.

Besonders viel macht der Victoriepark nicht her, aber er ist genau das Richtige für einen kleinen Spaziergang. Nur wenn es dunkel wird, geht er hier lieber nicht lang. Dann halten sich hier allerlei zwielichtige Gestalten auf, die auf den Parkbänken kiffen oder die Passanten verhöhnen. Ein paar von diesen Typen kennt er sogar, von der Arbeit. Aber er hat gelernt, seinen Mund zu halten, wenn nötig. Einen pöbelnden Jugendlichen unter vier Augen anzusprechen ist doch etwas anderes als auf eine Gruppe Jugendlicher zuzugehen.

Heute ist es jedoch ruhig. Es ist ein schöner Sommerabend, die Sonne scheint noch und wirft ihr goldenes Licht durch das Grün der Bäume.

Herrlich, bei solch schönem Wetter aus dem Urlaub wiederzukommen. Drei Wochen Ruhe und Sonne in Südfrankreich haben ihm gutgetan, er fühlt sich wieder voller Energie.

Bereit, seine Arbeit als Familienvormund wiederaufzunehmen und die Kinder und Jugendlichen, die er betreut, wieder auf den rechten Pfad zu bringen. Er spaziert auf die steinerne Engelsfigur Victorientje zu, das Siegesdenkmal von Alkmaar, das seit 1873 an den Sieg über die Spanier im Achtzigjährigen Krieg erinnert. Der Engel steht mit erhobenem Arm da, eine Bierbüchse in der Hand. Johan lächelt. Über Scherze dieser Art kann er durchaus lachen. Immer noch besser, als wenn unbekannte Täter der Figur einen Arm abhacken, wie es regelmäßig vorkommt. Als ob sie damit demonstrieren wollten, dass dies ihr Revier ist, in dem sie tun und lassen, was sie wollen. Johan hat Verständnis für die Probleme, mit denen viele Jugendliche zu kämpfen haben, aber diese blinde Zerstörungswut macht ihn jedes Mal zornig.

Boris ist mitten auf dem Weg stehen geblieben und sieht ihn abwartend an. Während er den Rauch der Zigarette einzieht, schaut Johan umher, ob er irgendwo ein Stöckchen zum Werfen findet. Da sieht er eins auf dem Gras liegen und geht darauf zu.

»Da, Boris! Hol das Stöckchen!« Er wirft den Stock so weit er kann von sich weg.

Der Dackel aber bleibt stocksteif stehen und knurrt bedrohlich.

»Was ist denn los, alter Junge? Hol den Stock. Los!«, spornt Johan ihn an.

Wieder knurrt Boris.

»Hast du eine Katze gesehen? Nicht dass du mir wieder durchgehst. Komm her, ich nehm dich an die Leine.« Johan bückt sich über den Hund und macht den Karabiner an seinem Halsband fest.

Da beginnt Boris, laut und schrill zu kläffen. Johan richtet sich auf und will über seine Schulter schauen.

Doch dazu bekommt er keine Gelegenheit mehr. Ein plötzlicher Schmerz durchfährt ihn und nimmt ihm den Atem. Er strauchelt und fällt der Länge nach auf den Weg.

25

An diesem Abend ist Lois tatsächlich einmal pünktlich zu Hause. Die versprochene Liste von Huib ist noch nicht gekommen, da ihm ein dringender Fall dazwischengekommen ist. Wenn es nichts auszuwerten gibt, hat es auch keinen Sinn, im Büro einfach nur ihre Zeit abzusitzen, also hat sie sich selbst heute Abend freigegeben.

Sie holt eine Mahlzeit bestehend aus Bohnen in Tomatensoße und Gemüse aus dem Tiefkühlfach und stellt die Tupperdose in die Mikrowelle. Die Versuchung, sich eine Pizza mit viel Käse und Salami aufzubacken, ist groß, aber sie widersteht ihr. Was sie braucht, sind Nährstoffe, kein Junkfood. Wenn sie jetzt ihren Gelüsten nachgibt, hat sie morgen nur die Hälfte an Energie. Und da ihr Schlafmangel ihr schon die andere Hälfte der Energie raubt, wäre es reichlich dumm, sich selbst das anzutun.

An der Bar in der Küche sitzend, löffelt sie ihre Bohnen und nimmt sich einen Stapel Post vor. Mit einem Teil des Kopfes ist sie immer noch bei der Arbeit.

Als das Telefon klingelt, nimmt sie abwesend ab.

»Lois, hier ist Huib. Sorry, dass ich vorhin nicht mehr dazu gekommen bin, dir die Liste zu schicken. Ich bin noch im Büro und kümmere mich gerade darum, und tatsächlich habe ich eine ganz stattliche Anzahl an Namen gefunden.«

»Das ist ja super! Ich komme sofort vorbei!«, sagt Lois begeistert.

»Ich kann sie dir auch einfach zumailen.«

»Nein, nein, ich komme ins Revier. Dann kann ich die Namen sofort überprüfen.« Lois schiebt die leere Tupperdose von sich und steht vom Barhocker auf.

»Na gut«, sagt Huib. »Dann bis gleich.«

Eine Viertelstunde später betritt Lois durch den Hintereingang zum zweiten Mal an diesem Tag das Revier, wo gerade der Wachwechsel stattfindet. Vor den Spinden und auf den Gängen herrscht ein reges Kommen und Gehen, und viele Beamte verabschieden sich mit einem »Bis morgen!« und »Schönen Abend noch!« von ihren Kollegen, während Lois die Treppe hinaufgeht. Sie steuert geradewegs auf das Büro von Huib zu, der sie mit erhobener Hand grüßt und dem offensichtlich sehr warm ist. Unter seinen Achseln zeichnen sich große Schweißflecken ab.

»Das war aber ein kurzer freier Abend«, sagt er lachend. »Du kennst auch keinen Feierabend, was?«

»Du sitzt doch auch noch hier.« Lois lässt sich auf einen Stuhl sinken, auf dem zur Abwechslung mal keine Akten liegen, und sieht ihren Kollegen fragend an. »Und, was hast du für mich?«

Huib überreicht ihr einen Stapel Ausdrucke. »Das spuckt die Suche allein für Alkmaar und Heerhugowaard aus. Letzteres habe ich zur Sicherheit mit reingenommen. Es kann sich natürlich auch um jemanden handeln, der aus Hoorn, Haarlem, Amsterdam oder aus einem anderen Ort kommt.«

»Wir beginnen erst einmal mit Alkmaar«, sagt Lois und blättert die Seiten durch. »Da gibt es schon jede Menge.«

»Ja, wie ich gesagt habe. Aber ich habe es dir etwas einfacher gemacht und ein Häkchen bei den Jugendlichen gesetzt, die ich mir als Erstes vornehmen würde.«

»Du bist ein Schatz. Ich mache mich sofort an die Arbeit.« Lois lächelt Huib breit an und macht sich auf den Weg zum

Großraumbüro der Kripo, in dem es um diese Zeit ruhig ist. Ein paar Kollegen aus Hoorn, Schagen und Haarlem, die extra aus ihren Polizeirevieren für das Team in Alkmaar abgestellt wurden, sind noch bei der Arbeit. Von ihren eigenen Kollegen ist nur Fred anwesend.

»Ich dachte, du hättest dir heute Abend freigenommen«, sagt er mit hochgezogenen Augenbrauen.

»Stimmt, aber ich habe neue Informationen erhalten, und da wollte ich sofort loslegen.« Lois hält den Stapel Papier hoch. »Das sind alle jungen, weißen Straftäter aus der Gegend, die in den letzten Jahren mit dem Gesetz aneinandergeraten sind, gerne mal das Messer zücken und irgendeine psychische Störung aufweisen.«

»Es kann auch jemand sein, der eine psychische Störung hat, schnell beim Messer ist, aber noch nicht mit dem Gesetz in Konflikt gekommen ist«, gibt Fred zu bedenken.

»Das stimmt«, sagt Lois. »Aber ich hoffe, dass das nicht der Fall ist. Das würde uns die Suche deutlich erleichtern.«

Sie beugt sich über die Liste und beginnt mit den Namen, die Huib markiert hat. Sofort fällt die Vielfalt auf, was deren Herkunft betrifft: niederländisch, polnisch, türkisch, spanisch. Die Täter haben unterschiedlichste kulturelle Hintergründe.

Sie beginnt zu lesen.

Arno Donkelaar, 22 Jahre, verurteilt wegen Körperverletzung mit Todesfolge durch Messerstiche bei einer Kneipenschlägerei im Alter von siebzehn. Ein Todesopfer. Beim Jugendamt und den Einrichtungen für psychische Gesundheitsversorgung bekannt. Leidet an einer schizoiden Persönlichkeitsstörung und Abhängigkeit von weichen Drogen.

Brannen Collins, 25 Jahre, von irischer Herkunft, verurteilt wegen unerlaubten Eindringens und Einbruchs, wobei er mit dem Messer mehrfach auf die Hausbewohner einstach. Leidet an einer paranoiden Persönlichkeitsstörung.

Wilco Gardenier, 26 Jahre, beteiligt an Messerstecherei mit tödlichem Ausgang nach einem Fußballspiel, verurteilt. Bei Jugendhilfe und Jugendamt bekannt. Leidet an Autismus und einem instabilen Selbstbild.

Carlos Garcia, 23 Jahre, von lateinamerikanischer Abstammung, beteiligt an diversen Schlägereien und Messerstechereien. Keine Todesopfer. Leidet an ADHS und einer Borderline-Persönlichkeitsstörung.

Milek Nowalk, 22 Jahre, von rumänischer Herkunft, verurteilt wegen Drogenbesitzes und Auseinandersetzungen mit Messerattacken. Leidet an einer dissozialen Persönlichkeitsstörung und Depressionen.

Danut Maldovan, 27 Jahre, von polnischer Herkunft, verurteilt wegen Einbrüchen und Raubüberfällen mit Messer. Bei der Organisation für Jugendkriminalitätsprävention HALT und beim Jugendamt bekannt. Leidet an einer narzisstischen Persönlichkeitsstörung und ADHS.

Und so geht es immer weiter. Die Liste scheint kein Ende zu nehmen. Entmutigt stützt Lois ihren Kopf auf die Hände und rauft sich die Haare. Es kann Wochen dauern, bis sie sich jeden Einzelnen vorgenommen und sein Alibi nachgeprüft hat. Und dann ist immer noch nicht gesagt, dass der Täter wirklich auf dieser Liste steht.

Nichtsdestotrotz beginnt sie, einen Namen nach dem anderen in das System einzugeben, um mehr über die jungen Männer in Erfahrung zu bringen. Die meisten haben eine beeindruckende kriminelle Karriere vorzuweisen. Lois überlegt, wie sie das Verhalten des Täters, den sie sucht, einordnen muss. Die meisten Männer auf der Liste haben mit Drogen gehandelt, Einbrüche oder Überfälle begangen. Verbrechen, die mit einer Messerstecherei endeten. Und genau da liegt der Unterschied, denn ›ihrem‹ Täter scheint es um das Messerstechen selbst zu gehen.

Sie lässt die schweren Verbrechen für den Moment außen vor und sucht nach jenen Jungen, die ein weniger umfangreiches Strafregister haben. Jungen, die Ärger mit dem Jugendamt hatten, unter die Aufsicht der Jugendfürsorge und der HALT-Büros gestellt wurden und sich minder schwere Verbrechen haben zuschulden kommen lassen. Das macht die Liste gleich etwas kürzer. Aufmerksam betrachtet sie die Namen.

Wenn der Täter wirklich so geistig verwirrt und psychisch gestört ist, wie sie annimmt, ist die Chance groß, dass sein Name irgendwo in dieser Liste auftaucht. Auch wenn sie die sprichwörtliche Nadel im Heuhaufen sucht, irgendwo dazwischen muss er sein. Davon ist sie überzeugt. Sie muss einfach nur einen nach dem anderen durchgehen und bei den Alibis beginnen.

Sie ist gerade dabei, sich eifrig Adressen und Telefonnummern zu notieren, als Ramon mit großen Schritten hereinkommt.

»Meldung vom Wachkommandanten«, sagt er kurz angebunden. »Es wurde wieder jemand mit einem Messer angegriffen.«

26

Das Opfer heißt Johan Bos, ist vierundfünfzig Jahre alt und ging gerade im Victoriepark mit seinem Hund Gassi, als er mit einem Messer angegriffen wurde. Das erzählt seine Frau Marja, als Lois und Fred im Krankenhaus von Alkmaar mit ihr sprechen.

»Laut den Ärzten hat er einen Lungenkollaps«, sagt sie mit zitternder Stimme. »Sie operieren ihn gerade. Er wurde zwei Mal in den Rücken gestochen. Wer macht so was nur?«

»Hat Ihr Mann kürzlich Streit gehabt?«, will Fred wissen.

Marja schüttelt den Kopf. »Nein, überhaupt nicht. Wir sind gerade erst aus dem Urlaub zurück, das heißt, er kann sich gar nicht gestritten haben, zumindest nicht vor Kurzem.«

Die beiden befragen sie weiter, ob es Streit in der Familie gab, ob Johan Bos Feinde hatte, aber Marja schüttelt nur den Kopf. Ihr Mann sei ein umgänglicher, geselliger Mensch. Mit ein paar Freunden träfen sie sich regelmäßig zum Bridgespielen.

»Natürlich entstehen beim Spielen auch mal Spannungen«, sagt Marja, »aber wenn wir danach noch einen Wein zusammen trinken, ist das längst vergessen. Ich kann mir nicht vorstellen, dass einer unserer Freunde ihn wegen einer Partie Bridge angreifen würde, die vier Wochen zurückliegt.«

Das kann sich Lois auch nicht vorstellen. »Was macht Ihr Mann beruflich?«

»Er arbeitet beim Jugendamt.«

Lois wechselt einen schnellen Blick mit Fred. »Beim Jugendamt?«

»Ja, er begleitet Problemfamilien. Mit einigen Kindern und Eltern, denen er geholfen hat, hat er immer noch Kontakt. Johan engagiert sich sehr für seine Arbeit, manchmal zu sehr.«

»Was meinen Sie damit?«, fragt Fred.

»Genau, wie ich es gesagt habe. Manchmal ist er zu engagiert. Er kann sich nur schwer abgrenzen. Mit einem der Jungs, die aus ihrer Familie genommen wurden, hat er eine so enge Bindung aufgebaut, dass wir ihn bei uns aufgenommen haben«, erzählt Marja.

»Wie heißt Ihr Pflegesohn?«, fragt Lois.

»Milan. Milan Huizinga. Er ist aber schon längst aus dem Haus. Das ist schon lange her, dass er zu uns kam.«

Lois holt ihr Handy heraus und geht die Liste durch, die ihr Huib auch per E-Mail geschickt hat. Mit einem einzigen Blick signalisiert sie Fred, dass er das Gespräch allein weiterführen soll.

Mit einem halben Ohr hört sie, wie er sie nach Milans Alter fragt und erfährt, dass er neunundzwanzig ist, und sich erkundigt, wie ihr Verhältnis zueinander war. Dann vertieft sie sich wieder in die Liste mit den Namen. Milan Huizinga steht nicht darauf.

Sie steckt ihr Handy ein und sieht kopfschüttelnd in Freds Richtung. »Können Sie uns etwas mehr über Milan erzählen?«, fragt sie.

»Er wurde von seinem Vater misshandelt. Körperlich und psychisch. Seine Mutter hat sich nie für ihn eingesetzt und war mit der Situation heillos überfordert. Als Milan zwölf war, verstarb sein Vater plötzlich. Die Misshandlungen hörten damit auf, aber seine Mutter kümmerte sich nicht um ihn, sodass er verwahrloste. Als das Jugendamt davon Wind bekam, wurde er aus der Familie genommen. Anfangs wurde er in verschiedene Pflegefamilien gesteckt, aber das ging nie lange gut.

Johan führte regelmäßig Gespräche mit ihm. Er verstand den Jungen, verstand, warum er sich in den Pflegefamilien nicht zurechtfand. Oft hatte Milan Probleme mit den Pflegevätern. Er hörte nicht auf sie, und wenn sie lauter wurden, wurde Milan aggressiv. Johan und ich haben lange darüber geredet, das will schließlich gut überlegt sein, aber letztlich waren wir uns einig, dass wir Milan bei uns aufnehmen würden. Hinzu kommt, dass wir keine eigenen Kinder haben. Ich fand die Vorstellung schön, dass ich auf diese Weise doch noch jemandem meine mütterliche Fürsorge schenken konnte.«

»Und wie lief es?«, fragt Lois.

»Gut, auch wenn er vor allem an mir hing. Er hat immer Probleme mit männlicher Autorität gehabt, selbst bei Johan. Aber immerhin ging er wieder zur Schule, fand eine Anstellung als Tellerwäscher in einem Restaurant und versuchte, etwas aus seinem Leben zu machen.«

»Und wo ist er jetzt? Weiß er, dass sein Pflegevater im Krankenhaus liegt?«

Marja nickt.

»Warum ist er dann nicht hier?«

»Milan ist bei der Arbeit. Er ist Koch und hat heute Abend alle Hände voll zu tun. Ich habe ihn angerufen und ihm gesagt, dass er nicht zu kommen bräuchte, dass Johans Zustand stabil sei.«

Verwundert wechseln Lois und Fred einen Blick.

»Aber in einer solch ernsten Situation kann er doch sicher freibekommen?«, sagt Fred.

»Schwierig«, sagt Marja in verteidigendem Ton. »Er kann doch nicht einfach weglaufen, wenn das Restaurant voll ausgebucht ist. Außerdem ist Johan in guten Händen.«

Lois kratzt sich am Kopf und sieht die klein gewachsene Frau stirnrunzelnd an. »Frau Bos, Ihr Mann wurde niedergestochen. Die Ärzte kämpfen immer noch um sein Leben, wie Sie selbst gesagt haben. Ich denke, da könnte Milan sicherlich freinehmen und ins Krankenhaus kommen, das wäre ganz bestimmt keine anmaßende Forderung.«

Marja Bos wendet ihr Gesicht mit einem bitteren Ausdruck ab. »Ich kann es Ihnen auch sagen, es kommt ja doch früher oder später heraus. Johan und Milan haben keinen Kontakt mehr. Ich treffe mich mit Milan meist irgendwo in der Stadt oder bei ihm zu Hause. Er hat schon seit Langem keinen Fuß mehr in unser Haus gesetzt.«

»Das muss schwer für Sie sein, nach allem, was Sie für Ihren Pflegesohn getan haben«, sagt Fred.

»Das ist es auch. Aber wir haben immer gewusst, worauf wir uns einlassen, auch, dass es schwierig werden würde. Man nimmt so ein Kind doch immer samt seiner ganzen Vorgeschichte bei sich auf. Natürlich hofft man, dass man ein gutes Verhältnis zueinander entwickelt, aber das ist längst nicht gesagt. Es passiert häufiger, dass Pflegekinder später, wenn sie erwachsen sind, mit ihrer Vergangenheit vollkommen abschließen. Und damit auch mit ihren Pflegeeltern. Das ist Teil des Abnabelungsprozesses.«

Lois nickt, um zu signalisieren, dass sie das versteht, auch wenn das nicht recht stimmt. Wenn man als Pflegeeltern einem Kind Geborgenheit bietet, sollte man meinen, dass gerade dann eine enge Bindung entsteht. Es kommt ihr merkwürdig vor, dass sie kaum noch Kontakt miteinander haben.

»Haben Sie noch andere Pflegekinder bei sich aufgenommen?«, will sie wissen.

»Keine Pflegekinder, aber wir haben ab und zu Kinder in Krisensituationen vorübergehend in Obhut genommen. Wenn es einfach nicht anders ging.« Marja starrt vor sich hin, als blickte sie direkt in die Vergangenheit.

»Johan ist ein fantastischer Familienvormund«, sagt sie leise. »Wie viele Kinder er nicht schon aus dem Elend herausgeholt hat. Er hat einiges mitgemacht in all der Zeit, und es gab noch weitaus schlimmere Fälle als den von Milan.« Mit feuchten Augen sieht sie Lois an. »Ich verstehe, weshalb Sie das fragen, aber ich kann mir beim besten Willen nicht vorstellen, dass eines der Kinder meinen Mann niedergestochen hätte. Im Gegenteil, diese Kinder sind ihm dankbar für alles, was er für sie getan hat.« Sie schüttelt ihren Kopf und lässt die Schultern hängen und sieht auf einmal aus wie ein erschöpftes Vögelchen.

»Ich hätte trotzdem gerne die Namen der Kinder«, sagt Lois.

Marja nickt, sagt aber nichts weiter.

»Frau Bos?«

Müde wendet Marja ihr Gesicht ab. »Muss das wirklich jetzt sein?«

»Bitte, ja.«

Mit einem Seufzen geht sie sie der Reihe nach durch. »Gut, also als Erstes kam die kleine Naomi Ruitenbeek zu uns. Da war sie gerade sechs Jahre alt. Und danach Roel Zonneveld, aber der war nur kurz da.« Sie zählt noch weiter Namen auf, die Lois sofort in ihr Handy eintippt. »Aber wie gesagt, die haben ganz sicher nichts damit zu tun«, sagt sie abschließend mit Nachdruck.

Fred übernimmt das Gespräch. »Wir würden gerne mit Milan sprechen. Wo können wir ihn finden, Frau Bos?«

»Im Restaurant *De Rode Toren*.« Marja schnellt hoch. »Wollen Sie zu ihm gehen? Er ist doch bei der Arbeit, da hat er alle Hände voll zu tun.«

»Es ist schon spät, da wird nicht mehr so viel los sein. Es ist wichtig, dass wir ihn schnellstmöglich sprechen.«

»Denken Sie etwa, Milan hätte meinen Mann angegriffen? Das ist doch absurd. Außerdem hat er den ganzen Abend gearbeitet.« Unruhig schnellen Marjas Augen zwischen Lois und Fred hin und her.

»Wir denken gar nichts, wir ermitteln nur«, sagt Lois freundlich. »Es gibt keinerlei Anschuldigung gegen Milan, wir wollen einfach nur mit ihm reden.«

27

»Das gefällt mir ganz und gar nicht«, sagt Fred, als sie das Krankenhaus verlassen. »Ein niedergestochener Mitarbeiter vom Jugendamt, ein Pflegesohn, der den Kontakt abgebrochen hat. Wenn du mich fragst, ist das hier eine heiße Spur.«

»Frau Bos hat recht: Wenn Milan den ganzen Abend in der Küche gestanden hat, kann er es schlecht gewesen sein.« Lois sucht auf ihrem Handy die Nummer vom Restaurant *De Rode Toren* heraus. »Der Name sagt mir gar nichts.«

»Kein Wunder, du bist ja auch Stammgast im *Het Gulden Vlies*. Aber ich kenne es. Das ist ein ziemlich neues Lokal. Unten in diesem neuen, hochmodernen Hafenviertel Schelphoek.«

»Ach, dort. Da komme ich nie vorbei. Ob die Küche noch offen ist?«

»Gerade noch so, würde ich sagen. Wir sollten uns sputen.«

Sie fahren über die Ringstraße Nieuwlandersingel um die Innenstadt von Alkmaar herum nach Schelphoek im Osten der Stadt. Trotz der fortgeschrittenen Stunde ist es alles andere als ruhig auf den Straßen. Auf der Gracht schippern Boote entlang, am Ufer sitzen Leute auf Klappstühlen, um zu fischen oder einfach nur zu plaudern, und aus den rückwärtigen Gärten, wo gegrillt wird, steigt Rauch auf.

Auf den Terrassen der Restaurants in Schelphoek ist allerhand los. Man sieht Kellner eiligen Schrittes mit Tabletts mit Getränken und Gerichten auf und ab laufen. Und hier und da werden Teelichter entzündet, um in der Dämmerung für stimmungsvolles Licht zu sorgen.

»Nett hier«, sagt Lois anerkennend. »Erstaunlich, dass eine so kleine Stadt wie Alkmaar so viele gut laufende Restaurants haben kann.«

»Die Bewohner von Alkmaar sind eben echte Feinschmecker«, sagt Fred. »Nanda und ich haben hier auch schon mal gegessen. *De Rode Toren* ist wirklich ein prima Restaurant.«

»Dann scheint Milan ja gut untergekommen zu sein. Das ist schön«, freut sich Lois. »Hoffentlich hat er seinem Leben wirklich eine andere Richtung gegeben und wir müssen ihn nicht in Kürze festnehmen.«

Das scheint nicht nötig zu sein. Milans Chef, Lennart de Goede, versichert, dass sein Koch die Küche an jenem Abend keine Minute verlassen hat. »Noch nicht mal, um eine Zigarette zu rauchen«, sagt er. »Er hat um vier angefangen, und ab da hatte ich seine Hackfresse die ganze Zeit vor der Nase.« Er grinst breit. »Was gibt es eigentlich? Hat er irgendetwas ausgefressen?«

»Wissen Sie von Milans Vergangenheit?«, fragt Lois vorsichtig.

»Ja, natürlich. Deshalb hab ich ihm ja den Job gegeben, um ihm eine Chance zu geben. Ich war selbst früher kein Engel, und Gott weiß, wo ich gelandet wäre, wenn ich es zu Hause nicht so gut gehabt hätte. Außerdem ist der Junge ein Spitzenkoch. Das hatte ich schnell raus, nachdem er hier als Tellerwäscher angefangen hat. Innerhalb kürzester Zeit stand er hinter den Töpfen und hat neben der Arbeit eine Ausbildung angefangen. Aber weshalb sind Sie nun gekommen?«

»Milans Pflegevater wurde heute Abend niedergestochen«, sagt Fred. »Und wir würden ihm gerne ein paar Fragen stellen.«

»Was, echt?« Lennart de Goede fällt die Kinnlade herunter. »Weiß er davon? Ja? Warum hat er denn nicht das Maul aufgemacht? Ich hole ihn gleich, dann kann ich seine Schicht übernehmen.«

Er verschwindet durch die Schwingtür, die zur Küche führt, und kommt kurz darauf mit einem schmächtigen jungen Mann mit glattem braunem Haar wieder heraus. Während er seine Hände an seiner Hose abtrocknet, lugt er unter seinem Pony hervor Lois und Fred an. »Ja?«, sagt er schlicht.

»Milan Huizinga? Ich bin Lois Elzinga von der Kriminalpolizei, und das ist mein Kollege Fred Klinkenberg. Wir würden uns gerne mit Ihnen über Ihren Pflegevater unterhalten.« Lois hält ihren Dienstausweis hoch, ebenso wie Fred.

»Stecken Sie die weg«, sagt Milan hastig. »Was sollen denn die Gäste denken?« Sein Blick schnellt durch das Lokal, auf der Suche nach einem Ort, an dem sie sich ungestört unterhalten können. Schließlich führt er sie in eine ruhige Ecke der Terrasse.

»Johan Bos ist also Ihr Pflegevater«, eröffnet Lois das Gespräch. »Wir haben gehört, dass Sie nicht das beste Verhältnis zu ihm hatten.«

»Von wem haben Sie das?«, fragt Milan unwirsch.

»Von Ihrer Pflegemutter. Wir haben im Krankenhaus mit ihr gesprochen«, sagt Fred.

»Oh …« Milans Gesichtszüge werden weicher. »Wie geht es ihr? Sie steht bestimmt furchtbar unter Schock, oder? Meine Pflegemutter nimmt sich immer alles sehr zu Herzen«, fügt er erklärend hinzu.

»Sollten Sie dann nicht bei ihr sein?«, fragt Lois.

Milan deutet in den Speisesaal hinein, wo die meisten Tische noch besetzt sind. »Sie sehen es ja selbst, hier war die Hölle los. Ich konnte unmöglich weg. Außerdem hat Marja gesagt, ich bräuchte nicht kommen, und es sei nur eine oberflächliche Stichwunde.«

»Ihr Pflegevater wird gerade wegen eines Lungenkollapses operiert«, sagt Lois.

Diese Neuigkeit lässt Milan sichtlich erschrecken. »Davon hat sie nichts gesagt.«

»Wären Sie sonst ins Krankenhaus gefahren?«, fragt Fred.

»Vermutlich schon. Um ihretwillen.«

»Nicht wegen Ihres Pflegevaters?«

»Wir haben schon lange keinen Kontakt mehr.«

»Das wissen wir bereits. Was war los?«

»Ich glaube, es lag an mir. Wahrscheinlich hatte ich einfach genug von all den gut gemeinten Hilfsangeboten. Irgendwann ist man das ganze Psychogelaber satt und will sein Leben selbst in die Hand nehmen.«

»Konnten Sie das denn nicht?«

»Nicht solange er da war. Normalerweise wird man ja bis zum achtzehnten Lebensjahr betreut, aber Johan meinte mich auch noch danach beraten zu müssen, das hat mich wahnsinnig gemacht. Immer dieses übertrieben einfühlsame Sozialpädagogengesülze … ›Woran denkst du gerade, Milan? Was fühlst du gerade, Milan?‹ Ich wäre am liebsten schon vor meinem achtzehnten Geburtstag abgehauen.«

»Und warum haben Sie es nicht getan?«, will Fred wissen.

»Weil Johan ja doch kaum zu Hause war. Wenn er weg war, haben Marja und ich es uns gemütlich gemacht. Bei ihr hatte ich auch das erste Mal das Gefühl, irgendwo hinzugehören. Bei Johan habe ich einfach nur blind seine Anweisungen befolgt.«

»Kennen Sie jemanden, der Grund gehabt hätte, Ihren Pflegevater niederzustechen?«, fragt Lois.

»Nein. Er war ein alter Schwätzer, aber ihn deshalb nun gleich niederstechen …«

»Ich nehme an, dass es genug Menschen gibt, die bezeugen können, dass Sie gegen sechs Uhr hier waren«, sagt Fred.

Milan nickt.

»Wir würden gerne morgen auf dem Revier noch mal mit Ihnen sprechen.«

»Kein Problem«, stimmt Milan zu. »Aber das wird ein kurzes Gespräch. Mehr habe ich ohnehin nicht zu sagen.«

»Der Victoriepark«, sagt Lois, als sie wieder im Auto sitzen, »da gibt es bestimmt keine Überwachungskameras, oder?«

»Nein«, antwortet Fred. »Der liegt ganz knapp außerhalb vom Zentrum. Auch wenn er zu jenen Parks gehört, bei denen Kameras angebracht wären. Aber du weißt ja.« Er reibt mit Daumen und Zeigefinger aneinander, um anzuzeigen, dass das eine Frage des Geldes ist.

Der Victoriepark ist eine etwas abgelegene kleinere Grünanlage, in der mehr gekifft und demoliert als gepicknickt und spazieren gegangen wird. Im Revier gehen ständig Beschwerden von Bürgern wegen Lärmbelästigung und Vandalismus ein.

»Und was machen wir jetzt?«, fragt Lois.

»Wir gehen heim. Es ist fast Mitternacht, ich würde sagen, das war's für heute. Morgen reden wir mit Milan, hoffentlich nennt er uns ein paar Namen. Er kennt bestimmt viele Jungs, die mit dem Jugendamt zu tun hatten. Irgendetwas sagt mir, dass wir in dieser Richtung suchen müssen.«

»Aber was ist mit den anderen Opfern? Die hatten nichts mit dem Jugendamt zu tun. Veerle Lemstra, Lilian van Dijk, Nicolette Dekker. Ich sehe da einfach keinen Zusammenhang.«

»Vielleicht sind darunter Fälle, die für sich allein stehen. Ich finde, jetzt, da wir neue Erkenntnisse haben, sollten wir noch mal mit Lilian und Veerle reden. Wir legen ihnen die Namen auf deiner Liste vor und fragen sie, ob sie irgendwann einmal mit dem Jugendamt zu tun hatten. Vielleicht haben wir Glück, und es kommt etwas dabei heraus.«

»Das heißt, wir müssen morgen früh raus.« Lois gähnt hinter vorgehaltener Hand. »Ich möchte die Opfer persönlich sprechen, und Milan natürlich auch.«

Die restliche Autofahrt über sitzen sie schweigend nebeneinander, und nach zehn Minuten biegt Fred in die Oudegracht ein. »Und schon sind Sie zu Hause, gnädigste Frau.«

»Besten Dank, der Herr. Bis morgen dann.« Lois steigt aus.

»Schlaf gut, Mädel. Und zerbrich dir nicht die ganze Nacht den Kopf.«

»Ich werd's probieren.« Sie biegt um die Ecke in die Baangracht, die still und sparsam beleuchtet daliegt. Lois hält abrupt inne. Steht dort jemand vor ihrer Tür? Um diese Uhrzeit?

Sie dreht sich um, aber hinter ihr wendet Fred gerade und fährt davon. Als das Motorengeräusch in der Ferne erstirbt, ist es plötzlich totenstill um sie herum. Lois beginnt mit festen, nachdrücklichen Schritten loszugehen. Das Klackern ihrer Absätze klingt wie eine Warnung. Die lange, hagere Gestalt, die vor ihrer Tür steht, dreht sich um und schlendert davon.

»He!«, ruft Lois.

Der Mann ignoriert sie einfach und läuft weiter. Lois legt einen Schritt zu, der Mann ebenfalls. Am Ende der kurzen Gracht läuft er die kleine Treppe hoch, die in eine dunkle Parkanlage am Kanalufer führt. Kein guter Ort, um eine Konfrontation zu suchen.

Lois nimmt die ersten Stufen der Treppe, doch dann dreht sie um. Welchen Grund hatte sie, den Mann anzuhalten? Weil er vor ihrer Tür gestanden hat?

Dennoch hat sie kein gutes Gefühl dabei. Bevor sie den Schlüssel ins Schloss steckt, schaut sie sich ein paar Mal um. Dann geht sie hinein und verriegelt das Sicherheitsschloss an der Tür.

28

Das Erste, was Lois am nächsten Morgen tut, als sie ins Revier kommt, ist die Namen der Jugendlichen zu überprüfen, die bei Johan und Marja Bos gewohnt haben. Viel kommt dabei nicht heraus. Die Kinder von damals sind heute junge Erwachsene, und keiner von ihnen ist vorbestraft. Bis zu Milans Eintreffen sucht sie zudem ein paar Daten zu ihm heraus. Eigentlich erwartet sie sich nicht viel davon und ist überrascht, als sein Name in einem Mordfall auftaucht.

Sie sucht weiter und druckt alles aus, was sie findet. Um die Zeit, als Fred ins Büro kommt, hat sie bereits einen dicken Stapel Papier auf dem Tisch liegen.

»Milans Vater wurde ermordet«, sagt sie.

»Dir auch einen guten Morgen.« Mit unerschütterlicher Ruhe nimmt sich Fred wie immer zunächst einen Becher Wasser aus dem Wasserspender und kommt dann auf sie zu. »Ermordet sagst du?«

»Ihm wurde in seiner eigenen Wohnung der Schädel eingeschlagen.«

»Ach, sag bloß? Und unser junger Freund stand unter Verdacht?«

Lois blättert in den Papieren, auch wenn sie bereits genau weiß, was darin steht. »Anfangs schon, aber der Verdacht gegen ihn wurde schon bald fallen gelassen. Er war gerade einmal zwölf.«

»Auch ein Zwölfjähriger kann kräftig zuschlagen. Vor allem, wenn das Opfer nicht damit rechnet.«

»Er war in der Schule, als es passierte«, sagt Lois. »Als er nach Hause kam, hat er seinen Vater tot vorgefunden. Er hat sofort Alarm geschlagen und hatte auch keine Blutspuren an der Kleidung. Nichts deutete darauf, dass er der Täter war.«

»Das wäre trotzdem schon der zweite Mord, oder versuchte Mord, mit dem er in Zusammenhang steht«, sagt Fred stirnrunzelnd.

»Beide Male hatte er ein Alibi.«

»Gab es andere Verdächtige?«

»Jede Menge. Koen Huizinga war nicht sonderlich beliebt. Aber letztlich wurde niemand verhaftet und der Mord nie aufgeklärt.«

Fred steht mitten im Büro mit seinem Becher Wasser in der Hand und schaut nachdenklich vor sich hin.

»Es wird wohl ein Zufall sein«, sagt er. »Aber bei Zufällen dieser Art bekomme ich so ein nervösen Jucken.«

Gegen halb elf meldet sich Milan am Empfang, und Lois geht sofort hinunter, um ihn abzuholen. Kurze Zeit später sitzt er ihr argwöhnisch gegenüber, die Arme auf dem Tisch abgelegt.

»Ich habe doch gestern Abend schon alles erzählt«, sagt er müde. »Mein Pflegevater ist ein Trottel, aber ihn deswegen niederstechen … Ich habe keine Ahnung, wer das getan haben könnte und weshalb.«

»Wirklich nicht?«, fragt Lois.

»Nein, wirklich nicht.«

»Gestern haben Sie gesagt, dass es eine ganze Reihe von Jugendlichen gab, die nicht so gut auf ihn zu sprechen waren. Können Sie uns ein paar Namen nennen?«

»Ich meinte damit, dass er mit Problemfällen zu tun hatte. Da gibt es natürlich auch mal Konflikte.«

»Gab es Konflikte mit den Kindern, die er in Krisensituationen zu Hause bei sich aufnahm?«

»Bestimmt, aber das war vor meiner Zeit. Aber selbst wenn, warum sollte jemand ihm nach all den Jahren ein Messer in den Rücken rammen? Wenn es einen Konflikt gab, hätte derjenige das doch sicher gleich getan, oder nicht? Übrigens könnte er sich auch anderweitig Feinde gemacht haben. Im Bridgeclub ist er nicht sonderlich beliebt. Er macht zwar auf den ersten Blick einen umgänglichen Eindruck, aber er ist kein guter Verlierer.«

»Ich habe heute Morgen Ihre Pflegemutter angerufen, und sie hat uns ein paar Namen von Jungs gegeben, mit denen Sie früher Umgang hatten«, sagt Fred mit einem Blick auf die Liste, die vor ihm liegt. »Jungs, die genau wie Sie damals unter der Aufsicht vom Jugendamt standen.«

»Ja, und?«

»Die werden wir überprüfen. Aber es würde uns weiterhelfen, wenn Sie von sich aus erzählen, was Sie wissen.«

»Ich weiß nichts, Mann. Das hab ich doch schon gesagt. Und wenn ich etwas wüsste, würde ich es nicht erzählen. Ich verpfeif doch keine Kumpels.«

»Dein Pflegevater wurde niedergestochen und liegt auf der Intensivstation«, sagt Fred verärgert. »Ich weiß, dass Sie ihn nicht mögen, aber das hat er nicht verdient.«

Gleichgültig zuckt Milan mit den Schultern.

»Ihr Pflegevater mag Ihnen egal sein«, sagt Lois, »aber es gab noch andere Opfer. Und womöglich kommen weitere hinzu. Mit Ihrer Hilfe können wir das vielleicht verhindern.«

Ohne die Miene zu verziehen, sieht Milan sie an. Sekundenlang halten sie die Augen fest aufeinandergerichtet, bis etwas wie eine Gefühlsregung in seinem Gesicht erscheint. Lois wartet ab. Milan dreht den Kopf weg, während Lois und

Fred weiterhin schweigen. Manchmal ist Stille ein besseres Druckmittel, um jemanden zum Reden zu bewegen, als tausend Fragen zu stellen.

Gerade als Lois das Gefühl hat, dass dieser Trick diesmal nicht funktioniert, dreht Milan ihr wieder das Gesicht zu. »Hören Sie«, sagt er. »Ich hatte keine Freunde, okay. Es gab Jungs, mit denen ich herumhing, aber ich habe denen nichts von mir erzählt, und die mir auch nicht.«

»Warum nicht?«

»Warum nicht? Weil wir kein Bedürfnis hatten, über uns zu sprechen. Weil wir keine besonders schönen Erinnerungen an unsere Kindheit hatten.« Mit verbissenem Gesicht betrachtet Milan die Schnittwunden an seinen Fingern. »Mein Vater hat mich windelweich geprügelt, als ich klein war. Und später auch noch. Niemand hat irgendetwas dagegen unternommen. Obwohl es doch dem einen oder anderen aufgefallen sein müsste, dass ich ständig mit blauen Flecken oder mit Gips rumlief.«

»Ihr Vater ist keines natürlichen Todes gestorben.« Fred klopft mit dem Finger auf die Akte, die vor ihm liegt.

»Dachte ich mir doch, dass Sie damit anfangen würden«, sagt Milan verdrossen. »Ja, das stimmt, er ist keines natürlichen Todes gestorben. Jemand hat ihm eins über die Rübe gezogen.«

»Waren Sie dieser Jemand?«

»Natürlich nicht. Ich war zwölf.«

»Auch mit zwölf kann man jemandem eins über die Rübe ziehen«, hält Lois entgegen.

»Das hätte ich auch nur allzu gern getan, aber ich war es nicht«, sagt Milan mit Nachdruck.

»Irgendeine Idee, wer es dann war?«

»Nein. Als ich nach Hause kam, lag er ausgestreckt im Wohnzimmer in einer Blutlache. Es war niemand sonst zu sehen. Meine Mutter war bei ihrer Schwester in Amersfoort. Ich hab einen Blick auf meinen Vater geworfen und bin schreiend auf die Straße gerannt. Ein Passant hat mich dann festgehalten und die Polizei gerufen.«

»Es gab keine Einbruchsspuren, das heißt, Ihr Vater muss den Täter hereingelassen haben.«

Milan schüttelt den Kopf. »Die Hintertür stand offen. Da konnte jeder reinspazieren.«

Lois nickt ein paar Mal, während sie die Akte durchblättert. »Wie viele Menschen wussten, dass Ihr Vater Sie schlug?«

»Keine Ahnung. Meine Mutter hatte Angst vor ihm und hat ihn gegenüber den Nachbarn und unseren Verwandten immer gedeckt. Ich war einfach ein wildes Kind, das sich beim Spielen ständig verletzte.«

»Aber das Jugendamt ist doch auf Sie aufmerksam geworden.«

»Erst, als ich zwölf war. Aber mein Vater hatte mich all die Jahre über geschlagen. Ich glaube, es wusste niemand, was sich bei uns zu Hause abspielte. Ich habe auch nichts erzählt. Warum weiß ich nicht, aber ich hielt den Mund.«

Lois nickt verständnisvoll. Von ihren Kollegen aus der Jugendabteilung weiß sie, dass das öfter bei misshandelten Kindern vorkommt. Diese Kinder fühlen sich ihren Eltern zu Loyalität verpflichtet. Eine Loyalität, die diese gar nicht wert sind.

Es entsteht Stille, die sie nicht zu durchbrechen gedenkt, wie lange sie auch dauern mag. Alle drei starren vor sich hin, auf die Wand oder auf die Tischplatte. Und trotzdem liegt keine Anspannung in der Luft. Es ist vielmehr, als ob jeder von ihnen mit seinen Gedanken ganz woanders wäre.

»War's das dann?«, fragt Milan schließlich. »Ich muss zur Arbeit.«

29

Es ist Mittagszeit, aber viel Zeit zum Essen bleibt Lois und Fred nicht. Während sie schnell ein Brötchen verdrücken, besprechen sie das Verhör mit Milan.

»Ein seltsamer Vogel«, findet Fred. »Der verbirgt irgendetwas, das sehe ich ihm an der Nasenspitze an.«

»Ob er wohl weiß, wen wir uns vorknöpfen müssen?«

»Würde mich nicht überraschen.« Mit dem letzten Bissen steht Fred auf. Lois nimmt noch schnell einen Schluck Tee und folgt ihm den Gang entlang und die Treppe hinunter.

»Dann wollen wir mal loslegen«, sagt Fred.

»Hast du die Adressen der Opfer?«, fragt Lois, während sie die Eingangstür aufstößt.

»Ja, und eine Liste mit möglichen Verdächtigen. Vielleicht erkennt jemand einen der Jungs.« Mit großen Schritten läuft Fred zum Auto. Drinnen ist es brütend heiß.

»Hört diese Hitze auch noch mal irgendwann auf?«, ächzt Lois und nimmt auf dem Beifahrersitz Platz. »Ich liebe ja den Sommer, aber jeden Tag mehr als dreißig Grad ist echt ein bisschen krass, wenn man arbeiten muss.«

»Wegen mir müsste es auch nicht so heiß sein.« Fred wischt mit dem Ärmel seines Hemds die Schweißperlen von der Oberlippe. »Also gut, wohin soll es zuerst gehen?«

»Veerle Lemstra«, sagt Lois. »Ich bin gespannt, wie es ihr geht. Vondelstraat 49. Dann fahr mal los.«

Fred gibt die Adresse in das Navigationsgerät ein, und sie machen sich auf den Weg.

»Echt schlimm, mit dem Jungen, was? Was reitet nur diese Eltern, dass sie ihre Kinder schlagen?« Lois schaut durch das Seitenfenster nach draußen und seufzt.

»Tja, nicht jeder ist mit einer glücklichen Kindheit gesegnet.« Sie fahren eine Weile schweigend weiter, ehe Fred sagt: »Du weißt, dass ich Informationen über deinen Vater habe, oder?«

»Ja.«

»Bist du gar nicht neugierig darauf?«

»Das schon, aber was hätte ich davon? Mein Vater ist weggegangen, als ich vierzehn war, und jetzt bin ich einunddreißig. All die Jahre habe ich nichts von ihm gehört. Angenommen, er hätte wieder geheiratet und eine neue Familie. Würde ich das wirklich wissen wollen?«

»Und wenn er keine neue Familie hätte?«

Lois blickt ihn von der Seite an. »Ist dem denn so?«

»Ich dachte, du willst nichts davon wissen«, sagt Fred mit hochgezogenen Schultern.

»Das kannst du mir schon erzählen«, sagt Lois.

»Okay, also, er wohnt allein.«

Es ist, als hätte ihr jemand eine Ohrfeige verpasst. Wenn schon ein kleiner Informationsschnipsel sie so schockiert, wie würde es dann erst sein, wenn sie noch mehr Details erführe? Sie wusste, sie würde sich nicht zurückhalten können und sich auf die Suche nach ihrem Vater machen. Und das würde bedeuten, dass sie ihm vergeben hat und Kontakt mit ihm möchte. Doch so weit ist sie längst noch nicht.

Um die Gedanken abzuschütteln, studiert Lois erneut die Liste mit den möglichen Tatverdächtigen. Einer von ihnen kommt ihr irgendwie bekannt vor. Aufmerksam betrachtet sie das Foto, aber sie kann sich nicht erinnern, woher sie das Gesicht kennt.

»Ich kenne ihn«, sagt sie und tippt mit dem Finger auf das Foto. »Aber woher nur?«

Fred wirft einen Blick auf das Papier in ihrer Hand. »Wilco Gardenier? Ist das vielleicht ein alter Bekannter von uns?«

»Nein, das nicht. Und doch kommt mir sein Gesicht so vertraut vor. Seltsam.« Lois grübelt weiter nach, kommt aber nicht darauf. Erst als Fred in die Vondelstraat einbiegt und das Navigationsgerät verkündet, dass sie ihr Ziel erreicht haben, lässt sie den Gedanken los.

Veerle Lemstra wohnt in einer kleinen, aber gemütlichen Wohnung, die sie in hellen Farben eingerichtet hat. Der Teppich ist weiß, ebenso wie die Möbel, die sich stilvoll von den hellgrauen Wänden abheben.

»Schöne Wohnung«, sagt Lois anerkennend, als Veerle sie hereinlässt.

»Danke. Ich wohne jetzt ein Jahr hier.« Veerle deutet auf das Sofa. Ihre Bewegungen haben etwas Schwerfälliges.

»Wie geht es Ihnen?«, fragt Lois besorgt. »Die Wunde tut bestimmt noch weh, oder?«

»Sehr«, bestätigt Veerle, während sie sich vorsichtig auf dem Sofa niederlässt. »Die Wunde ist ziemlich tief und heilt nur langsam. Vorerst kann ich noch nicht wieder zur Arbeit. Ich arbeite im Kindergarten«, fügt sie hinzu.

»Haben Sie die Opferhilfe kontaktiert?«

Veerle nickt. »Aber trotzdem traue ich mich kaum auf die Straße und drehe mich ständig um, ob mich jemand verfolgt«, sagt sie mit einem nervösen Lächeln. »Ich schlafe auch schlecht.«

»Das verstehe ich. Das ist nicht ohne, wenn einem so etwas passiert«, sagt Lois mitfühlend. »Veerle, wir würden gerne noch einmal mit Ihnen sprechen. Wir haben verschiedene

Tatverdächtige im Blick, die wir gerne mit Ihnen durchgehen würden. Sagt Ihnen der Name Milan Huizinga etwas?«

Veerle denkt nach und schüttelt langsam den Kopf. »Nein. Sollte ich ihn denn kennen?«

»Nein, aber wir gehen allen Hinweisen nach. Und Wilco Gardenier?« Es ist ein Schuss ins Blaue, aber auch dieser Name weckt bei Veerle keine Erinnerungen.

»Haben Sie je mit dem Jugendamt zu tun gehabt? Privat oder beruflich?«, will Fred wissen.

»Nein, nie.«

»Kennen Sie jemanden, der unter der Aufsicht des Jugendamts stand? Jemanden von früher vielleicht?«

»Nein, tut mir leid.« Veerle schüttelt ratlos den Kopf. »Ich weiß nicht, worauf Sie hinauswollen. Ich habe mit dem Jugendamt rein gar nichts zu tun. Wieso fragen Sie?«

»Falls Ihnen irgendetwas einfällt, auch wenn es unwichtig erscheint, dann rufen Sie uns einfach an.« Fred legt seine Visitenkarte auf den Tisch.

»Mach ich«, verspricht Veerle, aber es klingt wenig zuversichtlich.

»Lilian van Dijk«, sagt Fred, als sie wieder im Auto sitzen. Er hält sich die Liste dicht vor die Augen, um die Adresse lesen zu können, und gibt den Straßennamen ins Navi ein. »Die Valkenierstraat in 't Rak. Das ist nicht weit von dem Einkaufszentrum entfernt, wo sie niedergestochen wurde.«

Sie fahren einmal quer durch Alkmaar auf die andere Seite der Stadt. 't Rak ist ein ruhiges Viertel mit hübschen Einfamilienhäusern mit Satteldächern, das an einen Park grenzt.

»Hübsch hier«, sagt Lois, als sie aussteigt. Sie selbst würde zwar nicht außerhalb vom Stadtzentrum wohnen wollen, aber dieses Viertel gefällt ihr trotzdem gut.

Fred ist bereits auf dem Weg zur Haustür. »Ich hoffe, sie ist zu Hause«, sagt er mit dem Finger auf der Türklingel.

Es dauert ein paar Sekunden, bevor man Geräusche im Haus vernimmt, und kurz darauf kommt jemand zur Eingangstür gelaufen. Eine sonnengebräunte blonde Frau Ende vierzig, bekleidet mit einem weißen Rock und einem blauen Oberteil, öffnet die Tür. Fragend blickt sie hinter der Tür hervor.

»Frau Van Dijk? Ich bin Fred Klinkenberg von der Kriminalpolizei, das ist meine Kollegin Lois Elzinga. Wir würden gerne mit Ihnen reden, falls das geht«, sagt Fred.

»Oh«, sagt Lilian erschrocken. »Ist etwas passiert? Es ist doch nichts mit meinen Kindern, oder?«

»Nein«, beruhigt Lois sie schnell. »Wir sind hier in Zusammenhang mit dem Messerangriff vor einiger Zeit.«

»Gibt es denn etwas Neues?« Lilian zieht die Tür etwas weiter auf. »Kommen Sie doch mit nach hinten, ich saß gerade im Garten. Möchten Sie etwas trinken? Ich könnte Ihnen Limonade mit Eiswürfeln anbieten.«

Beide nehmen das Angebot dankend an. Lilian nimmt die Kanne mit hinaus in den Garten und deutet auf ein paar Stühle mit Sitzpolstern. »Setzen Sie sich doch. Ich hole eben Gläser.«

Als sie zurückkommt und sich hingesetzt hat, sieht sie Lois und Fred abwechselnd abwartend an.

Fred will gerade loslegen, doch Lois kommt ihm zuvor. »Wie geht es Ihnen?«, fragt sie. »So eine Stichwunde muss ziemlich schmerzhaft sein.«

»Ja«, bestätigt Lilian. »Ich habe noch wochenlang Schmerzen gehabt. Die Messerspitze hat meine Lunge angeritzt, sodass ich eine Zeit lang außer Gefecht gesetzt war. Glücklicherweise geht es jetzt schon wieder besser.«

»Aber Sie gehen noch nicht wieder zur Arbeit?«, fragt Fred.

»Ich bin Hausfrau und kümmere mich um meine drei Söhne, das Haus, den Garten und all das.« Sie wedelt mit der Hand. »Anfangs musste ich mir eine Hilfe ins Haus holen, aber jetzt mache ich wieder alles alleine.«

»Der Garten ist prächtig.« Mit einem Kennerblick begutachtet Fred die Blumenbeete und den gemähten Rasen. »Kompliment.«

Lilian van Dijk zeigt ein strahlendes Lächeln.

Lois beugt sich zu ihr. »Frau Van Dijk, können Sie den Täter beschreiben?«

Mehr als einen flüchtigen Blick hat Lilian nicht für sie übrig. »Nein, ich habe niemanden gesehen. Ich war damit beschäftigt, meine Einkaufsbeutel ins Auto zu hieven, und stand über den Kofferraum gebeugt. Ich hörte hinter mir Schritte, und im nächsten Augenblick spürte ich einen stechenden Schmerz. Dann bin ich zusammengesackt.«

»Sie haben den Täter auch nicht wegrennen sehen?«

»Nein, ich lag mit geschlossenen Augen auf dem Boden, solche Schmerzen hatte ich. Ich habe kaum Luft bekommen. Und es war niemand in der Nähe, der mir hätte helfen können. Ich konnte gerade noch mein Handy aus der Tasche ziehen und die 112 anrufen. Selbst sprechen ging nicht mehr, ich hab nur noch in den Hörer gekrächzt. Aber sie haben mich dann doch relativ schnell gefunden.«

»Zum Glück«, sagt Lois. »Ich würde Ihnen gerne ein paar Namen vorlesen und würde Sie bitten, mir zu sagen, ob Sie sie kennen.«

Während sie die Namen vorliest, spürt sie Freds missbilligende Blicke auf sich. Sie weiß, dass er es nicht gutheißt, dass sie die Privatsphäre von Personen verletzt, von denen nicht einmal feststeht, dass sie mit dem Verbrechen zu tun haben, aber das Einzige, was sie vor Augen hat, ist der leblose Körper von Nicolette Dekker.

»Lois«, sagt Fred, während sie die Namen weiter vorliest, und räuspert sich hinter vorgehaltener Hand.

»… und Wilco Gardenier«, endet Lois.

»Ja, diesen Namen kenne ich«, sagt Lilian plötzlich.

Lois rückt auf ihrem Stuhl nach vorn.

»Woher kennen Sie ihn?« Auch Fred ist nun alarmiert.

»Der Name kommt mir bekannt vor, aber ich weiß gerade nicht, woher.« Lilian zieht ihre zu schmalen Bögen gezupften Augenbrauen stirnrunzelnd zusammen. »Ach Mensch, wie ärgerlich.« Auf einmal macht sie große Augen. »War es etwa dieser Wilco?«

»Das muss nicht sein«, entgegnet Lois schnell. »Aber es wäre toll, wenn Sie sich erinnern könnten, woher Sie ihn kennen.«

»Ich würde es Ihnen gerne sagen, aber ich komme gerade nicht darauf. Es muss jemand von früher sein. Können Sie mir denn mehr über ihn sagen?«

»Wir hatten gehofft, dass Sie das können.«

Angestrengt blickt Lilian in den blauen Himmel, aber nach einer langen Pause schüttelt sie den Kopf. »Ich weiß es nicht. Vielleicht fällt es mir später wieder ein.«

»Jemand von früher?«, versucht Fred ihr auf die Sprünge zu helfen.

»Ich bin achtundvierzig«, erinnert ihn Lilian. »Wenn ich mir alle Namen und Gesichter merken sollte, die mir je in meinem Leben begegnet sind, hätte ich viel zu tun.«

»Was haben Sie denn gemacht, bevor Sie Ihre Kinder bekamen? Waren Sie berufstätig?«

»Ja, ich war Friseurin. Als dann mein Ältester geboren wurde, habe ich aufgehört, im Friseursalon zu arbeiten.«

»Haben Sie je mit dem Jugendamt zu tun gehabt?«, fragt Lois.

»Jugendamt? Nein, wieso? Meine Jungs haben nie Schwierigkeiten gemacht. Ich hatte bestimmt keine Hilfe bei der Erziehung meiner Kinder nötig«, sagt Lilian in etwas entrüstetem Ton.

Entmutigt lehnt sich Lois nach hinten. Gerade als sie aufstehen will, ruft Lilian aus: »Natürlich! Jetzt hab ich es! Wilco hat früher neben uns gewohnt. Er war der Nachbarsjunge.«

30

Überrascht wechseln Lois und Fred einen Blick, dann wenden sie sich wieder Lilian zu. Sie ist sichtlich neugierig, warum sich die Polizei für ihren ehemaligen Nachbarsjungen interessiert.

»Es war mir eben entfallen«, sagt sie, »aber ich kann mich noch gut an Wilco erinnern. Ein magerer, nervöser Bursche. Ein Störenfried, der bei Kleinigkeiten ausrastete. Seine Eltern hatten es nicht leicht mit ihm.«

»Hatten Sie Kontakt mit der Familie?« Lois muss sich beherrschen, das Gespräch ruhig weiterzuführen.

»Ja, natürlich. Wir waren Nachbarn. Zwar nicht in der Art, dass wir einander besucht hätten, aber wir haben uns über den Gartenzaun hinweg unterhalten.« Lilian zögert etwas. »Das waren nicht immer angenehme Gespräche, wenn ich ehrlich sein soll. Ich glaube, dass sie von mir genervt waren, weil ich sie andauernd auf das Verhalten ihres Sohnes ansprechen musste.«

»Wieso?«, fragt Fred.

»Weil dieser Bursche so anstrengend war. Immer am Krachmachen. Saß ich gerade gemütlich draußen, um zu lesen, rannte er kreischend in ihrem Garten umher. Wenn ich ihn dann bat, etwas leiser zu sein, schrie er noch lauter. Oder er warf mit dem Ball gegen die Mauer. Das hat mich fast wahnsinnig gemacht, dieses ständige Wummsen.« Sie schweigt einen Moment und denkt nach. »Seine Mutter kam einmal zu mir, sie hat mir dann davon erzählt, dass Wilco Autist ist und

ADHS hat. Das erklärte vieles, aber änderte nichts an der Situation. Ich musste weiterhin seinen Lärm ertragen. Er konnte vielleicht nicht anders, aber ich musste darunter leiden.«

»Sind Sie wegen ihm umgezogen?«, fragt Lois.

»Unter anderem. Die Gegend hat mir sowieso nicht gefallen.«

»Hatten Sie je den Eindruck, dass in der Familie irgendetwas nicht stimmte?«

»Inwiefern?« Lilian sieht sie verständnislos an.

»Wie gingen seine Eltern mit Wilco um?«

»Streng«, sagt Lilian. »Meinten Sie das? Sie haben ihn hart rangenommen, aber das war auch bitter nötig bei dem Jungen.«

»Was verstehen Sie unter hart rannehmen?«

»Na ja, ganz normal halt, das Kind mal ordentlich durchrütteln, mal einen Tritt in den Hintern geben sozusagen. Hat mein Mann auch ab und zu bei unseren Jungs gemacht, das hat ihnen nicht geschadet.«

»Es gibt einen Unterschied zwischen einer erzieherischen Maßnahme und Misshandlung«, sagt Fred geduldig. »Hatten Sie je den Eindruck, dass in der Familie etwas aus dem Ruder lief?«

»Nein, eigentlich nicht. Es wurde zwar oft geschrien, aber das war nur allzu verständlich. Bei dem Kind.«

Lois und Fred sagen nichts und sehen einander nicht einmal an.

»War er ein Einzelkind?«, fragt Lois.

»Nein, er hatte eine ältere Schwester.«

»Können Sie uns etwas über sie erzählen?«

»Das war ein echter Schatz von einem Mädchen. Ruhig, lieb, genau, wie man sich seine Tochter wünscht. Wenn auch ein bisschen scheu. Sie schien immer ein wenig zurückzuschrecken, wenn ich sie ansprach. Ein braves Kind, wenn auch eher gewöhnlich. Aber ja, die Familie an sich war etwas seltsam.« Energisch klatscht Lilian in die Hände, als ob sie das Gespräch hiermit für beendet erklären wollte.

Lois fährt unbeirrt fort: »Sind Sie Wilco nach Ihrem Umzug noch einmal begegnet?«

»Nein«, sagt Lilian entschieden. »Ich habe ihn nie mehr gesehen.« Das unausgesprochene ›zum Glück nicht‹ ist deutlich herauszuhören. »Glauben Sie etwa, dass Wilco mich angegriffen hat? Das ist doch absurd. Das letzte Mal, dass ich ihn gesehen habe, war er gerade mal acht!«

»Wir sagen nicht, dass er es gewesen ist, wir ermitteln nur.« Fred holt seine Visitenkarte aus der Brusttasche. »Falls Ihnen noch etwas einfällt, dann melden Sie sich doch bitte bei uns.«

»Warum um Himmels willen hast du all die Namen genannt?«, fragt Fred verärgert, als sie draußen stehen. »Das geht doch nicht!«

»Aber es ist etwas dabei herausgekommen.«

»Und wie willst du das verantworten?«

»Da lassen wir uns schon etwas einfallen.«

»Wir? Halt mich da bitte schön raus, ich habe die Namen nicht vorgelesen. Im Gegenteil, ich habe noch versucht, dich davon abzuhalten, aber du hast nicht auf mich gehört.«

»Ehrlich gesagt, Fred, interessiert mich der Datenschutz dieser Typen einen Scheiß. Weißt du, was mich interessiert? Mich interessiert, wer Nicolette Dekker umgebracht hat und wer Veerle Lemstra und die anderen angegriffen hat. Das hat für mich Priorität, und nicht irgendein paar dahergelaufene Verbrecher. Denn Verbrecher sind es, sonst würden sie nicht auf meiner Liste stehen.«

Grimmig läuft sie auf das Auto zu und reißt die Tür auf.

»Ich tue mal so, als hätte ich das nicht gehört«, sagt Fred ebenso grimmig und steigt ein. Es liegt noch einen Augenblick lang Anspannung in der Luft, aber sie haben zu viel zu tun, als dass sie Zeit zum Streiten hätten. Lois studiert die Angaben auf ihrer Liste.

»Wilco Gardenier, sechsundzwanzig Jahre, beteiligt an Messerstecherei mit tödlichem Ausgang nach einem Fußballspiel, verurteilt. Bei Jugendhilfe und Jugendamt bekannt. Leidet an Autismus und einem instabilen Selbstbild«, liest sie laut vor und schaut zu Fred hoch. »Wenn er bereits einmal verurteilt wurde, müssten wir seine Fingerabdrücke im System haben. Vielleicht können wir die am Tatort nachweisen.«

»Wir haben keine Tatwaffe, also haben wir auch keine Fingerabdrücke.« Fred ruft auf dem Revier an, um sich die Adresse von Wilco Gardenier geben zu lassen. »Okay, ich hab sie«, sagt er. »Dann lass uns mal hinfahren.«

»Wo wohnt er?«, fragt Lois.

»In der Maasstraat. Weißt du, wo das ist?«

»In Oudorperpolder.«

Sie sind nicht weit von dem Viertel entfernt, und binnen zehn Minuten parken sie in der Maasstraat, die zu beiden Seiten von grauen Hochhäusern flankiert wird.

»Hoffentlich ist unser Freund Wilco zu Hause.« Fred läuft auf die Haupthalle zu, und Lois folgt ihm.

»Reden wir hier mit ihm, oder nehmen wir ihn mit aufs Revier?«

»Wir nehmen ihn mit. Dann können wir seine Aussage direkt aufzeichnen und eine DNA-Probe von ihm nehmen.«

Die Haupthalle ist abgeschlossen, aber es kommt gerade ein Hausbewohner heraus, der ihnen die Tür aufhält. An der Wand mit den Briefkästen suchen sie Wilcos Namen heraus, und Fred drückt auf die Klingel. Doch es meldet sich niemand.

Nachdem sie ein paar Mal geklingelt und einige Minuten gewartet haben, sehen sie einander an.

»Schade«, sagt Fred. »Wäre auch zu schön gewesen. Na gut, dann fahren wir mal zurück ins Revier und machen uns dort über den Jungen schlau.«

Unterwegs muss Lois auf einmal daran denken, dass Fred Informationen über ihren Vater hat. Was könnte das wohl sein? Wenn er in den Polizeiakten auftaucht, muss er mit dem Gesetz in Konflikt geraten sein. Das könnte heißen, dass er eine schwere Straftat begangen hat, aber vielleicht hat er auch nur einen Strafzettel nicht bezahlt.

Sie seufzt. Hätte sie bloß nicht nachgefragt, dann würde sie sich jetzt nicht den Kopf darüber zerbrechen.

Während Fred das Auto hinter dem Revier parkt, sagt sie: »Weißt du was, gib mir die Akte über meinen Vater doch mal. Dann kann ich selbst entscheiden, wann ich einen Blick hineinwerfe.«

»Gut. Ganz, wie du willst.« Fred sieht hoch. »Ich finde, das ist eine kluge Entscheidung. Du kannst nicht dein ganzes Leben vor diesen Dingen davonlaufen, Lois. Irgendwann musst du dich damit auseinandersetzen. Gar nicht mal so sehr um deines Vaters willen, sondern vor allem um deiner selbst willen. Um all das Vergangene hinter dir zu lassen.«

»Seit wann bist du Psychologe? Ich habe lediglich gesagt, dass ich die Akte haben will, nicht, dass ich sofort hineinschaue.«

»Ich würde sagen, das ist schon einmal ein Schritt in die richtige Richtung. Ein ziemlich großer Schritt sogar.«

»Vielleicht werfe ich sie auch einfach weg.«

»Nein«, sagt Fred bestimmt. »Wirst du nicht.«

31

Vorläufig jedoch hat Lois keine Zeit, um sich die Informationen über ihren Vater anzusehen, denn die Akte von Wilco Gardenier erfordert ihre ganze Aufmerksamkeit.

Der Junge hatte eine schwierige Kindheit und wurde aufgrund von Misshandlung durch beide Elternteile früh aus der Familie genommen und in ein Kinderheim gesteckt. Mit sechzehn griff er dann bei einem Streit in einer Kneipe jemanden mit einem Messer an. Die Wunde war nicht tief, sodass der Jugendrichter es bei einer Arbeitsstrafe bewenden ließ. Zwei Jahre später geriet er erneut ins Visier der Polizei und wurde wegen Einbruchs verhaftet. Nachdem er seine Gefängnisstrafe abgesessen hatte, ließ er sich eine Weile nichts zuschulden kommen, bis er mit zwanzig erneut ein paar krumme Dinger drehte. Im Moment arbeitet er bei einer Müllverbrennungsanlage in Alkmaar und scheint sein Leben in den Griff bekommen zu haben.

Lois starrt das Foto von Wilco auf dem Computerbildschirm an. »Wieso nur kommt mir dieser Junge so bekannt vor?«, denkt sie laut nach. »Ich dachte, ich hätte ein gutes Erinnerungsvermögen, aber ich komme einfach nicht darauf.«

»Vielleicht ist er dir schon mal irgendwo begegnet. In der Kneipe oder auf der Straße«, sagt Claudien, die ihr gegenübersitzt.

»Das muss es wohl sein. Ich hatte auf jeden Fall nie hier auf dem Revier mit ihm zu tun, das hätte sonst im System gestanden.« Müde lehnt sich Lois nach hinten. Sie kramt in ihrer

Tasche und holt eine halb zerquetschte Banane heraus. Mit angeekeltem Gesichtsausdruck begutachtet sie sie und wirft sie dann in den Mülleimer.

Danach greift sie nach dem Telefon auf ihrem Schreibtisch. Nach einem kurzen Gespräch weiß sie, dass Wilco Gardenier tatsächlich für die Abfallwirtschaftsbetriebe der Stadt gearbeitet, aber kürzlich seinen Job verloren hat. Also ruft Lois beim Arbeitsamt an, wo Wilco gemeldet ist, man ihm aber noch nicht zu einer neuen Stelle verhelfen konnte.

Silvan, von der Abteilung für IT-Forensik, kommt herein, um ihr mitzuteilen, dass Wilco in den sozialen Medien nicht zu finden ist, nicht einmal bei Facebook.

»Menschen, die etwas zu verbergen haben, sind da äußerst vorsichtig«, sagt er. »Sie wissen natürlich, dass wir dort als Erstes nachsehen.«

»Da kann er so vorsichtig sein, wie er will, früher oder später kriegen wir ihn«, sagt Ramon, die Hände in die Hüften gestemmt. »Das Signal von der Handyortung ist gut. Und seine Wohnung wird ebenfalls observiert.«

»Schau einer an«, sagt Lois, ihre Augen immer noch auf den Bildschirm gerichtet. »Ratet mal, wie Wilcos Schwester heißt?« Sie sieht zu Jessica hinüber, die sich hinter sie gestellt hat.

»Marjet Gardenier«, liest sie. »Ja, und?«

»Seit ihrer Heirat heißt sie Westra. Marjet Westra. Du hast die Barbie von einer ihrer kleinen Töchter repariert.«

Ein Ausdruck des Erinnerns streift Jessicas Gesicht. »Vlinder und Bloem.«

Lois nickt. »Deshalb kam mir Wilco so bekannt vor. Auf der Anrichte im Wohnzimmer stand ein Foto von ihm.« Sie sieht zu ihrem Chef hoch. »Wir haben Marjet Westra am Dienstag im Zusammenhang mit dem Tod von Nicolette Dekker verhört.«

Das gesamte Team kommt nun herbei, sichtlich froh über diesen unerwarteten Durchbruch.

»Bringt die Frau aufs Revier«, sagt Ramon. »Unverzüglich.«

Eine knappe Stunde später sitzt Marjet im Vernehmungszimmer Lois und Fred gegenüber. Der Raum hinter dem venezianischen Spiegel ist nicht groß, aber Lois weiß, dass sich ein Großteil des Kripoteams dahinter eingefunden hat, um das Gespräch zu verfolgen. Sie spürt die Anspannung durch das Glas hindurch, sie spürt es an ihrem leicht erhöhten Herzschlag und daran, wie begierig sie darauf ist, endlich das Verhör zu beginnen. Sie holt ein paar Mal tief Luft, zwingt sich, ruhig zu bleiben, und überlässt die Eröffnung des Gesprächs Fred. Unbeirrbar wie immer schaltet er das Aufnahmegerät ein und sieht hoch.

»Frau Westra, ich muss Ihnen wohl nicht erklären, weshalb Sie hier sind«, sagt er. »Wir sind auf der Suche nach Ihrem Bruder, Wilco. Von den Kollegen, die Sie abgeholt haben, habe ich erfahren, dass Sie nicht wissen, wo er sich derzeit aufhält.«

»Das stimmt.« Unruhig spielt Marjet mit dem Reißverschluss ihrer Tasche. »Also, wenn er nicht zu Hause ist, dann weiß ich es auch nicht.«

»Bei Freunden oder Verwandten vielleicht?«, hilft Fred ihr auf die Sprünge.

»Wir haben kaum Verwandte. Zumindest niemanden, mit dem wir regelmäßig Kontakt haben. Und seine Freunde kenne ich nicht.«

»Nicht mal einen?«, fragt Lois mit hochgezogenen Augenbrauen.

»Wilco hat nicht viele Freunde. Er ist ein ziemlicher Einzelgänger, immer schon gewesen.«

»Aber er geht doch bestimmt auch mal aus? Oder sitzt er immer nur allein zu Haus?«

»Oft schon«, sagt Marjet. »Ab und zu geht er in die Kneipe, aber ob er sich da mit jemandem trifft, weiß ich nicht.«

»Welche Kneipe?«, erkundigt sich Fred.

Erneut bleibt Marjet ihnen eine Antwort schuldig. Ratlos zuckt sie mit den Schultern. »Ich würde es Ihnen ja sagen, aber ich habe keine Ahnung. Soweit ich weiß, hat er kein Stammlokal, sondern geht mal hier-, mal dorthin.«

Fred lehnt sich zurück und sieht Marjet an. »Erzählen Sie uns doch ein wenig über Ihren Bruder. Wir haben natürlich Informationen über ihn, aber ich würde gerne aus Ihrem Mund hören, was für ein Junge beziehungsweise Mann er ist.«

»Das haben Sie schon richtig formuliert.« Marjet lächelt bedrückt. »Eigentlich ist Wilco noch ein Junge, trotz seiner sechsundzwanzig Jahre. Er hat eine leichte Form von Autismus, wodurch er die Dinge um ihn herum nicht ganz begreift. Momentan geht es ihm ganz gut, aber früher hatte er es nicht leicht.«

»Als Kind, meinst du?«, fragt Lois, die sich mit dem Duzen leichter tut als ihr Kollege.

Marjet nickt. »Wir hatten keine besonders schöne Kindheit. Mein Vater wusste nicht, wie er mit Wilco umgehen sollte. Mit der Diagnose Autismus konnte er überhaupt nichts anfangen. In seinen Augen war Wilco einfach ein frecher, ungezogener Bengel, dem man den Ungehorsam aus dem Leib prügeln musste.« Marjet schweigt und fährt dann mit leiser Stimme fort. »Ich stand immer zwischen den Fronten. Meine Mutter hat nie eingegriffen. Im Gegenteil, sie war selbst mit Wilco überfordert und hat ihn auch geschlagen, also war ich sein Puffer. Ich kann gar nicht mehr sagen, wie oft ich mich zwischen meinen kleinen Bruder und meine Eltern gestellt habe, aber dabei habe ich mir selbst die eine oder andere Ohrfeige eingefangen, die nicht für mich bestimmt war.« Sie schweigt wieder und blinzelt mit den Augen, auf denen ein Tränenschleier liegt. »Es war schwierig«, erzählt sie weiter. »Wilco war zwei Jahre jünger als ich und mein kleiner Bruder, aber ich war selbst noch klein. Ich versuchte ihn so gut es ging zu beschützen, aber ich konnte nicht viel ausrichten. Wenn er wieder mal eine Tracht Prügel bekommen hatte, kam er nachts in mein Bett gekrochen und schlief in meinen Armen. Erst als ich älter war, so mit vierzehn, habe ich begriffen, dass ich mir Hilfe holen konnte. Im Fernsehen habe ich etwas über ein Kinder- und Jugendtelefon gesehen, Mut gefasst und dort angerufen. Letztlich wurden Wilco und ich aus unserer Familie herausgenommen. Wilco kam in ein Kinderheim und ich in eine Pflegefamilie.« Sie wischt sich eine Träne aus dem Augenwinkel. »Von da an hatte ich es wirklich gut. Wilco weniger, aber es war unmöglich, ihn in eine normale Familie zu stecken. Gegenüber anderen Kindern verhielt er sich oft aggressiv. Und eine Zeit lang geriet er auch auf die schiefe Bahn. Kriminalität, Prügeleien, sowas halt. Aber gut, er hat jede erdenkliche Unterstützung erhalten, und die letzten Jahre ging es auch immer besser.«

»In welches Heim kam dein Bruder?« Lois schiebt Marjet eine Taschentuchbox über den Tisch zu, aus der sie dankbar eines herauszieht.

»In ein Heim der Jugendhilfe Parlan«, antwortet sie. »Da wurde er sehr gut aufgenommen.«

»Hat er sich dort mit jemandem angefreundet?«

Marjet schüttelt den Kopf. »Wenn er mit irgendwem in Kontakt geblieben wäre, hätte ich davon gewusst. Wilco war eigentlich immer ein Einzelgänger. Wenn er Gesellschaft suchte, kam er zu mir.«

Fred nickt, um sein Verständnis zu signalisieren. »Lilian van Dijk. Das war doch Ihre Nachbarin, oder?«

Verwundert sieht Marjet ihn an. »Als wir klein waren. Zu Grundschulzeiten, würde ich sagen.«

»Später nicht mehr?«

»Nein, sie ist umgezogen.«

»Hatten Sie ein gutes Verhältnis zueinander?«

»Nicht wirklich. Meine Eltern hatten kaum Umgang mit den Nachbarn. Wir haben manchmal was Süßes von Lilian bekommen, aber an viel mehr kann ich mich nicht mehr erinnern.«

Fred wechselt das Thema.

»Als Ihr Bruder siebzehn war, gab es einen kleinen Vorfall mit einer Messerstecherei«, sagt er und hält den Blick auf seine Unterlagen gerichtet.

»Das war ein Missverständnis«, sagt Marjet sofort. »Wilco wurde provoziert, und daraus wurde ein handfester Streit. Es braucht nicht viel, um Wilco auf die Palme zu bringen. Einigen Leuten macht das offenbar Spaß«, fügt sie bitter hinzu.

»Das ist wahr«, sagt Lois und nickt verständnisvoll. »Vor allem, wenn Alkohol mit im Spiel ist, das sehen wir öfters. Wird Wilco denn schnell aggressiv?«

Marjet tupft ihre Augen trocken und legt ihre Hand mit dem Taschentuch darin auf dem Tisch ab. »Nur wenn man ihn reizt. Dann geht es mit ihm durch. Aber ich verstehe nicht, was das alles mit Lilian zu tun hat.«

Lois eigentlich auch nicht. Es ist wirklich entmutigend. Egal was sie auch entdecken, es reicht letztlich nicht für den entscheidenden Durchbruch.

»Hast du manchmal selbst auch Streit mit deinem Bruder gehabt?«, fragt sie.

»So weit lasse ich es gar nicht erst kommen. Natürlich habe ich das eine oder andere Mal mit ihm ein ernstes Wörtchen geredet, aber das hat ihn nur bekümmert, nicht aggressiv gemacht.«

»Worum ging es da?«

»Das letzte Mal ging es um seine Arbeit. Nachdem er jahrelang arbeitslos gewesen war, hatte er endlich einen Job gefunden bei der Abfallwirtschaft hier in Alkmaar, und dann wurde er entlassen. Ich rief seinen Chef an, um zu fragen, ob irgendetwas vorgefallen war, und da stellte sich heraus, dass Wilco regelmäßig zu spät zur Arbeit gekommen war. Da war ich natürlich sauer auf ihn.«

Fred räuspert sich mit vorgehaltener Hand und richtet sich gerade auf. »Frau Westra, wann haben Sie Ihren Bruder zum letzten Mal gesehen?«, fragt er in sachlichem Ton.

Nachdenklich starrt Marjet vor sich hin. »Ich weiß nicht genau. Letzte Woche oder so.«

»Nicht noch mal diese Woche? Dienstag zum Beispiel?«

»Nein, Dienstag war ich den ganzen Tag mit Vlinder und Bloem zu Hause. Mit meinen Kindern«, fügt sie hinzu, als Fred sie fragend anschaut.

»Sind Sie sich da sicher?«, hakt Fred nach.

»Ja, natürlich. Das ist ja erst ein paar Tage her, das weiß ich noch ganz genau. Und ich weiß, weshalb Sie das fragen. Sie denken, dass Wilco Nicolette erstochen hat, stimmt's?«

Sowohl Lois als auch Fred erwidern ihren Blick, ohne etwas zu sagen. Nach ein paar Sekunden sagt Fred: »Hätte er denn einen Grund dafür gehabt?«

»Nein, natürlich nicht. Er kannte Nicolette gar nicht. Außerdem war er zu diesem Zeitpunkt nicht in der Gegend.«

»Wo war er dann?«, fragt Lois sofort.

Marjets Blick bekommt einen vorsichtigen Ausdruck. »Zu Hause«, sagt sie. »Wir hatten gerade miteinander telefoniert, und er hatte mir erzählt, dass er zu Hause war und eine DVD schaute.«

»Hat er mit einem Festnetztelefon angerufen?«

Marjet verzieht den Mund. »Nein, mit dem Handy.«

»Also kann er von überall aus angerufen haben.«

»Warum sollte er mich anrufen und mir sagen, er sei zu Hause, wenn das nicht stimmte?«, reagiert Marjet gereizt.

Wieder blicken Lois und Fred sie einfach nur an. Marjet stützt ihre Ellenbogen auf dem Tisch auf. Ihre Entrüstung ist nun Verzweiflung gewichen.

»Er kannte Nicolette doch überhaupt nicht«, wiederholt sie. »Warum hätte er sie erstechen wollen?«

»Sie hat recht«, sagt Lois, als Marjet das Polizeirevier verlassen hat. »Warum, das ist die große Frage. Warum sollte Wilco Gardenier nach achtzehn Jahren seine Nachbarin niederstechen? Dasselbe gilt für Nicolette. Das ist nicht nachvollziehbar.«

»Aus Rache«, schlägt Claudien vor. »Vielleicht hatte ihm die Nachbarin mal eins ausgewischt.«

Sie stehen gemeinsam im Großraumbüro, ein fünfzehnköpfiges Team hat sich dort versammelt. Der Rest ist unterwegs, auf dem Weg zur Müllverbrennungsanlage und zu den Kneipen auf dem Waagplein und der Platstenenbrug, um Erkundigungen über Wilco einzuholen. Jessica telefoniert gerade mit der Stiftung Parlan, um herauszufinden, wer zur selben Zeit wie Wilco im Heim untergebracht war.

»Er war damals acht«, erinnert Lois sie. »Was kann Lilian getan haben, dass er nach achtzehn Jahren auf die Idee kommt, ihr ein Messer in den Rücken zu stechen?«

»Vielleicht ist er ihr neulich begegnet. Und es ist irgendetwas vorgefallen zwischen den beiden.«

»Und Nicolette?«

»Keine Ahnung.«

Jessica gesellt sich zu ihnen. »Parlan will mir keine Auskunft geben. Sie sagen, sie stehen unter Geheimhaltungspflicht. Das dachte ich mir schon, aber ich dachte, probieren kann man es ja mal.«

Ramon murmelt leise eine Verwünschung. »Der Junge kann mittlerweile überall sein. Bei den Nachbarn, in der Kneipe oder irgendwo weit außerhalb von Alkmaar.«

»Oder er sitzt zu Hause und hat einfach nicht aufgemacht, als wir geklingelt haben«, merkt Lois an.

»Das Observationsteam hat kein Lebenszeichen in seiner Wohnung registriert, aber das muss tatsächlich nichts heißen. Wenn es heute Abend dunkel wird und er das Licht einschaltet, wissen wir Bescheid«, sagt Ramon.

»Und in der Zwischenzeit ersticht er heute Abend wieder jemanden«, sagt Nick von seinem Stuhl aus. Sein gebrochener Fuß, den er auf einem anderen Stuhl abgelegt hat, steckt in einem Gips, der über und über von Unterschriften mit schwarzem Textmarker übersät ist. »Können wir nicht einfach reingehen? Wir haben doch genug gegen ihn in der Hand.«

»Wir haben überhaupt nichts«, hält ihm Ramon entgegen. »Das sind alles nur Mutmaßungen. Der Staatsanwalt wird mir was husten. Nein, Leute, wir müssen weiter Beweise sammeln. Ich werde eine Fahndung einleiten und auch Informationen an die Bevölkerung herausgeben lassen. Außerdem observieren wir weiter Gardeniers Haus und das seiner Schwester gleich mit. Früher oder später geht er uns schon ins Netz.«

32

An der Straßenecke hat er ein Polizeiauto entdeckt, aber er läuft gelassen weiter, die Hände tief in den Hosentaschen vergraben.

Sie sind ihm auf der Spur. Wie in Herrgottsnamen ist das möglich? Er weiß mit Sicherheit, dass er keine belastenden Beweise hinterlassen hat. Er hat seine Opfer nicht berührt und das Messer mitgenommen. Aber wieso haben sie sich dann jetzt vor seinem Haus postiert? Auch wenn sie sich noch so unauffällig geben, er hat sie sofort entlarvt. Zuerst waren sie bei ihm an der Tür und haben geklingelt – da hat er sich im Bad versteckt – und als sie weggingen, hat er vom Fenster aus beobachtet, wie sie ins Auto gestiegen sind. Nun steht dort ein anderes Auto vor der Tür, aber er weiß genau, dass das die Polizei ist.

Dass er nun nicht mehr nach Hause gehen kann, macht ihn nervös. Sein Zuhause ist seine Welt, sein Zufluchtsort. Dort lässt er niemanden herein. Es ist der einzige Ort, an dem er sich sicher fühlt und ganz er selbst sein kann. Womöglich stürmen sie schon bald seine Wohnung, und dann? Panik brandet in ihm auf.

Er hat immer gewusst, dass er anders ist. Ganz tief in ihm drin hat er es immer gespürt.

Später dann haben sie ihm rundheraus gesagt, was er bereits vermutete. Wie viele Psychiater mit ihm gesprochen haben, vermag er nicht zu sagen, aber es waren zu viele. Und alle sprachen jenes unheilvolle Wort aus, das seine Persönlichkeit kennzeichnete und woran sie mit ihm arbeiten wollten.

All die Gespräche, Übungen und Spielchen schienen schließlich zu wirken. Stück für Stück bekam er sein Leben wieder in den Griff, ja, er fand sogar einen Job.

Er weiß selbst nicht, wie ihm das alles auf einmal wieder entgleiten konnte. Dieser tiefsitzende Schmerz, den er so lange bekämpft hatte, hat ihn mit einem Mal wieder eingeholt und bestimmt nun wieder sein Leben.

Und es gibt nur ein Mittel, das dagegen hilft: Er muss zurückschlagen.

33

An diesem Abend ist das gesamte Team im Einsatz. Die ersten Stunden ist Lois damit beschäftigt, ihren Papierkram in Ordnung zu bringen, und danach löst sie gemeinsam mit Jessica die Beamten ab, die in der Maasstraat in einem unauffälligen Pkw Wilcos Haus observieren. Auf dem Weg dorthin holen sie sich ein paar Kleinigkeiten beim Chinesen, die sie während ihrer Schicht im Auto essen, sodass es innerhalb kürzester Zeit ziemlich penetrant nach Reis, Sojasoße und Frühlingsrollen riecht.

Während sie essen, behalten sie Wilcos Fenster und die Tür der Haupthalle unablässig im Blick.

»Was so eine verkorkste Kindheit alles mit einem machen kann«, sagt Lois, nachdem sie einen Happen von ihrem Nasi Goreng genommen hat. »Wenn Wilco mit seinem Autismus und seinem instabilen Selbstbild von seinen Eltern die richtige Unterstützung erfahren hätte, wäre es nie so weit gekommen.«

»Na ja …«, sagt Jessica mit zweifelndem Blick.

»Jedenfalls nicht so schnell. So eine Persönlichkeitsstörung ist genetisch veranlagt, aber die Umgebung, in der man aufwächst, bestimmt, wie schlimm sich das auswirkt.«

»Kann schon sein. Da kenne ich mich nicht aus.«

Sie essen eine Weile schweigend weiter, und das Einzige, das zu hören ist, ist das Knacken der Krabbenchips.

»Ich muss immer daran denken, was Marjet Westra uns am Dienstag erzählt hat«, sagt Lois. »Wie sie behauptet hat, nichts gesehen zu haben, aber trotzdem wusste, dass Nicolette erstochen wurde.«

»Ja, das spukt mir auch immer noch im Kopf herum. Ich kann mir gut vorstellen, dass sie jemand ist, der ziemlich weit gehen würde, um ihren Bruder zu beschützen.«

Lois nickt zustimmend. »Wenn du mich fragst, wusste sie, dass er zu diesem Zeitpunkt in der Nähe war. Vielleicht war er auf dem Weg zu ihr, oder er hatte gerade das Haus verlassen.«

»Aber ein Mord! Meinst du, das würde sie verschweigen? Wo sie doch selbst zwei kleine Töchter hat?«

»Sie hat ihren Bruder ihr ganzes Leben lang beschützt. So was wird zur zweiten Natur.« Lois wendet ihr Gesicht ab und blickt durch das Seitenfenster nach draußen. Sie weiß, wovon sie spricht, sie selbst hat auch immer alles getan, um Tessa aus der Schusslinie zu halten.

Es ist, als ob Jessica ihre Gedanken gelesen hätte. »Wie war das denn bei dir früher?«, fragt sie. »Du hast es ja auch nicht leicht gehabt. Hat sich das sehr auf dein Leben ausgewirkt?«

Lois denkt an die Mappe mit den Informationen über ihren Vater, die ihr Fred gegeben hat und die ganz unten in ihrer Schreibtischschublade liegt. Sie zuckt mit den Schultern. »Es geht nicht darum, wie deine Kindheit war, sondern was du später aus dir machst.« Geschickt lenkt sie von sich ab. »Und du? Hattest du eine schöne Kindheit?«

Jessica streicht ihre langen schwarzen Haare nach hinten. »Ja, doch. Zu Hause war alles prima. Nur in der Schule nicht ganz so. Einen Großteil meiner Zeit an der Oberschule wurde ich ziemlich gemobbt.«

»Wirklich?« Lois sieht erstaunt hoch.

»In den ersten drei Jahren war ich noch ein ganz anderer

Mensch als heute. Ich hatte wenig Durchsetzungsvermögen, war unsicher und wollte es allen recht machen. Kinder merken sofort, wenn sich jemand nicht zur Wehr setzen kann.« Jessica leckt sich etwas Satésauce vom Finger und stopft die leere Essensschachtel zurück in die Plastiktüte. »Es wurde besser, als ich mich einer Gruppe von Gothics anschloss. Ich fand sie immer unheimlich mit ihrem schwarzen Make-up und ihren schwarzen Outfits, aber dann stellte ich fest, dass sie ganz im Gegenteil ziemlich in Ordnung waren. Jedenfalls haben sie mich so angenommen, wie ich bin. Es hat auch niemand von mir erwartet, dass ich mich ihrem Kleidungsstil anpasse, aber das kam ganz von selbst. Meine Haare waren ohnehin schon schwarz. Das Einzige, was ich noch tun musste, war, mir die Haare abzuschneiden, sie mir wild zu stylen und ein bisschen lila Farbe reinzukippen.« Jessica grinst. »Meine Eltern kriegten fast einen Herzinfarkt, als ich so nach Hause kam. Sie fanden es abscheulich, aber sie waren froh, dass ich nicht mehr gemobbt wurde. Also haben sie sich ihre Kommentare verkniffen. Sie haben mich sogar gegenüber Nachbarn und Verwandten verteidigt und gesagt, dass mein Stil total hip ist.« Sie lacht.

»Aber jetzt wirst du nicht mehr gemobbt«, sagt Lois.

»Ich habe meinen Gothic-Style nach und nach abgelegt. Es ist einfach nicht so praktisch, wenn man einen Job sucht. Auf der Polizeiakademie wurde mir das auch vorgehalten. Wenn man jung ist, kann man mal eine Weile anders sein, aber als Erwachsener wird man dann wieder in ein Korsett gezwungen. Damit hab ich manchmal so meine Mühe.«

Lois schaut ihre Kollegin lang und aufmerksam an. »Und trotzdem ist irgendetwas anders an dir. Irgendetwas fehlt.«

In dem Moment, als sie es sieht, spricht Jessica es aus: »Meine Piercings. Ich habe sie alle rausgenommen. Aus meinen Augenbrauen, meinen Ohren, meiner Nase. Auf Bitten von Ramon hin.«

»Ist es dir schwergefallen?«

Jessica zuckt mit den Schultern. »Geht schon. Wenn ich Kriminalbeamtin werden will, muss ich das in Kauf nehmen. Außerdem haben wir einen Deal: Mein Augen-Make-up darf ich behalten, sogar meinen schwarzen Lippenstift, aber die angeklebten Fingernägel und die Piercings mussten weg.«

»Glückwunsch«, sagt Lois. »Wieder ein Schritt näher an deinem Traumjob.«

»Na ja, Traumjob … Ich könnte mir Besseres vorstellen als den ganzen Abend auf ein Hochhaus zu starren.«

»In einer Stunde wird es dunkel«, sagt Lois. »Dann kannst du draußen herumlaufen. Wenn du deinen schwarzen Lippenstift aufträgst, bist du quasi unsichtbar.«

Beide brechen in schallendes Lachen aus.

Um Mitternacht werden sie abgelöst. Lois hat ihr Fahrrad in die Maasstraat mitgenommen. Sie winkt Jessica zu und fährt über den Nieuwe Schermerweg zurück in die Stadt.

Es ist angenehm draußen, so in der kühlen Nachtluft. Lois überquert die Friesebrug und fährt über die verlassenen Straßen Richtung Innenstadt, erst über die Kanaalkade am Ufer entlang und dann über die Gedempte Nieuwesloot. Von dort ist es nicht mehr weit bis zur Baangracht. In ruhigem Tempo biegt sie in die kleine Gracht ein und hält vor ihrer Haustür. Bevor sie absteigt, schaut sie nach links und nach rechts. Niemand zu sehen.

Das Fahrrad mit einer Hand festhaltend, steckt sie den Schlüssel ins Schloss. Die tote Katze, die vor ihrer Tür liegt, entdeckt sie erst, als sie hineingehen will.

Erschrocken macht Lois ein paar Schritte zurück. Sie wirft einen schnellen Blick nach hinten und geht dann neben dem

Kadaver in die Hocke. Erst jetzt sieht sie, dass aus der Seite des Tiers ein Messer herausragt, an dem ein Zettel befestigt ist. Ohne ihn anzufassen, liest sie, was darauf geschrieben steht.

NÄCHSTES MAL BIST DU DRAN

34

Viel Schlaf bekommt sie in dieser Nacht nicht. Die Tür fest verriegelt, wartet Lois, bis ihre Kollegen und die Jungs von der Spurensicherung eintreffen. Diese stellen den Zettel und das Messer sicher, während Fred und Ramon mit Lois sprechen.

»Gestern Abend habe ich schon mal jemanden vor meiner Tür stehen sehen«, erzählt sie. »Als ich näher kam, lief er sofort weg.«

»Warum hast du das nicht eher gesagt? Ich hab dich doch gestern Abend noch selbst hier abgesetzt«, sagt Fred verärgert.

»Weil du schon weg warst. Und weil der Kerl sofort abgehauen ist. Außerdem ist nicht gesagt, dass das derselbe Typ war, der mir die Katze vor die Tür gelegt hat.«

»Kannst du ihn beschreiben?«, fragt Ramon.

»Nicht wirklich. Es war dunkel, und direkt vor meinem Haus gibt es keine Straßenlaternen. Er war groß, ziemlich dünn und lief schnell vor mir weg, als er mich ankommen sah. Er machte einen jungen Eindruck.«

»Gibt es, abgesehen von den Ermittlungen, etwas, womit das hier zu tun haben könnte? Etwas aus deinem Privatleben?«

»Welches Privatleben?«, entgegnet Lois trocken, doch als Ramon eine Augenbraue hochzieht, sagt sie: »Nein, nicht dass ich wüsste.«

»Es ist auch wahrscheinlicher, dass es mit deiner Arbeit zu tun hat«, sagt Ramon. »Mit den laufenden Ermittlungen oder mit einem früheren Fall. Auch wenn sich mir der Sinn dieser Aktion nicht erschließt.«

»Das geht wirklich zu weit«, bestätigt Lois. »Ich habe schon viele Menschen verhört und hinter Gitter gebracht, aber ich kann mir nicht vorstellen, wer so was tun würde. Wenn du mich fragst, war es der Messerstecher.«

Fred nickt. »Das denke ich auch. Das muss wirklich ein ziemlich labiler Mensch sein. Jemand, der aus einem Impuls heraus handelt und nicht rational denkt. So einem Burschen traue ich zu, dass er willkürlich Menschen niedersticht.«

»Sprich mal mit den Polizisten aus dem hiesigen Revier«, rät Ramon. »Die wissen, was hier im Viertel vor sich geht und wen sie im Auge behalten müssen. Am besten stelle ich eine Anfrage ins Intranet, das geht schneller. Lois, kommst du klar? Oder willst du heute lieber woanders übernachten?«

»Nein, das ist nicht nötig. Dieser Gestörte hat seine Botschaft bereits deutlich gemacht. Ich glaube nicht, dass er es wagen würde, in mein Haus einzudringen.«

»Das weißt du nicht. Komm mit zu mir, du kannst im Gästezimmer schlafen. Nanda hat immer ein frisch bezogenes Bett bereitstehen«, versucht Fred sie zu überreden.

Beharrlich schüttelt Lois den Kopf. »Ich lass mich doch nicht von irgendeinem Unbekannten aus meinem Haus verjagen. Wenn ihr jetzt fertig seid, würde ich langsam ins Bett gehen, und dann sehen wir uns morgen früh in alter Frische.«

»Ich komm dich abholen«, sagt Fred. »Wage es ja nicht, ohne mich einen Schritt vor die Tür zu setzen. Ich bringe dich höchstpersönlich zum Revier.«

»Na schön. Wenn dir das Freude macht, tu ich dir den Gefallen. Gute Nacht, alle Mann.« Lois steht von ihrer Couch auf, woraufhin es ihr Ramon und Fred gleichtun.

Nachdem alle gegangen sind, lehnt sich Lois mit dem Rücken gegen ihre Wohnungstür und starrt in den schmalen Flur. Auf einmal ist es ganz still in ihrer Wohnung. Nicht dass sie Angst hätte, nicht richtig zumindest, aber jetzt bereut sie es doch, dass sie ihre Waffe im Revier hat liegen lassen.

Sie öffnet die Besenkammer im Flur und holt einen Baseballschläger heraus. Die Hand fest um den Griff geklammert, läuft sie nach oben und legt den Schläger neben ihr Bett.

Noch bevor ihr Wecker sie aus dem Schlaf holen kann, wird Lois durch das Klingeln ihres Handys wach. Sofort geht sie ran.

»Ja, hallo?«, murmelt sie schlaftrunken.

»Ich bin's, Fred. Heute Nacht wurde wieder jemand niedergestochen. Eine junge Frau. Sie war spät abends noch mit dem Rad unterwegs, als ihr jemand ein Messer in die Seite rammte. Dabei wurden innere Organe verletzt. Ihr Zustand ist kritisch.«

»Verflucht noch mal!« Mit einem Satz ist Lois aus dem Bett gesprungen. »Wann war das?«

»Viertel vor zwölf. Nicht lange, nachdem du die Katze vor deiner Haustür gefunden hast, also.«

»Und wer hat den Tatort begutachtet? Wieso hat mich denn niemand benachrichtigt?«

»Weil du so erschöpft aussahst gestern Abend. Ich bin zusammen mit Ramon hingefahren.«

Lois seufzt tief. »Ich zieh mich direkt an. Kommst du mich abholen?«

»Ich bin schon unterwegs.«

So schnell sie kann, streift sie sich die Klamotten über, die sie am Vortag auf den Boden hat fallen lassen, weil sie zu müde war, um sie wegzuräumen. Nur ein sauberes weißes T-Shirt nimmt sie aus dem Schrank. Im Bad spritzt sie sich noch schnell ein wenig Wasser ins Gesicht und fährt mit den Fingern durchs Haar, da klingelt es schon unten an der Tür.

Fred steht vor ihr, in der Hand eine Tüte mit belegten Broten. »Hat Nanda für dich gemacht. Am besten du isst es gleich, das wird ein langer Tag.«

Lois greift nach der Tüte und macht sie auf. »Du hast die liebste Frau der Welt, weißt du das eigentlich?«

»Weiß ich. Wenn sie nicht wäre, würde ich nur Fastfood essen. Oder gar nichts.«

Sie steigen in Freds Auto, und nachdem er ein Stück zurückgesetzt und gewendet hat, fahren sie durch die schmale Gracht zum Polizeirevier.

»Müssten wir nicht zum Krankenhaus?«, fragt Lois unterwegs mit vollem Mund.

Fred schüttelt den Kopf. »Das Opfer, Sanne Bosman, ist noch nicht ansprechbar. Sie hat viel Blut verloren. Sie konnte gerade noch mit dem Handy die 112 anrufen, sonst wäre sie jetzt tot.«

»Wo lag sie denn?«

»Am Nieuwlandersingel im Gras. An sich ist das gar kein so abgelegener Ort, aber es war schon spät.«

»Der Nieuwlandersingel, das ist ganz bei mir in der Nähe.«

»Die Tat hat sich auch ereignet, kurz nachdem du nach Hause gekommen bist.«

Es entsteht eine Pause, in der Lois langsam der Zusammenhang klar wird. »Er war erst bei mir, hat mir die Katze vor die Tür gelegt und dann schnell das Weite gesucht. Und auf seiner Flucht über den Nieuwlandersingel hat er dann das Mädchen angegriffen.«

»Sie hat kurze blonde Haare. Auf den ersten Blick sieht sie dir ähnlich.«

»Das ist bestimmt Zufall. Warum sollte er sie angreifen, wenn es ihm eigentlich um mich ging?«

»Vielleicht hatte er nicht vor, dich niederzustechen, sondern wollte dir nur einen Denkzettel verpassen. Und hat sich dann an dem Mädchen abreagiert.«

»Dann muss er zwei Messer dabeigehabt haben, denn das andere steckte ja in der Katze. Merkwürdig.«

»Ich kann mir gut vorstellen, dass er mehrere Messer bei sich trägt, wenn er auf Streifzug geht.«

Ein leichter Schauer läuft Lois über den Rücken. »Wurden Fingerabdrücke gefunden?«

»Nein, der Täter muss Handschuhe getragen haben.«

»Wurde Wilco schon gesichtet?«

»Noch nicht. In seiner Wohnung brannte auch kein Licht.«

»Das heißt, er treibt sich irgendwo herum. Wir müssen ihn endlich schnappen, Fred. Das dauert alles viel zu lange.«

»Da bin ich ganz deiner Meinung. Und jetzt erst recht.« Fred nickt zum Polizeirevier hinüber, das an der Kanaalkade in die Höhe ragt. Vor dem Eingang herrscht ein wildes Gewimmel von Ü-Wagen, Journalisten und Kameraleuten. »Morgen steht es groß auf allen Titelseiten. Und wir haben immer noch keinen blassen Schimmer, wen wir suchen.«

Sie fahren hinten herum, wo sich das Zufahrtstor öffnet und sich schützend wieder hinter ihnen schließt. Ein paar Journalisten schreien ihnen Fragen hinterher, doch Lois und Fred fahren schnell hinein.

Ramon ist außer sich. »Von jetzt an kümmert sich jeder um die Aufklärung des Falls! Der Polizeipräsident will endlich Antworten, und jetzt steigt mir auch noch die Presse aufs Dach. Alle Mann an die Arbeit, vorwärts!«, ruft er gereizt.

»Wird es eine Pressekonferenz geben?«, erkundigt sich Fred.

»Noch nicht, aber Elsa wird in Kürze eine Presseerklärung herausgeben. Es wäre schön, wenn wir bis dahin etwas Konkretes in der Hand hätten. Lois, Fred, ihr fahrt sofort zum Krankenhaus.«

Lois nickt und verlässt mit ihrem Kollegen das Büro.

»Wäre es in Ordnung, wenn du allein hinfährst?«, fragt sie, als sie den Flur entlanggehen. »Ich würde eigentlich gerne noch kurz mit Milan Huizinga sprechen.«

Verwundert sieht Fred hoch. »Wieso das denn?«

»Weil er irgendetwas verheimlicht. Das hast du selbst gesagt. Ich habe das Gefühl, dass ich mehr aus ihm herausbekomme, wenn ich ihn allein spreche, mehr so auf freundschaftlicher Ebene, nicht im Revier.«

»Okay«, stimmt Fred zu. »Als Koch ist er morgens bestimmt zu Hause, aber wahrscheinlich liegt er noch im Bett. Ich hoffe, er will immer noch mit dir befreundet sein, wenn du ihn aus den Federn klingelst.«

35

Sie muss nicht weit radeln. Das Polizeirevier befindet sich an der Kanaalkade, in derselben Straße also, in der auch Milan wohnt. Auf Lois' Klingeln hin kommt zunächst keine Reaktion, doch nachdem sie länger auf die Klingel drückt, öffnet sich schließlich die Tür. Mit verschlafenem Gesicht und wild zerzausten Haaren steht Milan vor ihr. Er ist nur mit Boxershorts und einem T-Shirt bekleidet und gähnt zur Begrüßung.

»Sorry«, sagt er. »Ich hab noch gepennt.«

»Dann muss ich mich entschuldigen«, sagt Lois lächelnd. »Ich wollte kurz mit dir reden, aber offenbar ist das kein guter Zeitpunkt. Ist es übrigens okay, wenn wir du sagen?«

»Klar. Und kein Problem, ich bin sowieso kein Langschläfer.« Er schaut hinab auf seine nackten Beine. »Wenn es dich nicht stört, würde ich erst kurz unter die Dusche springen, dann können wir reden.«

»Ja, klar. Darf ich drinnen warten?«

»Lieber nicht, bei mir herrscht totales Chaos. Und ich hab auch keinen Kaffee oder so im Haus. Sollen wir uns in einer Viertelstunde auf dem Waagplein treffen? Im *Mojo's?*«

Lois nickt. »Bis gleich.«

Sie nimmt ihr Fahrrad mit und lehnt es an die Waage, das prächtige mittelalterliche Gebäude im Zentrum des gleichnamigen Marktplatzes. In dem Moment, als sie ihr Fahrrad mit einem Klicken anschließt, schaltet etwas in ihrem Kopf um. Auf einmal ist sie wieder elf und steht auf demselben Platz mit ihren Eltern und ihren beiden kleinen Schwestern. Tessa und sie jeweils mit eigenem Kinderfahrrad, Maren hinten bei ihrem Vater auf dem Gepäckträger. Sie weiß nicht mehr, was sie vorhatten, vielleicht wollten sie in der Stadt neue Anziehsachen kaufen oder das Käsemuseum besuchen, denn ihr Vater war ganz verrückt nach allem Historischen. Aber die Erinnerung daran, wie sie an ihren Fahrrädern herumhantierten, ist so glasklar, dass zwanzig Jahre mit einem Mal wie fortgefegt sind.

Lois richtet sich auf, den Schlüssel in der Hand, und blickt über den Waagplein. Ein eindringliches Gefühl von Einsamkeit überfällt sie. Reglos bleibt sie stehen, während die Schemen ihrer Familie sich um sie herum bewegen, miteinander reden, lachen, Pläne schmieden. Sie hört, wie ihr Vater mit ihrer Mutter spricht, wie sie selbst mit Tessa streitet, und durch das Stimmengewirr hindurch ertönt die helle Stimme der kleinen Maren.

Es kommt nicht darauf an, wie deine Kindheit war, sondern was du später aus dir machst, hatte sie Jessica gesagt.

Das stimmt auch, aber was sie nicht dazu gesagt hat, ist, dass die Vergangenheit zwar im Laufe der Zeit verblasst, aber immer sichtbar bleibt. Und dass man allen Schmerz und Verlust ein Leben lang mit sich herumschleppt.

Solange sie auf Milan wartet, setzt sie sich an einen Tisch im *Mojo's,* einem der vielen großen Cafés auf dem Waagplein. Die Einrichtung ist modern und minimalistisch, mit schwarzen Möbeln und gemütlichen Sitzecken mit Sofas.

Lois bestellt Kaffee und ein belegtes Baguette. Während sie auf ihrem Handy ihre E-Mails checkt, behält sie den Waagplein mit einem Auge im Blick. Kurze Zeit später sieht sie Milan angelaufen kommen, mit nassem Haar und bekleidet mit einer Jeans und einem weißen T-Shirt mit Aufdruck.

Aufmerksam beobachtet sie ihn. Er sieht jünger aus als neunundzwanzig, deutlich jünger. Wenn man ihr gesagt hätte, dass er nicht zwei Jahre, sondern zehn Jahre jünger ist als sie, hätte sie es geglaubt.

Als er hereinkommt, hebt sie eine Hand, woraufhin er auf ihren Tisch zugelaufen kommt und einen Stuhl nach hinten zieht.

»Du hast schon einen Kaffee, wie ich sehe. Ich glaube, da schließe ich mich an.« Er winkt der Kellnerin zu und deutet auf Lois' Bestellung. Das Mädchen nickt.

»Nett, mal mit einer echten Kriminalpolizistin einen Kaffee trinken zu gehen. Oder wird das ein Verhör?«, fragt er mit einem entwaffnenden Grinsen.

»Wenn das ein Verhör wäre, wären wir jetzt auf dem Revier.«

»Also trinken wir einfach gemütlich einen Kaffee zusammen«, stellt Milan fest.

»Richtig. Und können uns nebenher noch ein bisschen unterhalten.«

»Von mir aus gern, solange es nicht wieder um meinen Pflegevater geht. Dazu habe ich bereits alles gesagt.«

»Ich wollte mich nur erkundigen, was der letzte Stand der Dinge ist«, sagt Lois. Das Krankenhaus informiert sie regelmäßig über Johans Zustand, aber die Familie wird als Erstes benachrichtigt.

»Er lebt noch«, sagt Milan trocken. »Sein Zustand ist stabil, aber er liegt noch auf der Intensivstation. Eventuell wird er heute verlegt.«

»Schön, das freut mich. Dann können wir ihn bald befragen.«

»Er hat nichts gesehen. Meine Pflegemutter hat ihn bereits gefragt. Er ging mit dem Hund Gassi und spürte auf einmal einen stechenden Schmerz zwischen den Schulterblättern.

Dann ist er zu Boden gesunken und hat jemand wegrennen hören. Aber er hat nicht gesehen, wer es war.«

»Schade.« Lois hat nicht vor, sich mit dieser kurzen Erklärung zu begnügen, sondern wird noch einmal selbst mit Johan sprechen, aber für den Moment geht sie nicht weiter darauf ein. Sie hat andere Fragen im Kopf. »Kennst du Wilco Gardenier?«, fragt sie ihn rundheraus.

Milan wartet mit der Antwort, bis die Kellnerin seinen Kaffee und Lois' Baguette gebracht hat.

»Nein«, antwortet er, als sie weg ist. »Steht er unter Verdacht?«

»Das weiß ich noch nicht. Sein Name ist bei unseren Ermittlungen aufgetaucht. Wir würden ihn gerne sprechen, aber wir wissen nicht, wo er sich aufhält.« Während sie spricht, achtet Lois genau auf Milans Reaktion.

»Ich kenne ihn nicht.« Er sieht sie nicht an, seine ganze Aufmerksamkeit gilt einer Schnittwunde an seinem Finger.

»Mit dem Messer ausgerutscht?«, fragt Lois.

»Berufsrisiko. Unsere Küchenmesser sind höllisch scharf.« Ungerührt zeigt er ihr seine anderen Finger, an denen Narben und zwei gerade abgeheilte Schnittwunden zu sehen sind.

»Dein Chef ist höchst zufrieden mit dir. Das ist schön, auch weil er dir eine Chance gegeben hat.«

»Sehr schön, ja.«

»Also hat dich nicht jeder hängen lassen.«

»Jetzt nicht mehr, aber früher schon.«

»Das muss schlimm sein, wenn man niemanden hat, auf den man zählen kann.« Lois nimmt einen Schluck von ihrem Kaffee und sieht Milan an. Sie hofft, dass er von sich aus ein bisschen über sich erzählt, aber das tut er nicht. Er nickt nur.

»Ich wurde selbst nie misshandelt, aber ich kann mir vorstellen, wie man sich fühlt«, sagt sie. »Ich konnte mich früher auch nicht auf meine Eltern verlassen. Für ein Kind ist das eine ziemlich prägende Erfahrung.«

Es fällt Lois nicht leicht, gegenüber Milan über sich selbst zu sprechen. Sie mag ihn, aber er ist immer noch ein Verdächtiger in einem Mordfall, und als Ermittler sollte man sein Privatleben möglichst aus den Ermittlungen heraushalten. Schließlich geht es darum, Informationen zu bekommen, und nicht, welche preiszugeben. Aber manchmal ist das die einzige Möglichkeit, jemanden zum Reden zu bringen.

Milans Blick schnellt zu ihr, dann lässt er seinen Blick durch das Fenster schweifen. Lange Zeit schaut er über den Marktplatz, auf dem die Terrassen sich stetig füllen.

»Ich weiß«, sagt er nach einer ganzen Weile. »Du heißt doch Elzinga, oder?«

»Ja, wieso?«

»Ich kannte deinen Vater«, sagt Milan. »Mart Elzinga. Er war mein Geschichtslehrer, als ich in der Orientierungsstufe war.«

Überrascht starrt Lois ihr Gegenüber an. Es geschieht natürlich öfter, dass sie Menschen trifft, die bei ihrem Vater Unterricht hatten, aber es kam noch nie während einer Vernehmung vor, die dieses Gespräch in Wirklichkeit ja ist.

»Echt?«, ruft sie erstaunt aus. »Das ist ja ein Zufall.«

»Ich erinnere mich noch an dich«, fährt Milan fort. »Du warst eine Klasse über mir. Ich wusste, dass du die Tochter von Herrn Elzinga warst, das wusste jeder.«

»Ja, das stimmt.«

»Fandest du es nicht ätzend, dass dein Vater ausgerechnet in deiner Schule Lehrer war?«

»Eigentlich nicht. Ich hatte ein gutes Verhältnis zu ihm, und außerdem hatte ich selbst nie Unterricht bei ihm. Das hat das Ganze erleichtert.«

»Er ist verschwunden, stimmt's? Von einem Tag auf den anderen kriegten wir einen Vertretungslehrer, und danach haben wir deinen Vater nie wieder gesehen. Was ist damals passiert?«

Lois' Herz schlägt schneller. Sie versucht ruhig zu bleiben, aber es kostet sie Mühe. »Das wüsste ich selbst auch gerne. Er ist eines Tages einfach so fortgegangen. Auf dem Tisch lag ein Zettel: ›Ich bin weg.‹ Er hatte ein wenig Kleidung, sein Portemonnaie und ein paar andere Dinge mitgenommen, und danach haben wir nie wieder von ihm gehört.«

Erstaunt sieht Milan sie an. »Hat er nie mehr Kontakt zu euch aufgenommen? Nie angerufen, nie eine Karte geschickt?«

»Nein. Die Polizei hat nichts unternommen, weil klar war, dass er aus freien Stücken gegangen war. Als meine Mutter starb, brachte uns das in Schwierigkeiten, was unser Elternhaus betraf. Tessa und ich versuchten es zu verkaufen, aber das ging nicht. Also haben wir es vermietet.«

Sie muss wirklich aufhören, sonst redet sie sich noch um Kopf und Kragen. Das Gespräch soll sich schließlich um ihn drehen, nicht um sie. Aber Milans Augen blicken sie mitfühlend und aufmerksam an. Er beugt sich über den Tisch zu ihr und lauscht gebannt jedem Detail. Wenn sie ehrlich ist, tut es ihr gut, so wie ihr auch die Gespräche mit Onno immer guttun.

»Merkwürdig.« Milan schüttelt den Kopf. »War zuvor irgendetwas passiert?«

»Jede Menge.« Lois lacht kurz. »Aber das ging schon über Jahre so. Ich finde, das ist keine Ausrede, um seine Frau und seine Töchter ohne ein Wort, bis auf den Zettel, einfach sitzen zu lassen.«

»Bist du wütend auf ihn?«

Darüber muss Lois erst nachdenken. Ja, sie ist wütend auf ihn. Aber sie vermisst ihn auch. Sie wüsste selbst nicht zu sagen, welches Gefühl überwiegt.

»Ich bin jahrelang wütend auf ihn gewesen«, sagt sie schlussendlich. »Rasend wütend sogar, ich wollte nie mehr etwas mit ihm zu tun haben. In der letzten Zeit hat sich das ein wenig verändert. Ich bin immer noch wütend, aber ich würde gerne mit ihm reden. Allein schon, um herauszufinden, was ihn zu seiner Entscheidung bewogen hat.«

»Warum suchst du ihn dann nicht? Oder ist er tot?«

»Nein, er ist nicht tot. Mein Kollege hat Unterlagen über ihn, aber die habe ich mir noch nicht angeschaut. Ich werde ihn ganz bestimmt nicht suchen gehen, so neugierig bin ich dann auch wieder nicht. Nein, wenn, dann muss er kommen«, sagt Lois.

Über den Tisch hinweg legt Milan ihr eine Hand auf den Arm. »Wir haben mehr gemeinsam, als ich dachte«, sagt er.

Zwischen ihnen herrscht eine beinahe freundschaftliche Atmosphäre. Eine Vertrautheit, die Lois vorzutäuschen bereit war, die sie nun aber wirklich spürt. Ebenso wie Milan. Das merkt sie daran, wie er dasitzt, leicht vornüber zu ihr gebeugt, seine Augen voller Anteilnahme.

Als er sich wieder nach hinten lehnt und den Blick von ihr abwendet, fürchtet sie schon, dass er sich distanziert, aber dann beginnt er über sich selbst zu sprechen. Darüber, wie es ihm als Kind erging. Wie er seinen Vater gehasst und seine Mutter verachtet hat, weil sie nicht den Mut hatte, ihren Sohn vor ihrem Mann zu beschützen.

»Ich habe keinen Kontakt mehr zu ihr«, sagt er und spielt mit einem Päckchen Zucker. »Ich habe in meiner Kindheit von ihr keinerlei Zuwendung erfahren. Keinen Schutz, keine Struktur, keine Liebe. Manche Leute sind einfach nicht dafür gemacht, Kinder zu kriegen. Aber wenn man klein ist, versteht man das nicht, dann denkt man, dass das eine ganz normale Situation ist. Erst als ich älter war und bei Freunden zu Hause zu Besuch war, habe ich erkannt, dass es auch anders ging. Deren Mütter streichelten ihnen über den Kopf, wenn sie nach Hause kamen, fragten, wie es in der Schule war und ob sie etwas trinken wollten. Meine Mutter hat kaum den Kopf gehoben, wenn ich nach Hause kam.«

»Hat sie gearbeitet?«, fragt Lois.

»Sie war Hausfrau, hat sich aber kaum gekümmert. Eigentlich saß sie den ganzen Tag nur vor dem Fernseher, hat Soaps geschaut und geraucht. Es kam regelmäßig vor, dass ich meine Klamotten schmutzig aus dem Wäschekorb holen musste, weil ich nichts mehr anzuziehen hatte. Und wenn ich mittags zwischen zwei Unterrichtsstunden nach Hause kam, gab sie mir kein Butterbrot, sondern eine Tüte Chips zu essen.«

»Mit anderen Worten: Du wurdest von deinem Vater körperlich misshandelt und von deiner Mutter seelisch vernachlässigt.«

»Ja. Allerdings war ihr das selbst nicht klar. Es war ihr völlig schleierhaft, weshalb man mich ihr wegnahm nach dem Tod meines Vaters.«

»Wie kam das Jugendamt eigentlich auf dich? Hast du selbst Alarm geschlagen?«

Milan schüttelt den Kopf. »Auf die Idee kam ich gar nicht. Verrückt eigentlich, was? Man weiß, dass zu Hause etwas nicht stimmt, aber man unternimmt trotzdem nichts dagegen.«

»Weil das die einzige Sicherheit ist, die man hat. Und es bleiben immer noch die eigenen Eltern, egal, wie wenig sie sich um einen kümmern.«

»Eben. Man braucht wirklich Hilfe von außen, um da herauszukommen.« Milan schweigt einen Moment und wirft das

Zuckerpäckchen auf den Tisch. »Irgendwann begannen meine blauen Flecken aufzufallen, und ein Lehrer hat dann das Jugendamt verständigt.«

»In wie vielen Pflegefamilien warst du insgesamt?«

»In zwei, innerhalb eines Jahres. Es lag nicht an den Leuten, wirklich nicht. Ich glaube, ich war einfach nicht umgänglich. Erst als ich zu Johan und Maria kam, wurde es besser. Zu diesem Zeitpunkt hatte ich schon ein wenig von all dem, was passiert war, verarbeitet. Denn das war echt keine leichte Zeit für mich.«

Lois nickt. »Klar, du warst ja gerade mal zwölf. Deine Pflegemutter hat uns erzählt, dass es bei ihnen auch nicht immer so rosig lief.«

Die Stille, die entsteht, ist lang und wiegt schwer. So schwer, dass Lois nicht wagt, sie zu durchbrechen. Milan sitzt ihr mit gesenktem Kopf gegenüber und sieht nicht ein einziges Mal hoch. Sie spürt seinen inneren Kampf und begreift, dass er noch nicht alles von seiner Geschichte erzählt hat.

Als er hochsieht, ahnt sie in seinen Augen unendlich viel verborgenes Leid. Lois muss dem Impuls widerstehen, seine Hand zu ergreifen. Stattdessen umklammert sie ihre Kaffeetasse und nickt ihm ermutigend zu.

»Mein Pflegevater ist ein Arschloch«, sagt Milan mit rauer Stimme. »Ich weiß, dass ich mich damit selbst belaste, aber ich kann nicht länger meinen Mund halten. Unser nobler Helfer in der Not hat mich von Anfang an missbraucht. Und ich glaube nicht, dass ich sein einziges Opfer war.«

36

Es gibt nur einen einzigen Menschen, zu dem er gehen kann. Zumindest sofern die Polizei nicht bereits dort ist. Vielleicht sollte er sie besser erst anrufen.

Wilco sucht in den tiefen Taschen seiner Armeehose nach seinem Handy. Um ihn herum liegt der Park, grün und sommerlich warm. Niemand beachtet ihn. Radfahrer fahren über die roten Radwege, Mütter sitzen mit ihren Kindern auf dem Spielplatz, und auf einer Parkbank lümmeln sich ein paar Trunkenbolde. Wo die wohl nachts schlafen? Er selbst hat die Nacht bei einem Freund verbracht und hat sich heute den ganzen Vormittag über in der Gegend herumgetrieben. Nun ist er ratlos, was er tun soll.

Mit zitternder Hand sucht er die Nummer seiner Schwester heraus und ruft sie an. »Ich bin's«, sagt er, als sie sich meldet.

»Wilco, wo bist du?« Es tut gut, ihre besorgte Stimme zu hören.

»Im Park. Kann ich zu dir kommen?«

»Nein, besser nicht.« Marjets Stimme klingt verzweifelt. »Unser Haus wird beobachtet. Da steht die ganze Zeit ein Auto, in dem zwei Männer sitzen. Zwar ein paar Meter die Straße rauf, aber ich bin mir ziemlich sicher, dass das die Polizei ist.«

»Sie suchen mich«, sagt er nervös. »Du verrätst mich doch nicht, oder?«

»Du musst dich der Polizei stellen. Du kannst dich doch nicht ewig versteckt halten.«

»Nein!«, sagt er panisch. »Das will ich nicht! Du verrätst mich doch nicht?«

»Ich würde dich nie verraten, das weißt du genau«, beruhigt ihn seine Schwester. »Aber ich kann dir auch nicht helfen.«

»Ich muss mit dir reden, Marjet. Ich weiß nicht mehr weiter.«

Es herrscht einen Augenblick lang Schweigen, dann seufzt sie. »Okay, ich komme zu dir. Wo bist du?«

Er sieht sich um. »Im Park beim Einkaufszentrum.«

»Welches Einkaufszentrum? Es gibt so viele.«

»Beim *De Mare.*«

»Gut. Warte bei den Bänken beim Klettergerüst auf mich. Ich fahr sofort los.«

Wilco läuft über den verschlungenen Pfad auf einen Grünstreifen am Rand des Parks zu. Bereits von Weitem sieht er das Klettergerüst stehen. Es ist niemand da, die Schule ist noch nicht aus.

Er lässt sich auf eine der Bänke fallen, leicht vornübergebeugt, die Kapuze über den Kopf gezogen. Seit er weiß, dass sie Jagd auf ihn machen, läuft er nur noch mit Kopfbedeckung herum. Seine Kleidung ist seine Tarnung. Viele Jugendliche tragen Kapuzenpullover, und die Polizei kann schließlich nicht jeden anhalten.

Nachdem er eine Viertelstunde gewartet hat, sieht er endlich Marjet. Sie kommt auf dem Fahrrad, und es ist nicht zu übersehen, dass sie sich sehr beeilt hat. Trotzdem hat sie nicht versäumt, ihm fünf Butterbrote mit Erdnussbutter mitzubringen. Hungrig schlingt er sie sofort herunter, ohne sie auch nur begrüßt zu haben.

»Hattest du solchen Hunger?« Marjet setzt sich neben ihn und beobachtet ihn besorgt. »Wo hast du denn heute Nacht geschlafen?«

»Egal.«

»Wieso egal? Du kannst mir doch sagen, wo du geschlafen hast.«

»Bei einem Freund.«

»Also nicht auf der Straße.« Sie ist sichtlich erleichtert. »Und wie heißt der Freund?«

»Niek.«

»Meinst du, du kommst heute Nacht wieder dort unter?«

»Ich glaube schon.«

Sie wartet, bis er fertig ist mit essen und holt dann eine Packung Milch aus ihrer Fahrradtasche. Er setzt die Tüte an und trinkt sie mit großen Schlucken aus.

»Wilco, wir müssen reden.«

Er wischt seinen Mund mit dem Handrücken ab und starrt auf seine Füße.

»Stimmt das? Hast du all die Menschen niedergestochen?«

Ihr eindringlicher Blick macht ihm Angst, und er dreht sein Gesicht weg.

»Nun antworte schon. Mir kannst du es doch sagen.«

»Es war ein Versehen«, murmelt er.

»Wie kann man denn versehentlich jemanden niederstechen?«

Sie hat offenbar nicht vor, ihn in Ruhe zu lassen. Das findet er gar nicht gut, wenn sie so mit ihm redet. Dann erinnert sie ihn an seinen Vater.

»Bei dem Mädchen schon, das war ein Versehen.«

Neben ihm holt Marjet tief Luft. »Nicolette.«

»Ich weiß nicht, wie sie hieß.«

»Meine Nachbarin. Die meinst du doch, oder?«

»Ja.«

Auf der Milchpackung sind lustige Bilder aufgedruckt. Von einer Kuh auf einer Weide. Völlig versunken studiert er die

Zeichnung. Vielleicht kann er das bei ihm zu Hause nachzeichnen. Ganz groß, an die Wand. Wie ein Kunstwerk. Dann malt er die Kuh lila an und …

»Wilco …« Marjets Stimme holt ihn zurück in die Wirklichkeit. »Willst du mir erzählen, was genau geschehen ist?«

Das will er nicht, aber er konnte Marjet noch nie einen Wunsch abschlagen. Sie ist mehr als nur seine Schwester, sie ist der einzige Mensch, dem er vertraut.

»Sie kam auf einmal mit dem Fahrrad angefahren«, erzählt er betroffen. »Als ich gerade auf den Weg rannte. Sie hat sich erschrocken und laut geschrien.«

»Und dann?«

»Ich wollte, dass sie aufhört zu schreien. Ich versuchte, an ihr vorbeizurennen, aber das ging nicht. Ich war zwischen ihrem Fahrrad und der Mauer eingeklemmt. Da hat sie mich getreten.«

»Und da hast du dich erschreckt.«

Er nickt. »Und dann hab ich sie gestochen. Ich wollte es nicht, aber sie hat so laut geschrien, und sie hat mich geschlagen. Ich wollte, dass sie aufhört.« Die Kuh ist echt witzig. Er zeigt Marjet die Milchpackung, doch sie beachtet sie kaum.

»Begreifst du eigentlich, was du getan hast? Das Mädchen ist tot!«

»Ja, sie blutete.« Er wirft Marjet einen Blick von der Seite zu, die mit völlig entsetztem Gesicht zu ihm gebeugt dasitzt. Er möchte, dass sie sich wieder aufrecht hinsetzt und ihn anlächelt. »Es war ein Versehen«, wiederholt er.

Marjet blickt ihn an, als ob er ein Fremder wäre.

»Und die anderen, Wilco?«, fragt sie leise. »War es da auch ein Versehen?«

Die Art, wie sie mit ihm spricht, so leise, eindringlich, ernst, verwirrt ihn. Dieses Gespräch gefällt ihm nicht. Er sucht in ihrem Gesicht nach der Marjet, die er kennt, die ihn anlächelt und ihn liebhat. Etwas hat sich in ihren Augen verändert, etwas, das ihm Angst einflößt.

Nervös blinzelt er mit den Augen, wendet das Gesicht ab, aber es gibt kein Entkommen vor ihrem Blick.

»Wilco, jetzt sag schon. Hast du die anderen Menschen auch gestochen?« Nun beugt sie sich zu ihm, aber sie berührt ihn nicht so, wie sie es sonst immer macht, wenn sie ihn beruhigen will.

Verzweifelt versucht er sich hinter die schützende Mauer zurückzuziehen, die er immer in schwierigen Situationen um sich herum baut, aber es ist, als ob sie auseinanderbröckelt unter der Entschlossenheit, mit der seine Schwester ihn anblickt.

Er spürt, wie sich sein Geist abzuspalten beginnt, drückt seine Hände fest auf die Ohren und schüttelt heftig den Kopf.

Nun berührt sie ihn doch und legt ihm eine Hand auf den Arm.

»Hör mir zu. Das muss aufhören. Lass uns zusammen zur Polizei gehen, damit du erzählen kannst, was passiert ist. Ich bleib bei dir, das verspreche ich dir.«

Er schüttelt noch heftiger den Kopf, bis ihm ganz schwindelig wird. »Dann muss ich ins Gefängnis, und das will ich nicht. Ich will nicht eingesperrt werden.«

»Du brauchst keine Angst zu haben. Die Leute werden sich um dich kümmern. Sie werden mit dir reden und versuchen zu verstehen, warum du das alles getan hast.«

»Nein, nein, nein, nein.«

»Wilco, ganz ruhig. Ich will nur das Beste für dich, das weißt du. Du vertraust mir doch?«

Er sieht hoch in die blauen Augen, in denen er sein ganzes Leben lang immer Halt gefunden hat. »Nicht zur Polizei gehen«, flüstert er.

»Wir haben keine andere Wahl. Früher oder später kriegen sie dich. Es ist besser, wenn du selbst hingehst und gestehst.« Sie streckt ihre Hand nach ihm aus, aber er weicht schnell zur Seite aus.

»Ich habe nichts getan«, sagt er mit heiserer Stimme. »Wirklich nicht.«

»Gut«, sagt sie beschwichtigend. »Dann musst du auch keine Angst haben. Wir werden erklären, dass es ein Versehen war und dann …«

Wut flammt in ihm auf. Er springt auf, zieht ein Messer heraus und streckt es in die Luft, die Spitze auf seine Schwester gerichtet. Marjet erbleicht und schreckt zurück.

»Du glaubst mir nicht!«, schreit er. »Bleib mir vom Leib!«

Und mit diesen Worten dreht er sich um und rennt davon.

37

Tief in Gedanken versunken, radelt Lois zurück zum Revier. Das Gespräch mit Milan hat sie berührt. Sie hat sich selbst in ihm wiedererkannt, und sie weiß, dass das andersherum auch der Fall war. Sonst hätte er verschwiegen, dass Johan Bos ihn als Zwölfjährigen missbraucht hat. Das heißt, er hatte ihn sexuell genötigt. Zu einer Penetration kam es nicht, wie ihr Milan erzählt hat, aber davon abgesehen hat er ihn zu allen nur erdenklichen sexuellen Handlungen gezwungen.

Das bedeutet, dass Milan ein starkes Motiv hatte, seinen Pflegevater niederzustechen. Aber, wie er selbst schon sagte, warum hätte er ihr dann so offen von dem Missbrauch erzählt? Er musste wissen, dass er sich dadurch verdächtig macht.

»Weil es bestimmt noch andere Jungs gibt, an denen er sich vergriffen hat«, hatte Milan gesagt. »Vielleicht tut er es immer noch. Ich habe lang genug geschwiegen, ich habe keine Angst mehr vor diesem Mann. Ich weiß nicht, wer ihn niedergestochen hat, aber ich bewundere den Täter. Ich wünschte, ich hätte denselben Mut aufgebracht.«

Sie trifft beinahe gleichzeitig mit Fred im Büro ein. Als sie auf dem Weg in Ramons Büro ist, um ihm von ihrem Gespräch zu berichten, kommt ihr Kollege ihr entgegen.

»Wie geht es dem Mädchen?«, erkundigt sich Lois sofort.

»Sanne Bosman? Nicht besonders. Sie hat viel Blut verloren und schwere Verletzungen am Zwerchfell. Sie kann noch nicht vernommen werden, aber ich habe ihre Eltern gesprochen. Die saßen im Wartezimmer.«

»Und, was ist dabei herausgekommen?«

Fred winkt ab. »Sie konnten nicht begreifen, wieso jemand ihrer Tochter so etwas antun konnte. Also denke ich nicht, dass sie mit irgendwem Probleme hatte.«

»Das muss der Messerstecher gewesen sein. Was geht nur in diesem Typen vor?«

»Der ist einfach verrückt. Vollkommen verwirrt und psychisch gestört. Es gibt nicht immer einen eindeutigen Grund dafür, weshalb Menschen Verbrechen begehen.« Fred zapft zwei Becher Kaffee am Automaten und reicht einen davon Lois. »Wie war dein Gespräch mit Milan?«

»Interessant«, sagt Lois und pustet über den Becherrand auf ihren Kaffee. »Äußerst interessant.«

Gemeinsam erstatten sie Ramon Bericht, essen schnell zu Mittag und schreiben danach ihr Protokoll, um die Zeit bis zum Nachmittagsbriefing zu überbrücken. Es wird eine lange Besprechung, in der Ramon ausführlich alle Ergebnisse der Teilermittlungen präsentiert. Die Nachfrage bei der Abfallwirtschaft hat nicht viel ergeben. Nach Aussage seines ehemaligen Arbeitgebers war Wilco Gardenier ein stiller junger Mann, der wenig Kontakt zu seinen Kollegen suchte.

Sämtliche Streifenwagen sind auf der Suche nach ihm, alle Kanäle stehen auf Empfang, und an den einschlägigen Treffpunkten wird nach Wilco Ausschau gehalten, aber der junge Mann bleibt spurlos verschwunden.

»Leider taucht sein Name bei keinem Mobilfunkanbieter auf, sonst könnten wir seine Nummer überwachen. Falls er ein Handy hat, hat er jedenfalls eine Prepaid-Karte«, sagt Ramon. »Er hält sich irgendwo versteckt, aber das kann er nicht ewig durchziehen. Irgendwann hat er es satt oder braucht Geld und wagt sich wieder auf die Straße.«

»Hoffentlich nicht, um sich ein neues Opfer zu suchen«, merkt jemand an.

Ramon nickt dem Kripobeamten zustimmend zu. »Sehr richtig, und darum können wir es uns nicht erlauben, uns zurückzuziehen und zu warten, bis er sich in Sicherheit wägt. Dieser junge Mann ist psychisch labil und muss so schnell wie möglich aus dem Verkehr gezogen werden.«

Ein anderer Kriminalbeamter hebt die Hand. »Wie sicher ist es denn, dass er der Täter ist? Sind wir nicht dem Falschen auf der Spur?«

»Das ist ein guter Punkt«, sagt Ramon. »Sehr viel haben wir momentan tatsächlich nicht gegen ihn in der Hand. Vorläufig ist er einfach jemand, mit dem wir gern reden wollen. Dass er der Nachbar eines der Opfer war, macht ihn noch nicht zum Täter. Aber es ist dennoch ein ziemlich merkwürdiger Zufall. Vor allem angesichts der Tatsache, dass die Nachbarin, Lilian van Dijk, uns erzählt hat, dass er aus einer Familie kommt, die beim Jugendamt bekannt war. Und dass er der Bruder von Marjet Westra ist, die wiederum die Nachbarin der ermordeten Nicolette Dekker ist. Genug Gründe also, um Wilco aufs Revier zu bringen.«

Die Besprechung dauert noch eine ganze Weile, und der Nachmittag ist bereits weit vorangeschritten, als sie endlich aus dem Konferenzraum strömen.

»Meiner Meinung nach wählt der Täter die Opfer willkürlich aus«, sagt Fred, als er und Lois nach der Besprechung zurück ins Büro laufen. »Das würde den Überfall auf Veerle und Sanne erklären.«

»Und auf die anderen auch. Ein Mal stürzt er sich auf Wildfremde und das andere Mal auf jemanden, den er kennt. Wie es ihm gerade einfällt.«

Fred seufzt und kratzt sich am Kopf. »Es wäre schön, wenn

wir die Ergebnisse der Spurensicherung endlich hätten. Da leben wir schon in einem Zeitalter, in dem man Täter anhand der DNA überführen kann, und dann hat man während der Ermittlungen rein gar nichts davon. Warum dauert das so lange?«

»Wahrscheinlich weil wir nicht die Einzigen sind, die in einem Fall ermitteln.« Lois lässt sich auf den Bürostuhl fallen, holt einen Apfel aus der Schublade und beißt ab. »Und solange wir Wilco nicht hier haben und keine Speichelprobe von ihm nehmen können, haben wir nichts von der DNA-Auswertung. Außerdem, wie viele Spuren lässt man zurück, wenn man jemandem ein Messer in den Rücken rammt? Viel körperlicher Kontakt ist dazu nicht nötig.«

»Vielleicht hat er Blutspritzer abbekommen, aber bestimmt hat er seine Kleidung inzwischen gewaschen«, sagt Fred. »Ich fürchte, wir stecken in einer Sackgasse.«

Danach sieht es wirklich aus. Plötzlich hat Lois genug davon. Sie hat jetzt fast eine Woche lang rund um die Uhr gearbeitet und ist fix und fertig.

»Nimm dir den Nachmittag ruhig frei«, sagt Ramon, als sie mit blassem Gesicht in seinem Büro erscheint. »Wir sollten jetzt sowieso in Schichten arbeiten. Es hat ja keinen Sinn, dass alle herumsitzen und darauf warten, dass der Junge auftaucht. Ruh du dich mal ein bisschen aus, und wenn es etwas Neues gibt, geben wir dir Bescheid.«

Auf dem Weg nach Hause denkt Lois darüber nach, dass das eine gute Gelegenheit wäre, ihre Schwester zu besuchen. Doch sie ist zögerlich. Sie ist furchtbar müde, am liebsten würde sie sich einfach ein paar Stunden auf die Couch legen.

Sobald sie ihre brütend heiße Wohnung betritt, ändert sie jedoch ihre Meinung. In Tessas großem Haus mit Klimaanlage ist es zweifelsohne deutlich angenehmer. Sie könnten sich ein wenig im Swimmingpool abkühlen und sich dann in den Garten legen und sonnen.

Kurz entschlossen schnappt sie sich das Telefon und ruft ihre Schwester an. Die ist sofort begeistert.

»Passt dir das wirklich? Falls du andere Pläne hattest, kannst du das ruhig sagen«, versichert ihr Lois.

»Außer mich über die Kloschüssel zu hängen und meinen gesamten Mageninhalt zu entleeren, habe ich keine Pläne. Wenn du damit kein Problem hast, bist du herzlich willkommen«, entgegnet Tessa trocken.

»Echt? Ist es so schlimm? Ich dachte, dass du keinerlei Schwierigkeiten hast.«

»Zuerst nicht, aber jetzt schon. Meistens ist mir morgens übel, aber jetzt kam auch mein Mittagessen wieder raus. Ich bin es so satt, Lois.«

»Lass uns nachher mal in Ruhe darüber sprechen. Ich komme gleich zu dir. Kann ich zum Essen bleiben?«

»Natürlich. Aber ich würde sagen, wir bestellen uns was. Ich stelle mich bestimmt nicht in die Küche.«

»Musst du auch nicht. Bis gleich!« Lois legt auf, sieht ihren Stapel Post durch und beschließt, dass das Öffnen der Briefe auch noch bis heute Abend Zeit hat. Sie muss sofort hier weg, hier im Haus ist es einfach nicht auszuhalten.

Sie geht nach oben, um ihren Bikini einzupacken, und zieht kurze Zeit später die Haustür hinter sich zu. Ihr Auto steht an der Gracht geparkt. Beim Einsteigen verschlägt es ihr den Atem, sodass sie schnell den Motor startet und die Klimaanlage einschaltet.

Es ist nur eine kurze Fahrt nach Bergen, in das kleine Dorf, in dem Tessa lebt. Wie jedes Mal fühlt es sich dennoch an, als würde sie eine andere Welt betreten, sobald sie Alkmaar hinter sich lässt. Die Straße führt entlang des Noordhollandsch

Kanaal und windet sich danach durch die grüne Landschaft Richtung Bergen, wo ihre Schwester und ihr Schwager in einer stattlichen weißen Villa in der Eeuwigelaan wohnen.

Seltsam, irgendwie hat sie sich nie so richtig an Tessas plötzlichen Reichtum nach ihrer Hochzeit mit Guido van Sevenhuysen gewöhnen können. Wie sein Name bereits vermuten lässt, ist er von Adel. Genau wie Onno, sein Cousin. Es hat einige Zeit gedauert, bis Lois mit ihrem Schwager warm geworden ist. Guido seinerseits hatte auch so seine Mühe mit ihr, auch wenn sie bis heute nicht versteht, wieso eigentlich. Wahrscheinlich hat es mit ihrer Arbeit zu tun. Guido ist der Typ Mann, der Frauen am liebsten in traditionellen Frauenberufen sieht, wenn sie schon überhaupt arbeiten gehen müssen.

Lois biegt in die Eeuwigelaan ein und fährt gemütlich an den prächtigen Villen vorbei, die hinter den Bäumen der Allee versteckt liegen. An der Toreinfahrt von Tessas Haus steckt sie ihren Kopf aus dem offenen Fenster. »Polizei!«, ruft sie wie jedes Mal in die Türsprechanlage.

Es ertönt ein Summen, und das Tor öffnet sich. Noch bevor sie ihr Auto auf dem Kies vor der Tür abgestellt hat, kommt Tessa bereits aus dem Haus gelaufen.

»Schön, dass du da bist!«, ruft sie, während sie die Stufen hinuntergelaufen kommt. »Na, alle Ganoven wieder hinter Schloss und Riegel gebracht?«

»Schön wär's.« Lois steigt aus, lässt das Fenster aber geöffnet, damit das Auto etwas auslüften kann. »Der Oberchef hat mir nur ein paar Stunden freigegeben.«

»Geht das denn so einfach?« Tessa schlingt die Arme um ihre Schwester und drückt sie herzlich.

»Wir stecken in unseren Ermittlungen fest. Es kann aber gut sein, dass er mich jeden Moment anruft und ich sofort zum Revier muss.«

»Hoffentlich nicht. Ich habe uns nämlich was zu essen bestellt, lauter exquisite Leckereien. Nicht dass ich davon viel hätte.«

»Du siehst blass aus. Bist du sicher, dass es dir gut geht?« Besorgt betrachtet Lois ihre Schwester.

»Ich habe mich schon besser gefühlt. Aber abends ist es dann meist besser, das ist schon echt verrückt. Dann esse ich auch wieder, wenn auch nicht so viel.«

Zusammen laufen sie die Stufen hoch und betreten die kühle Eingangshalle.

»Weiß Guido mittlerweile Bescheid?« Zur Sicherheit flüstert Lois.

Tessa schüttelt den Kopf. »Er denkt, ich hätte einen Magen-Darm-Infekt.«

»Tes, mal im Ernst. Du bist jetzt … in der wievielten Woche?«

»In der achten.«

»Wird es nicht langsam Zeit, dass du es ihm erzählst? Egal, wie du dich letztlich entscheidest. Du kannst ihn doch nicht einfach so aus der Sache raushalten.«

»Klar kann ich das, bis jetzt klappt das ganz prima. Ich will mir erst mal selbst Klarheit verschaffen, dann erzähle ich es ihm. Vielleicht.«

Von der Eingangshalle läuft Tessa zum Wohnzimmer und von dort nach draußen. Dort erstreckt sich die weitläufige Terrasse, die mit Steinplatten gepflastert ist und von viereckigen Blumenkübeln mit kunstvoll arrangierten Grashalmen und Schilfrohren gesäumt wird.

Im Schatten des Hauses steht eine schwarze Sitzgruppe mit weißen Kissen.

»Willst du hier was trinken, oder wollen wir sofort schwimmen gehen?« Tessa wedelt mit der Hand sowohl zur Sitzgruppe als auch zum Swimmingpool hinüber, der sich weiter hinten im Garten befindet.

»Erst schwimmen. Mir ist furchtbar heiß.«

Sie ziehen sich in dem modernen Gartenhaus beim Swimmingpool um. Mittlerweile überrascht es Lois nicht mehr, dass selbst die Gartenlaube mit allem ausgestattet ist. Neben dem weißen Schränkchen im Landhausstil mit den Gläsern steht ein Kühlschrank voller Erfrischungsgetränke, Wasserflaschen und Wein.

Lois hält es ohne Abkühlung keine Sekunde mehr aus. Schnell trinkt sie ein paar Schlucke Wasser und springt dann in den Pool. Prustend und lachend kommt sie wieder nach oben. »Ist das herrlich, auch mal den Sommer genießen zu können.«

Tessa steigt über die Treppe ins Wasser und schwimmt ein paar Züge. »Das ist echter Luxus, was?«, sagt sie, während sie sich auf dem Rücken treiben lässt. »Das hätte ich mir früher nie träumen lassen. Damals waren wir schon froh, wenn wir genug Geld hatten, um eine Eintrittskarte fürs Schwimmbad zu kaufen.«

Das ist leicht übertrieben, denn tatsächlich konnten sie jederzeit problemlos ins Schwimmbad gehen, aber Lois weiß, was sie meint.

»Und wir haben selbst Chips und Cola mitgenommen, weil das günstiger war.«

»Weißt du noch, wie du einmal zu einem Kindergeburtstag im Schwimmbad gehen wolltest?«, fragt Tessa lächelnd, während sie mit geschlossenen Augen die Sonne genießt.

Lois muss ebenfalls lächeln. »Ich war fünf und hatte noch nicht mal mein Seepferdchen. Eigentlich waren Papa und Mama dagegen.«

»Und sie hatten recht. Ich würde auch keine zehn kleinen

Kinder mit ins Schwimmbad nehmen wollen, mit nur zwei Erwachsenen als Aufsicht.«

»Und ich hab geheult, weil ich nicht durfte.« Lois dreht sich auch auf den Rücken und lässt sich zu ihrer Schwester treiben. Letztendlich durfte sie dann doch zu der Geburtstagsfeier, nachdem ihre Eltern beschlossen hatten, selbst auch ins Schwimmbad zu gehen. Tessa, die damals drei war, nahmen sie mit, und einer blieb bei ihr, während der andere Lois auf Schritt und Tritt folgte. Ob sie am Klettergerüst hing oder im Schwimmbecken lag, einer ihrer Eltern hatte sie immer im Blick. Sie selbst bemerkte davon nichts und genoss einfach das Fest mit ihren Freunden. Erst abends, als sie nach Hause kamen und ihre Eltern es ihr lachend erzählten, erfuhr sie davon. Sie war noch so klein, dass es ihr nichts ausmachte, ja, sie fand es selbst lustig. Viel später, als sie in die Pubertät kam und die elterliche Fürsorge und Kontrolle dringend gebraucht hätte, brach genau das weg.

Es ist ein Wunder, dass Tessa und ich uns so gut geschlagen haben, denkt sie, während sie blinzelnd in die Sonne schaut. Wir hätten genauso gut an die falschen Freunde und in den Alkohol- und Drogensumpf geraten können. Woran es wohl liegt, dass der eine abrutscht und der andere nicht? Sind es die Gene? Oder ist es reines Glück?

»Sieh mal einer an! Zwei hübsche junge Damen in unserem Pool. Lange nicht gesehen, Schwägerin!«

Eine laute Stimme reißt sie aus ihren Gedanken. Am Rand des Schwimmbeckens steht, nur als dunkle Silhouette gegen die Sonne erkennbar, ihr Schwager.

»Wer hat Lust auf ein Glas Rosé?«, ruft er. »Ich hatte schon eine Flasche kalt gestellt.«

38

Es ist Lois schon öfter aufgefallen, dass in diesem Haus ziemlich viel getrunken wird. Und auch jetzt steht Guido mit fröhlicher Miene da und hält einladend ein Tablett mit einer Flasche Rosé in den Händen.

Tessa und sie steigen aus dem Wasser, wickeln sich in Handtücher und lassen sich auf die Liegestühle sinken, die am Rand des Schwimmbeckens stehen.

»Lois trinkt keinen Wein, Guido, das weißt du doch. Und ich brauche auch keinen.« Tessa wringt ihre nassen Haare aus. »Hol uns beiden einfach eine Cola.«

»Eine Cola?« Erstaunt schaut Guido seine Frau an. »Seit wann ziehst du eine Cola einem Glas Rosé vor?«

»Seit ich den ganzen Vormittag über der Kloschüssel gehangen habe. Ich glaube, ich sollte es lieber langsam angehen lassen.«

»Bist du immer noch krank?«, fragt Guido besorgt. »Dieser Magen-Darm-Infekt hält aber schon lange an. Solltest du nicht vielleicht doch zum Arzt gehen?«

»Ach was, das geht von allein wieder weg. Ich habe sogar wieder ein wenig Appetit. Ist das Essen schon da?«

»Ich habe noch niemanden gesehen. Wenn ich du wäre, würde ich nicht zu fett essen.«

»Da ist Hühnchen und Salat dabei. Das ist schön mager.«

Guido setzt sich ebenfalls hin und schenkt sich dann ein. »Prost«, sagt er mit erhobenem Glas. »Wie geht's, Lois?«

»Ach, viel zu tun«, antwortet Lois. »Wie immer also.«

»Ja, wie immer«, sagt ihr Schwager. »Du hast bestimmt alle Hände voll mit diesem Messerstecher zu tun, oder? Merkwürdige Geschichte ist das.«

»Das kannst du laut sagen.«

»Ich hoffe, dass ihr ihn bald zu fassen kriegt. Sind auch Fälle in Bergen bekannt?«

»Nicht dass ich wüsste«, sagt Lois. »Wieso?«

»Na ja, wir sehen regelmäßig jemanden hier ums Haus schleichen. Die Polizei hat schon ein paar Mal vorbeigeschaut, aber dann war er natürlich längst weg.«

Alarmiert sieht Lois ihn an. »Ihr hattet doch eine Kamera installiert?«

»Ja, aber die Bilder geben nicht viel her. Dabei war das ein teurer Spaß. Ich hätte mir mehr davon erwartet. Willst du mal sehen?«, fragt Guido.

»Gern.« Lois stellt ihr Glas auf den Boden und steht auf.

»Muss das jetzt sein? Wir sitzen doch gerade so gemütlich«, protestiert Tessa, aber Lois und Guido laufen bereits den Weg entlang zum Haus.

»Tessa macht sich darüber nicht viele Gedanken, aber mir ist das nicht geheuer«, vertraut Guido ihr an. »Sie ist den ganzen Tag allein zu Hause. Nicht dass jemand einfach auf die Terrasse spaziert kommt.«

»Ich finde das auch ziemlich bedenklich. Sind die Aufnahmen wirklich so schlecht?«

»Erstens mal sind sie schwarz-weiß, und zweitens ist die Auflösung mies. Darauf würde ich meine eigene Mutter nicht erkennen.«

Lois lacht. »Ich nehme die Bänder mit aufs Revier. Da können wir bestimmt etwas damit anfangen.« Während sie die Treppe hochgehen, fragt sie sich, ob sie Guido von der toten Katze vor ihrer Tür erzählen soll, entscheidet sich aber dagegen.

In Guidos Arbeitszimmer nehmen sie vor dem Bildschirm Platz, wo sie die Kameraaufnahmen anschauen können. Guido schiebt eine DVD in den Recorder und drückt auf Wiedergabe. Ein paar Sekunden später erscheint ihre Villa auf dem Bildschirm. Die Qualität ist wirklich mittelmäßig, aber gut genug, um nach etwas Vorspulen die Person zu sehen, die plötzlich am Gartenzaun erscheint.

»Das isser«, sagt Guido überflüssigerweise.

Lois beugt sich näher an den Bildschirm und betrachtet aufmerksam den hochgewachsenen, ziemlich dünnen Mann, der durch die Gitterstäbe des Zauns späht.

»Schade, dass er nicht in die Kamera guckt.«

»Das hat er noch nie gemacht. Als ob er wüsste, dass sie dort hängt.«

»Das erscheint mir auch wahrscheinlich. Das Ding ist ja kaum zu übersehen.«

»Es ist ja auch meine Absicht, dass er weiß, dass wir ein Auge auf ihn haben. Das hält ihn zwar nicht davon ab herumzuschleichen, aber offenbar will er lieber nicht zu viel von sich preisgeben.«

»Die Größe stimmt«, murmelt Lois vor sich hin.

»Was?«

»Ach nichts. Darf ich die DVD mitnehmen? Dann lass ich sie morgen mal anschauen. Hoffentlich kann mein Kollege von der IT-Forensik die Bilder schärfer stellen.«

Guido übergibt seiner Schwägerin die DVD und sagt: »Ich mache mir Sorgen um Tessa.«

Lois sieht ihn mit vorsichtiger Miene an. »Ah ja?«

»Du denn nicht? Hast du gesehen, wie sie aussieht? Ganz blass und nervös, und ständig muss sie sich übergeben. Wenn ich sage, dass sie zum Arzt gehen soll, verspricht sie es, tut es aber nicht. Kannst du nicht mal mit ihr reden? Vielleicht hört sie ja auf dich.«

»Das bezweifle ich.«

»Aber du kannst es doch zumindest probieren? Nicht nur, dass sie sich ständig übergibt, sie schläft auch schlecht und ist oft abwesend. Neulich hat sie minutenlang einfach vor sich hin gestarrt. Sie hat sich zu Tode erschrocken, als ich plötzlich vor ihr stand. Ich finde das alles besorgniserregend, Lois. Kannst du sie nicht zum Arzt schicken? Ich will wissen, was mit ihr los ist.«

»Ja«, sagt Lois. »Das kann ich mir vorstellen.«

Als sie auf der Terrasse sitzen und Garnelen, Hühnchen, Salat und Couscous essen, ist es wunderbar gemütlich, auch wenn Tessa ziemlich still ist. Das gibt Lois Gelegenheit, sich etwas mehr mit Guido zu unterhalten, was auch mal ganz gut ist. Nachdem sie noch einen Kaffee getrunken haben, bricht sie schließlich gegen acht auf. Tessa begleitet sie nach draußen und bleibt wortlos neben Lois' Auto stehen.

»Guido macht sich Sorgen um dich«, sagt Lois. »Er hat mich gefragt, ob ich dich nicht überreden kann, zum Arzt zu gehen.«

»Ich weiß, darum bittet er mich jeden Tag.« Tessa verschränkt die Arme und seufzt. »Es wird Zeit, dass ich eine Entscheidung treffe, aber es fällt mir so schwer.«

»Mit jedem Tag, den du wartest, wird es noch schwerer. Das Kind wächst in der Zeit einfach weiter.«

»Es ist kein Kind, sondern ein Zellhaufen.«

»Komm schon, Tes, die Diskussion hatten wir bereits. Es hat einen Herzschlag, und die Arme und Beine haben sich bereits herausgebildet. Das kannst du nicht einfach als Zellhaufen abtun. Hast du dir das Ultraschallbild angeschaut, das ich dir gegeben habe?«

»Ja, kurz.«

»Na dann.«

»Lois, wirklich, ich weiß deine Anteilnahme zu schätzen, aber das ist meine Entscheidung. Kannst du dir vorstellen, wie schlimm es ist, unter Druck gesetzt zu werden?«

»Das tue ich doch gar nicht. Du willst das Kind wegmachen lassen, und ich will, dass du es dir gut überlegst.«

»Natürlich denke ich gut darüber nach. Ich denke den ganzen Tag an nichts anderes und kriege kaum noch ein Auge zu. Du hast leicht reden, es ist ja nicht dein Körper.«

»Wenn ich ungewollt schwanger werden würde, würde ich das Kind behalten. Wir sind keine siebzehn mehr, sondern Erwachsene, die sehr wohl in der Lage sind, ein Kind großzuziehen.«

Irritiert wendet sich Tessa von ihr ab. »Du weißt immer alles besser und argumentierst rational. Ich bin mehr ein Gefühlsmensch.«

Lois bricht in Lachen aus. »Ein Gefühlsmensch, der abtreiben lässt? Krieg dich mal wieder ein.«

Als sie sieht, wie sich Tessas Gesicht versteinert, legt sie versöhnlich einen Arm um ihre Schulter. »Ich weiß, dass es eine schwierige Entscheidung ist. Und vielleicht hast du recht und du stehst wirklich unter großem Druck.«

Tessa wendet ihr das Gesicht zu, und über ihren Augen liegt ein feuchter Glanz.

»Ich finde die Vorstellung, ein Kind zu haben, einfach beängstigend«, sagt sie leise. »Diese riesige Verantwortung, die man plötzlich hat … Man liebt sein Kind, sieht es aufwachsen, und es kann alles Mögliche passieren.«

»Manchmal geht es auch gut aus, Tes.«

Tessa nickt und lacht zittrig.

Sie umarmen sich zum Abschied, und dann steigt Lois in

ihr Auto. Sie winkt beim Anfahren noch ein paar Mal, biegt auf die Eeuwigelaan ein und hört das Gartentor hinter sich ins Schloss fallen.

Lois schaltet das Radio ein und sofort wieder aus, als Lärm über sie hereinbricht. Nun bloß keine schnelle Musik, ihr Kopf ist ohnehin schon voll. Eingehüllt in angenehme Stille, lässt sie Bergen hinter sich, und kurze Zeit später erstreckt sich vor ihr weites Land. Es ist fast halb neun, die Sonne scheint noch, steht aber schon niedrig am Himmel und wirft einen goldenen Schimmer über die Weiden, die Wassergräben und das grasende Vieh. Die Schönheit dieses Moments trifft sie mit solcher Wucht, dass sie mit dem Auto am Straßenrand anhält. Ihre Hand wandert erneut zum Radio, aber diesmal sucht sie einen Klassiksender. Mit geöffneten Fenstern sitzt sie lange Zeit einfach da und genießt das Gefühl von Ruhe, das ihr die Natur und die Musik vermitteln.

39

Sie sieht es sofort, als sie nach Hause kommt. Es ist auch kaum zu übersehen, genauso wenig wie die Nachbarn, die vor ihrer Tür eine Traube bilden.

Nervös stellt Lois ihr Auto ab. Im letzten Augenblick denkt sie noch daran, den Wagen abzuschließen, so eilig hat sie es, nachzusehen, was los ist.

Jaap Bakker, ihr Nachbar, kommt sofort auf sie zugelaufen. »Das musst du sehen! Eine Schande ist das! Dieses elende Pack!«

Noch mehr entrüstete Nachbarn drängen sich um sie. Lois kann nur einen Blick auf ihr Fenster und ihre Haustür werfen, von denen rote Farbe tropft. Wie Blut läuft es hinunter und bildet Lachen auf den Pflastersteinen. Geschockt wandert ihr Blick über die Szene.

»Hat jemand gesehen, wer das getan hat?« Sie dreht sich zu ihren Nachbarn um und schaut fragend in die Runde.

»Ich habe einen jungen Mann die Straße hochkommen sehen. Er blieb bei deinem Haus stehen, aber ich habe nicht weiter auf ihn geachtet.« Eine Nachbarin, Chantal van Weesp, blickt sie entschuldigend an. »Bestimmt war er es, denn kurze Zeit später habe ich diese Schweinerei entdeckt.«

»Hatte er Farbe bei sich? Hast du das sehen können?«

»Er hatte eine Hand in der Hosentasche und trug in der anderen irgendetwas. Gut möglich, dass das Farbe war.«

»Wie sah er aus?«

»Groß, schlank, ziemlich muskulös. Er trug eine graue

Kapuzenjacke und eine schwarze Jogginghose. Die Kapuze hatte er hochgezogen, deshalb habe ich ihn nicht so gut gesehen. Er lief auch stark vornübergebeugt. Das hätte mich eigentlich stutzig machen sollen. Tut mir leid, Lois«, sagt Chantal bedauernd.

»Das konntest du ja nicht wissen.« Beruhigend legt Lois ihrer Nachbarin eine Hand auf die Schulter. Chantal ist genauso alt wie sie, aber trotzdem haben sie wenig Kontakt. Sie grüßen einander auf der Straße, mehr nicht.

Sie dreht sich um, als ein Polizeiwagen die Baangracht heraufgefahren kommt.

»Die habe ich angerufen«, sagt Jaap.

»Danke, Jaap.« Lois geht auf ihre Kollegen zu. Es sind Mark und Renate, und nachdem sie sie begrüßt haben, betrachten sie das beschmierte Haus.

»Was ist denn hier passiert? Welcher Irre hat denn das getan?« Renate stemmt die Hände in die Hüften und inspiziert das Fenster und die Vordertür.

»Ich habe schon viele Fälle von Vandalismus gesehen, aber das hier ... Wer macht so was nur?« Freundschaftlich legt Mark einen Arm um Lois' Schultern. »Was für eine Schweinerei. Hat irgendjemand etwas beobachtet?«

»Meine Nachbarin.« Lois nickt zu Chantal hinüber, die sofort herbeikommt. Während Chantal ihre Beobachtungen Mark schildert, befragt Renate die anderen Nachbarn, die auf einmal alle etwas gehört, gesehen oder in jedem Fall vermutet haben wollen.

»Ich habe ihn noch wegrennen sehen, da entlang.«

»Ich habe ihn zwar nicht so sehr gesehen, aber gehört. Es waren Schritte zu hören. Das fand ich verdächtig, denn hier kommen nicht viele Leute vorbei.«

In der Zwischenzeit nimmt Lois ihren Schlüssel, steigt über

die Farblachen hinweg und öffnet die Haustür. Es sind keine Einbruchspuren zu sehen, also erwartet sie drinnen nichts Befremdliches zu entdecken. Auf den ersten Blick fällt ihr auch nichts Besonderes auf. Sie steigt über die Post und die Reklamebroschüren hinweg, wirft einen schnellen Blick ins Wohnzimmer und stellt fest, dass alles noch genauso aussieht wie heute Vormittag, als sie das Haus verließ. Erst als sie zurück in den Flur geht, entdeckt sie das Messer. Es ist ein Klappmesser, das provokativ zwischen den Briefen und den Zeitungen liegt. Durch all die Post und Werbebroschüren auf der Fußmatte hat sie es zunächst nicht entdeckt, aber jetzt scheint es sie regelrecht anzuschreien.

Einen Augenblick lang erstarrt sie bei diesem Anblick, dann holt sie ihr Handy heraus und ruft Ramon an.

Zehn Minuten später steht er in Begleitung von Fred und ein paar Jungs von der Spurensicherung bei ihr in der Wohnung.

»Schöne Bescherung«, sagt Ramon mit einem Blick auf die Hausfassade. Dann sieht er hinunter auf das Messer, das wie eine stumme Drohung inmitten der Post herausragt. »Hast du es angefasst?«

»Natürlich nicht«, antwortet Lois. »Ich bin nur darüber hinweggestiegen. Ich hab es zunächst gar nicht bemerkt.«

»Dabei hat er extra ein großes ausgewählt.« Die Stirn in tiefe Falten gelegt, betrachtet Fred das Messer. »Ist dir drinnen noch etwas aufgefallen?«

»Nein, sonst ist alles unverändert. Ich schätze, er hat das Messer durch den Briefschlitz geworfen.«

Arnoud Kroon, der Beamte von der Spurensicherung, zieht seine Handschuhe an und fischt das Messer aus dem Papierhaufen hervor. Dann steckt er es in eine Plastiktüte, die er versiegelt.

»Das geht ins Labor«, sagt er. »Hoffentlich war der Täter so dumm, seine Fingerabdrücke zu hinterlassen, aber ich mache mir nicht allzu große Hoffnungen.«

»Nein, so dumm sind die Verbrecher heutzutage leider nicht mehr«, sagt Ramon. »Aber vielleicht haben wir Glück.« Er wendet sich an Lois und fügt hinzu: »Das geht mir eindeutig zu weit. Wir werden eine unauffällige Kamera an deinem Haus installieren, dann können wir sofort eingreifen, falls etwas passiert. In der Zwischenzeit halte ich es für das Beste, wenn du nicht hier im Haus schläfst. Kannst du irgendwo anders unterkommen?«

»Bei mir«, schaltet sich Fred sofort ein. »Ich rufe gleich mal Nanda an, damit sie das Gästezimmer vorbereiten kann. Keine Widerrede, Lois. Pack die wichtigsten Sachen zusammen. Du kommst mit mir mit. Punkt.«

»Okay, okay, dann übernachte ich bei dir. Aber jetzt bin ich ganz besonders motiviert, diesen Widerling zu schnappen!« Grimmig geht Lois die Treppe hoch und holt eine Reisetasche aus dem Schrank. Sie wirft ein paar Kleidungsstücke und Toilettenartikel hinein und sieht sich seufzend um. Ernstlich Angst hat sie zwar nicht, aber wozu das Risiko eingehen. Womöglich setzt der Täter seine Drohungen das nächste Mal in die Tat um.

»Ich verstehe nicht, wieso er es auf mich abgesehen hat«, sagt sie, als sie bei Fred im Auto sitzt und sie über die Oudegracht fahren. »Warum beschmiert er dein Fenster nicht mit Farbe? Was bezweckt er damit?«

»Er schlägt einfach darauf los, fühlt sich bedroht. Wir haben es mit jemandem zu tun, der nicht rational handelt. Wir machen Jagd auf ihn, und du bist der Sündenbock. Darum wollte ich auch nicht, dass du allein zu Hause bist. Wer weiß, wozu so ein verwirrter Junge imstande ist.« Fred nimmt eine Kurve und biegt in den Nieuwlandersingel ein.

Lois blickt auf den Grünstreifen, der entlang des Wassers verläuft. Irgendwo hier haben sie das letzte Opfer gefunden. Das Mädchen, das ihr ähnlich sieht.

»Wie geht es diesem Mädchen, dieser Sanne?«, fragt sie.

»Ich habe noch nichts gehört. Wahrscheinlich liegt sie noch auf der Intensivstation. Ihr Zustand war kritisch.«

Nach kurzem Schweigen sagt Lois nachdenklich: »Vielleicht hast du recht, dass er in mir einen Sündenbock sieht. Ich war bei seiner Schwester zu Hause, um sie zu befragen. Ich habe mit Jessica vor seinem Haus Wache geschoben. Wer weiß, vielleicht hat er uns gesehen.«

»Ich glaube eher, dass es einfacher ist, dir nach Hause zu folgen. Fast alle Kollegen kommen mit dem Auto, nur du fährst immer Rad.«

»Und das behalte ich auch gerne so bei.«

»Das ist auch in Ordnung, aber an deiner Stelle würde ich künftig öfter mal über die Schulter blicken.«

Sie fahren auf die Bierkade, überqueren die Friesebrug, und schon sind sie fast bei Freds Haus angelangt. Als sie in die Auffahrt einbiegen, geht die Tür auf, und Nanda steht da.

»Gut, dass du sie mitgenommen hast«, sagt sie mit besorgter Miene. »Hallo, Liebes. Du kannst hierbleiben, solange du willst.« Sie gibt Lois ein Küsschen auf die Wange.

»Das wird ein schönes Stück Arbeit, die Farbe wieder von deinem Fenster runterzubekommen«, sagt Fred, während er ins Wohnzimmer läuft.

»Ich ruf Montag eine Reinigungsfirma an. Ich nehme an, dass die morgen am Sonntag zu haben. Von mir aus können sie bei der Gelegenheit gerne auch drinnen loslegen, ich hab ewig nicht mehr geputzt.« Lois grinst und lässt sich auf die Couch plumpsen.

Nanda lächelt zurück. »Schön zu sehen, dass du trotzdem

noch lachen kannst. Also, im Gästezimmer ist alles vorbereitet. Das steht bei uns immer bereit, falls die Enkel zu Besuch kommen. Soll ich deine Sachen nach oben bringen?«

»Das mache ich gleich selbst. Danke dir, Nanda. Du bist ein Schatz«, sagt Lois. »Ich wollte erst nicht von zu Hause weg, aber jetzt bin ich doch froh, dass Fred mich mitgenommen hat.«

Mit einem Lächeln sieht sie zu ihrem Mann hinüber. »Ach ja«, sagt sie voller Zuneigung, »ab und zu zeigt er sich doch von seiner guten Seite.«

40

Am nächsten Morgen fahren Lois und Fred in aller Frühe zum Revier. Noch bevor sich Lois an ihrem Arbeitsplatz sortieren kann, klingelt schon ihr Telefon.

»Hier ist Bonnie. Eine Frau Westra steht am Empfang und fragt nach dir.«

»Marjet Westra?«

»Ja.«

»Ich komme gleich.« Lois legt auf und sieht Fred mit einem vielsagenden Blick an. »Vielleicht wird es doch noch ein guter Tag.«

Sie eilt nach unten, wo Marjet Westra durch die Empfangshalle schlendert. Mit ausgestreckter Hand läuft Lois auf sie zu. »Hallo Marjet. Was kann ich für dich tun?«

»Ich wollte mit dir sprechen«, sagt Marjet leise, beinahe widerstrebend. »Es geht um meinen Bruder.«

Etwas in dieser Richtung hatte Lois gehofft. Ihr Herz beginnt schneller zu schlagen, und sie versucht, sich die Freude nicht anmerken zu lassen. Zweifellos ist das für Marjet ein schwieriger Moment.

»Gut, dann komm mal mit mir mit«, sagt sie. Sie bringt Marjet in eines der Vernehmungszimmer, wo sie sich am Tisch gegenübersitzen.

Während Marjet ihre Handtasche abstellt und sich umschaut, schaltet Lois das Aufnahmegerät ein.

»Nimmst du das auf?«, fragt Marjet.

»Ja, das ist Vorschrift. Ich muss unser Gespräch entweder

direkt abtippen oder aufzeichnen. Und ich muss dich auf dein Zeugnisverweigerungsrecht hinweisen.«

»Was ist das?«

»Das heißt, dass du nicht verpflichtet bist, auf meine Fragen zu antworten, weil Wilco dein Bruder ist.«

»Okay …« Marjet zögert noch einen Moment, scheint dann eine endgültige Entscheidung zu treffen und beginnt zu erzählen. »Ich habe Wilco gestern gesprochen. Er hat mich von einem Park aus angerufen und mich gefragt, ob ich zu ihm kommen würde.«

»Welcher Park?«

»Der beim Einkaufszentrum *De Mare*. Ich wohne nicht weit von dort, wie du ja weißt. Wilco war auf dem Weg zu mir, traute sich aber nicht vorbeizukommen.« Sie schweigt kurz und fährt dann fort: »Ehrlich gesagt hatte ich ihm geraten, nicht vorbeizukommen, weil ich das Gefühl habe, dass mein Haus beschattet wird.« Fragend sieht sie Lois an, die ihren Blick mit neutralem Gesichtsausdruck erwidert.

»Und dann?«, fragt sie.

»Dann bin ich zu ihm gefahren. Er war ganz nervös und gehetzt. Ich fragte ihn, ob er etwas mit den Messerattacken und mit dem Tod von Nicolette Dekker zu tun hätte.«

Nervös fummelt Marjet an ihrem Ehering herum.

»Ja?«, ermutigt sie Lois.

»Er sagte, es sei ein Versehen gewesen. Dass er nicht vorhatte, Nicolette zu erstechen«, sagt Marjet leise. »Und ich glaube ihm. Er ist an jenem Tag bei mir gewesen. Wir haben uns wegen seines Jobs gestritten. Weil er ihn durch eigenes Verschulden verloren hat, weil er immer zu spät kam. Wilco kann nicht gut damit umgehen, wenn ich ihn kritisiere, er ist es gewohnt, dass ich für ihn Partei ergreife. Dieses Mal tat ich das nicht, da ist er völlig durchgedreht. Plötzlich rannte er einfach weg, durch den Garten hindurch auf den Weg. Ich wollte ihm fast schon nachlaufen, aber ich wollte auch meine Kinder nicht allein lassen.«

»Hast du etwas von dem, was auf dem Weg passierte, gesehen oder gehört?« Lois spricht leise und einfühlsam, um ihrem Gegenüber diese schwierige Situation so erträglich wie möglich zu machen. Tief in ihrem Inneren ist ihr vielmehr zum Fluchen zumute, weil Marjet erst jetzt auspackt, aber sie hält sich zurück. Und eigentlich hat sie auch Mitleid mit ihr.

»Ich habe überhaupt nichts gehört, wirklich nicht. Der Fernseher lief ziemlich laut, und Vlinder weinte, weil ich mich mit Wilco gestritten hatte.«

»Aber als ich dich das erste Mal befragt habe, hast du dich verplappert. Du wusstest, dass Nicolette niedergestochen wurde.«

Marjet seufzt und verknotet ihre Finger ineinander, beinahe schon verkrampft. »Ich wusste, dass Wilco ein Messer hat. Während unseres Streits hatte er es auf einmal in der Hand. Ich habe mich erschrocken, ihn weggeschubst und ihn gefragt, was er damit vorhabe. Ich fragte, ob er eigentlich noch ganz bei Trost sei, das Messer vor den Kindern zu zücken. Die Mädchen standen da und starrten ihn mit großen Augen an. Als Wilco das bemerkte, fing er zu weinen an und lief weg.«

»Und ließ seinen Frust an Nicolette aus, die ihm zufällig auf dem Weg entgegenkam.«

»Er kam nicht an ihr vorbei, und als er gegen sie stieß, begann sie zu schreien und nach ihm zu schlagen. Was auch nicht verwunderlich ist, wenn man jemanden mit gezücktem Messer auf sich zulaufen sieht. Ich denke, dass Wilco sich von ihr angegriffen gefühlt hat und in Panik zugestochen hat.«

»Und das hat er dir gestern im Park erzählt?«

Marjet nickt.

Lois seufzt und lehnt sich zurück. »Warum hast du das nicht gleich gemeldet? Warum erst heute?«

»Er ist doch mein Bruder«, sagt Marjet kleinlaut. »Ich wollte ihn nicht verraten.«

»Du findest es also okay, dass er mit dem Messer auf andere Menschen losgeht?«

»Natürlich finde ich das nicht okay, ich finde es ganz entsetzlich. Aber ich wusste zunächst nichts von den anderen Opfern. Wir bekommen keine Zeitung ins Haus. Mein Mann hat es dann schließlich erwähnt, er liest auf der Arbeit Zeitung. Ich dachte sofort an meinen Bruder und habe befürchtet, dass er der Täter sein könnte.«

»Weiß dein Mann, was passiert ist? Von dem Streit und von dem, was Wilco dir erzählt hat?«

Marjet schüttelt den Kopf. »Ich habe nicht gewagt, es ihm zu erzählen. Er wäre sofort zur Polizei gegangen. Ich habe heute Nacht kein Auge zugetan, und als ich dann heute Morgen aufgestanden bin, wusste ich, dass ich es nicht länger geheim halten konnte.« Sie zögert kurz und sagt dann: »Wilco hat mich gestern bedroht, als ich mit ihm im Park sprach. Schon zum zweiten Mal. Ich glaube nicht, dass er mich wirklich angreifen würde, aber trotzdem. Es lag ein seltsamer Ausdruck in seinen Augen.« Marjet stützt ihre Ellenbogen auf dem Tisch ab und legt ihren Kopf auf den Händen ab. »Es tut mir leid, dass ich erst jetzt damit herausrücke«, sagt sie mit erstickter Stimme. »All die Menschen … Es wäre nie so weit gekommen, wenn ich sofort die Wahrheit erzählt hätte. Aber es ist doch mein Bruder.«

Das letzte Wort klingt wie ein Hilfeschrei und gleichzeitig wie eine Ausrede für ihr Schweigen, etwas, wofür Lois wenig Verständnis aufbringen kann. Aber sie setzt lieber ihre Vernehmung fort, bevor sie sich auf eine Diskussion einlässt.

»Gut«, sagt sie. »Was meinst du, wo könnte sich dein Bruder derzeit versteckt halten?«

»Ich habe keine Ahnung. Er meinte, er hätte bei einem Freund übernachtet, aber ich kenne keinen seiner Freunde. Außerdem glaube ich nicht, dass das wirklich ein Freund war, sondern eher jemand, den er mal in der Kneipe kennengelernt hat. Oder ein ehemaliger Kollege oder so.«

»Ihr steht doch in engem Kontakt miteinander? Hat er nie jemanden erwähnt?«

»Wilco ist nicht sehr gesprächig«, sagt Marjet in verteidigendem Ton. »Er lebt in seiner eigenen Welt. Er ist Autist, schon vergessen? Diese Menschen reden nicht viel. Wenn er mal eine Bemerkung fallen ließ, sprach er ganz allgemein von ›meinen Freunden‹ und ›den Jungs‹. Aber gestern erzählte er mir, er habe bei einem gewissen Niek übernachtet.«

»Hat er keinen Nachnamen genannt?«

Marjet schüttelt den Kopf.

»Glaubst du, dass er noch mal Kontakt zu dir aufnimmt?«

Ein entschiedenes Nicken. »Ganz sicher. Außer er findet heraus, dass ich mit der Polizei gesprochen habe.« Ein besorgter Ausdruck erscheint auf Marjets Gesicht. »Das darf er niemals herausfinden. Das würde er mir nie verzeihen.«

»Ich fürchte, dass er es früher oder später erfahren wird.« Lois sieht den Schmerz in Marjets Augen und, als sie wieder spricht, klingt ihre Stimme etwas sanfter: »Ich verstehe, dass das schwer für dich ist. Aber letztlich ist es in Wilcos eigenem Interesse, dass wir ihn ergreifen. Es wird sonst nur schlimmer, und wenn es ganz schlimm kommt, gibt es bald noch einen Toten. Er braucht Hilfe, er muss in Behandlung.«

»Ich weiß. Sag mir, was ich tun soll.« Marjet trocknet ihre Tränen mit dem Ärmel ihres Pullovers ab.

»Hat er ein Handy?«

»Ja, ein Prepaid-Handy.«

»Ruf ihn an, und schlag ein Treffen vor.«

»Und dann nehmt ihr ihn fest.«

»Ja.«

Mutlos schüttelt Marjet ein paar Mal den Kopf. »Dann will er nie wieder etwas mit mir zu tun haben.«

»Es ist nur zu seinem Besten, Marjet. Du verrätst ihn nicht, du hilfst ihm.«

»Ich befürchte, dass Wilco das anders sieht.«

»Aber du tust es doch, oder?«

Stumm blicken sie einander an – zwei Verbündete wider Willen.

»In Ordnung«, sagt Marjet nach langem Schweigen. »Ich tue es.«

41

Sofort nachdem Lois Marjet mit dem Versprechen verabschiedet hat, in Kontakt zu bleiben, rennt sie die Treppen hoch zu Ramons Büro. Er sitzt hinter dem Schreibtisch und hat das Telefon in der Hand, aber offenbar noch nicht gewählt. Mit einem Blick in Lois' Gesicht legt er den Hörer wieder ab.

»Ich habe gerade mit Marjet Westra gesprochen, der Schwester von Wilco«, sagt Lois. »Sie hat mir erzählt, dass Wilco ihr gestanden hat, dass er für den Tod an Nicolette Dekker verantwortlich ist.«

Der Ausdruck auf Ramons Gesicht ist vielsagend.

»Hast du das Schwarz auf Weiß?«, fragt er, während er den Hörer wieder in die Hand nimmt.

»Ich habe das Gespräch aufgezeichnet. Und ich habe mit Marjet vereinbart, dass sie mit ihrem Bruder Kontakt aufnehmen soll, damit wir ihn festnehmen können.«

»Sehr gut. Mit dieser Information kann ich bei der Staatsanwaltschaft auf jeden Fall einen Durchsuchungsbeschluss beantragen. Ich rufe sofort an. Geh bitte nirgendwohin, sondern halte dich für einen Besuch in dem Haus bereit.«

Lois nickt. Sie läuft zur IT-Abteilung und steckt ihren Kopf durch den Türspalt. »Silvan, hast du dir schon die DVD von meiner Schwester vornehmen können, die ich dir gegeben habe?«

»Nein, tut mir leid. Ich hab gerade einfach zu viel zu tun.« Silvan hebt entschuldigend die Hände, und Lois winkt ab.

»Macht nichts. Ich weiß ja, wie es ist.«

Bevor sie das Großraumbüro der Kriminalpolizei betritt, zapft sie einen Becher Kaffee an dem Automaten auf dem Flur und geht dann zu Freds Arbeitsplatz. Er ist nicht da, aber als sie sich gerade auf die Suche nach ihm begeben will, kommt er ins Büro herein.

»Marjet Westra stand unten am Empfang«, sagt Lois. »Sie wollte mit mir über ihren Bruder reden. Und jetzt rate mal!«

»Nun?« Fred bleibt stehen und sieht sie abwartend an. Auch die anderen Kripobeamten heben ihre Köpfe.

»Wilco hat ihr gestanden, dass er Nicolette Dekker erstochen hat«, sagt Lois. »Er hatte Streit mit seiner Schwester, ist wutentbrannt mit einem Messer in der Hand weggerannt, und da ist ihm Nicolette in die Quere gekommen.«

»Warum hatte der Kerl ein Messer in der Hand?« fragt Nick.

»Damit hat er seine Schwester bedroht«, antwortet Lois. »Ich fürchte, er zählt zu jenen Typen, die immer ein Messer dabeihaben. Und die es auch zücken, wenn ihnen etwas missfällt.«

»Schöner Bruder«, sagt Fred. »Warum hat Marjet das nicht sofort gemeldet?«

Jessica kommt hinzu und setzt sich auf die Kante eines Schreibtischs. »Man verrät seine Familie nicht.«

»Nicht so einfach, ja. Aber einen Mord zu decken, finde ich, geht dann doch zu weit«, sagt Nick. »Wenn das mein Bruder wäre, hätte ich ihn an den Haaren ins Revier geschleift.«

»Du bist ja auch Polizist. Du wärst sofort deinen Job los, wenn du Informationen zurückhältst. Aber gut, Marjet Westra ist keine Polizistin. Warum hat sie trotzdem beschlossen, gegen ihren Bruder auszusagen?« Fragend sieht Fred Lois an.

»Weil Wilco sie gestern erneut bedroht hat. Sie haben sich in einem Park getroffen. Marjet wollte ihn überzeugen, sich zu stellen, und auf einmal zog er ein Messer. Das war der

Tropfen, der das Fass zum Überlaufen brachte. Ich habe mit ihr vereinbart, dass sie Kontakt mit ihrem Bruder aufnimmt und sich dann irgendwo mit ihm trifft.«

»Darauf werden wir nicht warten«, sagt Fred. »Marjets Handy muss überwacht werden. Ich werde das sofort mit Ramon besprechen.« Er lässt seinen Worten unmittelbar Taten folgen und verlässt das Büro.

»Juhu, vielleicht haben wir ihn ja schon heute!« Mit einem breiten Lächeln wirft Jessica einen Kuli in die Luft und fängt ihn unten wieder auf. »Endlich mal wieder pünktlich heimgehen und sich mit Freunden treffen.«

»Und, was noch wichtiger ist, danach sicher mit dem Rad nach Hause fahren«, erinnert sie Lois.

»Ja«, stimmt Jessica zu. »Das auch.«

Am Ende des Vormittags kommt der Durchsuchungsbeschluss für Wilcos Wohnung herein. Sofort lassen Lois, Fred und Jessica alles stehen und liegen und rücken ab. Zunächst jedoch ruft Lois Marjet an, um zu erfragen, ob sie einen Ersatzschlüssel für Wilcos Wohnung hat, und als sie bejaht, holen sie diesen bei ihr ab.

Aus diesem Grund treffen sie in der Maasstraat etwas später ein als die Untersuchungsrichterin Meike Jansen, eine zierliche Frau um die vierzig, die in schlichtem Braun gekleidet ist. Sie wartet bereits mit dem Staatsanwalt Reinier Ooms auf sie, den Lois ebenfalls auf um die vierzig schätzt.

Sie schütteln einander die Hände, und als sie alle gleichzeitig zur Tür blicken, zieht Lois den Schlüssel hervor. Meike Jansen nickt anerkennend. »Dann müssen wir zumindest keinen Sachschaden anrichten.«

Als sie die Wohnungstür öffnen, kommt ihnen ein merkwürdiger Geruch entgegen. Sehr weit bekommen sie die

Tür allerdings nicht auf, da dahinter Gerümpel liegt. Viel Gerümpel.

Lois bahnt sich hinter Meike einen Weg in den Flur, der vollsteht mit Kartons, Kisten und Stapeln alter Zeitungen. Aufgrund des mangelnden Lichteinfalls vermutet sie, dass die Situation im Rest der Wohnung nicht viel anders ist. Und tatsächlich, das Wohnzimmer ist so vollgestopft, dass man sich nur mit Mühe einen Weg hindurchbahnen kann.

»Du liebe Güte«, sagt Fred und sieht sich fassungslos um. »Hier sieht es ja aus wie auf einer Müllkippe.«

Sie öffnen einige Kartons und werfen einen Blick hinein, kommen aber zu dem Ergebnis, dass es sich nicht um Diebesgut handelt. Das scheint alles Eigentum von Wilco zu sein. DVDs, Kleidung, Zeitschriften, Schulhefter, Kabel und Stecker, kaputte Elektrogeräte, Computerspiele, Hausrat – alles hat er aufbewahrt.

»Ein klarer Fall von Sammelwut«, sagt Jessica. »Das ist eine Krankheit. Wie heißt die gleich noch mal?«

»Keine Ahnung, aber es liegt auf der Hand, dass er daran leidet. Du musst dir mal das Sofa anschauen.« Fred deutet auf die Ledercouch, die unter Kleidungsstücken und Bücherstapeln begraben ist, sodass kein Fleckchen zum Sitzen mehr frei ist.

Lois arbeitet sich Meter für Meter durch den Unrat hindurch, wie jemand, der sich durch dichten Dschungel kämpft. Sie öffnet Kartons und legt Klamotten beiseite, und als sie einen Schrank öffnet, kommt ihr der gesamte Inhalt entgegen. Auch im kleinsten Zimmer seiner Wohnung, in dem Wilcos Computer steht, herrscht ein solches Chaos, dass sie nicht weiß, wo sie anfangen soll. Sie durchsucht seinen Schreibtisch, auf dem ein paar alte Computermonitore stehen und der begraben liegt unter allerlei Werkzeug und auseinandergebauten Geräten. Die Schubladen sind vollgestopft mit Papieren. Auf gut Glück zieht sie ein paar Dinge heraus: alte Kontoauszüge, Rechnungen, aus Zeitschriften herausgerissene Artikel über Motoren, Schachteln voller Büroklammern und Reißzwecken und noch mehr Kabel.

Als Jessica hereinkommt, dreht sie sich mit den Worten zu ihr um: »Also falls zwischen all dem Krempel irgendetwas von Belang ist, wird es eine Heidenarbeit, das zu finden.«

»Wir haben ein Schubfach mit Messern unter seinem Bett gefunden«, sagt Jessica.

»Und?«

»Die sehen sauber aus. Und eigentlich ganz unschuldig.«

»Wie kann denn ein Messer unschuldig aussehen?«

»Ich meinte, dass es keine allzu großen Messer sind. Eher so Taschenmesser, die man zum Zelten mitnimmt, mit einem Korkenzieher und einer Schere dran.«

»Auch damit kann man jemanden schwer verletzen. Wir nehmen sie auf jeden Fall mit. Falls er damit auf irgendjemanden eingestochen hat, müssten noch Blutspuren darauf zu finden sein. Egal, wie gut er die auch gesäubert hat.« Lois' Handy klingelt, und sie blickt auf das Display. »Marjet Westra«, sagt sie mit bedeutungsvollem Blick zu Jessica.

Die stellt sich dicht neben sie, um mithören zu können.

»Hallo, hier Lois.«

»Hallo, ich bin's.« Marjet klingt gehetzt und ein bisschen matt, als ob sie geweint hätte. »Ich habe mit Wilco gesprochen. Ich habe ihn den ganzen Vormittag nicht erreicht, aber dann ist er endlich rangegangen. Wir haben verabredet, dass er heute Nachmittag um vier zu mir kommt. Ich habe gesagt, dass ich mich getäuscht habe, dass doch kein Polizeiwagen in meiner Straße steht und dass er ruhig zu mir kommen kann, um zu duschen und etwas zu essen.«

»Gut gemacht«, sagt Lois und fügt zögerlich hinzu: »Ich weiß, dass das sehr schwierig für dich ist.«

»Ja, ich fühle mich schrecklich.«

»Du tust das Richtige. Das weißt du doch, oder?«

»Ich weiß«, sagt Marjet. »Aber das macht es nicht leichter.«

Alles ist vorbereitet. Der Wagen, von dem aus observiert wurde, ist abgezogen worden, und eine Stunde vor dem vereinbarten Treffen haben Lois, Fred und zwei uniformierte Polizeibeamte das Haus betreten.

Marjet hat Vlinder und Bloem zu einer Freundin gebracht und sitzt, an ihren Nägeln kauend, auf der Couch.

Da sie nicht wissen, ob Wilco zur Vorder- oder Rückseite hereinkommen wird, und da er durch das Erkerfenster die gesamte Wohnung einsehen kann, hat das Festnahmeteam im oberen Stockwerk Stellung bezogen. Fred und Lois sitzen an der Vorderseite des Hauses, auf einem der Kinderbetten. Die zwei Polizeibeamten Mark und Luuk an der Rückseite, im Schlafzimmer der Eltern.

»Nicht aufstehen und nicht hin und her laufen«, hatte Fred ihnen eingeschärft. »Wenn er uns entdeckt, ist er so schnell weg, wie er gekommen ist.«

Beim Warten zieht sich die Zeit immer in die Länge, besonders, wenn viel davon abhängt. Angespannt sitzt Lois auf dem Bett. Um sich abzulenken, lässt sie den Blick durch das Kinderzimmer schweifen. Viel Rosa und typisches Mädchenspielzeug. Ein Puppenhaus, Barbies, rosa Ponys mit langer weißer Mähne, Plastikperlen. So ein Kinderzimmer hatte sie früher nicht. Sie hat auch nicht mit Barbies und Puppen gespielt. Aber womit hat sie eigentlich gespielt?

Mit geschlossenen Augen versucht sie sich ihr altes Zimmer in Erinnerung zu rufen. Vor ihrem geistigen Auge sieht sie den hellbraunen Laminatboden, ihren Schreibtisch und ein Bücherregal vor sich, außerdem herumliegende Sportkleidung. Damals liebte sie Leichtathletik und Basketball, später auch Baseball. Sie war kein Kind, das viel Zeit im Zimmer verbrachte, sondern war eigentlich immer draußen. Aber Vlinder und Bloem sind natürlich auch noch ziemlich klein.

Sie blickt auf ihre Armbanduhr. Zwanzig nach drei. Sie seufzt und verlagert ihr Gewicht, damit das Schulterholster, in dem ihre Waffe steckt, nicht so sehr schwer auf ihr lastet. Sie kann den Moment kaum abwarten, wenn sie endlich in Aktion treten muss. Was ihr viel mehr zu schaffen macht, ist die Anspannung im Vorfeld.

Noch vierzig Minuten.

42

Er könnte nicht sagen, was genau sein Misstrauen geweckt hat. Vielleicht ist es noch der Schock von gestern, als Marjet ihn auf einmal drängte, zur Polizei zu gehen. In dem Moment wusste er, dass sie nicht mehr auf seiner Seite stand, dass er nicht mehr auf sie zählen konnte.

Das Gefühl von Verzweiflung, das mit dieser Erkenntnis einherging, hat sich mittlerweile gelegt, auch wenn es ihn innerlich zu zerfressen scheint, wie ein langsam wirkendes Gift.

Die Hände tief in den Taschen vergraben, die Kapuze über den Kopf gezogen, betritt er das Viertel, in dem seine Schwester wohnt. Auf dem Weg zu ihrem Haus wandert sein Blick unaufhörlich nach links und nach rechts, immer auf der Hut vor Gefahr. Wenn er jetzt auch nur einen Polizeiwagen entdecken sollte, nimmt er sofort Reißaus, nimmt er sich vor.

Dass weit und breit nichts zu sehen ist, beruhigt ihn keinesfalls. Im Gegenteil, er findet es verdächtig. Genauso wie Marjets Aussage, dass sie doch nicht von der Polizei beschattet werde, dass sie sich das nur eingebildet habe. Als ob man sich so etwas einbilden könnte.

Trotzdem möchte er ihr gerne Glauben schenken. Außerdem hat er keine andere Wahl, allein kommt er in dieser Welt nicht zurecht.

Am Anfang der Straße bleibt er stehen. Dort stehen sieben Autos, davon eines vor ihrer Tür. Bei den ersten beiden kann er von hier aus sehen, dass niemand darin sitzt, bei den anderen beiden muss er das erst nachprüfen.

Den Blick fest auf den Gehweg geheftet, stiefelt er die Straße entlang. Jeder Muskel seines Körpers ist angespannt, aufmerksam sieht er sich um. Er läuft am dritten Auto vorbei und wirft einen schnellen Blick ins Wageninnere. Nichts.

Das nächste Auto steht etwas weiter weg, direkt vor Marjets Tür. So dumm wird die Polizei ja wohl nicht sein, sich genau bei ihr vors Haus zu stellen, oder?

Sein Herz schlägt heftig, als er näher kommt. Auch das vierte Auto ist leer. Das beruhigt ihn etwas, aber sofort wandert sein Blick weiter die Straße hoch. Wenn sie dort sitzen, haben sie ihn natürlich längst entdeckt. Aber er muss gar nicht bis ganz nach hinten gehen, er kann auch aus sicherem Abstand erkennen, ob jemand darin sitzt. Wenn sie dann aus dem Auto springen, hat er einen ordentlichen Vorsprung.

Seine Hände sind schweißnass, als er auch das fünfte und sechste Auto passiert. Niemand. Die Versuchung, es dabei zu belassen und das letzte Auto nicht zu kontrollieren, ist groß, aber irgendetwas zieht ihn bis zum Ende der Straße. Ein Blick ins Wageninnere: leer.

Erleichterung durchströmt ihn wie ein Gegengift. Sie hat nicht gelogen, es ist wirklich keine Polizei da. Sein Vertrauen kehrt zurück, und er kann die Wärme ihrer Liebe wieder spüren. Natürlich würde sie ihn nie verraten, Marjet doch nicht! Wie hatte er je an ihr zweifeln können?

Mit leicht gekrümmtem Rücken und einem Anflug von Schuldgefühlen biegt er um die Ecke und läuft über den schmalen Weg in den Hof des Häuserblocks. Der Stelle, wo er dem Mädchen begegnet war, schenkt er keine Aufmerksamkeit, er hat genug andere Dinge im Kopf.

Das Tor zum Garten ist abgeschlossen. Er rüttelt an der Tür und wirft dann einen Blick auf seine Armbanduhr. Es ist erst Viertel vor drei, er hat sich um eine Stunde vertan. Marjet ist offenbar noch nicht da, denn sie schließt immer ab, wenn sie weggeht.

Unentschlossen schaut er sich um. Was nun? Vielleicht kann er im Garten auf sie warten.

Es ist nicht schwierig, das Gartentor zu öffnen, er muss lediglich an den Holzbrettern hochklettern und mit dem Arm über den Rand nach unten greifen, um an den Riegel zu gelangen.

Er setzt seinen Fuß auf das dritte Holzbrett und klettert ein Stück nach oben. Gerade hoch genug, um an den Riegel zu kommen, gerade hoch genug, um über den Rand blicken zu können. In den Garten. In die Küche und den hintersten Teil der Wohnung, wo der Esstisch steht. Eigentlich kann er durch die gesamte Wohnung hindurchschauen, bis hin zum Erker an der Straße. Und dort sieht er sie zu viert stehen. Die blonde Frau und ihren Kollegen sowie zwei Beamte in Uniform.

Reflexartig lässt er sich nach unten fallen, wo er sicher ist. Sein Herz schlägt wie wild. Steif vor Angst, drückt er sich gegen das Tor, schleicht zu der dahinterliegenden Mauer und läuft derart gebückt den Weg zurück. Er erwartet jeden Moment zu hören, wie sich das Tor öffnet oder wie jemand um die Ecke kommt. Das geschieht jedoch nicht, und strauchelnd vor lauter Eile macht er sich aus dem Staub. Entsetzen wütet in seinem Kopf, und während er wegrennt, stürzt seine gesamte Welt mit donnerndem Getöse in sich zusammen.

43

Gegen halb sechs geben sie auf. Die Enttäuschung ist beim gesamten Team groß. Auf Drängen von Lois ruft Marjet ihren Bruder ein paar Mal an, doch er nimmt nicht ab. Noch länger zu warten, hat keinen Sinn, er hat offenbar nicht vor, noch zu kommen.

»Was ist bloß schiefgegangen? Ob er uns gesehen hat?« Frustriert sitzt Lois im Auto, die Arme vor der Brust verschränkt.

»Ausgeschlossen, wir waren immerhin schon eine Stunde eher da. Ich könnte mir vorstellen, dass er einfach noch sauer auf Marjet war. Oder es ist ihm etwas dazwischengekommen. Der Junge hat eine sprunghafte Natur und ist ernstlich verwirrt«, sagt Fred, während er den Motor startet.

»Das ist gründlich missglückt. Wir haben unsere Zeit vertan, und wenn wir Pech haben, sticht Wilco heute Abend wieder jemanden nieder.«

»Oder er beschließt, seiner Schwester heute Abend einen Besuch abzustatten. Und dann kann Marjet uns warnen.«

»Das hoffst du zumindest. Ich habe die Zweifel in ihrem Gesicht gesehen, es hat sie unendlich große Überwindung gekostet, ihren Bruder in die Falle zu locken. Es würde mich nicht überraschen, wenn sie sich kein zweites Mal dazu durchringen kann.« Lois wirft einen Blick auf ihr Handy, auf dem gerade eine SMS hereingekommen ist.

»Silvan«, sagt sie. »Er hat sich die Überwachungsbilder von Tessas Haus angesehen.«

»Das heißt, du möchtest noch mal im Revier vorbeischauen?«

»Ja, gern. Wenn du für heute fertig bist, kannst du mich ruhig einfach dort absetzen. Dann komme ich später zu Fuß zu dir nach Hause. So weit ist es ja nicht.«

»Bist du verrückt? Ich begleite dich natürlich. Außerdem bin ich auch neugierig, was auf der DVD zu sehen ist.«

Sie fahren zurück zum Revier, grüßen die Kollegen, die für heute Feierabend haben, und gehen die Treppe in den ersten Stock nach oben. Silvan ist noch da. Er sitzt hinter seinem Computer, die Haare so verwuschelt, als ob er gerade aus dem Bett gestiegen wäre. Da er die Angewohnheit hat, sich in den Haaren zu wühlen, wenn er nachdenkt oder konzentriert arbeitet, stehen sie die meiste Zeit wild vom Kopf ab.

»Und?«, fragt Lois neugierig. »Konntest du damit was anfangen?«

»Die Aufnahmen sind nicht gerade berühmt«, sagt Silvan entschuldigend. »Ich habe versucht, die Auflösung zu erhöhen und den schwarzen Schleier herauszunehmen, und dabei kam das heraus.« Er starrt auf den Bildschirm. Zunächst sehen sie nur den Gartenzaun vor Tessas Auffahrt, doch dann kommt eine große, ziemlich hagere Gestalt angelaufen. Trotz der Wärme trägt er eine Jacke und darunter eine etwas zu große Jeans. Die Kapuze seiner Jacke hat er über den Kopf gezogen.

Lois geht sofort dichter an den Bildschirm heran. »Das ist nicht Wilco. Die Statur und die Größe stimmen, aber die Kleidung nicht. Wilco trägt Schlabberkleidung. Trainingshose, Kapuzenpulli, Sneakers.«

»Vielleicht hat er sich extra etwas anderes angezogen. Die Kamera hängt schließlich für jeden sichtbar da«, gibt Fred zu bedenken, der ihr über die Schulter blickt.

»Er schaut auch nicht ein einziges Mal in die Kamera«, sagt Silvan. »Und warum hat er die Kapuze auf? Es ist in diesem

Moment zwanzig nach eins, und er steht in der prallen Mittagssonne.«

»Das ist tatsächlich verdächtig«, sagt Lois. »Aber ich glaube trotzdem nicht, dass das Wilco ist. Dieser Mann ist älter, schau mal, wie gebückt er läuft.«

»Das macht er mit Absicht.« Silvan spult das Band ein Stückchen vor, sodass man den Mann weggehen sieht. »Schau, hier läuft er auf einmal ganz aufrecht.«

»Ich möchte, dass sie zur Sicherheit überwacht wird.« Mit fest entschlossenem Gesichtsausdruck kommt Lois hoch.

»Ich würde sie einfach warnen«, sagt Fred.

»Warnen? Guido und Tessa wissen davon doch schon längst. Das sind Aufnahmen ihrer eigenen Überwachungskamera! Warum glaubst du, hat Guido mir das Band mitgegeben? Ich will, dass sie Wachschutz bekommen.«

»Dafür haben wir nicht genügend Personal, das weißt du genau.«

»Dann übernachte doch bei ihr«, schlägt Silvan vor. »Dann ist auf jeden Fall abends und nachts jemand da.«

»Gute Idee«, stimmt Lois zu.

»Du musstest gerade erst dein Haus verlassen, weil du bedroht wurdest, und willst dich jetzt bei deiner Schwester einquartieren? Meinst du nicht, dass du das Risiko für Tessa dadurch noch erhöhst?«, wendet Fred ein.

Lois hockt sich auf die Ecke von Silvans Schreibtisch und reibt sich mit den Händen übers Gesicht. Sie schüttelt den Kopf und holt tief Luft. »Ich weiß überhaupt nicht mehr, was ich denken soll. Irgendjemand hat es auf mich abgesehen, und wahrscheinlich ist dieser Jemand Wilco. Dass er gegen mich etwas hat, kann ich noch verstehen, aber gegen Tessa?«

»Der Junge denkt nicht rational. Darum sticht er ja auf all

die Menschen ein. Wahrscheinlich schlummern tief in ihm drin Rachegelüste, und er reagiert sich einfach ab.«

»Das meine ich ja«, erwidert Lois. »Er sticht wild um sich. Lilian kannte er, und bei ihr hatte er vermutlich seine Gründe, aber Nicolette hat er versehentlich getötet. Und für den Angriff auf Veerle und Johan kann ich mir auch kein Motiv denken. Jetzt hat er mich auf dem Kieker, aber ich bin so gut wie nie allein und trage eine Waffe bei mir. Das heißt, er kann nicht viel machen, außer ein Mädchen angreifen, das mir ähnlich sieht, um dann anschließend meiner Schwester aufzulauern. Das werde ich nicht zulassen, Jungs. Ganz bestimmt nicht!«

Nachdenklich reibt sich Fred übers Kinn. »Du hast recht, ich würde auch bei Ramon um Wachschutz für Tessa bitten«, sagt er. »Und du, Lois, brauchst Ruhe, also schläfst du heute Nacht einfach wieder bei Nanda und mir.«

»Unmöglich«, sagt Ramon hinter seinem Schreibtisch. »Ich kann meine Leute nicht entbehren. Deine Schwester wohnt in einem gut gesicherten Haus mit Überwachungskameras und einem Alarmsystem. Wenn ich ein Dieb wäre, würde ich mir das noch mal gut überlegen. Ruf sie an, und sag ihr, sie soll wachsam sein.«

»Ist das alles?« Entrüstet sieht Lois ihren Chef an.

»Viel mehr kann ich nicht tun. Es gibt keine Hinweise darauf, dass sie in Gefahr ist, auch wenn jemand an dem Gartenzaun herumgelungert hat. Das passiert öfter bei einer solchen Villa.« Er lehnt sich leicht nach hinten und sieht Lois ein paar Sekunden lang schweigend an. Die Augen fest auf ihn gerichtet, erwidert sie seinen Blick in stummem Protest. »Wir können bei ihrer Adresse einen Marker setzen.«

Lois nickt resigniert.

Das ist das übliche Verfahren. Wenn die Adresse im Meldesystem der Polizei als besonders gefährdet markiert ist, kommt sofort ein Streifenwagen vorbei, wenn Tessa oder Guido anrufen. Das ist das Beste, was sie im Augenblick für sie tun können. Natürlich kann Tessa nicht rund um die Uhr bewacht werden, wenn nicht einmal sicher ist, ob sie in Gefahr schwebt. Lois hat diese Erklärung selbst unzählige Male gegenüber Leuten vorgetragen, die sich bedroht fühlten, aber es ist doch etwas anderes, wenn es sich um die eigene Familie handelt.

»Wenn eine Meldung über Tessa hereinkommt, will ich sofort benachrichtigt werden«, sagt sie.

Mit einem beruhigenden Nicken gibt Ramon ihr sein Versprechen.

»Die Polizei unternimmt also nichts?«, fragt Tessa, als Lois sie anruft. Sie klingt nicht sonderlich überrascht, aus Lois' Erzählungen weiß sie, wie der Hase läuft.

»Wir können nicht viel tun«, erläutert Lois. »Es besteht keine ernste Bedrohungslage. Aber Tes, wenn du irgendetwas Verdächtiges bemerkst, ruf mich an. Dann komme ich sofort.«

»Ich habe den Mann nicht mehr gesehen«, sagt Tessa. »Vielleicht hatte er etwas geplant, hat aber festgestellt, dass es nicht klappen würde.«

Lois erwägt für einen kurzen Moment, ihrer Schwester von der roten Farbe auf ihrem Fenster und der toten Katze zu erzählen, entscheidet sich dann aber dagegen. Tessa gerät schnell in Panik, da ist es nur gut, dass sie bis jetzt so gelassen geblieben ist.

»Pass trotzdem auf«, ermahnt sie sie. »Und ruf mich an.«

44

Am Montagmorgen, sobald die Reinigungsfirma aufmacht, ruft Lois dort an, um einen Termin zu vereinbaren. Ihr wird zugesichert, dass sich die Mitarbeiter noch am selben Tag an die Arbeit machen. Dass sie Wort halten, sieht sie später am Vormittag in der Zentrale.

Ramon hatte nach dem letzten Vorfall umgehend die Installation einer Überwachungskamera unter der Regenrinne von Lois' Haus veranlasst. Die Kamera ist klein und unauffällig, liefert aber glasklare Bilder.

»Wir können genau verfolgen, wie lange sie brauchen, um die Fassade zu reinigen, und wie viele Pausen sie machen«, sagt der Wachhabende Wouter de Vries lachend. »Erst haben sie zehn Minuten lang auf die Schmierereien gestarrt, haben dann geseufzt, sind hin und her gelaufen und haben sich schließlich an die Arbeit gemacht.«

»Ich hoffe, dass sie heute noch fertig werden«, sagt Lois. »Solange sie dort herumwerkeln, lässt sich Wilco bestimmt nicht blicken. Ich muss jetzt zu einer Besprechung, Wouter. Aber sag mir Bescheid, wenn du etwas Verdächtiges entdeckst.«

Die Besprechung am Morgen verläuft ohne Höhepunkte. Ramon teilt ihnen mit, dass auf den Messern, die in Wilcos Wohnung sichergestellt wurden, keinerlei Blutspuren gefunden wurden.

Damit hatte Lois auch nicht gerechnet. Seit sie Wilcos Haus observieren, wurde wieder jemand niedergestochen, also muss er ein Messer bei sich haben. Es würde sie auch nicht verwundern, wenn er es stets bei sich trägt. Ein unsicherer, labiler Typ wie Wilco fühlt sich bestimmt deutlich sicherer, wenn er bewaffnet ist.

Auf weitere Ergebnisse der Durchsuchung müssen sie warten, es wird noch einige Zeit dauern, bis sie seine ganze Wohnung auf den Kopf gestellt haben. Außerdem wurde ein Spezialteam einberufen, dem auch Lois angehört. Sie hält Kontakt zu Marjet und ruft sie mehrmals täglich an, um nachzufragen, ob sie schon etwas von Wilco gehört hat. Doch Marjet muss jedes Mal verneinen und klingt mittlerweile schon etwas ungehalten, aber Lois ruft weiterhin an. Marjet kann nicht gut lügen. Selbst durch das Telefon hindurch würde ihre Stimme sie verraten. Nicht dass es ihr viel bringt, wenn sie bemerken würde, dass Marjet ihr etwas verheimlicht, sie kann sie schließlich nicht zwingen, mit der Polizei zusammenzuarbeiten. Aber der stete Druck in Kombination mit einer freundschaftlichen, verständnisvollen Ansprache kann die Dinge letztlich zu ihren Gunsten entscheiden.

In der Zwischenzeit kümmert sich Lois um die anderen Fälle, die liegen geblieben sind. Nun, da sie weniger auf Achse und öfter am Schreibtisch ist, schweifen ihre Gedanken fortwährend zu Onno ab. Sie vermisst ihn.

Überrascht von dieser Einsicht, lehnt sich Lois in ihrem Bürostuhl zurück und blickt durch das Fenster auf die Fahrradfahrer und die Autos auf der Kanaalkade. Ja, sie vermisst ihn wirklich. Seine Stimme, das Interesse, mit dem er ihr stets zuhört, dieses Funkeln in seinen Augen, das seine Gefühle für sie verrät, seine warme Anteilnahme. Von einem Bekannten, den sie ab und zu sieht und den sie bislang vor allem auf Abstand gehalten hat, hat er sich zu einem lieben Freund entwickelt, an den sie immer öfter denkt.

Ob sie verliebt in ihn ist? Nachdenklich blickt Lois auf das Wasser am Kai, wo eine Schute vorüberzieht und einen leichten Wellengang verursacht, der die vertäuten Boote leicht hin und her schaukelt.

Sie schließt die Augen und stellt sich vor, dass Onno bei ihr ist, dass er seine Arme um sie schlingt, sie sanft zu sich heranzieht und sie küsst. Das Gefühl ist so intensiv, dass sie die Wärme seiner Lippen beinahe spüren kann.

Mit einem kurzen Lachen öffnet sie die Augen wieder und schüttelt den Kopf. Onno und sie zusammen, das funktioniert nicht. Er ist viel zu steif, viel zu schnöselig, viel zu herausgeputzt. So ganz anders als ihr Ex, Brian, mit seiner angeberischen Lederjacke, seinem Stoppelbart und dem kurzen dunklen Haar. Aber außer einer leidenschaftlichen Liebesbeziehung hat ihr Brian herzlich wenig gegeben. Mittlerweile ist sie über ihn hinweg, muss sich aber trotzdem beherrschen, um nicht auf Facebook nachzusehen, was er so macht. Mit Männern wie Brian hat man eine Zeit lang Spaß, aber mit Männern wie Onno kann man sich eine gemeinsame Zukunft aufbauen.

»Lois?«

Eine Stimme ganz in ihrer Nähe schreckt sie aus ihren Tagträumen auf. Ramon steht mit einem zufriedenen Gesichtsausdruck neben ihrem Schreibtisch.

»Die Reinigungsfirma ist fertig mit deinem Haus, alles ist wieder sauber. Und jetzt halt dich fest.«

»Ja?« Erwartungsvoll richtet sich Lois in ihrem Stuhl etwas auf.

»Kaum waren sie weg, gab es schon neue Aktivitäten. Die Zentrale hat gerade angerufen, dass ein paar Mal derselbe Mann vorbeigelaufen kam und dass er in diesem Moment durch das Fenster in deine Wohnung späht. Wir haben sofort einen Wagen losgeschickt, die Kollegen sollten schon da sein.«

Lois springt auf und eilt zum Ende des Gangs, wo sich die Zentrale befindet. Ramon folgt ihr. Sie sehen gerade noch auf einem der Monitore, wie zwei Beamte einem Mann in einer kurzen Jacke und einer Jeans Handschellen anlegen und abführen.

»Sie haben ihn!«, ruft Lois aus.

»Womöglich. Wir wissen noch nicht, ob er es ist.«

»Doch, das ist derselbe Mann, der auch um Tessas Haus herumschlich. Ich weiß es ganz sicher, ich erkenne seine Kleidung wieder. Gott sei Dank!« Erleichterung durchflutet Lois und beruhigt ihre strapazierten Nerven. »Ich rufe gleich meine Schwester an.«

Ramon hält sie auf. »Warte noch eben, bis wir mehr wissen.«

Widerstrebend steckt Lois ihr Handy wieder ein. »Ich kann es kaum erwarten, den Kerl zur Rede zu stellen.«

»Dann muss ich dich enttäuschen« sagt Ramon. »Das Gespräch wird jemand anderes führen.«

Sie ist zu sehr persönlich involviert, das weiß sie selbst. Aber trotzdem ist es unerträglich, dass sie die Vernehmung nicht leiten darf. Solange sie darauf warten, dass die Kollegen mit dem verhafteten Mann eintreffen, kehrt Lois in ihr Büro zurück und nimmt Wilcos Akte heraus. Aufmerksam betrachtet sie sein Foto. Er ist nicht derjenige, der bei Tessa vorm Zaun stand. Aber wer ist es dann?

»Haben wir ihn?« Fred kommt aufgekratzt hereingestürmt.

»Das werden wir gleich erfahren. Es ist derselbe Mann, der auch vor Tessas Haus herumlungerte, aber ob das Wilco ist …« Lois streckt eine Hand hoch und kreuzt zwei Finger.

»Ich räume derweil das Vernehmungszimmer auf.« Fred läuft los.

Lois zieht ihre Schreibtischschublade auf. Die Mappe mit den Informationen über ihren Vater liegt unter einem Papierstapel begraben und wartet auf den richtigen Moment. Sie muss wissen, ob ihr Bauchgefühl, das sie in letzter Zeit geplagt hat, stimmt.

Sie nimmt die Akte heraus und schlägt sie auf. Obenauf liegt ein Foto, auf das sie lange Zeit starrt.

Da ihr Vater in den Polizeiunterlagen auftauchte, hatte sie schon befürchtet, er habe etwas Ernstes auf dem Gewissen, aber die Sorge war unbegründet. Er wurde ein paar Mal wegen Alkoholkonsums in der Öffentlichkeit aufgegriffen, und ein paar Jahre später wegen Gewaltanwendung. Das klingt aber ernster als es ist, mehr als eine Schlägerei war das nicht.

Was sie viel mehr schockiert, ist die Tatsache, dass ihr Vater fünfzehn Jahre lang auf der Straße gelebt hat. Ungläubig starrt sie auf den knappen Bericht.

Sie hat sich nicht verlesen, das steht da wirklich.

Fünfzehn Jahre.

Lange Zeit sitzt sie einfach am Schreibtisch und starrt vor sich hin. Dann steht sie auf und verlässt das Büro. Sie geht nach unten, wo sich der Zellenblock und die Vernehmungszimmer befinden.

Der Mann wurde bereits hineingebracht. Lois betritt den kleinen Nebenraum, von dem aus sie durch den Venezianischen Spiegel hindurch zuschauen kann. Jessica kommt kurz nach ihr herein und stellt sich neben sie.

»Jetzt bin ich aber mal gespannt«, sagt sie. »Hoffentlich ist er es.«

Der Häftling sitzt am Tisch gegenüber von Fred und Ramon. Mit einem Blick stellt Lois fest, dass es sich nicht um Wilco handelt. Dafür ist er zu alt.

»Das ist er nicht«, sagt Jessica enttäuscht. »Der Mann ist ja schon weit über sechzig.«

»Nein, er ist jünger.« Lois kann ihren Blick von dem Mann mit den hängenden Schultern nicht abwenden. »Sechsundfünfzig, um genau zu sein.«

»Woher weißt du das?« Verdutzt sieht Jessica sie an.

»Weil ich ihn kenne«, antwortet Lois. »Das ist mein Vater.«

45

Es gibt Tage, die ganz normal beginnen und an denen nichts darauf hindeutet, dass es sich um einen jener Tage handelt, den man nie mehr in seinem Leben vergessen wird. Einen Tag, bei dem man sich später an jede Stunde erinnern wird, weil man eine Neuigkeit erfahren hat, die schlagartig alles veränderte. Für Lois war so ein Tag der, als sie als Vierzehnjährige auf dem Esstisch den Zettel ihres Vaters fand, auf dem stand, dass er sie verlassen hatte. Und heute ist wieder so ein Tag.

Jahrelang hat sie sich gefragt, wie sie reagieren würde, wenn ihr Vater plötzlich zurückkehren würde. Ob sie sich freuen würde oder böse auf ihn wäre und ob sie ihm würde vergeben können. Sie hatte nicht daran geglaubt, dafür hatte er ihr zu sehr wehgetan. Ihrer Ansicht nach konnte es keine Vergebung für jemanden geben, der seine Kinder so schändlich im Stich gelassen hatte.

Nun, da sie durch den Venezianischen Spiegel den älteren Mann beobachtet, der im Vernehmungszimmer sitzt, kommen so viele Emotionen in ihr hoch, dass sie unmöglich sagen könnte, welches Gefühl überwiegt. Freude und Wut, Fassungslosigkeit und Ungläubigkeit wechseln einander in rasantem Tempo ab.

»Dein Vater?«, flüstert Jessica neben ihr. »Das ist dein Vater?«

Lois kann es beinahe selbst nicht glauben. So hat sie ihren Vater nicht in Erinnerung. Das verhärmte, verlebte und von den Spuren der Zeit schwer gezeichnete Gesicht ist wie eine durchsichtige Maske. Sein Haar, das früher kurz und dunkelblond war, ist nun halblang, grau und zurückgekämmt. Und was ist mit seinem Gebiss passiert? An seinen eingefallenen Wangen kann sie sehen, dass ihm Zähne fehlen.

Ein Schwindelgefühl überkommt sie, und sie muss sich an der Rücklehne eines Stuhls abstützen. Besorgt dreht Jessica den Stuhl um und hilft ihr, sich hinzusetzen.

»Geht's? Bist du sicher, dass das dein Vater ist?«

Lois nickt nur. Als ob sie ihren eigenen Vater nicht erkennen würde. Ganz egal, wie sehr er sich verändert hat, sie hat ihn auf Anhieb erkannt.

»Darum ist er ständig bei euren Häusern herumgeschlichen«, sagt Jessica. »Meinst du, er wollte Kontakt zu euch aufnehmen?«

Das ist die große Frage. Vielleicht wollte er nur mal kurz vorbeischauen, um danach wieder zu verschwinden. Die insgeheime Hoffnung, die in Lois aufgewallt war, wird mit einem Mal von einer Welle der Verbitterung niedergewalzt. Natürlich hatte er nicht vor, auf einen Kaffee bei ihnen vorbeizuschauen. Wer weiß, wie oft schon er Tessa und sie ausgespäht hat, um danach wieder von der Bildfläche zu verschwinden.

»Ich habe Kopfschmerzen, ich gehe mir kurz eine Paracetamol holen. Sorg dafür, dass sie ihn nicht gehen lassen.« Lois steht auf und flüchtet aus dem Raum.

Im Büro holt sie eine Packung Paracetamol aus ihrer Tasche und schluckt eine Tablette mit etwas Wasser herunter. Um sie herum sind alle vollauf beschäftigt, niemand nimmt von ihr Notiz. Erst als sie beinahe zehn Minuten dasitzt und vor sich hinstarrt, blickt Nick sie aufmerksam von der Seite an und kommt mit seinem Bürostuhl zu ihr gerollt.

»Was ist denn mit dir? Geht es dir nicht gut?«

Lois massiert ihre pochenden Schläfen. Sie hat nicht das geringste Bedürfnis, diesen schwierigen Moment mit Nick zu teilen, aber es arbeitet so sehr in ihr, dass sie es nicht für sich behalten kann.

»Es ist mein Vater«, sagt sie. »Der Mann, der gerade verhaftet wurde, ist mein Vater.«

Das Unverständnis auf seinem Gesicht weicht langsam einem Ausdruck von Erstaunen.

»Echt jetzt? Der Kerl, der vor deinem Haus herumhing?« Nick fährt sich mit der Hand durchs Haar, das danach zu Berge steht. »Und jetzt? Was wirst du tun?«

»Keine Ahnung. Mit ihm reden, denke ich. Ich bin durchaus neugierig zu erfahren, was ihn zu uns bringt.«

»Solltest du dann nicht die Vernehmung verfolgen? Das würde bestimmt vieles beantworten.« Er dreht sich um, als Fred und Ramon das Büro betreten. »Dafür ist es jetzt wohl zu spät«, sagt er. »Na dann, verkünde mal die frohe Botschaft.«

»Welche frohe Botschaft?«, erkundigt sich Ramon.

»Lois ist endlich wieder mit ihrem Papi vereint. Zumindest fast«, sagt Nick triumphierend.

Lois blitzt ihn böse an. Was ist er doch für ein Ekelpaket, das auf diese Art und Weise zu verkünden, noch dazu, ehe sie Gelegenheit hatte, etwas zu sagen.

Voller Mitgefühlt blickt Fred sie an. »Ist das wahr?«

Sie nickt und zuckt ein paar Mal hilflos mit den Schultern. »Ich stand vor dem Venezianischen Spiegel und habe ihn sofort erkannt.«

All die Jahre hat Fred mit ihr mitgefühlt, ihr Schweigen in dieser Angelegenheit respektiert, die sparsamen Informationen, die sie preisgab, aufmerksam angehört. Wenn irgendjemand ermessen kann, was dieser Moment für sie bedeutet, dann er. Er geht zu ihr und tätschelt ihr unbeholfen die Schulter. »Also doch. Es musste ja irgendwann dazu kommen.«

»Wusstest du, dass er in der Gegend war?«

Ihr Kollege nickt.

»Was hat er gesagt?«

»Nichts. Er hat einfach nur dagesessen und sich geweigert, auch nur ein Wort zu sagen.«

»Wir haben ihn vorerst in die Zelle gebracht, wir probieren es später noch einmal.« Ramon legt Lois eine Hand auf die Schulter. »Das muss ein echter Schock für dich sein. Kommst du klar?«

Lois nickt. »Ich musste mich kurz hinsetzen, aber mir geht's gut.«

»Gut so. Ich denke nicht, dass dein Vater irgendetwas Böses im Schilde führte, deshalb gibt es eigentlich keinen Grund, ihn festzuhalten. Außer du bist der Meinung, dass er dein Haus beschmiert hat.«

»Nein, das muss Wilco gewesen sein. Mein Vater kam zufälligerweise einfach zum falschen Zeitpunkt bei mir vorbei, gerade als die Kamera aufgehängt worden war.«

»Willst du mit ihm reden?«, fragt Ramon.

»Ja«, sagt Lois. »Das möchte ich auf jeden Fall. Und wenn möglich, jetzt gleich.«

46

Um ihnen beiden die unangenehme Situation einer Begrüßung zu ersparen, sitzt Lois bereits am Tisch, als ihr Vater in das Vernehmungszimmer geführt wird. Mit angehaltenem Atem sieht sie ihn an, gespannt auf seine Reaktion. Die fällt verhalten aus. Ihre Blicke begegnen sich für einen Moment, dann weicht er ihrem Blick aus, und er nimmt, ohne ein Wort zu sagen, ihr gegenüber Platz.

Lois betrachtet ihren Vater aufmerksam. Die erste Konfrontation war der größte Schock, doch nun erschrickt sie erneut über sein Äußeres. Das halblange graue Haar, das eingefallene Gesicht, die Falten und Narben auf seiner Haut – kein Zweifel, es ist ihr Vater, und gleichzeitig auch wieder nicht. Die siebzehn Jahre Funkstille haben ihre Spuren hinterlassen. Bei ihr natürlich auch, denn als er sie zuletzt gesehen hat, war sie vierzehn. Zumindest nimmt sie das an.

Auf einmal kann sie ihre Neugier nicht mehr zügeln. Nach all den Jahren, in denen sie tausend Fragen und die Ungewissheit geplagt haben, ist es endlich an der Zeit für Antworten.

Automatisch nimmt sie eine Haltung ein, mit der sie jede Vernehmung beginnt, die Arme auf dem Tisch abgelegt und leicht zum Verdächtigen hin gebeugt.

»Tja, Papa«, sagt sie. »Schön dich wiederzusehen.«

Mart Elzinga wirft ihr einen prüfenden Blick zu, als ob er nachsehen will, ob sie das ernst meint. Auf Lois' Gesicht ist keinerlei Andeutung eines Lächelns oder irgendeiner Annäherung zu sehen. Mit einem Seufzen wendet Mart wieder seinen Blick ab.

»Genau davor hatte ich Angst«, sagt er.

»Wovor hattest du Angst?«

»Vor dieser Reaktion.«

»Ach so, wäre es dir lieber gewesen, wenn ich Kuchen geholt und Girlanden aufgehängt hätte?«

Ungeduldig schüttelt er den Kopf. »Natürlich nicht. Ich verstehe nur zu gut, dass du nicht in Jubel ausbrichst.«

»Schön«, sagt sie. »Dann wäre das schon mal geklärt.« Sie hält ihren Blick fest auf ihren Vater gerichtet, als ob sie ihn damit zwingen wollte, eine Erklärung für sein Verschwinden abzugeben. Doch es kommt keine. Nach dieser einen Bemerkung verfällt er wieder in Schweigen.

Lois verstummt ebenfalls, und lange Zeit sitzen sie sich einfach gegenüber. Während ihr Ärger wächst, mustert sie ihren Vater. Er sieht etwas nervös aus, aber ganz sicher nicht reuevoll oder schuldbewusst. Das irritiert sie, macht sie aber auch neugierig. Was weiß sie eigentlich schon über ihn? So gut wie nichts. Sie hat ihn nur als Kind gekannt, und inzwischen hat sie mehr Zeit ohne ihn als mit ihm verbracht. Wenn sie irgendetwas über ihn herausfinden will, muss sie ihre Gefühle zurückstellen und ihn mit den Augen eines Erwachsenen betrachten und nicht mit denen des verletzten Kindes.

»Wo bist du all die Jahre gewesen?«, fragt sie ruhig, ohne den anklagenden Ton, den sie zuvor angeschlagen hatte.

»In Amsterdam«, antwortet ihr Vater.

So nah. Sie hat in Amsterdam studiert, sie hätte ihm jederzeit begegnen können. Wer weiß, vielleicht ist das auch passiert, vielleicht sind sie auf der Straße aneinander vorbeigegangen, ohne dass sie ihn erkannt hätte.

»Hast du dort eine Wohnung?«

Er nickt. »Jetzt schon. Ich habe jahrelang auf der Straße gelebt. Erst habe ich in einem Hotel gewohnt, aber das war teuer. Und als mein Geld ausging, landete ich auf der Straße.«

Sofort sieht Lois ihren Vater vor sich, wie er in einem Hauseingang oder unter einer Brücke liegt. So wütend sie auch auf ihn ist, diese Bilder versetzen ihrem Herzen einen Stich.

»Aber warum? Du hättest doch nicht so leben müssen? Ich dachte immer, dass du irgendwo anders wohnst, dass du eine neue Wohnung hast, eine neue Frau, eine neue Familie …« Ihre Stimme stockt.

»Nein«, sagt Mart. »Es gab nie jemanden.«

Lois lehnt sich zurück und fährt sich mit der Hand durchs Haar. »Ich verstehe das nicht, Papa. Erkläre es mir. Nach siebzehn Jahren habe ich ein Recht darauf.«

»Ja«, sagt er und schaut erneut weg. »Ja, das hast du wohl.«

Stille.

»Also?«

Niedergeschlagen schüttelt er den Kopf und starrt auf seine Hände. Die Hände eines Landstreichers, wie Lois sieht. Mit abgebrochenen Nägeln und Narben von schlecht verheilten Wunden.

Erneut herrscht lange Zeit Stille.

»Ich habe euch die ganze Zeit vermisst«, bricht er plötzlich sein Schweigen. »Die ganze Zeit. Das musst du mir glauben.«

»Okay«, sagt Lois behutsam, aus Angst, das kaputt zu machen, was mühsam in Gang gekommen ist. Mehr scheint ihr Vater jedoch leider nicht sagen zu wollen.

»Du hättest zurückkommen können«, sagt sie. »Warum hast du das nicht getan?«

Mart schüttelt den Kopf. »Das ging nicht. Das ging wirklich nicht.«

»Natürlich ging das. Wieso nicht? Wir brauchten dich, Papa. Mama, Tessa und ich.«

»Deine Mutter brauchte mich bestimmt nicht, sie hat mich gehasst. Schau nicht so ungläubig, sie hat mich wirklich gehasst. Ihrer Meinung nach war ich an Marens Tod schuld. Weil ich nicht rechtzeitig eingegriffen und sie zurückgehalten habe, als sie mit ihr ins Krankenhaus fahren wollte. Und sie hatte recht, das hätte Marens Leben retten können. Es war meine Schuld, dass unsere Kleine starb.« Marts Stimme bebt, seine Hände zittern. »Wir haben uns schrecklich gestritten, deine Mutter und ich. Ihr wart nie dabei, dafür haben wir gesorgt, aber deine Mutter wollte mich nicht mehr sehen. Was hätte ich anderes tun sollen als wegzugehen?«

»Was du anderes hättest tun sollen? Für Tessa und mich sorgen zum Beispiel! Mama hing damals schon an der Flasche, du wusstest genau, dass sie nicht allein zurechtkommen würde. Dass wir dich brauchten. Verdammt, Papa, ich war vierzehn und Tessa zwölf! Was glaubst du, wie das für uns war, ohne Vater und mit einer Mutter, die den ganzen Tag sturzbesoffen auf der Couch lag? Wie konntest du uns das antun?«

Bis zu ihrem vierzehnten Lebensjahr war er in ihren Augen immer der klügste, stärkste und tollste Vater der Welt gewesen, und trotz allem, was vorgefallen ist, ist etwas von dieser Verehrung bis heute geblieben. Und jetzt sitzt er vor ihr, zu feige, um ihr auch nur in die Augen zu blicken.

Mit einem Mal ist sie durch mit ihm. In all den Jahren bei der Polizei hat sie jede Menge solcher Leute vor sich sitzen gehabt. Meistens Männer, die sich selbst bemitleideten und denen jegliches Verantwortungsbewusstsein fehlte.

»Warum bist du zurückgekommen?«

»Ich war nie wirklich weg. Jedenfalls nicht ganz. Ich bin regelmäßig vorbeigekommen, um nach euch zu schauen, um zu sehen, wie ihr aufwachst. Ich war auch bei der Beerdigung deiner Mutter, ganz weit hinten, außer Sichtweite. Ihr seid immer Teil meines Lebens geblieben, Lois. Und ich habe euch immer vermisst.«

»Wie rührend. Mir kommen gleich die Tränen.«

»Ich erwarte nicht, dass du das verstehst. Und wenn ich nicht willkommen bin, bin ich auch sofort wieder weg.«

»Das schlag dir mal aus dem Kopf. Ich weiß ganz sicher, dass Tessa dich auch sprechen will. Deshalb sperre ich dich erst einmal so lange ein, bis sie dazu Gelegenheit hatte.«

Ein Anflug von einem Lächeln durchbricht sein Gesicht. »Du warst schon immer eine kleine Tyrannin. Tessa war umgänglicher.«

»Glaub mir«, entgegnet Lois trocken. »Das ist sie längst nicht mehr.«

Natürlich kann sie ihren Vater nicht wirklich festhalten. Als ihr Gespräch sich langsam totläuft, begleitet Lois ihn zur Eingangshalle, wo der Empfang ist. Sie gibt ihm Geld für ein Hotel mit und legt ihm ans Herz, nicht eher wegzugehen, bevor er nicht mit Tessa gesprochen hat, was er ihr auch verspricht.

»Ich möchte Tessa selbst auch gerne sehen«, sagt er. »Ich wollte euch alle beide sehen, ich wusste nur nicht, ob ihr euch darüber freuen würdet.«

»Ja, natürlich«, sagt Lois. »Es wäre nur schön gewesen, wenn dir das schon eher eingefallen wäre.«

Als er das Revier verlässt, sieht sie ihrem Vater nach, dieser hochgewachsenen, etwas hageren Gestalt, die ihr so vertraut ist, und sie empfindet Bedauern darüber, wie alles gekommen ist. Jetzt ist er ja wieder da, hält sie sich selbst vor. Er hat uns vermisst. Er wollte uns sehen.

Es sollte sie eigentlich freudig stimmen, aber sie empfindet dabei nichts. Die Leere in ihrem Herzen lässt sich nicht so schnell füllen, und es ist die Frage, ob das überhaupt irgendwann möglich ist.

Sie geht zurück zu ihrer Abteilung. Doch anstatt in das Großraumbüro der Kripo zu gehen, in dem zweifellos lauter neugierige Kollegen auf sie warten, steuert sie Ramons Büro an.

»Und, wie lief's?«, fragt er, als sie hereinkommt.

Lois zuckt mit den Schultern. »Nicht gut und nicht schlecht. Ich weiß nicht, was ich davon halten soll, dass er wieder zurück ist. Ich kann es noch nicht ganz glauben.«

»Siebzehn Jahre ist eine lange Zeit«, pflichtet ihr Ramon bei. »Für ihn ist es sicher auch schwierig und seltsam. Du warst ein Teenager, als er wegging, und jetzt bist du eine erwachsene Frau.«

»Das kann mir herzlich egal sein, ob es für ihn schwierig und seltsam ist. Es war seine Entscheidung wegzugehen. Wir hatten keine Wahl, wir mussten damit klarkommen.«

»Das ist wahr.« Ramon sieht sie an. »Du willst sicher freihaben?«

»Geht das? Nicht den ganzen Tag, aber vielleicht eine Stunde oder so. Ich würde gern Tessa anrufen und ihr alles berichten.«

»Klar. Momentan gibt es sowieso nichts, bei dem ich dich akut bräuchte. Falls es neue Entwicklungen gibt, sage ich dir natürlich Bescheid.«

»Prima.« Lois lächelt dankbar und steuert auf die Tür zu.

»Ach, und Lois«, sagt Ramon.

Mit fragendem Gesichtsausdruck dreht sie sich zu ihm um.

»Ich sage nicht, dass du alles vergeben und vergessen sollst, das ist wahrscheinlich zu viel verlangt. Aber denk daran, er ist immer noch dein Vater. Ich habe selbst lange im Clinch gelegen mit meinem Vater. Er ist gestorben, bevor ich mich mit ihm aussöhnen konnte, und ich mache mir immer noch Vorwürfe deswegen. Das wollte ich dir nur sagen.«

Lois nickt, lächelt und geht durch die Tür in den Flur.

47

Lois weiß, dass Fred ganz begierig darauf ist zu erfahren, wie das Gespräch mit ihrem Vater gelaufen ist, aber sie will erst mit Tessa sprechen. Diese Neuigkeit ist so groß, dass sie nicht länger warten kann, sie mit ihrer Schwester zu teilen.

Es nervt sie, dass sie erst nach Hause muss, um ihr Auto zu holen, aber das gibt ihr Gelegenheit, sich ein Bild davon zu machen, wie ihre Hausfassade nach der Reinigung aussieht.

Am Ufer der Gracht stehend, nimmt sie das Resultat in Augenschein und stellt zufrieden fest, dass das Fenster, die Tür und die Außenmauer wieder blitzsauber sind. Sie geht hinein, holt ihre Autoschlüssel und fährt kurze Zeit später die Gracht entlang. Erst dann fällt ihr auf, dass sie sicherstellen sollte, ob Tessa wirklich zu Hause ist.

Sie ruft mit ihrem Headset auf Tessas Handy an, die zum Glück sofort abnimmt.

»Hey, ich bin's, Lois. Sag mal, bist du zu Hause?«

»Nein, ich sitze mit Jacinta in einem Café in Bergen. Wieso?«

»Ich bin auf dem Weg zu dir, ich habe Neuigkeiten. Wo bist du genau?«

»Im *De Pilaren*. Was gibt es denn Neues? Es geht bestimmt um die Kameraaufnahmen, oder?«

»Ja«, antwortet Lois. »Sag Jacinta, dass ich das gerne unter vier Augen mit dir besprechen würde.«

Zwanzig Minuten später läuft sie durch die Straßen von Bergen zum *De Pilaren*. Das Café ist gut besucht, die Terrassen voll besetzt. Aus einigem Abstand sieht sie bereits ihre Schwester, die nun tatsächlich ohne ihre Freundin dasitzt.

»Jacinta fand das nicht besonders nett.« Tessa steht auf, um ihre Schwester mit einem Küsschen zu begrüßen. »Das müssen ja ganz außergewöhnliche Neuigkeiten sein, die du da hast.«

»Sind es auch. Und Jacinta hat bestimmt vollstes Verständnis, wenn du es ihr später erzählst.« Lois nimmt auf dem Stuhl Platz, den ihr Tessa freigehalten hat, und dreht ihn so, dass ihr die Sonne nicht direkt ins Gesicht scheint.

»Dann schieß mal los, du machst mich ganz neugierig. Es hat also mit den Überwachungsbildern zu tun. Weißt du mittlerweile, wer dieser Kerl ist?« Tessa fischt eine Zitronenscheibe aus ihrer Cola und sieht Lois abwartend an.

»Ja. Es war Papa.« Es ist nicht Lois' Art, um den heißen Brei herumzureden. Der Schockmoment wird dadurch auch nicht geringer. Trotzdem war sie nicht darauf vorbereitet, dass Tessa so sehr erschrickt, dass sie ihr Glas fallen lässt.

Plötzlich liegt vor ihnen ein Chaos aus Glasscherben und Eiswürfeln, und die Cola läuft über die Tischkante. Alle Köpfe drehen sich zu ihnen um, ein paar Leute reichen ihnen Servietten. Ein Kellner und eine Kellnerin kommen herbeigeeilt, beruhigen sie, dass es nicht weiter schlimm sei, und räumen alles schnell auf.

Kurze Zeit später steht ein neues Glas Cola vor Tessa, für Lois auch eins, und sie sehen einander an.

»Willst du damit sagen, dass das Papa auf den Videobändern war?«, fragt Tessa ungläubig.

»Du hast das schon richtig verstanden. Es war wirklich Papa. Er hat es selbst zugegeben.«

»Du hast mit ihm gesprochen!«

»Ja, vor einer Stunde.« Lois fasst die Geschehnisse kurz zusammen, beschränkt sich aber auf ihre beschmierte Hausfassade und die Kamera, die aufgehängt wurde. »Die Zentrale sah, dass jemand bei mir durchs Fenster spähte, und schickte sofort einen Streifenwagen hin.«

»Und dann haben sie ihn mit aufs Revier genommen.« Tessa schlägt sich eine Hand vor den Mund. »Du musst dich fürchterlich erschrocken haben, als du ihn gesehen hast.«

»Ich wusste nicht, wie mir geschah. Zum Glück habe ich die Vernehmung nicht selbst geführt, sonst hätte ich ihm völlig ahnungslos gegenübergesessen. So hatte ich ein wenig Zeit, mich von dem Schock zu erholen und mich zu sammeln.«

»Und wie sah er aus? Hat er etwas gesagt, weshalb er weggegangen ist? Und wo er all die Jahre gesteckt hat?«

Lois liefert ihr einen detailgetreuen Bericht von dem Gespräch mit ihrem Vater.

»Also hat er auf der Straße gelebt.« Tessa scheint auf gewisse Weise beeindruckt. »Aber jetzt nicht mehr, richtig? Wie kam es dazu?«

»Das weiß ich eigentlich gar nicht«, gibt Lois zu. »Dazu sind wir nicht mehr gekommen. Es war ein ziemlich mühsames Gespräch. Ich wusste nicht, ob ich mich freuen oder ihm eine Ohrfeige verpassen sollte.«

Trotz allem kichert Tessa. »Da bin ich mir auch noch nicht schlüssig.« Auf einmal sieht sie erschrocken hoch. »Er ist doch nicht schon wieder weg, oder?«

»Nein, er hat sich ein Zimmer in einem Hotel in der Stadt genommen. Für den Fall, dass du ihn auch sprechen möchtest.«

»Ja, natürlich möchte ich das.« Tessa schweigt einen Moment und fügt dann hinzu: »Glaube ich.«

»Ich würde es tun. Und wenn es nur ist, um damit abschließen zu können.«

»Eigentlich«, sagt Tessa leise, »hoffe ich, dass es ein Neuanfang ist.«

Sie reden noch ein Weilchen miteinander, kramen Jugenderinnerungen hervor und staunen immer wieder über die plötzliche Rückkehr ihres Vaters. Nach einer Stunde bezahlt Lois ihre Getränke und steht auf. Tessa hat es auf einmal ebenfalls eilig. Sie will nach Hause, um ihr Auto zu holen und nach Alkmaar zu fahren.

»Ich möchte ihn noch heute sehen«, sagt sie. »Bevor er wieder abhaut.«

Sie verabschieden sich voneinander, und kurze Zeit später lässt Lois Bergen hinter sich. Es wird schwierig werden, sich den restlichen Nachmittag auf die Arbeit zu konzentrieren. Sie ist unheimlich gespannt darauf, wie das Gespräch zwischen Tessa und ihrem Vater verläuft.

Zum Arbeiten kommt sie ohnehin nicht mehr. Sobald sie das Büro betritt, wird sie sofort von Fred, Jessica und Claudien mit Fragen überhäuft, wie es lief.

»Du warst plötzlich weg«, sagt Jessica. »Wir haben uns Sorgen um dich gemacht.«

»Ich bin zu Tessa gefahren. Ich wollte ihr die Neuigkeit nicht am Telefon überbringen.« Lois erzählt ihren Kollegen von dem Gespräch mit ihrem Vater und mit Tessa und sucht dann schnell ihren Schreibtisch auf. Für den Augenblick hat sie genug erzählt, sie hatte kaum Zeit, ihre Gedanken zu ordnen, und sie fühlt einen leichten Kopfschmerz heraufziehen. Ihr Telefon klingelt, aber bevor sie rangeht, spült sie erst eine Paracetamol mit ein wenig Wasser herunter. Es ist Bonnie vom Empfang.

»Lois, ich habe Marjet Westra in der Leitung. Passt das gerade?«

»Ja, stell sie ruhig durch«, sagt Lois. Sie nimmt noch schnell einen Schluck Wasser und als sie ein Knacksen in der Leitung hört, sagt sie: »Hallo Marjet, hier ist Lois. Du wolltest mich sprechen?«

»Ja, es geht um Wilco«, sagt Marjet. »Ich habe im Internet nachgeschaut, wer alles niedergestochen wurde, um zu sehen, ob mein Bruder die Leute kannte.«

»Und?«

»Außer Lilian van Dijk kannte er niemanden sonst, soweit ich weiß. Mir sagen die Namen zumindest nichts, und Wilco hat sie auch nie erwähnt. Und was Lilian betrifft …«

»Ja?«, ermutigt sie Lois.

»An dem Morgen, als sie angegriffen wurde, war Wilco bei mir zu Hause. Das heißt, er kann es gar nicht gewesen sein.«

»Aha.« Lois reibt sich ihre pochende Stirn. »Warum hast du das nicht gleich gesagt?«

»Ich wusste nicht, wann sich der Angriff auf Lilian ereignet hat.«

»Gibt es jemanden, der bezeugen kann, dass Wilco bei dir war?«

»Ja, Oscar, aber der hat früh das Haus verlassen, und Lilian wurde gegen halb zehn niedergestochen. Aber um diese Uhrzeit saßen wir am Küchentisch, haben Kaffee getrunken und darüber geredet, wie schwierig es ist, Arbeit zu finden. Er war schon ein Jahr lang arbeitslos. Ich riet Wilco, noch mal zum Arbeitsamt zu gehen und zu fragen, ob sie etwas für ihn hätten.«

»Und hat er das getan?«

»Ja, nachdem wir den Kaffee ausgetrunken hatten, haben wir uns zusammen auf den Weg dorthin gemacht.«

»Um wie viel Uhr war das genau?«

»Ich glaube, wir sind Viertel nach zehn losgegangen. Der Sachbearbeiter vom Arbeitsamt hat Wilcos Angaben notiert, das heißt, er kann das Alibi bestätigen.«

Die Paracetamol wirkt noch nicht richtig. Lois nimmt noch einen Schluck Wasser und sagt: »Danke für die Information,

Marjet. Gut, dass du angerufen hast. Hast du noch irgendetwas von Wilco gehört?«

»Nein, nichts. Ich mache mir langsam Sorgen. Aber nach dem, was ich gerade erzählt habe, sieht die Sache doch schon ganz anders aus, oder nicht?«

»Ein wenig. Aber wir haben immer noch Nicolette Dekker. Er hat dir gegenüber selbst zugegeben, dass ihr Tod ein Versehen war.«

»Eben, ein Versehen. Man kann doch niemanden wegen eines Versehens ins Gefängnis stecken? Und mit den anderen Fällen hat er nichts am Hut.«

Das sei dahingestellt. So wie Lois das sieht, kann Marjet auch lügen, was die Zeitspanne betrifft, in der sie mit ihrem Bruder Kaffee getrunken haben will.

»Halte mich über alles auf dem Laufenden, was dir einfällt«, sagt sie dennoch freundlich. »Und vor allem, falls Wilco sich bei dir melden sollte natürlich.«

Marjet verspricht es ihr, und sie beenden das Gespräch.

»War das Marjet?« Am Schreibtisch ihr gegenüber sieht Fred sie fragend an.

Lois nickt. »Sie behauptet, dass Wilco an dem Morgen, als Lilian angegriffen wurde, bei ihr zu Hause war.«

»Zeugen?«

»Nein, sie waren allein. Aber es scheint, dass er um Viertel nach zehn beim Arbeitsamt war.«

»Genug Zeit also, um erst jemandem ein Messer in den Rücken zu rammen und sich dann schnell umzuziehen.«

»Exakt. Und natürlich besteht die Möglichkeit, dass Marjet lügt. Ich weiß sowieso nicht, ob wir ihr vertrauen können. Vielleicht hat sie ihren Bruder vorgewarnt, als wir bei ihr zu Hause auf ihn gewartet haben. Und es kann auch sein, dass sie in Kontakt mit ihm steht.«

Sie haben nicht bemerkt, dass Ramon zwischenzeitlich hereingekommen ist und ihre Unterhaltung mitverfolgt hat.

»Das sehe ich genauso«, sagt er. »Wir werden die Dame ab sofort etwas strenger überwachen lassen. Von jetzt an wird das Observationsteam jede ihrer Bewegungen verfolgen.«

48

Lois übernimmt sofort die erste Schicht im Observationsteam und verbringt den restlichen Nachmittag gemeinsam mit Claudien in einem zivilen Auto bei Marjet in der Straße. Ein Mal müssen sie in Aktion treten, als Marjet mit dem Fahrrad wegfährt. Aber sie fährt lediglich zum Einkaufszentrum, um ein paar Besorgungen zu machen. Da Marjet Claudien nicht kennt, ist sie diejenige, die aussteigt und ihr zum Supermarkt folgt.

»Sie ist ein paar Mal stehen geblieben, um mit Bekannten zu plaudern, aber Wilco habe ich nicht gesehen«, sagt Claudien, als sie wieder zu Lois ins Auto steigt.

»Schade.« Lois fährt in einigem Abstand hinter Marjet her. An einem Kreisverkehr fährt Marjet geradeaus, woraufhin Lois links abbiegt, um die Verfolgung an einem anderen Punkt wieder aufzunehmen. Als Marjet mit dem Rad in den Weg hinterm Haus einbiegt, parkt Lois das Auto an einer Straßenecke.

»Wann wirst du deinen Vater wiedersehen?«, fragt Claudien. »Habt ihr etwas ausgemacht?«

»Nicht wirklich. Tessa ist jetzt bei ihm. Ich bin sehr gespannt, was sie danach erzählt.«

»Kann ich mir vorstellen.« Claudien pustet sich eine Locke aus der Stirn und kurbelt das Fenster nach unten. »Mein Vater hat meine Mutter sitzen gelassen, als sie mit mir schwanger war. Wir hatten zwar immer Kontakt, aber ich habe nie erfahren, wie es ist, mit einem Vater aufzuwachsen.«

»Hat deine Mutter danach nicht noch mal geheiratet?«

»Oh doch, drei Mal sogar. Das ging also auch nicht besonders gut.«

Lois lacht. »Und heute? Hast du ein gutes Verhältnis zu ihm?«

»Seit ich selbst Mutter bin schon. Finn ist total vernarrt in seinen Opa, und das beruht auf Gegenseitigkeit, also denke ich mir: Wer bin ich, ihnen das Leben schwer zu machen? Und letztlich bleibt es immer der eigene Vater. Es klingt vielleicht wie ein Klischee, aber es stimmt tatsächlich.«

»Klischees sind immer wahr. Deshalb sind es ja Klischees.« Lois streckt sich und gähnt. Durch den Rückspiegel wirft sie einen Blick in die Straße. »Sieht nicht danach aus, als ob sich noch etwas tut. Außer sie haut über den Weg ab.«

»Das würden wir sehen. Der Weg führt hier auf die Straße.«

Es ist langweilig und ermüdend, ununterbrochen dieselbe Stelle im Blick zu behalten. Sie wechseln einander ab, sodass sie ab und zu irgendwo anders hinschauen können. Gegen sechs geht Lois' Handy. Den Blick weiterhin fest auf den Rückspiegel geheftet, nimmt sie ab.

»Hey, Tes, und wie lief's?«

»Gut!« Ihre Schwester klingt beschwingt. »Es war erst ein wenig ungewohnt, aber dann haben wir uns sehr gut unterhalten. Er hat wirklich viel durchgemacht. Ich hatte echt Mitleid mit ihm.«

Lois zieht ihre Augenbrauen hoch. »*Du* hattest Mitleid mit *ihm?*«

»Ja, er hat fünfzehn Jahre auf der Straße gelebt. Ist das nicht schrecklich? Ich will mir gar nicht vorstellen, wie hart es sein muss, so zu leben.«

»Das hat er selbst so entschieden. Vorher hatte er jedenfalls ein sehr komfortables Zuhause.«

»Papa hat es mir erklärt. Ich hatte keine Ahnung, dass er so unglücklich war mit Mama und dass es so schlecht um ihre

Ehe stand. Nach Marens Tod fühlte er sich schuldig, und Mama hat ihm auch die ganze Zeit über Vorwürfe gemacht. Irgendwann glaubt man dann selbst daran, das kann ich gut nachvollziehen. Bis er schließlich überzeugt war, dass wir ohne ihn besser dran wären.«

»Klar, mit zwölf und vierzehn Jahren kann man gut auf seinen Vater verzichten. Klingt vollkommen logisch.«

»Er hatte schwere Depressionen, Lois. Da ist man nicht mehr man selbst. Warum glaubst du, wäre er sonst auf der Straße gelandet? So was macht man nicht aus Jux und Tollerei.«

»Ich merk schon, er hat dich mit seiner Mitleidstour herumgekriegt.«

»Überhaupt nicht, ich habe ihm alle möglichen Vorwürfe an den Kopf geknallt. Ich habe sogar angefangen zu weinen, da musste er auch weinen.«

Lois blickt zu Claudien, die Tessa hören kann, und macht eine Geste, als würde sie sich den Finger in den Hals stecken. Ihre Kollegin lächelt.

»Es war auf jeden Fall sehr emotional«, fasst Tessa zusammen. »Papa möchte auch noch mal mit dir reden. Auf dem Revier hat er sich nicht wohlgefühlt, deshalb lief das Gespräch auch so schleppend. Er hat vorgeschlagen, dass wir heute Abend zu dritt im *Het Gulden Vlies* essen gehen könnten.«

»Um auf Happy Family zu machen und die große Wiedervereinigung zu feiern, oder wie?«, entgegnet Lois.

Am anderen Ende der Leitung hört sie ihre Schwester seufzen. »Komm schon, Lois, mach es ihm nicht so schwer. Du kannst ihm doch wenigstens eine Chance geben? Hör dir doch erst mal an, was er zu sagen hat.«

Lois blickt zu Claudien, die ihr ermutigend zunickt.

»Na gut«, sagt sie. »Aber nicht im *Het Gulden Vlies*. Ich lade euch zu mir ein. Papa kennt den Weg ja.«

Sie benachrichtigt die Zentrale, dass sie heute Abend zu Hause ist und dort auch bleibt. Sie hat keine Lust, sich noch länger aus ihrem eigenen Haus vertreiben zu lassen. Außerdem hat sie das Bedürfnis, allein zu sein, in ihren eigenen vier Wänden.

»Jetzt da die Kamera dahängt, bin ich gut geschützt«, argumentiert sie, als Fred protestiert. Dieses Mal lässt sie sich nicht überreden und fährt mit einer gewissen Erleichterung nach dem Dienst in die Baangracht. Fred und Nanda sind absolut reizend, aber nichts geht über das eigene Bett.

Sie überlegt kurz, ob sie noch etwas für heute Abend besorgen soll, Chips oder so, beschließt aber, es nicht zu tun. Sie hat alkoholfreie Getränke, Kaffee und Tee, das muss genügen.

Gegen halb acht trifft Tessa ein, und gemeinsam warten sie auf ihren Vater.

»Er wird doch wohl kommen, oder?«, fragt sich Tessa besorgt. »Nicht dass er sich am Ende nicht mehr traut.«

Lois bricht in schallendes Gelächter aus. »So streng war ich nun auch wieder nicht zu ihm. Er kommt schon noch, Tessa.«

Dennoch ist sie selbst auch erleichtert, als es an der Tür klingelt. Mit etwas unsicherem Blick steht ihr Vater vor der Tür, die Hände tief in den Taschen seiner blauen Jacke vergraben.

Dieses Mal ist Lois von seiner langen, mageren Gestalt etwas weniger erschrocken. Mehr noch, etwas wie Mitgefühl beschleicht sie. Herzlicher als geplant, öffnet sie die Tür ein Stück weiter und sagt: »Komm doch rein, Papa.«

Er behält die Jacke an, läuft neben ihr her und bleibt mitten im Wohnzimmer stehen. Mit bewundernder Miene sieht er sich um. »Schön hast du es hier, so an der Gracht. Schöne Wohnung.«

»Danke.« Lois folgt seinem Blick zu den schwarz gestrichenen Dachbalken und den Bleiglasfenstern in der Küche.

»Bestimmt siebzehntes Jahrhundert, oder? Fantastisch.«

»Ja, das ist natürlich genau das Richtige für dich. Setz dich schon mal hin. Magst du Kaffee oder Tee?« Froh, dass sie etwas in der Küche herumrödeln kann, lässt Lois ihren Vater und ihre Schwester allein. Sie hört, wie sie miteinander reden, Tessa mit ihrer hohen, fröhlichen Stimme, und dazwischen immer wieder die dunkle, vertraute Stimme ihres Vaters. Sie seufzt, stellt die Kaffeetassen und eine Packung gefülltes Marzipangebäck, das laut Haltbarkeitsdatum kurz vorm Ablaufen ist, auf ein Tablett und nimmt alles mit ins Wohnzimmer.

Die nächsten Stunden reden sie. Es fallen Vorwürfe und böse Worte, es werden Entschuldigungen hervorgebracht und Tränen vergossen. Und Mart Elzinga erzählt. Von seinen Depressionen nach Marens Tod, der schwierigen Beziehung zu ihrer Mutter, der Überzeugung, dass er ein Versager sei, dem Drang, einen Schlussstrich unter sein bisheriges Leben zu ziehen und neu zu beginnen. Er erzählt ihnen von seinem Leben auf der Straße, davon, wie er ganz unten landete und wie er seine Kinder all die Zeit über vermisste.

»Ich hatte wirklich das Gefühl, dass ihr ohne mich besser dran seid, vor allem nach ein paar Jahren auf der Straße. Ein Mal habe ich dich vorbeigehen sehen, Lois. Am Hauptbahnhof in Amsterdam, wo ich saß und bettelte. Du hast mich nicht erkannt und bist an mir vorübergelaufen. Und dafür war ich zutiefst dankbar.« Mart Elzinga nimmt mit bebenden Händen einen Schluck von seinem Kaffee. »Die Vorstellung, dass du mich in diesem Zustand sehen könntest, war mir unerträglich. Danach habe ich nie mehr am Hauptbahnhof gebettelt. Aber diese Begegnung mit dir hat trotzdem etwas verändert. Plötzlich wollte ich mich nicht mehr mit meiner Situation zufriedengeben und begann von euch zu träumen. Also fuhr ich ohne Ticket mit dem Zug nach Alkmaar. Ich fand heraus, wo ihr wohnt – das war nicht allzu schwierig –

und beobachtete euch aus einiger Entfernung.« Er schweigt kurz, dabei treten ihm Tränen in die Augen. »Ihr saht so glücklich und erfolgreich aus. Meine beiden Mädchen, mit einem Mal so groß. Ich erkannte, was ich all die Zeit versäumt hatte, und das war sehr schmerzhaft. Aber ich war auch stolz auf euch, weil ihr so gut zurechtkamt. Und ich dachte: Auf dich haben die gerade noch gewartet. Bestimmt schlagen sie dir die Tür vor der Nase zu, wenn du bei ihnen zu Hause klingelst, und jagen dich zum Teufel. Das hätte ich nicht ertragen. Lieber wollte ich weiterhin unsichtbar aus sicherer Entfernung an eurem Leben teilhaben.«

»Du hättest das Risiko eingehen müssen, Paps«, sagt Tessa unter Tränen. »Dann wären wir schon vor Jahren wieder vereint gewesen.« Tessa benutzt auf einmal wieder die Koseform ›Paps‹ wie in ihrer Jugend statt das etwas neutralere ›Papa‹. So weit ist Lois noch nicht.

»Hast du dir mal einen Moment lang überlegt, dass wir vielleicht gar nicht so erfolgreich und glücklich waren, wie es den Anschein hatte? Dass wir vielleicht gar nicht so gut zurechtkommen?«, fragt sie verärgert.

»Damals nicht, später schon. Ich habe jahrelang schwere Depressionen gehabt, da sieht man die Welt mit anderen Augen.« Mart seufzt tief. »Warum verstehen Kinder eigentlich nicht, dass ihre Eltern auch nur Menschen sind? Dass sie ein eigenes Leben haben, eigene Wünsche und Probleme? Ist es wirklich so schwer, sich in meine Situation hineinzuversetzen und ein bisschen Verständnis für mich aufzubringen?«

Lois' Augenbrauen fliegen hoch. »Ach, ist es jetzt etwa meine Schuld? Weil ich dir nach siebzehn Jahren nicht weinend um den Hals falle?«

»Keinen Streit bitte!« Tessa springt auf und wirft ihrem Vater und ihrer Schwester ermahnende Blicke zu. »Was geschehen ist, ist geschehen. Ich habe durchaus Verständnis für dich, Paps, aber ich verstehe auch Lois. Sie hat es noch schwerer gehabt als ich. Sie musste nicht nur für Mama sorgen, sondern auch für mich. Du kannst nicht von ihr verlangen, dass sie das alles auf einmal vergisst.« Sie wendet sich ihrer Schwester zu. »Können wir nicht versuchen, uns wieder einander anzunähern? Nicht, indem wir so tun, als ob nichts gewesen sei, sondern indem wir miteinander reden und noch mal von vorne anfangen. Oder willst du etwa, dass Paps wieder geht?« Flehend sieht sie ihre Schwester an.

Auf ihre Frage hin entsteht eine peinliche Stille.

»Nein«, sagt Lois schließlich. »Das will ich nicht. Es ist gut, dass du zurückgekommen bist, Papa. Aber ich kann tatsächlich nicht einfach so tun, als ob nichts gewesen sei. Wenn ihr wieder einen Draht zueinander finden und eine gute Vater-Tochter-Beziehung aufbauen wollt, ist das prima. Aber so weit bin ich noch nicht.«

»Brauchst du auch nicht. Ich bin froh, dass ihr überhaupt noch mit mir redet. Das ist mehr, als ich je erwartet hatte.«

Zum ersten Mal sieht er Lois direkt an, und es sind seine Augen, die tief in ihrem Inneren etwas auslösen. Es ist genau dasselbe Hellblau wie in ihren Augen. Auf einmal ist sie wieder klein und blickt voller Vertrauen zu ihm hoch. Ihr Vater beugt sich lachend zu ihr, hebt sie hoch und hält sie fest. Die Erinnerung ist so lebendig, dass sie ihr schier den Atem raubt. Abrupt steht sie auf.

»Ich schenke uns noch etwas nach«, sagt sie. »Was möchtet ihr?«

49

Ab und zu fragt er sich, was das alles eigentlich noch für einen Sinn hat. Er hat alles ruiniert, seinen Job, seine Freundschaften, das Verhältnis zu seiner Schwester, und wofür? Noch vor gar nicht langer Zeit war alles in bester Ordnung, und jetzt? Er hat den Tod eines Mädchens auf dem Gewissen, die Polizei ist ihm auf den Fersen, und Marjet verachtet ihn. Verachtet ihn so sehr, dass sie ihn beinahe in die Falle hat tappen lassen.

Wilco kommt nicht darüber hinweg, dass sie dazu bereit war. Ihr Verrat zerreißt ihm das Herz und fügt ihm tiefere Wunden zu als die Schläge, die er als Kind von seinem Vater bekam. Damals hatte er immerhin noch seine Schwester, aber wer ist jetzt für ihn da? Gut, er hat noch einen Freund. Einen echten zumindest. Der Einzige, der ihm einen Schlafplatz bietet und ihm einen Drink spendiert.

Ohne den Wodka, der seine angespannten Nerven beruhigt und seine Angstanfälle vertreibt, hätte er bereits den Mut verloren und sich gestellt. Niek hat ihm das jedoch ausgeredet.

»Auf gar keinen Fall, Mann, bist du irre? Diese Typen sperren dich für den Rest deines Lebens weg. Du kannst bei mir bleiben, das weißt du doch. Ich hab reichlich zu trinken da, bedien dich einfach. Die werden ihre Suche schon bald aufgeben, und dann kannst du dich wieder frei bewegen. Aber du darfst dich auf gar keinen Fall stellen.«

Also hat er sich hier drinnen verschanzt, im Schutz des

Hauses, mit geschlossenen Jalousien und eingeschaltetem Fernseher, in der Hand eine Flasche Wodka. Niek hat recht, hier ist er in Sicherheit. Wenn er sich nur nicht so elend fühlen würde. Es kam ihm schon einmal alles hoch, er hat es gerade noch so zum Klo geschafft.

Er fühlt erneut Übelkeit in sich aufsteigen, kalter Schweiß bricht ihm aus. Wenn er nur nach draußen könnte, kurz mal frische Luft schnappen. Vielleicht ist das wirklich eine gute Idee. Nach draußen, ganz kurz nur.

Mühsam rappelt er sich hoch und wankt, sich an allem festhaltend, was ihm unterkommt, zur Tür. Sobald er die Haustür geöffnet hat, weht ihm frische Nachtluft entgegen. Er atmet tief ein und tritt nach draußen. Nach ein paar Schritten fühlt er seinen Mageninhalt hochkommen, und während er an der Brüstung einer Brücke Halt sucht, kotzt er ins Wasser.

»Geht's noch?«, fragt eine bekannte Stimme neben ihm. »Mann, bist du blau! Du hast doch nicht etwa die ganze Flasche Wodka ausgetrunken? Komm mal mit.«

Ein Arm legt sich um ihn. Er stolpert nebenher, wie auf Autopilot. Er fragt sich, wo sie hingehen, aber er ist viel zu hinüber, um Fragen zu stellen. Erst als er das tiefe schwarze Wasser unter sich glitzern sieht, öffnet er den Mund, um etwas zu sagen. Doch es kommt nur unverständliches Gebrabbel heraus, und ein Schwindelgefühl überfällt ihn. Hilfesuchend sieht er sich um, doch statt einer rettenden Hand bekommt er einen Stoß in den Rücken. Mit einem erstickten Schrei fällt er vornüber ins Wasser. Mit den Armen wild rudernd, versucht er sich über der Wasseroberfläche zu halten. Der Sternenhimmel über ihm dreht sich, als ob er in einem Karussell säße. Seine Gliedmaßen gehorchen ihm nicht mehr, er hat vergessen, wie man schwimmt.

Er will um Hilfe schreien, doch dabei läuft ihm Wasser in den Mund, er verschluckt sich. Verzweifelt blickt er ein letztes Mal zu der dunklen Silhouette am Ufer, dann ziehen seine vollgesogenen Kleider und Schuhe ihn nach unten.

50

Später am Abend wird es dann doch noch beinahe gemütlich. Nachdem alle Karten offen auf den Tisch gelegt und die schärfsten Auseinandersetzungen geführt wurden, entsteht allmählich Raum für ein etwas weniger erhitztes Gespräch. Gemeinsam reisen sie in ihren Erinnerungen in die Vergangenheit, umschiffen behutsam die schmerzvollsten Momente und versuchen, die Lücken, die durch die lange Abwesenheit des Vaters entstanden sind, zu füllen. Mart erzählt, wie er dank der Heilsarmee sein Leben nach all den Jahren auf der Straße wieder in den Griff bekommen hat. Wie er mittels Medikamenten die Depressionen hinter sich lassen konnte, Arbeit in einem Tierheim fand und an eine bescheidene Wohnung kam. Tessa wiederum erzählt von ihren Träumen und Wünschen, was Lois dazu bewegt, davon zu berichten, wie sie zur Kripo kam.

»Das überrascht mich ganz und gar nicht«, sagt Mart mit einem Lächeln, die langen Beine ausgestreckt. »Du warst nie so ein mädchenhaftes Mädchen. Sondern immer auf der Straße, beim Sport oder mit Freunden unterwegs.«

»Viele Freunde hatte ich eigentlich nicht«, sagt Lois. Sie will gerade hinzufügen, dass ihr das unmöglich gemacht wurde, weil sie niemanden mit nach Hause bringen durfte, aber ein einziger Blick von Tessa hält sie davon ab. »Keine richtigen Freunde zumindest«, sagt sie stattdessen. »Nur eine Clique, mit der ich nach der Schule herumhing.«

»Ich finde es großartig, dass du bei der Kripo arbeitest«, sagt Mart mit einem herzlichen Lächeln. »Wirklich großartig.

Aber was hatte das letztens mit der Farbe an deinem Haus auf sich?«

»Hast du das gesehen?«, fragt Lois erstaunt.

Ihr Vater nickt. »Ich habe sogar gesehen, wie der Kerl angelaufen kam und die Farbe gegen dein Fenster gekippt hat.«

»Im Ernst?« Lois springt auf. »Und wo standest du?«

»Ich sammelte gerade Mut, um dich anzusprechen, wenn du nach Hause kommen würdest. Ich wusste, dass es spät werden könnte, aber ich hatte ohnehin nichts anderes vor. Also habe ich mich auf die Treppe am Ende der Gracht gesetzt, dort bei den Bäumen.«

»Da, wo man die Brücke hochgeht?«

»Ja. Da saß ich ziemlich geschützt, das heißt, der Kerl hat mich nicht gesehen. Er spähte durch dein Fenster und schaute sich um. Dann hat er etwas durch deinen Türschlitz geworfen. Ich dachte, das ist ein Bekannter von dir, bis er plötzlich die Hälfte der Farbe gegen dein Fenster kippte und die andere Hälfte über die Tür.«

»Hast du ihn erkennen können? Kannst du ihn beschreiben?«, fragt Lois gespannt.

»Er war jung, ungefähr dein Alter. Ziemlich groß, braunes Haar. Er warf die leere Dose in die Gracht und haute ab.«

»In welche Richtung lief er?«

»Er nahm die andere Treppe und rannte weg. Ich war anfangs zu perplex, um zu reagieren, als er die Farbe auskippte, aber dann wurde ich stinksauer und bin ihm gefolgt. Er konnte schnell rennen, aber das kann ich auch noch ziemlich gut. Trotzdem konnte ich ihn nicht einholen. Irgendwann verlangsamte er seinen Schritt, und ich lief in normalem Tempo hinter ihm her.«

Atemlos blickt Lois ihren Vater an. »Bis wohin bist du ihm gefolgt?«

»Bis er eine Kneipe betrat.« Mart wirft seiner Tochter einen schuldbewussten Blick zu. »Das hätte ich dir gleich erzählen sollen, was? Aber ich war völlig durch den Wind, nachdem ich verhaftet wurde und dir plötzlich gegenübersaß. Ich hatte es fest vor, dachte aber, dass das noch Zeit hätte.«

»Macht nichts«, sagt Lois schnell. »Welche Kneipe war das?«

»Ein kleines Lokal am Singel. Wie heißt das gleich noch? *De Bonte Hond,* glaube ich.«

»Papa, du bist großartig.« Mit einem breiten Lächeln steht Lois auf. »Ich muss an die Arbeit. Ihr kommt auch ohne mich klar, oder?«

Ohne eine weitere Verabschiedung stürmt sie in den Flur, nimmt ihre Lederjacke von der Garderobe und rennt aus der Tür.

De Bonte Hond liegt am Rand der Innenstadt. Das Lokal ist gut gefüllt. Ein paar Männer spielen Dart, andere stehen um den Billardtisch herum. An der Bar sind alle Hocker besetzt. Ein lautstarker Typ gibt offenbar eine unheimlich witzige Geschichte zum Besten, denn die zwei Kumpels und die zwei jungen Mädels, die ihn umringen, kriegen sich nicht mehr ein vor Lachen.

Lois nimmt den Barkeeper zur Seite und zeigt ihm unauffällig ihren Dienstausweis. »Bist du der Eigentümer dieser Kneipe?«

Der Mann nickt und streckt ihr die Hand entgegen. »Niek de Jong.«

»Niek, sagst du?« Aufmerksam sieht Lois ihn an. »Ich bin auf der Suche nach Wilco Gardenier. Kennst du ihn?«

Ein vorsichtiger Blick, ein Zögern, dann ein kurzes Nicken. »Ja, der kommt manchmal her. Wieso?«

»Kannst du mir etwas über ihn erzählen? Wie gut kennst du Wilco?«

»Sorry, dafür habe ich keine Zeit. Siehst du nicht, wie viel hier los ist?«

»Ich fürchte, dass du dir kurz dafür Zeit wirst nehmen müssen. Am besten wir verlagern das Gespräch an einen ruhigeren Ort. Auf das Revier zum Beispiel. Kommst du mit?«

Auf dem Revier nimmt Lois die Befragung wieder auf, doch Niek de Jong streitet ab, Wilco genauer zu kennen.

»Der lügt, dass sich die Balken biegen«, sagt sie, als sie aus dem Vernehmungszimmer kommt. Zusammen mit Fred blickt sie durch den Venezianischen Spiegel auf den übermüdet aussehenden Barkeeper. Sie selbst ist auch müde, es ist bereits elf Uhr, sie würde schrecklich gern einfach ins Bett fallen. Aber noch mehr will sie die Wahrheit, von Nachhausegehen kann daher keine Rede sein.

»Laut Marjet hat Wilco einmal einen Niek erwähnt. Und mein Vater hat jemanden in die Kneipe gehen sehen, der auf Wilcos Beschreibung passt, man muss also nur eins und eins zusammenzählen. Das muss der Niek sein, den Wilco meinte. Ich denke, dass er sich bei Niek versteckt hält.«

»Hinter der Kneipe befindet sich eine Wohnung«, sagt Fred. »Aber auf die Schnelle bekommen wir keinen Durchsuchungsbeschluss dafür. Und wenn Wilco dahinterkommt, dass Niek verhaftet wurde …« Er schnippt mit den Fingern.

»Ist er längst über alle Berge«, vollendet Lois seinen Gedanken. »Aber vielleicht auch nicht. Können wir nicht …« Sie dreht sich um, als ein uniformierter Kollege angelaufen kommt.

»Wir haben eine Meldung hereinbekommen von einer Leiche im Kanal«, sagt er. »Bei dem Opfer handelt es sich um einen jungen Mann. Wilco Gardenier. Sie haben ihn gerade herausgefischt.«

»Shit«, sagt Fred und eilt mit Lois im Schlepptau davon.

Es ist wirklich Wilco, der am Ufer der Kanaalkade liegt. Er konnte durch seinen Personalausweis identifiziert werden, den er bei sich trug. Niedergeschlagen blickt Lois auf den Leichnam des Jungen hinunter. Natürlich wollte sie nichts lieber als den Fall schnellstmöglich aufklären, aber nicht auf diese Art und Weise. Ihre Gedanken wandern zu Marjet, und sie spürt tiefes Mitleid in sich aufwallen.

»Er ist wahrscheinlich ertrunken«, sagt Benno Andriesse, der bereits am Tatort war, bevor Fred und Lois eingetroffen sind. »Aber Genaueres können wir erst sagen, wenn der Obduktionsbericht vorliegt. Auf jeden Fall kann ich auf den ersten Blick keine Wunden erkennen, das heißt, er hat keinen Schlag auf den Kopf bekommen oder dergleichen. Ich glaube eher, dass er sturzbetrunken ins Wasser gelaufen ist. Die Leiche verströmt einen krassen Alkoholgeruch, riecht mal.«

»Nein, danke«, sagt Fred. »Ich glaube dir auch so.«

»Was hatte er denn hier am Wasser verloren?«, überlegt Lois.

»Vielleicht trieb er sich hier herum. In den *De Bonte Hond* konnte er nicht mehr gehen, und wahrscheinlich wusste er auch sonst nicht wohin mit sich.« Mit einem grimmigen Gesicht wendet sich Fred an die Beamten, die den Tatort abgesperrt haben. »Übernehmt ihr hier? Wir gehen zurück zum Revier. Wir haben dort jemanden sitzen, der uns eine Erklärung schuldig ist.«

Zu zweit gehen sie am Ufer entlang zu der Brücke über den Kanal. Auf der anderen Seite zeichnet sich das viereckige Polizeigebäude wie ein dunkler Klotz gegen den Nachthimmel ab. Hier und dort sind die Fenster beleuchtet, ein Zeichen, dass immer noch gearbeitet wird.

Sie dürfen Niek de Jong zwar die ganze Nacht festhalten, aber zwischen Mitternacht und neun Uhr morgens nicht mehr vernehmen. Doch so viel Zeit brauchen sie gar nicht, wie sich zeigt. Als sie Niek deutlich gemacht haben, dass er sich des Mordes mitschuldig macht, wenn er weiterhin schweigt, gibt er klein bei. Noch vor Mitternacht offenbart der Barkeeper ihnen alles, was er weiß.

51

Sobald Lois nach Hause kommt, taumelt sie nach oben, kriecht in ihr Bett und sinkt in einen tiefen, schweren Schlaf. Um Viertel nach neun wird sie langsam wach, auch wenn sie sich längst nicht ausgeschlafen fühlt. Müde dreht sie sich um und verflucht im Stillen das Tageslicht, das durch das Fenster hereinfällt. Sie hätte gestern Abend daran denken müssen, die Gardinen zuzuziehen.

Lois dreht sich auf den Rücken. Das Gefühl einer unbestimmten Bedrohung schwebt über ihr. Ein Fetzen, den sie aus ihrem Traum mit in die Realität genommen hat und der sich nicht verjagen lässt. Wovon hat sie gleich geträumt? Es ist ihr, als sei ihr in den paar Stunden Schlaf etwas klar geworden, das sie nun wieder vergessen hat. Etwas von größter Bedeutung. Es hatte mit ihrem Vater zu tun, und mit Milan.

Während sie angestrengt nachdenkt, dreht sie sich auf den Rücken, und in diesem Moment fällt es ihr wieder ein. Sie war die ganze Zeit über da, diese vage Erkenntnis, aber sie war zu beschäftigt, um sie zuzulassen. Nun ist sie kristallklar und so deutlich wie nur irgendetwas.

Lois schwingt die Beine über den Bettrand, reibt sich die Augen und geht ins Bad. Unter der warmen Dusche überlegt sie, wie jetzt vorzugehen ist.

Eine halbe Stunde später klingelt sie bei Milan. Es dauert eine ganze Zeit, bis er aufmacht, mit demselben schlaftrunkenen Gesicht und dem zerzausten Haar wie beim letzten Mal, sodass sie ein starkes Déjà-vu-Gefühl überkommt. Milan selbst offenbar auch, denn er sieht sie zunächst ein paar Sekunden lang an und sagt dann: »Das hier machst du dir aber nicht zur Gewohnheit, oder?«

»Hast du noch geschlafen?«

»Ja, ich hab gestern Abend bis spät gearbeitet.«

»Tut mir leid, aber es ist wichtig. Darf ich reinkommen?«

Seufzend öffnet Milan die Tür etwas weiter. »Na gut, wenn es wichtig ist, dann komm mal rein.«

An seinem Hintern kratzend, der nur von einer Boxershort bedeckt ist, geht er vor ihr her zum Wohnzimmer. Auf der Couch liegt ein großer Rucksack mit Kleidung darin.

»Fährst du in Urlaub?«, fragt Lois.

»Ja, gestern war mein letzter Arbeitstag. Ich werde eine Weile in Spanien und Marokko rumreisen, mich einfach ein bisschen treiben lassen. Hier und da trampen, so als Backpacker.«

»Cool. Kann ich mir gut vorstellen, dass Pauschalreisen nicht so dein Ding sind.«

»Nee, absolut nicht«, sagt Milan lachend. »Born to be wild!«

Er läuft ins Schlafzimmer und kommt in einer Jeanshose und einem T-Shirt zurück. »Setz dich doch«, sagt er und deutet auf die Couch. »Du wolltest mir etwas Wichtiges erzählen?«

»Ja, wir haben den Mann gefunden, der deinen Pflegevater niedergestochen hat.« Lois schiebt den Rucksack beiseite und lässt sich auf die weiße Couch sinken.

Überrascht nimmt Milan auf einem Stuhl ihr gegenüber Platz. »Da wird sich meine Pflegemutter aber freuen. Weiß sie schon Bescheid?«

»Einer meiner Kollegen ist gerade auf dem Weg zu ihr.«

»Ach so, und du wolltest mir quasi die Nachricht überbringen. Dann schieß mal los. Nicht dass es mich viel kümmert.

Wenn du mich fragst, sollte derjenige, der das getan hat, keine Gefängnisstrafe kriegen, sondern ein Denkmal.«

»Der Täter ist tot.«

Milan runzelt die Stirn. »Tot? Hat er Selbstmord begangen oder so?«

»Nein, er ist heute Nacht im Kanal ertrunken.«

Diese Nachricht muss Milan erst einmal verarbeiten.

»Oh«, sagt er nach einer Weile. »Ist er auch für die anderen Messerangriffe verantwortlich?«

»Vermutlich schon. Das untersuchen wir noch.«

»Das ist nett, dass du extra vorbeigekommen bist, um mir das zu erzählen.« Abwartend sieht er sie an. »War's das?«

»Nein. Ich wollte dir auch noch erzählen, dass mein Vater zurück ist«, sagt Lois. »Er stand plötzlich vor der Tür.«

»Echt jetzt?«, fragt Milan verblüfft. »Und, wie findest du das?«

»Ich weiß nicht genau, wie ich es finden soll. Ich habe immer darauf gehofft, aber nun, da er wirklich zurück ist, habe ich ständig das Bedürfnis, ihm endlich mal die ganze Wahrheit ins Gesicht zu sagen.«

Milan nickt. »Kann ich mir vorstellen.« Er blickt nachdenklich vor sich hin und sagt dann: »Es geht mich natürlich nichts an, aber ich finde, du solltest ihm eine Chance geben. Wir alle machen mal Fehler in unserem Leben und haben eine zweite Chance verdient.«

»Vielleicht, ja.«

»Dein Vater hat mein Leben sehr verändert. Er war der Einzige, dem auffiel, dass ich misshandelt wurde. Vielleicht war er nicht der Einzige, der es gesehen hat, aber der Einzige, der eingegriffen hat.«

»War er es, der das Jugendamt eingeschaltet hat?«, fragt Lois überrascht. »Das hat er gut gemacht. Aber das macht es mir noch unbegreiflicher, warum er Tessa und mich im Stich gelassen hat.«

»Eines Tages musst du einen Schlusspunkt unter die ganze Sache setzen. Einfach nicht mehr daran denken, damit abschließen und nach vorne schauen. Das habe ich auch gemacht.«

»Dein Vater ist tot, das ist etwas ganz anderes.«

»Vielleicht ist das sogar noch schwieriger. Ich kann ihm keine Vorwürfe machen, ihm nicht die Wahrheit ins Gesicht sagen. Und er kann mir keine Erklärung mehr liefern, die ich akzeptieren könnte oder auch nicht.«

»Das ist wahr.«

Lois' Handy klingelt. Ungehalten holt sie es zum Vorschein. Sie blickt auf das Display und sieht Freds Namen darauf.

»Sorry, ich muss da kurz rangehen«, sagt sie entschuldigend. Milan bedeutet ihr, dass das gar kein Problem ist, und Lois nimmt ab.

»Hey Fred, was gibt's?«

»Ich bin gerade in Wilcos Wohnung. Wir haben etwas gefunden«, sagt er ohne Umschweife.

»Was denn?«

»Eine Art Tagebuch, genauer gesagt Einträge in einem Taschenkalender. Offenbar brauchte er das, um nicht den Überblick über sein Leben zu verlieren. Darin stehen lauter kurze Sätze und Notizen dazu, was ihn beschäftigte. Marjets Name taucht öfter darin auf, der von Niek auch, und von … halt dich fest … Milan Huizinga.«

Mit einem zischenden Laut zieht Lois scharf Luft ein. »Im Ernst?« Sie schafft es, nicht sofort in Milans Richtung zu schauen, sondern den Blick auf die Wand gegenüber gerichtet zu halten.

»Die Herren waren gut miteinander bekannt«, bestätigt Fred. »Es scheint, dass sie ein Dreiergespann bildeten. Konkrete Hinweise stehen zwar nicht darin, vielmehr etwas wirre Kommentare wie »Milan sagt, es geht nicht anders« und »Milan hat recht«, so was in der Art. Aber es ist Anlass genug, uns noch einmal mit unserem jungen Kochfreund zu unterhalten.«

»Ja, das denke ich auch.« Lois spürt Milans Augen auf sich brennen. Ihr Herz schlägt immer schneller, und es kostet sie Mühe, einen neutralen Gesichtsausdruck beizubehalten. »Und jetzt?«

»Wir fahren hin und holen ihn ab. Um diese Zeit ist er bestimmt noch zu Hause.«

»Das weiß ich ganz sicher«, sagt Lois.

»Wo bist du jetzt? Kannst du schnell ins Revier kommen?«

»Ähm, nein. Das geht nicht.«

Am anderen Ende der Leitung entsteht Stille. »Warum nicht? Und woher weißt du sicher, dass er zu Hause ist? Sag bloß, du bist schon bei Milan?«

»Ja.«

»Warum das denn in Teufels Namen? Nee, lass mal, das kannst du jetzt natürlich nicht sagen. Halt ihn noch ein bisschen am Reden, wir kommen. Und Lois …«

»Ja?«

»Sei vorsichtig. Der Junge ist möglicherweise gefährlich.«

Ohne Antwort zu geben, beendet Lois das Gespräch und bleibt kurz mit dem Handy in der Hand sitzen.

»Arbeit?«, fragt Milan.

»Ja, Arbeit. Es gibt immer was zu tun. Der eine Fall ist noch nicht ganz abgeschlossen, da kündigt sich schon der nächste an. Ich hab kaum Zeit, über die Sache mit meinem Vater nachzudenken.«

»Bleibt er denn jetzt hier?«

»Darüber haben wir eigentlich noch gar nicht gesprochen. Ich nehme es aber an«, sagt Lois vage. In ihrem Kopf herrscht Chaos. Nicht nur Wilco, sondern auch Niek und Milan sind wahrscheinlich die Täter. Kein Wunder, dass er seinen Rucksack gepackt hat. Wenn sie etwas später gekommen wäre, wäre er womöglich schon über alle Berge gewesen.

Hätte sie bloß ihre Waffe bei sich, und die Handschellen. Das Einzige, was sie jetzt tun kann, ist Zeit schinden.

Sie reden eine Weile über ihren stressigen Berufsalltag, aber schon bald beginnt Milan ungeduldig zu wirken.

»Na gut«, sagt er, während er aufsteht, »wirklich nett, dass du mir die Nachricht überbracht hast. Wenn du nichts dagegen hast, würde ich jetzt weiter packen. Ich hab noch eine ganze Menge zu tun.«

»Natürlich.« Widerwillig steht Lois auf, rührt sich aber nicht vom Fleck. Ein unangenehmes Schweigen breitet sich zwischen ihnen aus.

»Worüber habt ihr eigentlich am Telefon gesprochen?«, fragt Milan plötzlich. »Ich dachte, ich hätte Wilcos Namen fallen hören.«

Es hätte keinen Zweck, das abzustreiten, Freds dröhnende Bassstimme ist weithin zu hören. Vielleicht hat er seinen eigenen Namen auch gehört.

»Das stimmt«, sagt Lois. »Es gibt in diesem Fall noch viele lose Enden.«

»Zum Beispiel?«

Lois lächelt ihn an. »Darüber darf ich dir natürlich keine Auskunft geben.«

»Nein, natürlich nicht.« Er lächelt zurück. »Na dann mal viel Erfolg, würde ich sagen.«

Es darf nicht auffallen, dass sie die Sache künstlich in die

Länge ziehen will. Aber wenn sie jetzt geht, macht Milan sich schnurstracks aus dem Staub, das weiß sie genau. Lois steckt ihre Hände in die Jackentaschen und hält den Atem an, als sie darin etwas fühlt. Ihre Finger gleiten über das kalte Metall von einem Paar Handschellen, die sie dort verstaut hatte, bevor die Sommerhitze das Tragen einer Jacke überflüssig machte. Wenn sie jetzt noch ihre Waffe bei sich hätte, wäre alles perfekt. Aber es gibt noch mehr Methoden, jemanden zu verhaften. Nicht umsonst wurde sie an der Polizeiakademie in diversen Kampfsportarten ausgebildet.

Milan legt ihr seine Hand auf die Schulter, um sie noch während er spricht zur Tür zu begleiten, aber Lois dreht sich von ihm weg und macht einen Schritt nach hinten. Zeit schinden hat keinen Sinn mehr, sie muss Milan festnehmen. Aber vielleicht kann sie das noch ein paar Minuten hinauszögern, bis ihre Kollegen eintreffen.

»Weißt du, diese losen Enden bereiten mir wirklich Kopfzerbrechen«, sagt sie nachdenklich, als ob es ihr völlig entgangen sei, dass er sie raus haben will. »Wir haben lange geglaubt, dass die Messerattacken die Tat eines Einzelnen waren. Und wir hatten auch schon jemanden im Auge: Wilco Gardenier. Aber für einige Tatzeiten hatte er ein Alibi. Schon in einem frühen Stadium unserer Ermittlungen haben wir uns gefragt, ob die Angriffe irgendetwas miteinander zu tun haben. Offenbar gab es zwischen den Opfern keinerlei Zusammenhang, also gab es vielleicht zwei Täter. Und das stimmte, allerdings war uns da noch nicht klar, dass sie zusammenarbeiteten. Und soeben ist mein Kollege dahintergekommen, dass es nicht nur zwei Täter waren, sondern drei.«

Lois lässt sich nichts anmerken, doch sie behält Milan gut im Auge. Regungslos steht er ihr gegenüber, die Augen zu Schlitzen zusammengekniffen.

»Ich weiß alles, Milan. Du hast Wilco im *De Bonte Hond* kennengelernt. Niek hat euch einander vorgestellt, als Leidensgenossen. Dreifache Leidensgenossen, denn auch Niek wurde als Kind misshandelt. Nur hatte er nie mit dem Jugendamt zu tun, weil ihn eine Tante bei sich aufnahm. Darum hatten wir ihn nicht auf dem Schirm. Drei Jungs, die dasselbe Schicksal, dieselbe Vergangenheit teilen. Wessen Idee war es eigentlich, Wilco in eure Rachepläne einzubeziehen und ihn am Ende alles ausbaden zu lassen? Wirklich ein raffinierter Plan, bei einem so leicht beeinflussbaren Jungen.«

Milan bricht in lautes Gelächter aus und schüttelt den Kopf. »Was soll denn das für eine Geschichte sein? Hast du dir die gerade ausgedacht? Und worauf basiert die bitte schön?«

»Auf Fakten, und davon haben wir jede Menge. Wie genau ist es denn gelaufen, Milan? Ich nehme an, es hat mit deinem Pflegevater begonnen. Du wolltest ihn aus dem Weg räumen, konntest das aber nicht selbst tun. Also hast du dir überlegt, dass jemand anderes diesen Job übernehmen könnte und du demjenigen im Gegenzug einen Dienst erweisen würdest. In Wilco hast du dann diesen Verbündeten gefunden. Du hast Veerle Lemstra ein Messer in den Rücken gerammt, und dafür hat Wilco Johan niedergestochen.«

Milan bricht in schallendes Gelächter aus. »Willst du mich zum Reden bringen? In diese Falle tappe ich nicht hinein.«

»Gibt es denn irgendeine Falle, in die du tappen könntest?«

Sie starren einander an, in einen Streit verwickelt, der zwar nur mit Worten ausgefochten wird, aber deswegen nicht minder gefährlich ist.

»Wenn du unschuldig bist, wovor hast du dann Angst? Warum hast du es plötzlich so eilig, in ›Urlaub‹ zu fahren?« Mit zwei Fingern zeichnet Lois Anführungsstriche in die Luft.

Milan lacht und streckt den Daumen nach oben. »Netter Versuch, aber tut mir leid. Ich werde ganz sicher nichts sagen.«

»Die Aufnahmen der Überwachungskamera sagen bestimmt genug. Sie werden belegen, dass du Wilco in den Kanal gestoßen hast, wir haben sie uns noch nicht angeschaut, aber ich kann es kaum erwarten.«

Nun lacht er nicht mehr. Er kneift die Augen zusammen, sein Mund verzieht sich zu einem Strich. »Quatsch«, sagt er dann. »An der Kanaalkade gibt es gar keine Kameras.«

»In diesem Abschnitt seit Kurzem schon. Ich weiß, dass du bestens darüber informiert bist, an welchen Stellen Kameras hängen, aber das wusstest du offenbar nicht.«

Prüfend blickt er sie an, die Wärme in seinen braunen Augen ist gänzlich verschwunden.

»Du hast recht«, sagt er zum Schluss. »Ich habe Wilco in den Kanal gestoßen. Das war ein Kinderspiel, so sturzbesoffen wie der war. Die ganze Zeit über, als ihr nach ihm gesucht habt, war er entweder bei Niek oder bei mir. Bis er begann durchzudrehen. Eigentlich lief es von Anfang an schon schief. Erst das Mädchen, wie hieß sie gleich? Nicolette. Total sinnlose Aktion, aber na ja. Das war Wilcos Problem, die Spur führte ja nicht zu uns. Das eigentliche Ziel war mein Pflegevater. Er tut es immer noch, kannst du das fassen? Nicht nur mich hat er missbraucht, auch die anderen Jungs, die unter seiner Aufsicht standen und immer noch stehen. Also hatte er eine Abreibung verdient.«

»Die du ihm aber nicht selbst verpassen wolltest?«

»Nein, und Niek auch nicht. Wir brauchten beide ein Alibi, also sorgte ich dafür, dass ich an dem Abend arbeiten musste. Und Niek stand in seiner Kneipe hinterm Tresen.«

»Also, Wilco hat deinen Pflegevater niedergestochen. Und einer von euch hat für Wilco Lilian überfallen.«

»Genau. Und dafür hatte er gute Gründe.«

»Was hatte Lilian denn getan?«

»Nichts, das ist es ja. Sie hat nicht eingegriffen, als es nötig gewesen wäre. Was würdest du tun, wenn zwei Kinder im Alter von zehn und zwölf Jahren zu dir flüchten, weil sie Angst haben, dass ihr Vater sie totschlägt? Genau, man lässt sie herein und ruft die Polizei. Nicht so Lilian. Sie sagte, das sei nicht ihre Angelegenheit, und schlug ihnen die Tür vor der Nase zu. Als Wilcos Vater dahinterkam, dass sie bei der Nachbarin Zuflucht gesucht hatten, hat er ihn mit dem Gürtel so heftig verprügelt, dass er sich tagelang nur unter Schmerzen bewegen konnte. Und Marjet brach er den Arm. Aber das war laut ihren Eltern natürlich beim Turnen passiert.«

»Und wer von euch hat letztlich mit Lilian abgerechnet?«

»Niek.«

»Und du hast Veerle Lemstra mit dem Messer angegriffen. Wieso?«

»Weil die Bitch ihn hat sitzen lassen. Niek redet sonst nicht viel, aber Veerle vertraute er. Sie war alles für ihn. Er hat ihr sein Herz, seine Seele anvertraut, hat ihr von seiner Jugend erzählt, seinen Unsicherheiten, einfach alles. Weißt du, was sie gesagt hat? Dass sie keinen Freund braucht, der so problembeladen ist. Dann hat sie sofort Schluss gemacht. Schlimmer noch, sie hat ihn sofort gegen einen guten Freund von Niek eingetauscht. Du hättest den armen Kerl an dem Abend, als sie es beendet hat, mal sehen sollen. Er hat die halbe Nacht neben mir gesessen und geheult. Wenn ich nicht bei ihm gewesen wäre, hätte er selbst seinem Leben ein Ende gesetzt.«

»Aber danach wollte er lieber Veerles Leben ein Ende setzen.«

»Nicht wirklich«, sagt Milan. »Sie sollte nur seinen Schmerz nachfühlen. Das war alles, was er wollte. An einem Abend saßen wir bei ihm in der Kneipe und schmiedeten Rachepläne. Erst war es uns nicht ernst damit, und wir redeten mehr im Spaß darüber, aber dann kippte die Stimmung. Die Leute auf unserer Abschussliste sollten nicht unbedingt sterben, aber sie sollten wissen, wie es sich anfühlt, wenn dir jemand hinterhältig ein Messer in den Rücken rammt.«

»Und die tote Katze? Die rote Farbe? Sanne Bosman?«

Milan grinst sie breit an. »Das war nur, um dich in die Irre zu führen. Ihr hattet bereits den Verdacht, dass ihr es mit jemandem zu tun habt, der nicht alle Tassen im Schrank hat. Dieses Bild wollte ich verstärken. Es war schon ziemlich fies, die Katze abzustechen, aber es war für einen guten Zweck.«

»Und Sanne?«

»Eine ausgeflippte Aktion von Wilco. Er dachte, dass du das wärst, dieser Idiot. Wir hatten unsere Mission erfüllt, er hätte also niemanden mehr niederstechen müssen, aber er machte einfach weiter.«

»Und da habt ihr natürlich angefangen, euch langsam Sorgen zu machen. Lass mich raten. Niek hat ihn abgefüllt, und du hast ihm den Weg in den Kanal gezeigt«, sagt Lois kühl.

Milan grinst sie breit an und verschränkt die Arme vor der Brust.

»Weißt du, was mich jetzt brennend interessieren würde, Lois? Weshalb du eigentlich hergekommen bist. Wusstest du das alles schon, als du hereingekommen bist, oder hast du dir das erst hier zusammengereimt? Denn falls du es bereits wusstest, ist mein Haus wahrscheinlich schon von der Polizei umzingelt.« Mit großen Schritten läuft er zum Fenster im Wohnzimmer und schaut nach draußen.

»Da ist niemand«, sagt Lois.

»Nein, sieht ganz danach aus. Merkwürdig. Na ja, umso

besser. Du wirst natürlich begreifen, dass ich alles, was ich dir erzählt habe, später abstreiten werde.«

»Natürlich. Aber mach dir keine Sorgen, ich werde schon noch Beweise dafür finden.«

»Das dürfte schwierig werden, solange Niek seinen Mund hält. Und das tut er, schließlich sind wir Freunde. Wahre Freunde, und die verraten sich nicht.«

Lois lächelt nur. »Bist du dir da sicher, Milan? Du weißt nicht, wozu Freunde, sogar wahre Freunde, imstande sind, wenn sie unter Mordverdacht stehen. Für die Messerattacken nimmt Niek vielleicht noch die Schuld auf sich, auch wenn ich mir das nur schwer vorstellen kann, aber Mord ist eine ganz andere Geschichte. Und wenn die Kamerabilder belegen, dass du mit Wilco zum Kanal spaziert bist, dann hat es für Niek wenig Sinn, dich noch zu schützen, verstehst du?«

Milans Gesicht erstarrt für einen Moment, aber entspannt sich sofort wieder. Er kommt langsam auf Lois zu und sagt in versöhnlichem Ton: »Lass uns einen Deal schließen. Wenn du deinen Mund hältst, halte ich auch meinen Mund.«

»Wie bitte?«

»Du verstehst ganz genau, was ich meine. Ich weiß Dinge, über die ich jahrelang geschwiegen habe.«

»Ich weiß wirklich nicht, wovon du redest.«

»Ach nein? Das bezweifle ich stark. Du willst ganz bestimmt nicht, dass ich meinen Mund aufmache. Aber wir können einander helfen. Du beschützt mich, ich beschütze dich.«

»Ich brauche deinen Schutz nicht«, sagt Lois. »Es kann mir egal sein, was du weißt. Oder zu wissen glaubst. Du bist hiermit verhaftet, Milan Huizinga. Du hast das Recht auf einen Anwalt, und was die von dir begangenen Straftaten anbelangt, bist du zu keiner Antwort verpflichtet.«

Milans Hand wandert zu der Gesäßtasche seiner Jeans, und im nächsten Moment klappt er ein Messer auf, knapp vor Lois' Gesicht. Reflexartig rammt sie ihm ihr Knie in den Schritt, und während Milan sich stöhnend krümmt, ergreift sie seinen Arm und dreht ihn auf seinen Rücken.

Mit der anderen Hand versucht sie die Handschellen herauszuholen, aber die stecken in ihrer linken Jackentasche, wo sie nicht rankommt. In den paar Sekunden, in denen sie vergeblich an der Tasche herumfummelt, gelingt es Milan, sich aus ihrem Griff zu befreien. Immer noch keuchend vor Schmerz, macht er ein paar Schritte zurück und richtet das Messer auf sie.

»Du lässt mich gehen«, bringt er mühsam hervor. »Falls nötig, mache ich sonst von diesem guten Stück hier Gebrauch. Ich meine es ernst.«

»Bleib dort stehen, und lass das Messer fallen«, sagt Lois in warnendem Ton. »Komm ja keinen Schritt näher.«

Sie holt ihr Handy hervor und drückt auf die Kurzwahltaste für die Zentrale. In dem Moment, als jemand abnimmt, macht Milan einen Ausfallschritt auf sie zu.

Lois springt zurück und entweicht nur um ein Haar dem Messer. Sie steht nun mit dem Rücken zu der Kommode, auf der sie zuvor eine Lampe hat stehen sehen. Ohne Milan aus den Augen zu lassen, lässt sie die Finger über die glatte Schrankoberfläche gleiten, bis sie den schweren Fuß der Lampe zu fassen bekommt. Sie reißt sie an sich, mit Stecker und allem, und schwingt ihn in Milans Richtung.

Der weicht zurück und holt danach mit dem Messer aus. Er steht etwas zu weit weg, um Lois von dort aus zu erreichen, aber plötzlich stürzt er auf sie zu. Mit einem lauten Knall geht Lois rücklings zu Boden. Milan landet auf ihr drauf, hat aber das Messer verloren.

Während er sich panisch umschaut, wo es geblieben ist, tasten Lois' Finger nach der Lampe, die sie hat fallen lassen. Doch noch ehe sie sie greifen kann, fühlt sie zwei starke Hände um ihren Hals. Milan hängt dicht über ihr, mit Schweißperlen auf der Stirn. Sie will sagen, dass sie einverstanden ist, dass sie ihn gehen lässt, aber der Griff um ihren Hals ist so eisern, dass sie kein Wort herausbringt.

Nach Atem ringend, greift sie nach der Lampe. Sie kommt nicht heran, bekommt aber den Stecker zu packen.

Wie ein Ertrinkender, der eine Rettungsleine zu fassen bekommen hat, zieht sie die Lampe Stück für Stück zu sich heran. Sie ist sich vage bewusst, dass Milan mit ihr spricht, ihr Vorwürfe macht.

Draußen hört man, wie zwei Autos halten. Türen werden geöffnet und mit lautem Knall zugeschlagen. Zu spät, zu spät, sie hat keinen Atem mehr.

Es klingelt und klopft an der Tür. »Aufmachen! Polizei!«, schreit jemand.

Mit etwas Glück hat sie gerade noch Kraft für einen Schlag mit der Lampe. Sternchen erscheinen vor ihren Augen. Sie ist sich nur noch am Rande bewusst, dass ihre Hand die Eisenstange erreicht hat, dass ihr Arm einen Bogen durch die Luft beschreibt und der steinerne Sockel auf Milans Kopf niedersaust.

Blut spritzt ihr übers Gesicht, die Hände um ihren Hals erschlaffen. Nach Luft schnappend, bleibt sie mit geschlossenen Augen auf dem Rücken liegen. Ein Windzug streift an ihrem Kopf entlang, dröhnende Schritte hallen durch den Raum, Geschrei ertönt.

Jemand kniet neben ihr und stellt ihr besorgt eine Frage, aber sie ist noch immer damit beschäftigt, nach Sauerstoff zu ringen. Erst als sich ihr Atem normalisiert und keine röchelnden Laute mehr aus ihrem Hals dringen, öffnet sie vorsichtig die Augen. Blut klebt an ihren Wimpern. Sie wischt es mit dem Handrücken weg und blickt in Freds Gesicht.

»Wir haben ihn«, flüstert sie, und er nickt und lächelt.

52

»Ich bin froh, dass du diese Burschen hinter Schloss und Riegel gebracht hast«, sagt Onno. »Bevor ihnen noch mehr Menschen zum Opfer fallen konnten. Und noch froher bin ich darüber, dass dir nichts passiert ist.«

»Und ich erst. Der Besuch verlief ganz anders als geplant.« Lois hat Onno in groben Zügen geschildert, was am Dienstag passiert ist, als sie Milan in seiner Wohnung aufsuchte. Viele der Informationen sind bereits an die Öffentlichkeit gelangt und wurden von den Medien ausgeschlachtet, sodass sie darüber ruhig auch mit Onno reden darf.

Sie sitzen in der Sonne auf einer Segeljacht, mitten auf dem Alkmaardermeer, einem großen See zehn Kilometer südlich von Alkmaar. Nach ein paar kühleren Tagen ist es erneut brütend heiß. Lois und Onno haben sich den Tag frei genommen und ein Segelboot gemietet. In der Ferne sind bereits die ersten Wolken zu sehen, aber vorläufig ist es noch schön sonnig. Heute Morgen beim Aufstehen hat sich Lois fest vorgenommen, die Arbeit mal einen Tag lang hinter sich zu lassen und einfach den Sommer zu genießen. Trotzdem kehrt sie in Gedanken immer wieder zu den Geschehnissen von neulich zurück.

»Er hat ganz merkwürdige Dinge gesagt«, grübelt sie nach. »In jenem Moment habe ich kaum darauf geachtet, aber jetzt muss ich immer wieder daran denken.«

»Was denn für Dinge?« fragt Onno, mit einem Arm auf die Reling gestützt.

»Dass wir uns gegenseitig helfen könnten, so frei nach dem Motto ›Eine Hand wäscht die andere‹, und dass er nicht länger seinen Mund halten wird. Keine Ahnung, was er damit meinte.«

»Weiß er denn irgendetwas Brisantes von dir?«

»Das hat er zumindest suggeriert, auch wenn ich nicht wüsste, was. Vielleicht hat es mit einem alten Fall zu tun. Ich habe mich zugegebenermaßen nicht immer an die Vorschriften gehalten, aber woher sollte er das wissen? Davon weiß nur Fred.«

»Merkwürdig«, bestätigt Onno. »Was ist jetzt eigentlich mit Milan? Liegt er noch im Krankenhaus?«

»Ja, er hat eine schwere Gehirnerschütterung. Selbst schuld.«

Onno grinst. »Leg dich besser niemals mit Lois an.«

»Ansonsten hätte ich auch alt ausgesehen. Ich weiß nicht, ob er wirklich vorhatte, mich umzubringen, aber viel hat nicht mehr gefehlt.«

Sie treiben eine Weile schweigend dahin. Hier und da weisen sie einander mit einem Fingerzeig auf einen seltenen Vogel hin, ansonsten sitzen sie einfach da, das Gesicht zur Sonne gewandt, und genießen die warmen Sonnenstrahlen. Als sich eine Wolke vor die Sonne schiebt, fragt Onno: »Was ist jetzt eigentlich mit deinem Vater? Geht er zurück nach Amsterdam?«

»Nein, er sucht sich eine Wohnung in Alkmaar. Die Heilsarmee hilft ihm zum Glück dabei.« Lois schiebt sich mit ihrer Sonnenbrille die Haare aus dem Gesicht. »Die Wohnungssuche ist nicht das größte Problem.«

»Lass mich raten: Du tust dich immer noch mit seiner Rückkehr schwer.«

»Ich wünschte, es wäre anders. Jahrelang habe ich auf diesen Moment gewartet und nun, wo es so weit ist …«

»Das ist doch eigentlich nur verständlich. Dein Vater war

dein großer Held, als du klein warst. Es ist schwierig zu akzeptieren, dass er das vielleicht doch nicht war. Nun, da er wieder da ist, musst du ihn von Neuem kennenlernen. Dieses Kennenlernen ist nicht so einfach, aber wenn du möchtest, dass ihr euch wieder annähert, musst du lernen, ihn so anzunehmen, wie er ist. Und akzeptieren, dass alles so ist, wie es nun mal ist. Erst dann könnt ihr wieder eine Beziehung zueinander aufbauen.«

»Mit anderen Worten, ich soll ihm vergeben. Als ob nichts geschehen sei.«

»Letztlich musst du ihm vergeben, ja. Wenn du weiterhin Groll gegen ihn hegst und immer wieder Vergangenes herauskramst, hat es keinen Sinn.«

»Ich möchte ihm ja vergeben, aber ich weiß nicht wie«, sagt Lois verzweifelt. »Das wäre anders, wenn er sich entschuldigen würde. Wenn er zugeben würde, dass er einen Fehler gemacht hat, als er uns im Stich ließ.«

»Das würde es sicher einfacher machen. Aber auch ohne dieses Bekenntnis kannst du beschließen, die Vergangenheit hinter dir zu lassen, Lois. Und wenn nur, weil es für dich besser ist, weil du dann endlich damit abschließen kannst.«

Lois lehnt sich mit dem Ellenbogen auf die Reling und blickt auf das ruhige, graublaue Wasser. »Das klingt in der Theorie alles prima, aber so einfach ist es nicht.«

»Doch, wenn du dich bewusst dafür entscheidest. Manchmal tun Menschen Dinge, die nicht zu erklären oder zu begreifen sind. Vergeben beinhaltet nicht, dass du nicht mehr schlimm findest, was passiert ist, oder dass du nie wieder daran denken darfst. Es bedeutet nur, dass du für dich selbst beschließt, diese negativen Gefühle loszulassen und nach vorne zu blicken. Es ist äußerst heilsam zu akzeptieren, dass manche Dinge nun mal so passiert sind.«

Sie verfallen in Stillschweigen, und Lois blickt auf die Wellen. Die Sonne ist inzwischen verschwunden.

Onno kommt zu ihr, setzt sich neben sie und legt ihr einen Arm um die Schulter. »Du brauchst Zeit«, sagt er. »Gönn dir diese Zeit. Vertrauen ist schneller zerstört als wiederhergestellt.«

»Tessa hat damit offenbar weniger ein Problem. Sie verhält sich meinem Vater gegenüber, als ob sie sich gerade einmal zwei Wochen nicht gesehen hätten. Sie hat ihn neu eingekleidet, mit zum Friseur genommen, kurzum, ihm eine Rundumerneuerung verpasst.« Trotz allem muss Lois grinsen. »Ich hatte beinahe Mitleid mit ihm. Aber ich muss sagen, dass er, ohne zu protestieren, alles über sich hat ergehen lassen. Und er freut sich riesig auf sein erstes Enkelkind.«

Überrascht sieht Onno sie an. »Weiß er denn, dass Tessa schwanger ist?«

Lois nickt. »Sie hat beschlossen, das Baby zu behalten. ›Wir haben schon so viele Familienmitglieder verloren‹, hat sie gesagt, ›Es wird Zeit, dass wieder jemand nachkommt‹. Schön, was? Guido war überglücklich, als er es erfahren hat.«

»Wie toll! Da bist du bestimmt auch erleichtert. So viele gute Neuigkeiten, darauf sollten wir eigentlich anstoßen.«

Er steht auf, betritt gebückt die Kajüte und kehrt mit zwei Gläsern Sekt in der Hand zurück. Vorsichtig, um durch den Wellengang nichts zu verschütten, setzt er sich neben Lois und reicht ihr ein Glas. »Ich will einen Toast ausbringen.«

»Was ist da drin?« Lois riecht an dem durchsichtigen, schäumenden Getränk.

»Kindersekt. Das erschien mir passend.«

Lois prustet los. »Das ist nicht dein Ernst!«

»Na ja, ich wollte einen Sekt, und du trinkst nicht«, verteidigt sich Onno. »Außerdem muss ich noch fahren, also halte ich mich ebenfalls an etwas Alkoholfreies. Worauf sollen wir anstoßen?«

»Auf Tessas Baby.«

»Auf Tessas Baby«, wiederholt Onno und fügt hinzu: »Und auf die Rückkehr deines Vaters.«

Sie prosten einander zu.

»Und auf uns, natürlich«, sagt Onno. »Auf unsere Freundschaft.«

»Auf unsere Freundschaft.«

Sie prosten einander erneut zu.

»Die sich, wie ich hoffe, langsam zu etwas anderem entwickelt«, fügt Onno hinzu. Er nimmt einen Schluck und verzieht das Gesicht. »Na, das verspricht schon mal nicht viel Gutes.«

»Ist es so schlimm?« Lois nimmt einen Schluck, rümpft die Nase und kippt den Inhalt ihres Glases über Bord. Onno folgt ihrem Beispiel.

»Da geht mein sorgfältig vorbereiteter Champagner-Moment dahin«, sagt er bedauernd.

»Der Toast war aber super«, tröstet ihn Lois.

Sie sehen einander an und lachen.

Es dauert einen Augenblick, bis Lois auffällt, dass sie noch nie so nah beieinandergesessen haben, dass ihre nackten Arme und Beine sich leicht berühren, dass sie den Geruch des anderen wahrnehmen können. Die unbekümmerte, unkomplizierte Leichtigkeit, mit der sie noch vor ein paar Sekunden miteinander geplaudert und gelacht haben, ist auf einmal einer nervösen Anspannung gewichen.

Lois fühlt, wie sie Herzklopfen bekommt und eine gewisse Unsicherheit sie befällt. Sie lässt Onnos Gesicht näher kommen, seine Lippen ihre berühren, federleicht, als ob er Angst hätte, etwas kaputtzumachen, das er so lange Zeit gehegt und gepflegt hat. Sie küssen sich mit der Behutsamkeit von Teenagern, die ihr erstes Liebesabenteuer erleben, ziehen dann ihre Köpfe zurück und schauen sich an. Lois lächelt, und Onno lächelt zurück. Offenbar fühlt er sich ermutigt, denn sein nächster Kuss ist etwas bestimmter und dauert länger. Lois kann nicht leugnen, dass es sich gut anfühlt. Das hier ist anders als die Leidenschaft, die sie mit Brian erlebte, eine andere Art Kuss, bei dem sie nicht sofort die Hände des anderen überall auf sich spürt, ihr die Klamotten vom Leib gezerrt werden und sie in einem Strudel der Lust mitgerissen wird. Dieser Kuss ist ruhig, vertrauenerweckend und herrlich entspannt. Sie gibt sich ihm hin, schlingt ihre Arme um Onnos Hals und erwidert voller Hingabe seine Liebesbezeugung. Sie lässt sich zurücksinken auf die weichen weißen Kissen der Sitzbank und dreht ihren Kopf zur Seite, als Onno ihren Hals küsst. Dann lässt sie ihre Hände über seine muskulösen Oberarme gleiten. Im ersten Moment achtet sie nicht auf den Tropfen, der ihr auf die Stirn platscht, und auch nicht auf den nächsten, der ihre Nasenspitze trifft. Erst beim dritten, dem innerhalb von Sekunden immer mehr Tropfen folgen, blickt sie nach oben, direkt in den dunklen Himmel. Erschrocken drückt sie Onno von sich weg.

»Onno, sieh nur!«

Widerwillig macht er sich von ihr los und wirft einen Blick nach oben. Fluchend springt er auf und blickt noch mal in den Himmel, als ob er hoffte, dass es nur Einbildung gewesen sei. Die leichte Bewölkung von vorhin ist mittlerweile einer massiven schwarzen Unwetterfront gewichen, die bedrohlich über den See zieht.

»Wir müssen hier weg, schnell!« Er beginnt an Leinen und Schoten herumzuhantieren, weist Lois einen Platz zu und fordert sie auf, eine Rettungsweste anzuziehen. Sie haben die Westen kaum an, als das Unwetter losbricht. Ein schwerer Wolkenbruch weicht sie innerhalb von Sekunden völlig durch. Es ist äußerst mühsam zu segeln, wenn der Sturm an den Segeln reißt und die Wellen bis an die Reling reichen. Lois war schon ab und zu segeln und weiß, dass es zu spät ist, um die Segel einzuholen, das würde viel zu viel Zeit und Energie kosten.

»Am besten, wir lassen alle Schoten los und lassen uns einfach auf den Wellen treiben«, ruft Onno ihr durch das Tosen des Windes zu. »Zum Glück weht der Wind in die Richtung vom Hafen in Akersloot.«

Wie das Wetter mit einem Mal so umschlagen konnte, ist Lois ein Rätsel. Offenbar haben sie nicht gut aufgepasst. Sie weist auf die Kajüte, wo genug Platz zum Sitzen wäre, aber Onno schüttelt den Kopf. Sofort versteht sie warum: Falls sie kentern, sitzen sie dort in der Falle. Mit so einem leichtgewichtigen Boot ist die Gefahr dafür groß.

Angespannt behält sie die peitschende See im Auge und beobachtet, wie das Boot sie durchpflügt und sich bei besonders hohen Wellen aufbäumt wie ein Pferd. Weiße Gischt spritzt hoch und klatscht auf sie nieder. Onno steht am Ruder und blickt sich gelegentlich zu ihr um, um sich zu vergewissern, dass es ihr noch gut geht. Ermutigend nickt er ihr zu. Er sieht keineswegs verängstigt aus, anscheinend hatte er schon öfter mit solchen Wetterbedingungen zu tun.

Über ihnen hat der Himmel eine pechschwarze Farbe angenommen, in der Ferne ertönt ein Grollen. Wenige Augenblicke später durchzucken erste Blitze den Himmel. Ein paar Sekunden lang sind Wasser und Himmel hell erleuchtet, dann sinkt die Dunkelheit wieder auf sie herab.

Lois kommt halb hoch und beugt sich zu Onno. »Kann ich dir irgendwie helfen?«, schreit sie.

Er schüttelt den Kopf. »Wir fahren mit Motorantrieb, das wird schon. Hab keine Angst, ich hab alles unter Kontrolle.«

Den Anschein macht es allerdings nicht. Wie eine Nussschale wird ihr Segelboot von den Wellen hochgehoben, heruntergerissen und hin und her geschüttelt. Lois fühlt Übelkeit in sich aufsteigen, noch schlimmer aber ist die Furcht. Überall um sie herum nur tosende graue Fluten, und das Ufer scheint in endloser Ferne. Was, wenn sie kentern? Sie trägt zwar eine Rettungsweste, aber wenn ständig hohe Wellen über sie hereinbrechen, kann sie trotzdem ertrinken.

Sie klammert sich fest an die Reling und atmet tief ein und aus. Ab und an sieht sie zu Onno hinüber, zwischen dessen Augenbrauen sich vor lauter Konzentration eine tiefe Furche eingegraben hat. Das Gewitter tobt über sie hinweg, der Wellengang wird immer höher. Lois spürt, wie das Boot angehoben wird, in Schieflage gerät. Sie stößt einen lauten Schrei aus. Dann kippen sie wieder zurück, um sofort wieder nach oben geworfen zu werden und erneut ins Wellental abzusinken. Über ihnen klappern die losen Schoten von den Segeln, der Wind heult, und Blitze durchzucken den Himmel, als ob jeden Moment die Welt unterginge.

Es kostet Onno größte Mühe, sein Gleichgewicht zu halten. Mit aller Kraft hält er sich am Ruder fest und zieht sich daran hoch, als er hinfällt. Lois sitzt mittlerweile nicht mehr auf der Sitzbank, sondern auf dem Boden des Boots, wo sie sich sicherer fühlt, aber auch weniger zum Festhalten hat. Mit dem Rücken an die Kajütentür gelehnt, lässt sie den Sturm über sich hinwegziehen.

Und dann lässt es langsam nach. Das Boot macht eine Kurve und kommt in relativ windgeschütztes Wasser. Über die auf- und abwogende Reling hinweg sieht Lois, dass sie sich dem Hafen nähern. Auf dem Bootssteg stehen aufgeregt winkende Menschen, die ihnen beim Anlegen helfen wollen.

Und dann beweist Onno, dass er ein geübter Segler ist,

denn mit einer geschickten Wendung manövriert er das Boot zum Steg und legt an. Sofort sind viele helfende Hände da, die die Leinen ergreifen, das Boot vertäuen und den beiden Passagieren von Bord helfen.

Mit zitternden Beinen steht Lois auf dem Steg und unterdrückt das Bedürfnis, sich auf Hände und Knie fallen zu lassen und den Boden zu küssen. Stattdessen läuft sie auf Onno zu, der sie in die Arme nimmt und sie festhält, als ob er sie nie mehr loslassen wolle.

»Es tut mir leid«, sagt er heiser. »Es tut mir so leid.« Er küsst sie fest auf den Mund, sichtlich erleichtert über den glimpflichen Ausgang.

»Macht nichts.« Lois lehnt sich gegen ihn, vollkommen erfüllt von einem Gefühl, das sie kaum beschreiben kann. »Es ist genauso meine Schuld. Wir haben beide nicht aufgepasst.«

Onno blickt zu ihr hinunter, mit von schlechtem Gewissen geplagtem Gesicht, aber als er sieht, dass sie lacht, stimmt er mit ein.

»Nächstes Mal gehen wir einfach essen, was meinst du?«, schlägt er vor.

Lois nickt. »Das ist bestimmt besser, ja.«

53

»Kannst du einfach so freimachen?« Mart entleert ein Zuckertütchen in seinen Kaffee und sieht seine Tochter an.

Ein bisschen verlegen sitzen sie sich in einer ruhigen Ecke des *Het Gulden Vlies* gegenüber. Nachdem er auf unbestimmte Zeit bei Tessa eingezogen ist, hat Lois ihn ein paar Tage lang nicht gesehen. Heute Abend hat sie selbst die Initiative ergriffen, ihn angerufen und vorgeschlagen, zusammen etwas trinken zu gehen, worauf Mart erfreut reagierte.

»Ich habe ein paar Tage Urlaub genommen«, sagt Lois. »Nun, da wir die Messerstechereien aufgeklärt haben, ging das. Und bei meinem Job muss man die Chance nutzen, wenn sie sich mal ergibt. Man weiß nie, wann wieder das Telefon klingelt.«

»Klingt nach einem ziemlich unsteten Leben.« Mart nimmt einen Schluck von seinem Kaffee und sieht sie über den Rand der Tasse hinweg an.

»Das ist es auch, aber ich liebe meine Arbeit.«

»Und darauf kommt es ja letztlich an.«

Lois nickt. Sie nippt an ihrem Cappuccino und mustert ihren Vater. Er sieht gut aus in seiner neuen Kleidung und mit dem modernen Kurzhaarschnitt. Wie sie von Tessa weiß, stehen auch noch Termine beim Zahnarzt, bei einer Kosmetikerin und bei der Pediküre auf dem Programm, aber für heute hat ihre Schwester ihm freigegeben.

»Gefällt es dir bei Tessa und Guido?«, fragt Lois.

»Ja, sehr. Das Haus ist ein Traum.«

»Und verstehst du dich mit Guido?«

»Ja doch, er ist ein anständiger Kerl. Sehr nett von ihm, mir ein Gästezimmer anzubieten. Aber ich will nicht länger als nötig bei ihnen wohnen. Die Heilsarmee hat alle Hebel in Bewegung gesetzt, um mir schnellstmöglich einen Job und eine Wohnung hier in Alkmaar zu verschaffen. Tessa ist sehr lieb, aber mir ist klar, dass sie keine Lust hat, ihren alten Vater wochenlang bei sich wohnen zu haben. Vor allem jetzt, da sie schwanger ist.« Ein Lächeln erscheint auf Marts Gesicht.

»Das freut dich sehr, oder? Dass sie schwanger ist?«

»Ja, ist das nicht wundervoll? Stell dir vor, ein Enkelkind!« Mart strahlt. »Ich bin genau zum richtigen Zeitpunkt zurückgekommen.«

Lois lächelt. In der Stille, die entsteht, denkt sie darüber nach, wie unvorstellbar es eigentlich ist, dass sie sich hier und jetzt gegenübersitzen. Wer hätte das noch vor einer Woche gedacht, als sie mit Onno hier essen war. Das Gespräch mit ihm hat etwas in ihr verändert. Sie hat beschlossen, ihrem Vater eine Chance zu geben. Nicht indem sie alles vergisst, was gewesen ist, das gelingt ihr noch nicht, aber indem sie sich mehr auf die Zukunft konzentriert als auf die Vergangenheit.

Lois hat ihrem Vater nichts davon erzählt, dass der Anstifter der Messerstechereien ein alter Schüler von ihm ist. Das war auch nicht nötig, denn er hatte in einem Zeitungsbericht über die Taten des Milan H. gelesen. Daraufhin hatte er sie sofort angerufen, um zu fragen, ob es sich dabei um Milan Huizinga handelte. Lois hatte seine Vermutung bestätigt, und nun lenkt sie das Gespräch vorsichtig auf dieses Thema.

»Wie gut kanntest du Milan eigentlich?«

»Nicht sehr gut. Ich hatte natürlich nur kurze Zeit mit ihm zu tun. Aber ich erinnere mich noch gut an ihn.« Ihr Vater blickt aus dem Fenster auf die Koorstraat, wo der Regen auf die Straße niederprasselt. »Ich habe sofort gesehen, dass etwas nicht stimmte mit dem Jungen. Er hatte so einen scheuen Blick und zuckte jedes Mal zusammen, wenn ich ihn im Unterricht ansprach. Er wirkte immer ein wenig abwesend, und schon bald begriff ich auch, warum.«

»Super, dass du die Behörden informiert hast.«

»Die Behörden?«

»Du hast doch das Jugendamt eingeschaltet?«

»Tja, ich habe in meinem Leben nicht viel Gutes getan, aber immerhin das.« Mart lacht etwas verlegen, die Situation scheint ihm unangenehm zu sein.

»War er schon als Kind aggressiv?«

»Nicht dass ich wüsste. Ich habe ihn nie aggressiv erlebt.«

Nachdenklich blickt Lois vor sich hin. »Ich habe mir nach Milans Verhaftung noch einmal seine Akte angesehen. Ich hatte immer die Vermutung, dass er etwas mit dem Tod seines Vaters zu tun hatte. Glaubst du, er wäre imstande gewesen, seinem Vater den Schädel einzuschlagen?«

Mart antwortet nicht sofort. »Ich weiß nicht«, sagt er schließlich. »Er war noch ein Kind, Lois. Und sein Vater war ein kräftiger Kerl. Nicht jemand, dem man mal so eben eins über die Mütze zieht.«

»Ich habe mich in den letzten Tagen intensiv mit dem Fall beschäftigt. In dem Polizeibericht steht, dass Koen Huizinga mit einem schweren, stumpfen Gegenstand erschlagen wurde. Die Tatwaffe wurde nie gefunden, das heißt, wir wissen nicht, was es war. Und ich habe herausgelesen, dass Koen nicht sonderlich beliebt war. Es gab genug Leute, mit denen er im Streit lag, aber die hatten alle ein Alibi. Milan auch.«

»Tja, ich fürchte, das wird wohl für immer ein Rätsel bleiben. Ist der Fall nicht inzwischen verjährt?«

»Nein«, sagt Lois. »Noch lange nicht. Und ich vermute

stark, dass Milan weiß, wer seinem Vater den Garaus gemacht hat.«

»Ach ja?«

»Lassen wir die Spielchen sein, Papa.« Lois sieht ihrem Vater geradewegs in die Augen. »Du hast das Jugendamt gar nicht eingeschaltet, sondern die Wurzel des Übels beseitigt. Du hast Milans Vater ermordet.«

Sie hatte sich vorgenommen, ihren Vater ganz ruhig mit den Fakten zu konfrontieren, aber nun zittern ihr so heftig die Hände, dass sie sie unter dem Tisch verbirgt. Gespannt beobachtet sie den Mann, der ihr gegenübersitzt, der sie als Kind liebevoll umsorgt und ihr eine herrliche Kindheit beschert hat, bis zu jenem Tag, der alles veränderte.

»Du bist nicht nur weggegangen, weil deine Ehe schlecht lief oder weil du Depressionen hattest«, fährt sie fort. »Du bist geflohen, weil du Milans Vater in einem Wutanfall ermordet hast. Weil du nicht länger zusehen konntest, wie das Kind ständig mit blauen Flecken zur Schule erschien. Stimmt's, Papa?«

Ihr Vater sitzt ihr gegenüber, als ob mit einem Mal alles Leben aus ihm gewichen sei. Sein Gesicht ist eine undurchdringliche Maske, äußerlich völlig ungerührt. Dann blitzt auf einmal eine Gefühlsregung in seinen Augen auf, und er verzieht den Mund. Sein Gesicht scheint mit einem Mal um Jahre gealtert zu sein.

»Der arme Junge«, sagt er heiser. »Jedes Mal kam er in das Klassenzimmer getrottet mit einem riesigen Rucksack voller Bücher auf seinem kleinen Rücken. Ich wusste, dass seine Schmerzen nicht vom Gewicht der Bücher verursacht wurden, sondern dadurch, dass er mit blauen Flecken übersät war. Verbeek, der Sportlehrer, hatte mich eingeweiht. Er fragte mich, ob ich vielleicht mal mit Milan sprechen wolle. Milan liebte Geschichte und blieb nach dem Unterricht noch oft da, um weiterzureden. Eines Tages brachte ich das Thema ganz behutsam zur Sprache. Er erschrak, stritt es ab und hatte es plötzlich eilig zu gehen. Aber in der nächsten Stunde blieb er wieder länger, und Stück für Stück konnte ich sein Vertrauen gewinnen.«

»Aber du hast nie die Polizei oder das Jugendamt eingeschaltet. Das hatte mir Milan weismachen wollen, aber es ist in seinen Akten nirgends zu finden. Deshalb habe ich mich gefragt, weshalb er dir immer noch so dankbar ist, dass er es mir gegenüber erwähnt hat. Aber Papa, warum hast du das nicht den Behörden überlassen? Das wäre doch viel besser gewesen.«

Missmutig schüttelt Mart den Kopf. »Das hatte ich auch vor. Aber ich wusste, dass Milan dann aus seiner Familie herausgenommen wird, und das ist für ein Kind eine enorm traumatische Erfahrung. Zunächst wusste ich auch nicht, wie schwer die Misshandlungen waren. Ich dachte, dass er einfach ab und zu eine Ohrfeige bekam, ist ja leider Gottes immer noch üblich. Also beschloss ich, mit seinem Vater zu reden. Ich suchte ihn zu Hause auf, stellte mich vor und konfrontierte ihn mit dem Thema.« Er schüttelt den Kopf. »Dieser Mann hatte sie nicht alle! Er wurde sofort aggressiv, begann zu schreien und drohte damit, dass er mir alle Knochen brechen würde, wenn ich mich nicht schnell vom Acker machte. Ich versuchte ihn zur Vernunft zu bringen, aber er wurde immer wütender und begann mich zu schubsen. Ich wehrte mich, was ihn nur noch aggressiver machte. Als ich ihm dann damit drohte, ihn anzuzeigen, brannten bei ihm die Sicherungen durch. Beim ersten Faustschlag, den ich ins Gesicht bekam, ging ich zu Boden, beim zweiten spritzte mir Blut aus der Nase. Als er zum dritten ausholte, schlug ich zurück.«

»Mit einem Baseballschläger«, sagt Lois.

»Ja, der stand da wie von Gott gesandt. Ich musste nur ein

Mal zuschlagen, dann lag der Mann auf dem Boden. Ich wusste sofort, dass er tot war. Und geriet in Panik.«

»So sehr, dass du zu Hause ein paar Dinge zusammengepackt, einen Zettel mit einer vagen Botschaft hingelegt und uns verlassen hast.«

»Ich hatte Angst, Lois. Ich hatte ohnehin schon Probleme, und nun hatte ich auch noch einen Mann ermordet. In diesem Moment erschien es mir das Beste, aus eurem Leben zu verschwinden. Ich war ja doch ein schlechter Vater, der nur Elend über euch brachte.«

»Es war Notwehr. Du hättest dich selbst anzeigen und den Tathergang erklären müssen.«

»So klar konnte ich in dem Moment nicht denken, mein Verstand setzte komplett aus. Ich bin Hals über Kopf getürmt, in der festen Überzeugung, dass die Polizei mich kriegen würde. Darum habe ich auf der Straße gelebt, nur dort fühlte ich mich sicher.«

»Du hast dir selbst eine längere und schwerere Strafe auferlegt, als das Gericht dir je gegeben hätte. Ist dir das klar?«

»Mittlerweile schon«, sagt Mart leise. »Es hat lange gedauert, aber als ich von der Heilsarmee Medikamente bekam und meine Depressionen verschwanden, begriff ich, was ich in meinem Leben vermisste: euch und alles, was mich früher glücklich gemacht hatte.« Er starrt auf seine Hände, die Hände, die das Leben eines anderen ausgelöscht haben. »Milan muss gewusst haben, dass ich seinen Vater umgebracht habe. Ich hatte ihm erzählt, dass ich an jenem Nachmittag, während er noch im Unterricht saß, zu ihm nach Hause fahren und mit seinem Vater reden wollte. Er war der Einzige, der davon wusste. Als er nach Hause kam, hat er seinen Vater tot aufgefunden. Und hat all die Jahre lang geschwiegen.«

»Die Frage ist, ob er auch weiterhin schweigt.«

»Ich glaube schon. Wir sind uns ein Mal begegnet. In Amsterdam. Ich hatte etwas Geld verdient und saß auf einer Parkbank, um Pommes zu essen, als er plötzlich vor mir stand. Wir haben uns unterhalten. Nicht über seinen Vater, sondern über dieses und jenes. Er fragte auch nicht, was ich in Amsterdam machte, das war auch nicht zu übersehen, denke ich. Nach einer halben Stunde verabschiedete er sich und gab mir Geld. Eine ganze Menge Geld, womit ich mich erst mal wieder eine ganze Weile über Wasser halten konnte. Bevor er wegging, sagte er zu mir: ›Sie haben mir das Leben gerettet. Das werde ich Ihnen nie vergessen.‹«

Sprachlos schüttelt Lois den Kopf. »Also wusste Milan, wo du warst. Ich habe ihm erzählt, dass du verschwunden bist, und er hat kein Wort gesagt.«

»Darum glaube ich auch nicht, dass er mich verraten würde.«

»Davon kannst du doch nicht ausgehen. Er hat mich beinahe erwürgt. Wie lange, glaubst du, wird er dir noch dankbar sein? Übrigens muss ich das natürlich auch melden.«

»Das verstehe ich.«

»Was nicht heißen soll, dass ich das tun werde.« Sie weiß tatsächlich bereits jetzt, dass sie ihn schützen wird. So wichtig ihr Gerechtigkeit auch ist und sosehr sie sich ihrer Verantwortung als Kriminalbeamtin bewusst ist, ist sie dennoch bereit, den Fall ad acta zu legen und so zu tun, als ob ihr nichts aufgefallen sei. Ihre Überraschung ist entsprechend groß, als Mart entschlossen den Kopf schüttelt.

»Nein, das will ich nicht. Ich bin zurückgekommen, um klar Schiff zu machen, Lois. Ich weiß, dass du das nicht verschweigen kannst, also werde ich mich nachträglich stellen.«

»Papa …«

»Du könntest deinen Job verlieren. Glaubst du, ich könnte

mir das verzeihen, nach allem, was ich dir angetan habe? Nein, kommt gar nicht infrage.«

Er meint es ernst, es steht ihm ins Gesicht geschrieben. Sie spürt, wie ein Gefühl von Respekt in ihr aufsteigt, und sofort danach überkommen sie Angst und Unruhe.

»Ich will nicht, dass du ins Gefängnis musst. Nicht jetzt, da du endlich zurück bist.« Etwas von dem kleinen Mädchen, das sie einst war, kommt in ihr hoch. Es klingt deutlich in ihrer Stimme an, und an Marts Lächeln erkennt sie, dass er es ebenfalls hört.

Er drückt ihr fest die Hand. »Viel schlimmer als auf der Straße kann es dort nicht sein. Und ein bisschen weniger einsam, nun, da ich euch wiederhabe. Wie viele Jahre, denkst du, geben sie mir?«

Lois schüttelt den Kopf, als ob sie nicht einmal darüber nachdenken will. »Keine Ahnung. Es war Notwehr, allerdings lässt sich das nicht beweisen. Aber es gibt auch keine Beweise, dass du Milans Vater umgebracht hast. Nach siebzehn Jahren dürfte es schwer werden, welche zu finden.«

»Mein Geständnis reicht doch, oder nicht?«

»Das sollte man meinen, aber dem ist nicht so. Wenn du wüsstest, wie viele Geständnisse ich schon von Menschen gehört habe, die sich letztlich als unschuldig herausstellten. Einige gestehen, weil sie den Druck beim Verhör nicht aushalten, andere, um sich wichtig zu machen, und wieder andere, um jemanden zu schützen. Es ist immer ein konkreter Beweis nötig, um zu einem Urteil zu kommen.«

»Milan weiß es.«

»Milan weiß nichts. Er vermutet nur. Vielleicht hält er weiterhin dicht, aber es könnte genauso gut sein, dass er Rache an mir nehmen will, weil ich ihn ins Gefängnis gebracht habe. Falls er irgendwann deinen Namen nennt und die Polizei

Untersuchungen anstellt, haben sie ziemlich wenig gegen dich in der Hand.«

Schweigend blickt Mart aus dem Fenster. Seine Finger spielen mit dem Bierdeckel aus Pappe, zerbrechen ihn und reißen ihn in kleine Fetzen. »Ich habe bestimmt Spuren hinterlassen«, sagt er schließlich.

»Sie haben nichts. Du hast gesagt, dass Milans Vater dir die Nase blutig geschlagen hat, aber von Blut steht in der Akte nichts. Ich denke, dass sie es übersehen haben, weil überall Blut von Milans Vater war.«

»Du meinst also, ich könnte davonkommen.«

»Du bist bereits damit davonkommen. Und du wurdest dafür bestraft. Wie ich schon sagte: Länger und härter, als jedes Gericht der Welt es hätte tun können.«

Mit einem tiefen Seufzer sieht Mart seine Tochter an. »Dieses Plädoyer hätte ich nicht erwartet, nicht von dir als Kriminalpolizistin.«

»Warum nicht? Ich habe schon öfter Menschen hinter Gitter wandern sehen, für die ich tief im Innersten vollstes Verständnis hatte und mit denen ich Mitleid empfand. Mir geht es darum, dass Recht ergeht, aber das muss nicht immer im Gerichtssaal sein.«

Mart beugt sich zu ihr. »Es rührt mich sehr, dass du mich verstehst und verteidigst. Aber es ist höchste Zeit, dass ich einen Strich unter die Vergangenheit ziehe. Ich will nichts mehr zu verbergen haben. Ich will reinen Tisch machen und von vorne beginnen, und da gehört das dazu.«

»Dich selbst anzuzeigen.«

»Ja. Das ist auch der Grund, weshalb ich zurückgekommen bin. Es lief alles nur ein bisschen anders als gedacht.« Erneut nimmt Mart ihre Hand und umschließt sie fest mit den seinen. »Lois, meinst du, du wirst mir je vergeben können?«

Lois sitzt ganz still da, den Blick auf ihre verschlungenen Hände gerichtet. »Ich denke schon«, sagt sie nach einer kurzen Stille. »Besonders nach allem, was ich jetzt weiß. Eigentlich habe ich dir bereits vergeben.«

Als sie voneinander Abschied genommen haben und Lois über die Oudegracht zu ihrem Haus zurückspaziert, lässt sie ihr Gespräch noch einmal Revue passieren. Vielleicht hat ihr Vater recht, und es ist wirklich besser, wenn er sich selbst anzeigt. Vielleicht fällt das Urteil milde aus, sodass er schon bald ein neues Leben beginnen kann. Ohne Geheimnisse, ohne die Lasten der Vergangenheit. Es war nicht gelogen, als sie ihm sagte, dass es nur eine geringe Beweislast für seine Tat gebe. Bis auf eine Sache, die sie ihm gegenüber jedoch klugerweise nicht erwähnt hatte.

Lois läuft die kurze, stille Baangracht hoch, holt ihren Schlüssel heraus und betritt das Haus. Sie geht direkt nach oben, in ihr Schlafzimmer, wo der Baseballschläger wie ein stummes Zeugnis der Vergangenheit neben ihrem Bett steht.

Sie erinnert sich an den Moment, als sie den Schläger fand, tief vergraben im Müllcontainer hinter ihrem Elternhaus. Es war am Tag nachdem ihr Vater verschwunden war, und sie durchsuchte den Müllsack nach etwas, das sie aus Versehen weggeworfen hatte.

Der Glanz der polierten Holzoberfläche hatte ihre Aufmerksamkeit geweckt, und als sie den Schläger herauszog, war sie ganz begeistert gewesen. Sie hatte ihre Mutter nicht gefragt, weshalb er im Müll lag, und offenbar hatte diese ihn dort auch noch nicht entdeckt. Also hatte sie ihn, ohne ein Wort darüber zu verlieren, an sich genommen und damit gespielt. Und nun steht er hier, in ihrem Schlafzimmer.

Lois nimmt den Schläger hoch und betrachtet ihn eingehend. Er ist alt und abgenutzt, voller kleiner Sprünge im Holz. Fingerabdrücke werden darauf nicht mehr zu finden sein, aber Blut findet leicht seinen Weg in die Maserung und kann auch nach vielen Jahren noch nachgewiesen werden.

Sie geht die Treppe hinunter, steckt den Schläger in eine Plastiktüte und geht durch die Tür nach draußen. Die Fußgängerwege am Ufer der Singel liegen unweit hinter ihrem Haus, es sind nur ein paar Minuten bis dorthin. Im Schutz einiger großer Laubbäume holt sie den Baseballschläger aus der Tüte und sieht sich ein paar Mal aufmerksam um. Dann, als sie sicher weiß, dass niemand sie beobachtet, holt sie tief Luft und schleudert ihn mit einem kräftigen Wurf in das grüne Wasser.

Danksagung

Ich danke Marco Visser, Teamchef der Kriminalpolizei Noord-Holland, mit dem ich die Handlung von *Tiefe Stiche* besprochen habe, der das Manuskript gelesen und mir mit allerlei Ratschlägen zur Seite gestanden hat. Etwaige Fehler in diesem Buch gehen allein auf mein Konto.

Außerdem möchte ich meiner Freundin Sylvia Beljon für ihre kritische Lektüre der ersten Version danken sowie Bonnie Steenman und Kanta van Zonneveld für ihre redaktionelle Hilfe und natürlich meiner Lektorin Liesbeth Vries und Verlegerin Wanda Gloude für ihre Betreuung.